Weißer Flieder

Cecilia Sahlström

Weißer Flieder

Aus dem Schwedischen übersetzt von Alina Becker

SAGA Egmont

Die Originalausgabe erschien 2017 unter dem Titel „Vit Syren“
bei Bokfabriken, Malmö

im Vertrieb bei Steinbach sprechende bücher

Covergestaltung: SAGA Egmont / Bokfabriken
Coverabbildungen: Shutterstock
Satz aus der Minion Pro: Karol Kinal, Warschau
Druck und Bindung Mazowieckie Centrum Poligrafii, Marki

ISBN 978-3-86974-956-3

Dieser Titel erscheint auch als E-Book und Hörbuch.

1

Er stiefelte über den Wall im Stadtpark von Lund, entlang der Gyllenkroks Allé. Sein Gang wirkte etwas schlaksig, typisch für einen Teenager, der das Mannesalter noch nicht erreicht hatte – in der Schwebe zwischen Kindheit und Erwachsensein, entschlossen und unsicher zugleich. Obwohl er sich noch nicht sicher war, ob er die Grenze zum Mannsein schon überschritten hatte, war er selbstbewusst und von der Einzigartigkeit seiner Persönlichkeit vollauf überzeugt.

Er trug neue, strahlend weiße Schuhe. Auf seinem Weg zum Kulturhaus Mejeriet summte er eine Melodie vor sich hin, ein deutliches Zeichen für seine Ausgeglichenheit und sein vollkommenes Wohlbefinden.

Im Osten ging die Sonne auf und tauchte den Horizont in rosiges Licht, aber über seinem Kopf war der Himmel noch immer dunkelblau.

Der Junge bog vom Wall in den Park ab und sprang mit einem leichten Satz über eine Pfütze. Hinter frischen Pflanzentrieben verschmolz das Blattwerk der Sträucher zu einem geheimnisvollen dichten Netz. Das Kind in dem Heranwachsenden schlenderte ohne Eile und mit unerschütterlichem Urvertrauen durch den Park.

Hier und da tat sich eine Lücke zwischen den Bäumen und Büschen auf. Da kann man mit seinem Mädchen sitzen, dachte er, und ein Seufzer entwich ihm. Der Sommer war herrlich. Die Ferien standen vor der Tür.

Sein Haar war auf eine Länge von wenigen Millimetern gestutzt. Dunkel, fast schwarz, erinnerte es an das Fell einer Ziege. Eine weiße, schräg verlaufende Linie glänzte im Licht der aufgehenden Sonne. Einmal, vor langer Zeit, war der Junge von einem Baum gefallen. Wie so oft fuhr er jetzt mit der Hand über die glatte Narbe, auf der kein einziges Haar wuchs.

Dann blieb er wie angewurzelt stehen, und sein Summen erstarb. Aus dem Augenwinkel hatte er etwas Weißes bemerkt. Etwas, das nicht in die grüne Umgebung passen wollte.

Er drehte den Kopf nach links. Ein Fuß. Da war ein Fuß. Dessen war er sich vollkommen sicher, und er spürte, wie die Übelkeit in ihm aufstieg. Trotzdem zwang er sich, in Richtung der kleinen Lücke zwischen den Rhododendronbüschen zu schauen.

Nicht wissend, wie er die Situation einschätzen sollte, machte er aber ein paar vorsichtige Schritte auf seine Entdeckung zu und ging in die Hocke, um unter das dichte Blattwerk spähen zu können.

Vor ihm lag ein nacktes Mädchen, mit Ausnahme ihres ausgestreckten linken Beins in der Fötusstellung zusammengekrümmt.

Ihre Brust hob und senkte sich langsam.

Er schaute sie genauer an, während er verzweifelt nach seinem Handy tastete. Etwas Dunkles rann aus ihrem Mund und färbte ihre Haut fast schwarz. Blut, dachte er. Das musste Blut sein. Mit zitternden Fingern wählte er die 112.

„Geh ran, geh ran." Er atmete schwer.

„112, Polizeileitstelle, Stefan."

Die freundliche Männerstimme war ruhig und drang leicht gedämpft ans Ohr des Jungen. Er schnappte nach Luft.

„Im Stadtpark liegt ein nacktes Mädchen. Gleich bei der Mejeriet."

„Verstanden. Können Sie mir genauere Angaben machen?" Die Stimme klang noch immer auffallend ruhig.

„Genau zwischen dem Wall und dem Fußweg von der Mejeriet. Beeilen Sie sich. Sie atmet so seltsam. Irgendwie langsam. Und ihr läuft Blut aus dem Mund. Ganz schön viel Blut."

Johannes schaute fast im Sekundentakt auf die Uhr. Das Mädchen atmete noch. Langsam. Ansonsten rührte sich nichts. Er wagte nicht, das Mädchen zu berühren. Plötzlich nahm er von der Seite einen Schatten wahr.

Er beugte sich vor und blinzelte. Eine dunkle Gestalt löste sich aus dem dichten Laub. Johannes erstarrte.

2

Er rannte. Sein Körper fühlte sich leicht an, und seine Gedanken waren glasklar.

Zickzack, dachte er. Muss sie verwirren. Geschmeidig bewegte er sich durch Sträucher und an Lauben vorbei, quer über Wege und Rasenflächen, zwischen Bäumen hindurch, wieder durchs Gebüsch und auf den nächsten Weg. Er lief, als wäre der Boden unter ihm glühend heiß.

Am Schwimmbad machte er kehrt und steuerte unverändert leichtfüßig und geräuschlos die Svanegatan an. Von dort aus bog er nach links in die Grönegatan ein.

In seinem Kopf hallte sein keuchender Atem wider. Ob man ihn nach außen hin auch so laut wahrnahm?

Was hatte sie eigentlich gedacht? Dass sie davonkommen würde? Dass sie den Zeitpunkt selbst bestimmen konnte? Der Gedanke an sie schnürte ihm die Kehle zu und ließ sein Herz schneller schlagen. Sie war nur eine gewöhnliche Hure, dachte er. Die Blume, der Fliederzweig – mit dieser Idee war er vollkommen zufrieden. Es roch so gut und überdeckte den Gestank der Leiche. Niemand würde verstehen, welchen

Dienst er ihr erwiesen hatte. Dass er sie aus den Fängen des Teufels gerettet hatte.

Vor einem Hauseingang blieb er stehen und machte dann einen Schritt auf den Treppenabsatz. In die Irre führen, dachte er. Ein Hechtsprung nach rechts, und er landete neben dem Eingang. Unter den Fensterrahmen drückte er sich an der Hauswand entlang und tippelte auf Zehenspitzen zum nächsten Tor. Dort zog er die Schuhe aus, holte kurz Luft und schlüpfte dann durch das Tor. Es ließ sich geräuschlos schließen. Das wusste er. Im Innenhof war alles still, die Fenster schauten misstrauisch wie schwarze Augen auf ihn herab.

Sachte klopfte er an eine der Türen im Innenhof.

„Wie siehst du denn aus? Komm rein."

Er schlüpfte in die Wohnung, ohne einen Laut von sich zu geben, zog sich die blutüberströmte Kleidung aus und stellte sich dann unter die Dusche.

Als er wieder hinaustrat, war er allein. Auf dem Bett lag ein Jogginganzug. Er zog ihn an.

3

Malva Gran, der in dieser Nacht die Einsatzleitung oblag, schrubbte wie besessen Erbrochenes vom Rücksitz des Streifenwagens. Der letzte Saufkopf hatte kotzen müssen, weil Peter Matsson wie ein Irrer gefahren war. Peter selbst stand nur da und mampfte Würstchen mit Kartoffelbrei, als wäre nichts geschehen. Er grinste, bestens gelaunt angesichts Malvas Wut.

Anfangs hatte Malva sich zu ihm hingezogen gefühlt – so gut aussehend und kräftig, wie er war. Im Laufe der Zeit hatte sich ihre Meinung geändert. Peter war ein selbstgefälliger Ochse mit einem deutlichen Hang zur Aggressivität, und wer einem schlecht gelaunten Peter Matsson in die Quere kam, musste mit mindestens einem heftigen Seitenhieb rechnen.

Malva wischte gerade den letzten Rest Flüssigkeit vom Sitz, als der Funkspruch hereinkam.

„Drei-Neun-Zehn, hier Sieben-Null."

Matsson antwortete antriebslos.

„Drei-Neun-Zehn, in der Garage. Kommen."

„Direkt am Eingang zum Stadtpark, nahe der Mejeriet. Dort ist ein Junge namens …"

Der Kollege von der Einsatzleitstelle verstummte einen Augenblick, meldete sich aber kurz darauf zurück.

„Johannes. Schnell ausrücken, Drei-Neun-Zehn. Kommen."

Malva reagierte umgehend, ohne lange nachzudenken. Der Tonfall des Kollegen klang ernst. Peter Matsson ließ auf der Stelle die Pappschale mit der Wurst fallen. Sie stürzten sich auf die Autositze und Malva warf den stinkenden Kotzlappen aus dem Wagen.

Sirenen und Blaulicht, und Malvas Puls schnellte in die Höhe. Sie warf Matsson einen Blick zu, der ebenfalls vom Adrenalinrausch ergriffen schien. Wenn es darauf ankam, agierte er schnell, das musste sie ihm widerwillig zugestehen.

Malva kontaktierte die Leitstelle und bestätigte ihre Ankunft am Einsatzort. Dann schnappte sie sich ihr Handy aus dem Handschuhfach und stieg aus dem Wagen.

Fußweg zwischen Mejeriet und Wall, dachte sie, konnte aber nicht erkennen, ob sich jemand dort aufhielt. Hören konnte sie auch nichts. Das Morgenlicht schaffte es nicht, sich den Weg durch die Bäume zu bahnen. Die Sonne stand noch zu tief. Niemand war zu sehen.

„Hallo?", rief Malva. „Hallo? Ist hier jemand?"

Peter war ihr dicht auf den Fersen.

„Was zum Teufel hat das zu bedeuten?" Peter wirkte fast enttäuscht.

„Ich weiß es nicht." Malva stieß einen Zischlaut aus, der Peter galt. „Hast du das gehört? Klang, als würde jemand stöhnen."

„Dort entlang“, sagte er und deutete auf einen der Wege. Einige Meter entfernt von ihnen lag jemand auf dem Boden, alle viere von sich gestreckt. Malva stürzte auf die Person zu. Es war ein Junge.

In der Ferne waren deutlich die Sirenen eines Krankenwagens zu hören. Das Blaulicht des Streifenwagens wies dem Notfallteam den Weg.

„Er lebt!“, rief Malva.

„Ich habe ihn gesehen. Er hat mich niedergeschlagen“, flüsterte der Junge.

Er deutete auf einen der Rhododendronsträucher.

„Da. Da liegt sie.“

Peter Matsson und Malva Gran traten eilig auf die Lücke im dichten Buschwerk zu.

„Oh, mein Gott“, entschlüpfte es Malva. „Mein Gott!“

Peter ging neben dem Kopf des Mädchens in die Hocke.

„Verdammt, das ist ja das Allerletzte.“

Er fühlte ihren langsamen Puls und kontrollierte ihre flache Atmung, wusste aber nicht, wie er ihr helfen sollte.

Malvas Handykamera gab ein klickendes Geräusch von sich, und die Blitze erhellten die kleine Höhle im Gebüsch. Die Szene war grotesk. Malva Gran ging hinter ihrer Kamera in Deckung.

Vom Rand des Parks näherte sich das Rettungsteam, und im Nu wurde das Mädchen auf die Trage verfrachtet und davongerollt. Es sah aus, als hätten die kopfschüttelnden Sanitäter resigniert, dachte Malva.

„Sieben-Null an alle Streifen in Lund.“

Das war wieder Stefan von der Einsatzleitstelle. Für den Einsatz waren etwa fünf Streifen verfügbar.

„Sieben-Null an alle Streifen in Lund. Wir wechseln auf Kanal 60. Alle bitte auf Kanal 60 schalten. Bitte bestätigen. Kommen."

Wahrscheinlich ist es eh schon zu spät, dachte Malva Gran, als alle Patrouillen ausschwärmten. Der Park war weitläufig, und es gab jede Menge Möglichkeiten, sich aus dem Staub zu machen.

Johannes saß noch immer auf dem Boden. Er hielt eine Blume in der Hand – einen weißen Fliederzweig, der intensiv duftete. Peter ging neben dem Jungen in die Hocke.

„Er war verdammt groß, richtig riesig. Große Hände. Glaube ich. Es war so dunkel. Ich weiß nicht. Ich glaube, er hatte … keine Ahnung. Er war halt irgendwie groß", sagte Johannes und ergänzte: „Er war auf jeden Fall größer als ich."

Er gab sich wirklich Mühe.

„Woher hast du den Fliederzweig?", fragte Peter.

„Ich weiß es nicht. Aber er muss mich geschlagen haben."

„Wohin?", fragte Matsson.

„In den Bauch. Mir ist der Atem weggeblieben. Was dann passiert ist, weiß ich nicht."

Malva ging zum Auto zurück, um eine Decke zu holen. Johannes zitterte. Vermutlich ein Schock, dachte sie.

„Drei-Neun-Zehn an Sieben-Null, bitte kommen."

„Sieben-Null hier. Kommen." Stefans Stimme wieder. Gut, dachte Malva, er klingt entspannt.

„Wir brauchen hier die Spurensicherung. Und Ermittler vom Bereitschaftsdienst. Kommen."

„Verstanden, Drei-Neun-Zehn. Einen Hund schicke ich auch. Der Wachhabende ruft Sie gleich an."

4

Kommissarin Sara Vallén hatte einen langen und harten Arbeitstag hinter sich. In letzter Zeit war sie für sämtliche Probleme allein verantwortlich gewesen, da ihr Vorgesetzter krankgeschrieben war, weshalb sie sich todmüde fühlte.

Sie war auf Abruf, aber Gott sei Dank kam es selten vor, dass sie mitten in der Nacht zu einem Einsatz gerufen wurde. Obwohl Sara so erschöpft war, fanden ihre Gedanken keine Ruhe, und ihr Kiefer schmerzte vor Anspannung. Sie nahm eine Allergietablette, die sie etwas schläfrig machte, und nickte schließlich ein, als es auf zwei Uhr zuging.

Sie befand sich in einem Raum. Eine Tür stand offen. Hinter der Tür wartete ihr Vater mit einer Axt. Eine Schlange kroch herein, und Sara stand da wie versteinert. Plötzlich sprang ihr Vater vor und hieb mit der Axt auf die Schlange ein. Unbeeindruckt kam ihr das Tier dennoch näher, zischte sie an. An seiner peitschenden Zunge hingen zwei klingende Glöckchen. Sara versuchte verzweifelt, sich an der Wand des Raumes in Sicherheit zu bringen, während das Klingeln immer schriller wurde. Dann fuhr sie mit einem Ruck aus dem Schlaf.

„Vallén", sagte sie schlaftrunken und atmete tief ein.

„Hallo", antwortete eine Stimme aus ihrem Telefon. „Wachhabender Kjell Stigsson hier."

„Ja?" Sara setzte sich kerzengerade im Bett auf, schüttelte sich kurz und war augenblicklich hellwach.

„Im Stadtpark von Lund wurde ein Gewaltverbrechen an einem Mädchen verübt. Soviel ich weiß, wurde sie sehr schwer verletzt, vielleicht sogar lebensbedrohlich."

„Im Stadtpark? Das ist nicht weit von hier entfernt. Ich rufe die Spurensicherung an. In einer Stunde sollte sie vor Ort sein. Ich selbst bin in zehn Minuten dort."

„Gut. Wir haben auch schon Spürhunde angefordert", sagte Stigsson. „Der Täter ist vom Tatort geflohen, als ein Junge vorbeikam und das Mädchen fand. Hoffen wir, dass sie es überlebt. Toi, toi, toi."

Sara steckte bereits mit einem Bein in ihrer Hose. Wenn sie auf Abruf war, legte sie ihre Kleider immer in derselben Reihenfolge bereit, um sich möglichst schnell wieder anziehen zu können: Sport-BH, Collegepullover, Hose. Die Turnschuhe unter dem Stuhl. Ansonsten war Sara eher schlampig veranlagt. In ihrem Kleiderschrank herrschte ein einziges Durcheinander. Manchmal kam es ihr so vor, als hätte sie zwei verschiedene Persönlichkeiten: Sara, die Polizistin, und Sara, die Privatperson.

Sara Vallén stieg in ihren Wagen, einen alten und klapprigen Saab 900, und rief gleichzeitig bei Jörgen Berg und Rita Anker an.

„Stadtpark. Wenn möglich ein wenig schneller als sonst. Ich briefe euch während der Fahrt", erklärte Sara während des Konferenzanrufs ihren beiden Kollegen.

Sara hatte ihr eigenes Team zur Aufklärung schwerer Verbrechen zusammengestellt und dafür ihre früheren Kollegen vom Landeskriminalamt ausgewählt. Noch fühlten sich alle ein wenig verloren in ihren neuen Rollen. Aus einer eingeschworenen Gemeinschaft, die viele Jahre lang zusammengearbeitet hatte, war eine Gruppe geworden, die sich auf verschiedene Reviere und teils sogar auf unterschiedliche Polizeidistrikte aufteilte. Nichts war mehr so wie früher, und das hatte ein Gefühl der Unsicherheit geschürt. Aber in Situationen wie dieser wussten alle ganz genau, was zu tun war.

„Es ist nicht weit für mich", sagte Rita, die in der Grönegatan wohnte.

„Ich stecke quasi schon in meinen Klamotten", erklärte Jörgen. „Ich brauche vielleicht eine Viertelstunde. In drei Minuten fahre ich in Dalby los."

Sara gab ihnen die spärlichen Informationen durch, die sie hatte.

„Wir sehen uns dort", sagte sie schließlich. Sie verabschiedeten sich zeitgleich, und anschließend wiederholte Sara das Prozedere mit ihren Kollegen Jonny Svensson und Torsten Venngren, die beide zur Polizei Malmö gehörten. Dann herrschte Stille.

Plötzlich durchfuhr Sara ein Gefühl des Unbehagens. Waren die Mädchen zu Hause? Sie hatte nicht noch einmal nachgesehen. War einfach losgerauscht. Was, wenn es eines von ihnen war?, dachte Sara, griff wieder zum Telefon und wählte die Handynummer einer ihrer Töchter. Eine verschlafene Mädchenstimme antwortete, und Sara war beruhigt, als ihre Tochter verwirrt bestätigte, dass sowohl sie als auch ihre Zwillingsschwester zu Hause waren.

Sara trat wieder aufs Gaspedal.

Mit einer Vollbremsung brachte sie den Wagen vor den Absperrungen zum Stehen und lief dann zu Fuß auf das blinkende Blaulicht nahe der Mejeriet zu.

Die Einsatzleiterin erwartete sie bereits, eine hübsche junge Frau mit zu einem Pferdeschwanz hochgebundenen dunklen Haaren. Trotz der angespannten Situation wirkte sie ruhig.

Sie streckte die Hand aus.

„Malva Gran."

„Sara Vallén, leitende Kommissarin."

„Ich zeige Ihnen den Tatort", sagte Malva. „Möglicherweise haben wir schon einen Verdächtigen. Er wurde auf Anordnung des diensthabenden Staatsanwalts zur Vernehmung vorgeladen. Ein Ermittler führt die ersten Befragungen durch, dann entscheidet der Staatsanwalt, wie es weiter geht."

„Gut. Kennen Sie die Identität des Mädchens?"

Sara versuchte, die Sorge, dass es sich bei dem Opfer um eine Bekannte ihrer Töchter handeln könnte, hinter einem professionellen Tonfall zu verbergen.

„Nein, noch nicht. Die Sanitäter haben sie sofort mitgenommen. Sie hat unfassbar an einer seltsamen Stelle geblutet … ihre Zunge war abgeschnitten."

Sara Vallén zog eine angewiderte Grimasse.

„Was ist das für ein Verrückter?", fragte sie. „Das muss wirklich übel ausgesehen haben!"

„Ja, schrecklich", antwortete Malva Gran. „Nicht die ganze Zunge, aber doch ein großer Teil davon."

„Was für eine Welt ist das eigentlich, in der wir hier leben?", fragte die Kommissarin grimmig.

Obwohl sie sich seit so vielen Jahren mit schweren Verbrechen befasste, erschreckte sie die fürchterliche Fratze der Brutalität nach wie vor.

„Die Zunge lag neben ihr."

„Das hier ist also der Tatort?"

„Sieht so aus. Aber mit Sicherheit kann ich das nicht behaupten. Das wird die Spurensicherung herausfinden", konstatierte Malva.

Sara nickte.

„Das Mädchen hielt einen Fliederzweig in der Hand. Es sah wie ein unheimliches Zeichen aus. Schwer einzuordnen, sowohl die Sache mit der Zunge als auch mit dem Flieder …"

„Scheint so, aber das soll wohl irgendeine Botschaft sein", antwortete Sara.

Sie folgte Malva zur Kräftesammelstelle, die etwas entfernt von dem Rhododendronbusch errichtet worden war, unter dem das Mädchen gelegen hatte.

Alles war abgesperrt, und eine angespannte Stille lag über dem Park. Nur das Knistern der Funkgeräte war gelegentlich zu hören.

„Der Junge, der sie gefunden hat, hielt übrigens auch einen Fliederzweig in der Hand", sagte Malva und wandte den Blick ab.

Sie blinzelte verunsichert.

Dann holte sie tief Luft.

„Sein Name ist Johannes Vallén."

5

Sara hatte das Gefühl, als zöge ihr jemand den Boden unter den Füßen weg. Sie wandte sich ab. Unterdrückte den Drang, einfach fortzulaufen. Dann sammelte sie sich und stampfte mit den Füßen auf den Boden, als suchte sie Halt.

„Das kann nicht sein", sagte sie nur und ließ Malva stehen.

„Wir arbeiten so wie immer", rief Malva ihr hinterher.

„Selbstverständlich", antwortete Sara. „Aber es kann nicht sein, dass mein Sohn so etwas getan hat. Verstehen Sie!"

Malva schaute der Kommissarin respektvoll hinterher. Sie bewunderte Sara Valléns Stärke, konnte aber den Gedanken nicht abschütteln, dass sie mit ihr möglicherweise die Mutter eines Gewaltverbrechers vor sich hatte. Malva ballte die Faust und beschloss, weiterhin objektiv zu bleiben.

Virro schnüffelte vom Rhododendrongebüsch aus los. Um die Brust trug er ein Geschirr, an dem eine lange Leine befestigt war. Der Hund schnupperte nicht direkt am Boden, was darauf hindeutete, dass die Spuren noch frisch waren.

Er wuselte mal hierhin, mal dorthin, und es sah nicht so aus, als würde er irgendeiner bestimmten Fährte folgen. Fredrik, der Hundeführer, murmelte vor sich hin. Zu viele Menschen waren schon hier herumgetrampelt. Er führte den Hund fort vom Gebüsch zu einer Stelle, von der aus der Täter möglicherweise geflüchtet war. Im Kies waren deutliche Spuren zu erkennen, die nach scharrenden Füßen aussahen.

Virro drückte die Schnauze näher an die Erde, nahm die Witterung auf und schlug eine Richtung ein.

Wie viel Zeit seit der Flucht des Täters vergangen war, konnte derzeit niemand sagen, aber die Spürnase des Hundes hatte definitiv eine Fährte gefunden. Fredrik ließ sich von dem Tier leiten, das ihn die Wiese hinauf zur Svanegatan führte. Der Hund blieb, wie es von ihm erwartet wurde, kurz stehen, schnupperte erneut und zog seinen schweigenden Hundeführer dann weiter voran.

Von dort führte die Spur wieder auf den Schotterweg und in Richtung des Schwimmbades. Wieder blieb der Hund stehen und schnupperte, bevor es weiterging. Die Spur schien im Zickzack zu verlaufen, und der Hund wurde stark gefordert. Die unterschiedlichen Beschaffenheiten des Bodens machten es ihm noch schwerer. Nun ging es wieder zurück zur Svanegatan.

Bis auf das Klappern der Ausrüstung am Gürtel des Hundeführers war nur Virros Hecheln zu hören. Plötzlich blieb dieser stehen, schnupperte erneut, änderte die Richtung und stürmte auf den Fußweg, der zum Högevalls-Schwimmbad führte. Die Nase ein gutes Stück über dem Boden führte der Hund seinen Führer am Bad vorbei und rechts auf die Svanegatan.

Asphalt, dachte Fredrik. Nicht gut. Die Spur wird er bald verlieren. Aber Virro schien noch am Ball zu sein, schnüffelte dicht über der Straße und bog schließlich in die Grönegatan ein, wo er in der Nähe eines Tores stehen blieb. Dort schnupperte er eine Weile herum. Etwas schien ihn zu verwirren. Offensichtlich war die Fährte hier zu schwach, und der Hund hatte Schwierigkeiten, sie wiederzufinden. Er schnaufte und glotzte sein Herrchen an. Dann beschnüffelte er die Mauer neben einem anderen Tor, hob das Bein und pinkelte. Einem spontanen Impuls folgend, rüttelte Fredrik am Tor, aber es war verschlossen. Ach, Virro hatte die Spur verloren. Schade. Das war nichts Neues für den Hundeführer, und er wusste, dass der Hund sein Bestes gegeben hatte. So war es eben in seinem Job. Manchmal hatte man Erfolg, manchmal nicht.

„Sieben-Drei-Zehn an Drei-Neun-Zehn", funkte der Hundeführer die Einsatzleitung an.

„Ich höre", antwortete diese.

„Der Hund hat die Spur verloren. Wir sind in der Grönegatan, nicht allzu weit entfernt."

„Verstanden."

6

„Er ist siebzehn Jahre alt und die Sommerferien stehen vor der Tür. Da kann man ihn doch wirklich nicht einsperren. Außerdem ist er kein Gewalttäter, Göran. Das ist ein Missverständnis. Ich habe um anwaltlichen Beistand gebeten", sagte Sara, bevor das Telefongespräch beendet wurde.

„Mein Ex-Mann", erklärte sie entschuldigend gegenüber Malva, die neben ihr stand.

Malva musterte die leitende Kommissarin, die nur dastand und den Kopf schüttelte. Ihr ganzes Auftreten ließ darauf schließen, dass Sara sich innerlich von den Ereignissen distanziert hatte. Erneut konnte Malva sie nur für ihre Stärke bewundern.

„Der wahre Schuldige wird sich innerhalb von wenigen Minuten aus dem Staub gemacht haben", sagte Sara.

Sie sprach schnell und undeutlich im Stockholmer Dialekt und blinzelte ihre Tics weg – ihre Augenlider hatten die Angewohnheit, sich auf halbem Wege zu verhaken. Sara wusste, dass sie dann sehr arrogant herüberkam, aber es geschah automatisch, wenn zu viel gleichzeitig auf sie einprasselte.

Johannes drängte sich zwischen ihre rationalen und emotionalen Gedanken, und zwei Stimmen meldeten sich zu Wort. Eine, die mit Nachdruck behauptete, es sei unmöglich, dass der freundliche und fröhliche Johannes etwas derart Böses tun könne. Und eine andere, die Zweifel in ihr schürte, obwohl Sara wusste, dass ihr Sohn nichts mit dem Verbrechen zu tun hatte. Das war einfach ausgeschlossen.

Sara ließ den Blick über den Park schweifen und sah zu ihrer Erleichterung, dass sich Rita Anker und Jörgen Berg näherten. Kurz darauf hörte sie, wie ein Auto hinter dem Streifenwagen hielt, aus dem Jonny Svensson und Torsten Venngren stiegen.

Sara berichtete ihren Kollegen, was sich ereignet hatte. Zuerst zögerte sie, entschied sich dann aber, ihnen nicht zu verschweigen, dass möglicherweise ihr Sohn des Verbrechens verdächtigt wurde. Ihre Kollegen starrten sie verständnislos an.

„Aber dann solltest du doch nicht die leitende Kommissarin sein", sagte Jonny Svensson.

„Wir haben jetzt niemand anderen. Aber das ist schon in Ordnung. Johannes hat es schließlich nicht getan. Punkt." Sara warf ihren Kollegen einen grimmigen Blick zu. Kein Zweifel, dass sie keinen Widerspruch gestattete. Das verstanden alle sofort.

Jonny senkte mürrisch den Kopf, gab aber klein bei. Er zündete sich eine Zigarette an und kam zu dem Schluss, dass es keinen Sinn hatte, zu diskutieren. Das war eine Erkenntnis, die ihn die jahrelange Zermürbung gelehrt hatte.

Gemeinsam kletterten sie über das Absperrband und bewegten sich vorsichtig am Rand des abgetrennten Bereichs zum Tatort. Malva folgte ihnen und Sara wandte sich direkt an sie.

„Sorgen Sie dafür, dass die Absperrungen gesichert sind, und schicken Sie jemanden zur Grönegatan“, sagte Sara und war überrascht, dass ihre Stimme nicht zitterte.

Sie machte eine abweisende Geste in Richtung Malva, die schon dabei war, die Anweisungen zur Sicherung der Grönegatan zu verschicken.

„Um den Rest kümmere ich mich mit meinem eigenen Team.“

Sie zeigte auf Rita und Jörgen. Rita war schon auf dem Sprung, und Jörgen schloss sich ihr wie gewohnt an. Beide verschwanden schnell von der Bildfläche.

Dann nickte Sara Jonny und Torsten zu.

„Ihr übernehmt die Svanegatan und die Gyllenkroks Allé.“

Als die beiden verschwunden waren, traten die beiden Kollegen von der Spurensicherung auf Sara zu. Sie deutete auf den Tatort.

„Gut, dass ihr da seid. Hier sind leider schon viele Leute herumgelaufen. Aber ich weiß, dass es eindeutige Fußspuren gibt, die sich von den anderen unterscheiden. Sie sind ein bisschen in die Länge gezogen, als hätte die Person einen Blitzstart hingelegt.“

Die Kriminaltechniker nickten. Das war keine ungewöhnliche Situation.

„Ansonsten findet ihr natürlich auch jede Menge Schuhabdrücke von Polizei und Rettungskräften, das seht ihr ja selbst“, fuhr Sara fort.

„Sonst noch etwas, das wir wissen sollten?“, fragte der leitende Kriminaltechniker Ove Ovesson.

„Ja, der Hund hat die Fährte an einem Tor in der Grönegatan verloren."

„Das Gebiet muss sofort abgesperrt werden", bemerkte der Kollege Bengt Karlsson. „Vielleicht gibt es dort interessante Spuren."

Vorsichtig betraten die Techniker den abgesperrten Bereich. Karlsson baute ein Stativ mit einer Kamera auf und begann damit, die Szenerie aus allen Blickwinkeln zu fotografieren.

Zwischen all dem Grün sahen ihre weißen Overalls wie Wolken aus.

7

In Saras Kopf fuhren die Gedanken Achterbahn, eine Runde nach der anderen. Johannes? Das war doch vollkommen verrückt. Sie zuckte zusammen, als sich Ove ‚Schatten' Ovesson von hinten an sie heranschlich. Er machte seinem Spitznamen alle Ehre.

„Wir haben einiges gefunden", sagte er. „Ich meine, wir sind hier im Freien und hier laufen immer viele Leute herum. Das weißt du ja selbst. Außerdem werden wir wohl Schuhabdrücke der Sanitäter und Polizisten nehmen müssen, wie du auch schon vorgeschlagen hast."

Sara nickte.

„Das erledigen wir selbst", sagte sie leise aber bestimmt.

In der praktischen Arbeit, den technischen Vorgängen, fühlte sie sich zu Hause, und sie wusste ganz genau, was zu tun war. Selbst zuzupacken gab ihr ein Gefühl der Ausgeglichenheit.

„Und natürlich wird der Gerichtsmediziner das Mädchen untersuchen wollen."

Sara suchte Malva Grans Aufmerksamkeit.

„Gibt es schon Rückmeldung von Ihren Kollegen, die die Absperrungen sichern und sich durch die Nachbarschaft fragen?“

„Ja“, erwiderte Malva. „Negativ. Nichts Neues bisher. Übrigens waren sowohl ich als auch mein Kollege dort im Gebüsch. Für die Notfallversorgung natürlich.“

„In Ordnung. Sorgen Sie dafür, dass wir auch von Ihrem Kollegen Schuhabdrücke bekommen“, sagte Ovesson. „Sie selbst haben zu kleine Füße, das sehe ich sofort. Nur um uns unnötige Arbeit zu ersparen. Raucht Ihr Kollege?“

Es war allgemein bekannt, dass Ovesson Raucher verabscheute. Und noch mehr hasste er rauchende Polizisten. Die verursachten immer Chaos. Überall diese Kippen – schlimmstenfalls sogar an den Tatorten.

„Nein, das tut er nicht.“

„Gut, dann kann er sich einen DNA-Test sparen. Die Abdrücke reichen.“

Sara winkte den stellvertretenden Einsatzleiter zu sich.

Ohne ein Wort des Grußes schaute sie auf seine großen Füße hinunter.

„Lassen Sie Abdrücke von Ihren Schuhen nehmen“, ordnete sie an und deutete auf einen der Techniker von der Spurensicherung.

Der bestimmte Tonfall machte klar, dass es eher ein Befehl als eine freundliche Bitte war. Peter Matsson nickte und hielt sich entgegen seiner Gewohnheit mit einer dreisten Bemerkung zurück, obwohl ihn das vage Gefühl beschlich, soeben vor Malva das Gesicht verloren zu haben.

Er zuckte kaum merklich mit den Schultern und machte sich auf den Weg, um den Einsatzbericht zu unterschreiben, den er eben aufgesetzt hatte. In seinen Jahren bei der Polizei hatte er unzählige solcher Berichte verfasst. Punkt für Punkt sollte man alle getroffenen Entscheidungen und die durchgeführten Arbeitsschritte nachverfolgen können. Peter wusste, wie wichtig es war, von Anfang an Sorgfalt walten zu lassen, denn alles im Nachhinein zu rekonstruieren war meistens ein Ding der Unmöglichkeit. Außerdem ging das Dokument in die Voruntersuchungen ein und konnte einer eingehenden Kontrolle unterzogen werden. Deshalb notierte Peter auch die Anordnung, die Abdrücke seiner Schuhe untersuchen zu lassen. Ein schiefes Grinsen breitete sich auf seinem Gesicht aus.

In diesem Moment kehrte der Hundeführer zurück.

„Was gibt es denn da zu grinsen?", fragte er Peter.

„Ach, nichts Besonderes. Musste nur gerade an die leitende Kommissarin denken. Richtig Haare auf den Zähnen."

„Oh, ja. Ich habe allerdings gehört, sie soll gut und extrem kompetent sein", sagte Fredrik bedächtig.

Matssons Lippen wurden schmal, und der Hundeführer verspürte einen Anflug von Selbstzufriedenheit. Matsson war ein Kotzbrocken, und jeder, der einmal mit ihm zusammengearbeitet hatte, wusste das. Fredrik war da keine Ausnahme. Er machte auf dem Absatz kehrt und suchte nach Malva Gran.

Sara wandte sich an Ove Ovesson – wohl wissend, dass es einiges zu fragen gab und sie jetzt nur einen Bruchteil der nötigen Antworten bekommen würde. Trotzdem kam sie nicht umhin, nachzuhaken.

„Gibt es irgendwelche Hinweise darauf, dass ein Kampf stattgefunden hat?"

„Na ja, nicht viele. Aber natürlich gibt es überall im Umkreis Spuren. Ich habe trotzdem eher das Gefühl, dass sie ziemlich schnell ausgeknockt wurde. So sieht es jedenfalls aus. Wir werden ja erfahren, ob das Mädchen irgendwelche Verletzungen hat, die auf eine körperliche Abwehr schließen lassen. Waffen oder andere Utensilien haben wir hier im Umfeld nicht gefunden."

„Das ist großartig", sagte Sara und verspürte so etwas wie einen kleinen Hoffnungsschimmer.

„Großartig?" Ove Ovesson starrte sie fragend an. „Sicher, dass es dir gut geht?"

„Ich habe es bisher nur den Ermittlern gegenüber erwähnt, aber der Junge, den sie festgenommen haben, ist mein Sohn. Er wurde zur Vernehmung vorgeladen. Ich schätze, er wird verdächtigt." Sara spürte, wie ihre Lippen zu zittern begannen.

„Was sagst du da?", platzte Ovesson heraus.

„Ich weiß, das klingt unglaublich. Aber deshalb ist es gut, dass wir keine Waffen gefunden haben, denn das hätte den Verdacht fürs Erste verhärtet. Bis zu den Ergebnissen der DNA-Tests, meine ich."

„Ja, wenn man es so sieht, kann das sein", sagte Ove nachdenklich und augenscheinlich noch nicht ganz überzeugt von diesen Überlegungen. Aber er ließ es zunächst dabei bewenden.

„Bist du dir sicher, dass du unter diesen Umständen hier sein solltest?"

„Ja, Johannes' Vater ist gerade bei ihm. Ich komme später nach. Aber bitte kümmert euch um eine Vertretung für mich. Bis wir jemanden gefunden haben, behalte ich erst einmal die Position inne."

8

„Sollte wirklich ich das Gespräch mit Johannes führen, wenn man bedenkt, wie eng wir zusammenarbeiten?", fragte Torsten Venngren, als er aus der Svanegatan zurückkehrte. Jonny Svensson hatte Unterstützung von einem anderen Kollegen bekommen.

„Na ja, immerhin arbeiten wir nicht in einem festen Team zusammen", wandte Sara Vallén ein. „Und bis auf Weiteres bin ich schließlich noch die leitende Kommissarin", fügte sie hinzu.

Sie gab sich entschlossener und ungerührter, als sie sich fühlte. In Wirklichkeit schaffte sie es kaum, ihre Gefühle unter Kontrolle zu halten. Ihr Herz pochte heftiger als gewohnt, und in ihrem Magen breitete sich ein bohrender Schmerz aus. Trotzdem schaffte sie es noch, rational zu denken. Ihr Psychologe hatte ihr schon vor einiger Zeit gesagt, dass ihre stärkste Kraft die Vernunft sei. An diesem Tag dankte Sara dem Schicksal für diese Eigenschaft. Torsten Venngren war der Einzige, dem sie voll und ganz vertraute. Er schaffte es, Menschen dazu zu bringen, alles von sich preiszugeben, ohne dabei jemals kränkend oder auch nur respektlos zu sein. Das machte ihn zum besten Vernehmungsleiter, den Sara in all den Jahren kennengelernt hatte.

„Gut. Ich rufe dich an, sobald ich Näheres weiß. Immer mit der Ruhe, es wird sich schon alles klären", versprach Torsten, konnte seine Besorgnis aber nicht hinter seinem Lächeln verbergen.

Lieb von dir, Torsten, dachte Sara, nickte aber nur und ging wieder ans Werk.

Die Inspektoren Jörgen Berg und Rita Anker klopften an die Türen in der Grönegatan. Aus Erfahrung wussten sie, dass es besser war, keine Zeit zu verlieren. Vor dem Tor zum Grundstück, auf dem der Polizeihund die Fährte verloren hatte, hing bereits blau-weißes Absperrband, und auf der Straße stand ein uniformierter Polizist Wache. Weder Jörgen noch Rita gingen hinein. Zuerst musste die Spurensicherung vor Ort gewesen sein. Der Polizist war ohnehin der Ansicht, dass niemand das Gebäude verlassen könne, da es keinen Hinterausgang gab.

Alle Verbrechen, die nicht innerhalb von ein oder zwei Wochen aufgeklärt wurden, liefen Gefahr, sich in die Riege ungeklärter Kriminalfälle einzureihen, die in den Polizeiarchiven vor sich hin moderten. Jörgen und Rita arbeiteten unermüdlich, Rita etwas schneller als ihr Kollege, aber sie beide spürten den Druck, der auf ihnen lag. Ein Anwohner nach dem anderen öffnete ihnen die Tür, oft noch schlaftrunken und nur mit einem Bademantel bekleidet. Eine Ausnahme gab es: einen Mann, der schon Trainingshose und ein T-Shirt aus seidigem Material trug und sagte, dass er früh mit der Arbeit beginne und zuvor noch ein Lauftraining absolvieren müsse.

„Die Tageszeit ist perfekt zum Laufen, und hell ist es auch schon", betonte er. Rita musterte den Mann in der Tür mit Skepsis. Er baute sich mit angespannten Oberarmmuskeln und geschwellter Brust vor ihr auf. Rita wusste nicht, ob das bewusst und einstudiert war, aber sie konnte ihn instinktiv nicht ausstehen.

„Sie haben nicht zufällig jemanden hier draußen vorbeigehen sehen?", fragte sie. „Immerhin gehen Ihre Fenster zur Straße hinaus."

„Nein, oh nein, dafür ist es doch viel zu früh", antwortete der Mann. „Ist etwas passiert?"

Die Frage war berechtigt, aber Rita verspürte nicht das Bedürfnis, sie zu beantworten. Jörgen Berg hingegen schien ihr Misstrauen nicht zu teilen. Er musterte das Muskelpaket in der Tür mit unverhohlenem Interesse. Rita versuchte, die Aufmerksamkeit ihres Kollegen zu erregen, aber sein Blick verriet, dass ihn die Statur seines Gegenübers mehr beeindruckte als der Instinkt seiner Kollegin.

„Ein Mädchen ist übel zugerichtet worden, und der Täter scheint über die Grönegatan geflüchtet zu sein", erklärte er.

Rita kniff Jörgen in die Seite. Mit wütendem Blick drehte er sich um und wand sich aus Ritas Griff.

„Wie schrecklich", kommentierte der Mann, und Rita musterte ihn prüfend. Ihr Polizeiblick erfasste einen nervenaufreibend selbstgerechten Typen. Irgendetwas in seiner Mimik passte nicht zu dem, was er sagte. War das etwa der Anflug eines Lächelns, das sich für den Bruchteil einer Sekunde auf seine Lippen gestohlen hatte? Oder hatte sie sich geirrt?

Rita schaute genauer hin, konnte aber keine Spur eines Lächelns mehr erkennen. Dennoch läuteten die Alarmglocken in ihrem Kopf – wenigstens leise.

Jörgen Berg nickte betroffen und schüttelte dann die Hand des Mannes.

„Ich danke Ihnen, dass Sie sich Zeit für uns genommen haben“, sagte er.

Rita nickte nur. Dann schloss sich die Wohnungstür hinter ihnen und sie traten wieder hinaus auf die Straße.

„Der wirkte harmlos“, sagte Jörgen.

„Irgendwoher kenne ich ihn“, gab Rita nachdenklich zurück.

Sie zerbrach sich eine Weile den Kopf.

„Vielleicht ist daran auch gar nichts Seltsames, immerhin wohnen wir in derselben Straße. Aber nein, für harmlos halte ich ihn nicht. Er hat unnatürlich auf mich gewirkt. Deshalb habe ich dich auch gekniffen. Ich wollte nicht, dass du ihm zu viel sagst. Aber nein, du verstehst den Wink nicht und plapperst weiter, als sprächest du mit dem Papst höchstpersönlich. Hast du nichts aus deinen fünfzehn Jahren als Fahnder gelernt?“

„Ich habe gar nicht darüber nachgedacht. Reg dich doch nicht so auf.“

Jörgen Berg zuckte die Schultern und fragte sich, ob es daran lag, dass er Frauen noch nie richtig durchschaut hatte. Aber andererseits war ihm Rita ähnlicher als so manch männlicher Kollege.

„Wie sah er aus?“, fragte Sara, als sie ihr telefonisch Bericht erstatteten.

„Überspannt“, antwortete Rita, „und athletisch gebaut. Er sagte, er sei Bauarbeiter und beginne früh mit der Arbeit. Vorher wolle er noch joggen gehen. Wenn du mich fragst, hatte er etwas Unangenehmes an sich. Etwas … Unnatürliches.“

„Kannst du das genauer beschreiben?“

„Nein, nicht wirklich … aber wahrscheinlich hatte es etwas mit seinem Blick zu tun. Auf jeden Fall will er nichts gehört oder gesehen haben.“

„Okay“, antwortete Sara.

„Und wie geht es dir?“ Rita machte sich mehr Sorgen um Sara als um Johannes. Sie kannte die Familie Vallén gut und zweifelte nicht an Johannes’ Unschuld.

„Ich mache mir keine Sorgen, ich weiß, dass er nichts getan hat“, sagte Sara. „Aber ich will jetzt nicht darüber sprechen. Später. Was hat Jörgen von dem Typen gehalten?“

„Jörgen ist nichts aufgefallen, also bilde ich mir vielleicht nur etwas ein.“

Rita hielt einen Augenblick inne.

„Er ist gerade hier entlanggelaufen, also hat er dahingehend immerhin nicht gelogen“, sagte sie dann, als sie den Mann mit langen Schritten auf die Gyllenkroks Allé abbiegen sah. Widerwillig musste sie zugeben, dass es sie beeindruckte, wenn jemand sich so früh am Morgen zum Laufen motivieren konnte.

9

„Ich fahre zum Krankenhaus und versuche, die Identität des Mädchens festzustellen", sagte Sara zu Malva, die sich gerade mit dem Funkgerät beschäftigte.

Sara warf einen Blick zu den Kollegen von der Spurensicherung. Sie konnte sie guten Gewissens sich selbst überlassen. Neben ihnen lagen Papiertüten mit Kleidung, kleinere Tütchen mit Wattestäbchen, gesicherten Sperma- und Blutproben. Der Fliederzweig lag gesondert für sich. Das Zungenstück war mit ins Krankenhaus genommen worden. Die weiß gekleideten Männer gingen schweigend umher, die Blicke suchend auf den Boden gerichtet.

Malva nickte Sara zu, während sie aufmerksam den Funkverkehr verfolgte.

„Wenn die Spurensicherung fertig ist, können Sie die Absperrungen entfernen", bemerkte Sara und machte sich auf den Weg zu ihrem Wagen.

Kaum, dass sich die Autotür hinter ihr geschlossen hatte, kamen die Tränen. Sara legte die Stirn ans Lenkrad, umklammerte es mit den Händen und schluchzte aus tiefstem Herzen wie ein unglückliches Kind. Den Schrei, der sich in ihrer Brust aufbaute, unterdrückte sie, damit keiner ihrer Kollegen etwas von ihrem Ausbruch mitbekam. Nach ein paar Minuten richtete sie sich auf, warf einen Blick in den Rückspiegel und strich sich mit zitternden Händen übers Gesicht. Sie tätschelte ihre Wangen, um ihnen wieder etwas Farbe einzuhauchen. Dann sortierte sie ihre Gedanken und startete den Wagen.

„Sie hat ein schweres Trauma oder auch mehrere Traumata. Deswegen hat man viele Ärzte herangezogen", sagte die Krankenschwester mit ernstem Blick zu Sara Vallén.

„Und was geschieht jetzt?", fragte Sara.

Die Krankenschwester seufzte beklommen.

„Die Erstversorgung und lebensrettenden Maßnahmen haben die Chirurgen und das medizinische und gynäkologische Personal zusammen mit dem Anästhesisten eingeleitet. Anschließend wurde sie von Neurologen, Orthopäden und Hals-Nasen-Ohren-Ärzten behandelt. Am wichtigsten war es allerdings zunächst, das Mädchen zu stabilisieren."

„Kann ich nach ihr sehen?", wollte die Kommissarin wissen.

„Jein. Sie können mit mir zur Notaufnahme kommen, und wir schauen mal, ob wir einen Blick auf sie werfen können."

„Wurde sie schon identifiziert?"

„Nein, nein", antwortete die Krankenschwester. „Dafür war beim besten Willen keine Zeit. Außerdem war sie nackt und wir hatten nichts, was uns dabei hätte helfen können."

Sara Vallén folgte der Krankenschwester, die in Richtung der Notaufnahme davonhuschte. Durch ein kleines Fenster konnte Sara mit ansehen, wie Ärzte, Krankenschwestern und Pflegeassistenten die Patientin belagerten. Am Kopf des Mädchens stand eine Ärztin und drückte langsam auf eine Blase, die an einem im Rachen des Mädchens steckenden Schlauch hing.

„Was ist das?", fragte Sara.

„Ein Ambu-Beutel", erklärte die Schwester und führte auf Saras fragende Miene hin aus: „Das ist ein Beatmungsbeutel, mit dem Luft und Sauerstoff in die Lungen des Mädchens gepumpt werden können."

„Und dann?" Sara spürte, wie ein Gefühl des Unbehagens von ihr Besitz ergriff. An Johannes dachte sie im Moment überhaupt nicht. Gerade war sie ausschließlich Polizistin.

„Dann wird noch einiges passieren", antwortete die Krankenschwester. „Ihr Kopf wurde bereits geröntgt und die Ärzte sehen sich gerade die Bilder an. Vielleicht muss ihr Schädel noch geöffnet werden. Sie soll so schnell wie möglich auf die neurologische Intensivstation verlegt werden. Der Gynäkologe hat die Verletzungen im Unterleib untersucht, aber Sie verstehen sicher, dass es noch eine ganze Weile dauern wird, bis wir alles überprüft haben. Das Mädchen hat viele Verletzungen."

Sara Vallén machte eine resignierende Geste und wandte sich vom Fenster ab.

„Muss sie leiden?"

„Im Moment gerade nicht, sie wurde in Narkose versetzt, obwohl sie schon bewusstlos war, als sie eingeliefert wurde."

Die Schwester tätschelte Saras Schulter.
„So etwas ist selbst für die abgebrühtesten Polizisten oder Krankenschwestern schwer zu verkraften", sagte sie.

Als Sara das Krankenhaus verließ, spürte sie, wie müde sie war. Bis ins Mark. Eine Stunde Schlaf sollte sie sich wenigstens gönnen. Immerhin etwas, dachte sie.

10

Johannes Vallén saß in einer Zelle, die Ellbogen auf die Knie gestützt und das Gesicht in den Händen vergraben. Er hatte keine Ahnung, was gerade vor sich ging – absolut keine. Warum war er hier? Sie hatten ihm gesagt, er solle verhört werden, weil er sich an dem Fundort des Mädchens aufgehalten hatte. Aber wenn er doch nur ein Zeuge war, warum hockte er jetzt in einer Zelle, die nach Urin und Erbrochenem stank?

Er hatte Bauch- und Kopfschmerzen vor Angst, und plötzlich konnte er den Brechreiz nicht länger zurückhalten und übergab sich.

„Hilfe“, rief er. „Hilfe!“

Ein Wachmann kam herbeigeeilt und riss die Tür auf.

„Was zum Teufel treibst du hier?“

„Ich habe solche Kopfschmerzen“, klagte Johannes. Sein schlaksiger Körper zitterte heftig.

Nach einem kurzen Blick auf ihn lief der Wachmann los. Einige Zeit später wurde die Zellentür erneut geöffnet und ein Mann in einem weißen Kittel trat ein. Er schaute Johannes freundlich an, wandte sich an den Wachmann und bat ihn, schnell jemanden zu holen, der in der Zelle sauber machte, damit man sich dort wieder aufhalten könne.

„Von der UN-Menschenrechtserklärung haben Sie ja vielleicht schon gehört“, schloss er seine Anordnung brüsk ab.

Dann untersuchte er Johannes und wies die Justizvollzugsbeamten an, einen Krankenwagen zu rufen.

„Der Junge muss zum Röntgen ins Krankenhaus gebracht werden“, war alles, was er sagte.

„Papa“, stieß Johannes aus, als Göran Vallén den Raum betrat. „Ich weiß nicht, was das zu bedeuten hat. Ich habe nichts getan. Das schwöre ich!“

„Natürlich hast du das nicht“, versicherte ihm Göran und versuchte, sich seine Besorgnis nicht anmerken zu lassen.

Torsten Venngren erhob sich von seinem Stuhl am Fenster.

„Torsten Venngren, wir sind uns schon einmal begegnet. Ein Anwalt wird auch bald hier sein“, sagte er und streckte Göran die Hand entgegen.

„Aber ich habe nichts getan“, wiederholte Johannes. „Ich würde niemals jemanden verletzen. Ich hasse es, mich zu prügeln. So etwas würde ich niemals über mich bringen. Ich weiß nicht einmal, wer das Mädchen ist.“

Johannes hatte das Gefühl, als schnürte es ihm die Kehle zu. Ihm war immer noch übel, und er meinte, sein Kopf würde explodieren.

Göran sah die Panik in den Augen seines Sohnes, und er zog ihn fest an sich.

„Alles wird gut“, flüsterte er dem Jungen ins Ohr. Der besorgte Blick von Torsten Venngren entging ihm allerdings nicht.

Das Verhör begann, nachdem Abstriche von Johannes' Wangeninnenseite genommen worden waren. Zum DNA-Abgleich, hatte Venngren gesagt. Nichts Gefährliches.

Johannes durfte frei heraus sprechen, und Torsten hörte aufmerksam zu. Johannes erzählte, was er getan und nicht getan hatte. Die hinzugerufene Anwältin schwieg, und Göran Vallén gab sich größte Mühe, es ihr gleichzutun. Aber Torstens Fragen waren nicht urteilend. Er stellte sie mit der üblichen emotionslosen Gewohnheit eines geübten Vernehmungsleiters.

Johannes hatte seinen Freund Axel besucht und war bis fast zwei Uhr nachts bei ihm geblieben. Da der nächste Tag ein Schultag war, hatte Johannes schließlich beschlossen, nach Hause zu gehen. Vielleicht ein bisschen spät, aber immerhin. Er war die Grönegatan entlanggegangen, hatte die Gyllenkroks Allé überquert und war anschließend über den Damm am Stadtpark gelaufen. Die Straße war menschenleer, und Johannes hatte niemanden gehört oder gesehen, bis er den Park auf der Höhe der Mejeriet durchqueren wollte und die nackten Füße aus dem Gebüsch ragen sah. Warum seine Kleidung blutverschmiert war, konnte er sich nicht erklären, aber er ging davon aus, dass es passiert sein musste, als er sich über das Mädchen gebeugt hatte.

„Ich habe keine Ahnung, wer sie ist", sagte er. „Ich habe nichts gesehen, abgesehen von dem Mädchen und einem Schatten auf der anderen Seite des Gebüschs. Dann ist alles dunkel geworden."

„Was hast du gesehen?"

„Ich habe gesehen, dass sie aus dem Mund blutete und langsam atmete."

„Welche Haarfarbe hatte das Mädchen?"

„Keine Ahnung, ich erinnere mich nicht oder habe es nicht erkannt. Oder beides."

„Was hast du gemacht, als du sie gefunden hast?"

„Ich habe den Notruf gewählt. Dann hat mich jemand niedergeschlagen. Ich schwöre es!"

Nach fast einer Stunde beendete Torsten das Verhör. Der Junge musste sich dringend ausruhen.

Torsten verließ das Krankenhauszimmer und griff nach seinem Telefon. Dann rief er den diensthabenden Staatsanwalt an.

„Und?", fragte der Staatsanwaltschaft auffordernd, als Torsten die Geschichte des Jungen wiedergegeben hatte.

„Ich kann mir nicht vorstellen, dass er es war. Er hat eine Verletzung, weil man ihn niedergeschlagen hat, eine Gehirnerschütterung und gebrochene Rippen", zählte Venngren auf, der sich vollkommen sicher war, was Johannes' Unschuld anbelangte. Selbst ohne seine Verletzungen war der Junge viel zu schwach und wies außerdem keine aggressiven Verhaltensmuster auf.

„Okay", sagte der Staatsanwalt. „Aber wir behalten ihn erst einmal bei uns, bis wir die Ergebnisse der verschiedenen Tests haben. Um 6 Uhr 22 wird Haftbefehl erlassen."

Der Staatsanwalt beendete das Gespräch mit weiteren Anweisungen an Venngren, seufzte dann tief und meinte, er werde jetzt nach Hause gehen und schlafen. Das war ein deutliches Zeichen dafür, dass er nicht weiter gestört werden wollte.

Torsten Venngren wunderte sich, widersprach aber nicht, sondern notierte sich den Beschluss auf dem entsprechenden Formular. Er hatte ein schlechtes Gefühl dabei, wusste aber, dass es keinen Grund gab, eine Diskussion vom Zaun zu brechen. Wenn der Staatsanwalt eine Entscheidung getroffen hatte, dann gab es daran nichts zu rütteln. Venngren hatte genug Erfahrung, um zu wissen, dass man Staatsanwälte und ihre Beschlüsse nicht infrage stellte. Vor allem nicht, wenn es sich um schwere Straftaten handelte, bei denen die Staatsanwaltschaft immer lieber auf Nummer sicher ging.

Torsten kehrte zurück zu dem Jungen und ließ sich mit einem dumpfen Aufprall auf den Stuhl fallen – müde, ein wenig erschöpft und mit einem unangenehmen Zwicken in der Magengrube.

Er musterte die Rechtsanwältin, eine junge Frau mit einem kurzen, jungenhaften Haarschnitt. Sie verstand sofort, was Sache war, und legte dem Jungen die Hand auf die Schulter. Es sah ein wenig danach aus, als hielte sie sich an Johannes fest, anstatt ihm Halt zu geben.

„Der diensthabende Staatsanwalt hat beschlossen, dich in Haft zu nehmen, Johannes."

Venngren schaute den Jungen an. Er wollte ihn zu gerne beruhigen, aber das gelang ihm nicht wirklich.

Der Griff der Anwältin an der Schulter des Jungen wurde fester. Gleichzeitig sank Göran Valléns Kopf in Richtung Tischplatte. Johannes erblasste.

„Aber ich habe nichts getan", flüsterte er. „So etwas würde ich niemals tun! Niemals! Fragen Sie meine Mutter. Fragen Sie meinen Vater."

Göran Vallén schüttelte den Kopf.

„Das ist doch irre", sagte er. „Ihr seid alle völlig wahnsinnig geworden. Ich weigere mich, dieses Urteil zu akzeptieren.

Ich lasse nicht zu, dass Johannes in einer Zelle landet. Nie im Leben."

Er wandte sich an Venngren und die Anwältin.

„Sorgen Sie dafür, dass er schnellstmöglich wieder herauskommt", zischte er mit zusammengebissenen Zähnen. Göran Vallén standen die Haare zu Berge, sein Blick war zugleich verzweifelt und glühend vor Wut, und einen kurzen Augenblick lang befürchtete Venngren, dass der besorgte Vater auf ihn losgehen würde. Aber Vallén tat nichts dergleichen. Er stand von seinem Stuhl auf, brauchte einen Moment, um Tritt zu fassen, fing sich aber schnell wieder. Johannes blieb sitzen, als ob ihn nichts mehr retten könnte.

Die Anwältin löste ihren Griff von der Schulter des Jungen. Sie sprach sowohl mit Göran Vallén als auch mit Torsten Venngren.

„Es ist vollkommen absurd. Johannes hat das Mädchen gefunden, die Polizei gerufen und ist daraufhin festgenommen worden. ‚Verrückt' ist das einzige Wort, das diese Situation richtig beschreibt. Ich hoffe, dass der richtige Täter schnell gefasst wird – und der Fall nicht viel zu schnell ad acta gelegt wird."

11

Eine schwere Gehirnerschütterung, gebrochene Rippen und starke Kopfschmerzen, hatte der Arzt am Telefon gesagt. Sara hatte gemeint, vor Freude in Ohnmacht fallen zu müssen, als sie von Johannes' Verfassung erfuhr. Das bewies doch, dass seine Geschichte der Wahrheit entsprach.

Aber nun schien wieder alle Hoffnung verloren. Sie saß da, das Telefon noch in der Hand, und die letzten Sätze von Polizeichefin Beatrice Larsson hallten in ihrem Kopf nach.

„Keine Sorge, Sara, alles wird gut. Niemand hält deinen Sohn für schuldig, und wir versuchen, die kriminaltechnischen Untersuchungen beim NFC, dem Nationalen Forensik-Zentrum, zu beschleunigen. Die DNA-Proben sind am wichtigsten, und wir werden die Ergebnisse bald vorliegen haben. Bis es so weit ist, solltest du erst einmal zu Hause bleiben. Ich rufe dich an, wenn ich Näheres weiß."

Sara starrte ihr Handy verständnislos an und trank abwesend einen Schluck Kaffee. Er schmeckte bitter und Sara spürte, wie die Wut in ihr aufstieg.

Sie sprang von der Fensterbank herunter, ging zur Kaffeemaschine und füllte ihre Tasse wieder auf. Sie fühlte sich verängstigt, wie vor Schreck gelähmt. Zum ersten Mal seit vielen Jahren. Wie konnte sie Johannes helfen? Ihre mütterlichen Instinkte und ihr polizeiliches Wissen sagten ihr, dass ihr Sohn niemals jemanden ermorden würde. Dazu war er nicht imstande. Ihm fehlte es sowohl an Aggressivität als auch an den notwendigen Fähigkeiten. Niemals könnte Johannes jemandem so etwas antun. Niemals.

Sara setzte sich ans Küchenfenster und verspürte den starken Drang, ihren Ex-Mann anzurufen. Er war dabei gewesen, als Johannes verhaftet wurde. Sie wusste, dass sie mit ihm reden musste – dass es wichtig war, einander zu unterstützen. Und wen sollte sie sonst anrufen? Sie zögerte. Göran war wütend auf sie. Ihr Gespräch nach der Verhaftung hatte nur aus Geschrei und Weinen seinerseits bestanden.

Es klingelte mehrfach. Gerade, als Sara auflegen wollte, meldete sich jemand.

„Britt Williamsson", hörte sie eine Stimme am anderen Ende der Leitung.

„Mama", war alles, was Sara herausbrachte.

„Mein liebes Kind, was ist denn passiert?", fragte ihre Mutter. Die Besorgnis in ihrer Stimme war nicht zu überhören.

„Johannes ist verhaftet worden."

Sara weinte so bitterlich, dass sie kaum einen geraden Satz herausbrachte.

„Was sagst du da?", hakte Britt nach.

Sara riss sich zusammen und hielt die Tränen zurück, so gut es ging.

„Johannes wird eines schrecklichen Verbrechens an einem jungen Mädchen verdächtigt“, würgte Sara hervor. Sie hörte, wie ihre Mutter scharf Luft holte.

„Ich komme zu euch“, sagte sie nur. „Ich nehme den nächsten Zug.“

„Nein, Mama, das will ich nicht. Ich muss das hier klären.“ Mit einem Mal war Sara klar, was sie zu tun hatte. Sie musste sich zusammenreißen und alles dafür tun, Johannes zu retten. Ihr Vertrauen in die Justiz war in dem Moment in sich zusammengeschmolzen, als sie von der Verhaftung ihres Sohnes erfahren hatte. Wie zum Teufel konnten die so etwas nur glauben? Wie nur? In Saras Kopf drehte sich alles vor Wut, Sorge und Panik.

„Ich möchte es aber gerne“, sagte ihre Mutter.

„Gut, dann komm her. Ich hole dich am Bahnhof ab. Ich freue mich, dass du kommst.“

Sie war selbst erstaunt, dass sich ihre Meinung so schnell geändert hatte, aber sie war tatsächlich froh. Für Tränen oder Traurigkeit, Wut oder Sorge war kein Platz – alles musste sich jetzt um Johannes’ Entlastung drehen. Und da ihr zweiter Vorname ‚Vernunft‘ lautete, würde sie genauso handeln. Vernünftig.

Sie legten auf und Sara wählte die nächste Nummer.

„Rita Anker“, sagte eine sehr müde Stimme am anderen Ende der Leitung.

„Du musst mir helfen“, bat Sara.

„Wobei?“

„Sie haben Johannes verhaftet. Aber er ist unschuldig, Rita.“

„Natürlich ist er unschuldig“, bekräftigte Rita, und Sara konnte hören, wie die Müdigkeit von ihrer Kollegin abfiel.

„Was soll dieser Unsinn? Johannes verhaften? Er war es doch, der vom Täter geschlagen wurde. Haben die überhaupt keine Menschenkenntnis?"

„Das war direkt nach dem Verhör im Krankenhaus – also, er wurde dorthin gebracht. Torsten hat die Vernehmung durchgeführt, und der Staatsanwalt hat direkt im Anschluss Johannes' Verhaftung veranlasst."

„Aber warum?", fragte Rita. Sie war merkbar aufgebracht.

„Er war blutverschmiert. Dass er eine Gehirnerschütterung und eine gebrochene Rippe hat, hat den Staatsanwalt gar nicht interessiert. Das alles wird natürlich gerichtsmedizinisch untersucht. Selbstverständlich stammt das Blut von dem Mädchen. Allerdings beweist das gar nichts."

„Habt ihr schon einen Anwalt?" Ritas Frage traf voll ins Schwarze, und Sara wurde erneut von einem Heulkrampf erfasst, der sie überraschte. Das Wort „Anwalt" war wie ein Symbol für den Ernst der Lage.

„Ich komme rüber", sagte Rita.

„Meine Mutter kommt auch in einer Stunde oder so", presste Sara heraus. Langsam ließ ihr Schluchzen nach.

„Das ist schön. Wissen die Mädchen schon Bescheid? Die können den Beistand ihrer Oma bestimmt gut gebrauchen. Und hast du Göran angerufen?"

„Noch nicht wieder, sollte ich aber. Ich habe allerdings ein mieses Gefühl dabei. Göran war bei Johannes' Verhaftung dabei. Er hat mir die Schuld gegeben und gemeint, er hasse mich mehr als alles andere. Es ist zum Kotzen, Rita. Wirklich zum Kotzen."

„Das verstehe ich. Aber wir biegen das schon wieder hin. Gib jetzt nur nicht die Hoffnung auf, Sara."

„Es tut einfach so weh", sagte Sara nur noch, bevor sie auflegte und auf dem Boden zusammensackte. Der Schmerz war überwältigend. Sara schrie auf.

12

„Er muss auf jeden Fall hier raus“, sagte Göran Vallén. Sein Tonfall klang bitter, wütend, fast aggressiv.

„Ich tu, was ich kann“, versprach Anwältin Anna Lindell. Sie lächelte verkrampft und erwiderte Görans düsteren Blick. Musterte seine dunklen Augen und das dichte, grau melierte Haar. Ein Gesicht wie in Stein gemeißelt. Das Gespräch mit Johannes Vallén hatte keine neuen Erkenntnisse gebracht. Er bestand darauf, das Mädchen im Gebüsch entdeckt zu haben. Und Anna glaubte ihm – in allem, was er sagte. Eine Waffe war nicht gefunden worden. Weder ein Messer noch der Gegenstand, mit dem die stumpfe Gewaltanwendung ausgeführt worden war. Eigentlich verstand Anna nicht im Geringsten, wie es so weit gekommen war. Sie hoffte, dass Johannes’ Vernehmung nicht von irgendeinem Stümper durchgeführt werden würde.

Der Junge saß auf einem Stuhl in dem kahlen Vernehmungsraum. Sein Kopf hing herunter, als wäre er nur lose mit seinem Körper verbunden. Seine langen Beine waren angespannt und zitterten nervös.

Göran Vallén wurde aufgefordert, zu schweigen. Die Anwältin brauchte dahingehend keine Ermahnung. Sie wusste Bescheid.

Der Polizeibeamte, der die Vernehmung durchführen sollte, begrüßte sowohl die Anwältin als auch den Vater mit zurückhaltender Höflichkeit.

„Polizeiinspektor Otto Karlsson", stellte er sich vor und ließ sich behäbig auf dem Stuhl gegenüber von Johannes und der Anwältin nieder. Der Beamte trug sein Haar zu einem Pferdeschwanz gebunden. Göran Vallén beobachtete den Zopf, der jedes Mal wippte, wenn Karlsson etwas aus den Unterlagen in seinem Ordner vorlas. Irgendetwas lenkte Göran ab, aber er durfte schließlich nichts sagen. Die Tätowierungen am Hals des Polizisten, der Ohrring an seinem rechten Ohrläppchen und dann dieser Pferdeschwanz … Göran merkte, wie ihn all das reizte.

„Was hast du im Park gemacht?", fragte Inspektor Pferdeschwanz.

„Das habe ich schon gesagt", antwortete Johannes lustlos und ohne Interesse.

„Dann sag es noch einmal", verlangte Pferdeschwanz.

So ein Blödsinn, dachte Göran Vallén, biss sich aber auf die Zunge.

„Ich bin durch den Park nach Hause gegangen, nachdem ich einen Freund besucht hatte. Das habe ich alles schon gesagt."

Johannes' Resignation war derart deutlich zu spüren, dass es selbst dem Inspektor nicht entging. Er schaute auf und musterte den Jungen. Johannes starrte immer noch auf seine Hände. Seine Beine zuckten weiterhin, die Arme waren immer noch verschränkt. Johannes' Hände verkrampften sich, lockerten sich und krampften sich wieder zusammen.

Pferdeschwanz versuchte es mit einer Analyse.

„Hast du ein schlechtes Gewissen?", sagte er – mehr als Feststellung denn als Frage.

„Weshalb?", gab Johannes müde zurück. Der Inspektor war erstaunt, wie dunkel seine Stimme klang. Siebzehn Jahre, dachte er. Eine tiefe Stimme für einen Siebzehnjährigen.

Johannes lachte auf. Ein heiseres, kurzes Lachen. Er fuhr sich mit dem Finger über die Narbe auf seinem Kopf. Das fühlte sich irgendwie beruhigend an.

„Ihr spinnt doch alle", sagte er. „Sehe ich wie ein Mörder aus? Wie ein Vergewaltiger? Hätte ich die Polizei gerufen, wenn ich der Täter wäre?"

Johannes richtete sich zu voller Größe auf. Selbst im Sitzen war er fast einen Kopf größer als Inspektor Karlsson.

„Das wäre nicht ungewöhnlich", antwortete der Polizist, wirkte aber selbst nicht ganz überzeugt.

Johannes bemerkte diese Unschlüssigkeit zwar, interessierte sich aber nicht sonderlich dafür. Stattdessen wurde er wütend. Er schaute zu seinem Vater, der bejahend nickte.

„Ich glaube, Sie unterschätzen mich", sagte Johannes. „Ich habe das Mädchen gefunden, wurde niedergeschlagen, konnte aber vorher noch die Polizei rufen. Wäre das nicht verdammt dumm gewesen? Und wo soll eigentlich die Waffe sein? Dem Mädchen wurde die ganze gottverdammte Zunge herausgeschnitten. Wie soll ich das gemacht haben? Mit bloßen Händen?"

„Hmm", machte der Polizist. Sein Pferdeschwanz vollführte einen tanzenden Schwung, als er sich erst an die Anwältin und dann an Johannes Vater wandte. Als suchte er Unterstützung. Aber keiner von ihnen machte ein Gesicht, das Unterstützung suggerierte.

„Was hast du getan", fragte er jetzt wieder an Johannes gewandt, „als du sie – wie du sagst – *gefunden* hast?"

„Ich hatte Angst. Sie lag da, und nur ihre Füße haben aus den verdammten Büschen herausgeguckt. Ich habe mich vorgebeugt und gesehen, wie stark sie geblutet hat. Dann habe ich einen Schatten gesehen und alles wurde schwarz. Vorher hatte ich aber schon die Polizei gerufen. Direkt, als ich ihre Füße sah. Das war alles. Mir ist egal, was Sie denken. So war es jedenfalls." Johannes rümpfte die Nase, und eines seiner Augenlider sank halb herab. Das machte einen arroganten Eindruck, aber wer Johannes kannte, wusste, dass er Angst hatte. Seine langen Beine hatten zu zittern aufgehört, und er legte die Hände auf den Tisch.

13

Es war acht Uhr morgens, als der neue Einsatzleiter Christer Söderström aus Helsingborg den Konferenzraum des erst kürzlich renovierten Polizeigebäudes in Lund betrat. Den Raum umgab ein dezentes Krankenhausflair, aber er machte immerhin einen frischen Eindruck und die Luft war angenehm kühl. Drei Wände waren weiß gestrichen, während sich die rückwärtige Wand in einem sanften, hellen Grün abhob. Die Möbel waren brandneu. Stühle aus hellem Birkenholz mit grünen Stoffsitzen, ein ovaler Tisch aus demselben Holz und in der Ecke eine moderne Kaffeemaschine. Aus irgendeinem seltsamen Grund hatte jemand es für eine gute Idee gehalten, ein Gemälde mit einem weinenden Kind an die Wand zu hängen. Das behauptete sich dort nun in seiner Einsamkeit.

Söderström hatte nur ungern sein Büro, seine Gewohnheiten und seine Kollegen zurückgelassen, um nach Lund zu ziehen, aber er hatte – wie auch das Team, das ihn am Konferenztisch erwartete – langjährige Erfahrung als Ermittler.

Der Einsatzleiter schnaubte unzufrieden, als er merkte, dass Jonny Svensson am Kopfende saß.

Er ließ sich nieder und musterte seine neuen Kollegen, die durch die Bank recht hohläugig wirkten – einige von ihnen wohl, weil sie die halbe Nacht lang hart gearbeitet hatten. Söderström ergriff das Wort.

„Das Mädchen heißt Kajsa Lindahl, ist siebzehn Jahre alt und besucht die zweite Oberstufenklasse der Katedralskolan hier in Lund. Sie lebt bei ihren Eltern im Stadtteil Klostergården. Beide sind in der Kreativbranche tätig. Der Vater heißt Gunnar Lindahl und ist Schriftsteller, wenn ich das richtig verstanden habe. Die Mutter ist die Komponistin Margareta Lindahl. Natürlich müssen beide befragt werden, aber gleichzeitig sollten wir die Suche nach Verdächtigen intensivieren."

„Einen haben wir doch schon", sagte Jonny Svensson seufzend. „Sollen wir nicht in die Richtung weiterermitteln?" Er zupfte an seinem Hosenbund. Maßloser Genuss von Hamburgern und Pizzen, Nacht für Nacht, war der Grund für seine Fettleibigkeit.

Söderström belohnte Inspektor Svensson mit einem Lächeln.

„Kajsa wurde schwerste Gewalt zugefügt, außerdem wurde sie missbraucht. Der Täter hat ihr die Zunge abgeschnitten. Nur dank der Tatsache, dass sie so kurz nach der Tat entdeckt wurde, ist sie nicht verblutet. Aber ob sie letzten Endes überlebt, ist noch nicht sicher. Momentan ist ihr Zustand stabil, aber sie hat zahlreiche schwere Verletzungen. Wie es weitergeht, kann niemand sagen. Sie liegt auf der neurologischen Intensivstation im künstlichen Koma. Übrigens hielt sie einen weißen Fliederzweig in der Hand."

„Das wissen wir!", sagte Rita Anker und strich sich angesäuert das weizenblonde Haar zurück.

„Wie sind die Ermittlungen in der Nachbarschaft gelaufen?", fragte Christer Söderström und ignorierte Ritas Bemerkung. Söderström wusste, dass die Ergebnisse dürftig waren, aber er führte seine Führungsrolle reflexartig so aus, wie er es gewohnt war.

„Wir arbeiten noch daran", erklärte Rita in ihrem deutlichen värmländischen Dialekt. Sie war immer noch verärgert.

„Also noch keine Ergebnisse", stellte der Einsatzleiter fest.

Rita Anker zuckte die Schultern.

„War das eine Zufallstat? Oder kannten sich Täter und Opfer? Hat der Täter einen Hass auf Frauen im Allgemeinen oder auf diese Frau im Besonderen? Und weiß irgendjemand, ob diese Fliederart im Stadtpark wächst?"

Christer Söderström schaute sich auffordernd um, aber niemand konnte ihm die Fragen beantworten.

„Überprüfen Sie das", fuhr er fort.

„Gegen Nachmittag bekommen wir erste Informationen von der Spurensicherung, und in etwa einer Stunde rechnet Jörgen mit einem vorläufigen Bericht aus der Gerichtsmedizin", verkündete Torsten Venngren trocken.

Wahrscheinlich hat Torsten in seiner ganzen Karriere noch nie einen Fehler gemacht, dachte Rita. Ihre Blicke trafen sich und ein kaum merkliches Lächeln umspielte seine Lippen. Rita war immer wieder beeindruckt von seiner Ruhe, seiner Besonnenheit und seinem Verständnis für die menschliche Psyche. Dass er erst vor Kurzem von seiner Frau verlassen worden war, hatte seiner Professionalität in keiner Weise Abbruch getan.

„Das ist gut", sagte Rita. „Aber wer ist der Täter? Wie ist er gestrickt?"

„Wahrscheinlich ein Verrückter aus dem Sankt-Lars-Krankenhaus", vermutete Jörgen Berg.

Christer Söderström schaute ihn erstaunt an. Jörgen saß schräg hinter ihm und hatte sich an die Wand gelehnt. Rita musste innerlich kichern. Jörgens analytische Fähigkeiten waren nicht immer auf der Höhe, und er konnte sich ewig an ein und demselben Thema festbeißen, aber die meisten Kollegen mochten ihn sehr. Alle wussten, dass niemand ihm das Wasser reichen konnte, was die interne Recherche anbelangte. Er kannte sämtliche Akten und Archive wie seine Westentasche und hatte sich Fachwissen über die schlimmsten Verbrecher in ganz Schonen angeeignet. Außerdem hatte er ein Händchen dafür, Beziehungen zu Kriminellen aufzubauen, und sein Netzwerk aus Informanten und Kontakten in verschiedenen kriminellen Kreisen war beeindruckend.

„Wieso das?", fragte Jonny Svensson mit kaum merklich hochgezogenen Augenbrauen.

„Wie sollte es anders sein? Die laufen doch mittlerweile überall frei herum", sagte Jörgen. „Übrigens kann es der Vallén-Bursche nicht gewesen sein. Das muss doch jeder mit ein bisschen Menschenverstand kapieren." Jörgen Berg blitzte seinen Kollegen wütend an.

„Erstens gibt es bei Sankt Lars gar keine Station für psychisch Erkrankte mehr. Und zweitens halte ich es für etwas verfrüht, eine solche Schlussfolgerung zu ziehen. Wir haben doch noch nicht einmal richtig mit den Ermittlungen angefangen", sagte Rita grinsend an Jörgen gewandt. „Wir müssen allerdings davon ausgehen, dass der Täter nicht ganz richtig im Kopf ist, das stimmt schon."

Jörgen beklagte sich weiter darüber, wie schrecklich es doch sei, dass es auf all den Straßen und Plätzen in der Stadt von Verrückten nur so wimmelte, während die Politiker ihre Verantwortung nicht wahrnehmen würden. So lamentierte er vor sich hin, bis Torsten Venngren die Stimme erhob.

„Lass gut sein, Jörgen! Die alte Leier kennen wir von dir schon seit mindestens zehn Jahren. Besser ist es dadurch allerdings nicht geworden. Geh doch einfach in die Politik!"

Jörgen verstummte. Rita drehte sich zu ihm um und tätschelte ihm in einer mütterlichen Geste die Wange. Jörgen schaute zu Boden, als schämte er sich, aber Rita wusste es besser: Er schmollte. Sie lachte auf. Von einem auf den anderen Moment beschloss Jörgen, nicht länger eingeschnappt zu sein. Sie kennt mich einfach zu gut, dachte er und konnte sich selbst ein Lachen nicht verkneifen. Ritas Gesellschaft ist immer befreiend, fand er und vermisste mit einem Mal auch Sara.

Jonny Svensson dachte ebenfalls an Sara Vallén, aber nicht, weil sie ihm fehlte. Er war recht froh, dass sie zumindest für eine Weile von der Bildfläche verschwunden war. Die Tatsache, dass sie etwa fünfzehn Jahre lang in Schonen gelebt hatte, bedeutete nicht, dass Jonny Svensson sie als Schonin akzeptierte – geschweige denn als Chefin.

„Gibt es außer Jörgens Anmerkungen noch weitere Ideen?" Christer Söderström klang verärgert.

„Ich habe ein wenig nachgedacht", sagte Torsten und durchbrach damit nach einer Weile das Schweigen, das auf Söderströms Frage folgte. Sein Oberlippenbart zuckte leicht. „Es steht außer Frage, dass die Tat selbst ein hohes Maß an Aggressivität vorausgesetzt hat, aber ich bin fest davon überzeugt, dass sie geplant war. Vielleicht ist sie nur etwas gewaltvoller ausgefallen, als der Täter es beabsichtigt hatte. Immerhin hat er ihr die Zunge herausgeschnitten. Natürlich könnte das für eine schwache Impulskontrolle sprechen, aber warum hatte er überhaupt ein Messer dabei, und warum hat er die Nummer mit der Zunge so durchgezogen? Und weshalb sollte er sich die Zeit nehmen, dem Opfer noch einen Fliederzweig in die Hand zu drücken?"

Torstens Worte prasselten wie schwere Regentropfen auf die Köpfe der Anwesenden. Die Art von Regen, vor dem man sich wegduckt.

„Außerdem ist die Frage, ob die Fliederart im Stadtpark wächst, tatsächlich von Bedeutung", fuhr er fort.

„Soweit ich weiß, hatte sie keine Abwehrverletzungen. Und am Tatort gab es kaum Anzeichen für einen Kampf – wenn der Fundort des Opfers denn auch der Tatort war", warf Rita Anker ein.

„Das war der Tatort – alle Spuren deuten darauf hin", sagte Söderström. „Warum schneidet man einem Menschen die Zunge ab?"

„Irgendeine Art Komplex?", schlug Jörgen vor und schaltete augenblicklich von quengelig auf konstruktiv um.

„Wie meinen Sie das?", fragte Söderström.

„Dass er Tratschweiber hasst", platzte Jonny Svensson sichtlich zufrieden heraus.

„Oder vielleicht will er nur Aufmerksamkeit erregen", wandte Rita ein.

„Nein, ich denke, Jörgen könnte recht haben", sagte Torsten. „Ein Komplex. Vielleicht wird er auch nicht akzeptiert, so wie er ist."

„Also dieser Flieder“, hakte Rita Anker erneut ein und übernahm wieder das Ruder. „Was haltet ihr davon? Ich fand nicht, dass er wie eine der üblichen Sorten aussah, die überall wachsen. Nein, er sah definitiv anders aus. Die Blüten wirken dichter und irgendwie gezüchtet, finde ich.“

Es entstand eine lebhafte Debatte über die Bedeutung des Flieders. Aber auf einen gemeinsamen Nenner kamen sie nicht. Jörgen hielt ihn für eine Art Trauersymbol. Torsten meinte, er sei eine Geste, die Ehrerbietung zeigen sollte. Rita ging davon aus, dass er dazu gedacht war, die Ermittler zu verwirren. Jonny beteiligte sich gar nicht an der Diskussion.

„Könnte jemand anderes den Fliederzweig dort abgelegt haben?“, fragte Jörgen plötzlich.

„Das könnte sein“, gab Rita ihm recht. „Aber wann? Ich meine, Johannes Vallén wurde niedergeschlagen und hatte ebenfalls einen Fliederzweig in der Hand, als er wieder aufwachte. Wer sollte das getan haben?“

„Ich glaube, die Diskussion bringt uns nicht wirklich weiter“, sagte Christer Söderström, der die Führung wieder an sich reißen wollte. „Es gibt noch eine weitere offene Frage, die sowohl den Flieder als auch die Zunge betrifft. Was unterscheidet dieses Gewaltverbrechen von anderen, mit denen wir es bisher zu tun hatten?“

„Es gibt noch viele offene Fragen, nicht nur zum Flieder und der Zunge“, erklärte Torsten Venngren sachlich. „Er hat dem Mädchen in den Unterleib und mehrere andere Körperstellen geschnitten. Diese extreme Wut finde ich bemerkenswert.“

„Ja, damit könnten Sie recht haben“, erwiderte Söderström. „Das ist ungewöhnlich.“

„Wahrscheinlich sollten wir nicht nur in unserer unmittelbaren Umgebung nach einem Verdächtigen dieses Kalibers suchen. Wir müssen uns das ganze Land vornehmen. Oder was meinst du, Jörgen?"

Jörgen Berg nickte knapp. Es war nicht nötig, ihm einen Befehl zu erteilen. Er wusste genau, was zu tun war.

„Soll ich mich um ihre Familie kümmern und mehr über das Opfer herausfinden?", fragte Rita. „Wer kommt mit?"

„Sie kümmern sich um die Aufgaben, die ich Ihnen zuteile", sagte Christer Söderström. „Ich muss den Staatsanwalt kontaktieren. Und Sie sollten im Krankenhaus anfangen und sich über Kajsas Zustand informieren, Rita. Sprechen Sie mit den Ärzten. *Dann* befragen Sie Kajsas Eltern."

Alle schwiegen und warteten auf die Anweisungen des Chefs.

„Torsten und Jonny befragen Kajsas Mitschüler."

Jonny schnaubte unzufrieden.

„Jörgen, Sie machen Ihr Ding. Schließen Sie sich aber mit Ovesson oder Karlsson kurz."

Jörgen nickte erneut.

„Aber …", begann Jonny, der aus seinem Dornröschenschlaf erwacht zu sein schien.

Er mochte zwar froh sein, dass Söderström die Leitung des Teams übernommen hatte, war über seine Aufgabe allerdings weniger entzückt.

„Kein Aber. Machen Sie Ihre Arbeit und gut ist." Christer Söderström gab sich keine Mühe, seine Gereiztheit zu verbergen. Er mochte Jonny nicht besonders, wusste allerdings auch um dessen Fähigkeiten, Unausstehlichkeit hin oder her.

Jonny Svensson zuckte die Schultern. Sein leises „*Zum Teufel!*“ war so deutlich zu verstehen, als hätte er es laut gesagt, aber niemand kümmerte sich um ihn.

„Legen wir los“, sagte Söderström und wies mit der Hand in Richtung Tür. Eine typische Polizistengeste.

„Ach, verdammt, die Kommunikation mit den Medien. Anna Gradin hat sich heute Morgen gemeldet und wollte etwas zusammenstellen, das wir an die Presse weitergeben können. Ich habe ihr versprochen, stattdessen um vierzehn Uhr eine Pressekonferenz abzuhalten. Sie meinte, die Presse sei an dem Fall dran. Sie wollte natürlich so viel wie möglich wissen. Ich habe es mir allerdings anders überlegt. Heute gibt es keine Pressekonferenz. Sie wird sich selbst mit dem Thema befassen müssen.“

Söderström hatte bereits eine Ausgabe der *Sydsvenskan* organisiert. Er faltete die Morgenzeitung auf und zeigte den Kollegen die Schlagzeile: „Das schlimmste Verbrechen, das je in Lund verübt wurde“. Der Artikel selbst hielt sich sehr im Vagen, aus dem einfachen Grund, dass die Presse noch nicht informiert worden war. Die Ermittlungen waren streng geheim, und den Medien hatte man noch kein Material zugespielt. Nicht einmal die Information darüber, dass es eine erste Verhaftung gegeben hatte.

„Wir halten uns bedeckt, geben aber so viel wie nötig preis, um die Spekulationen auf ein Minimum zu beschränken“, ordnete Söderström an. „Und wir bitten die Öffentlichkeit um Hinweise für den Fall, dass jemand zum Zeitpunkt des Angriffs oder später etwas Ungewöhnliches gehört oder gesehen hat. Wir müssen verraten, dass eine junge Frau Opfer eines Mordversuchs geworden ist. Irgendetwas in dieser

Richtung. Hauptsache, wir jagen den Leuten keine Angst ein. Ich denke mal darüber nach."

„Gestern in den Abendzeitungen stand noch mehr", sagte Jörgen. „Und im Netz wird wie wild spekuliert. Eine Pressekonferenz wäre gut. Und am einfachsten."

Söderström brummte zur Antwort, drehte den Kollegen den Rücken zu und ließ sie stehen.

Jörgen suchte sein Büro auf. Er hatte das Gefühl, sich erst einen Plan zurechtlegen zu müssen, bevor er loslegen konnte. Während er sich Stichpunkte machte, klingelte das Telefon. Es war Ovesson.

„Wir sind erst morgen so weit", berichtete er. „Das ist eine ganze Menge an Material. Ich meine, wenn das für euch in Ordnung ist. Andernfalls komm gerne vorbei und schau selbst."

„Das wird nicht nötig sein. Wir haben im Moment noch andere Dinge zu tun. Morgen früh ist in Ordnung", antwortete Jörgen. „Habt ihr den Flieder eigentlich schon untersucht?"

„Es handelt sich um den *Syringa pekinensis* aus dem Nordosten Chinas. Im Stadtpark wächst der wahrscheinlich nicht. Wo er herkommen könnte, müsst ihr selbst herausfinden, aber ich würde mal stark vom Botanischen Garten ausgehen", erklärte Ovesson.

Als er das Telefonat beendet hatte, rief Jörgen im Botanischen Garten an, aber es ging niemand ran. Das kann auch eigentlich warten, dachte er. Der Flieder läuft uns nicht weg.

Auf seiner Liste zu überprüfender Provinzen standen Halland, Småland und Blekinge an erster Stelle. Auf die Register aus Schonen hatte er selbst Zugriff. Er begann, mehrere Datenbanken parallel nach Sexualstraftätern zu durchsuchen, aber ihn beschlich das Gefühl, dass es sich bei dem gesuchten Täter nicht um einen Bekannten handelte. Wahrscheinlich würde er lange suchen müssen, bis er jemanden fand, auf den genügend Merkmale des Täters zutrafen. So viele kranke Typen kann es doch nicht geben, dachte er.

14

Lena Johannesson stand am Rednerpult und rang nach Worten. Die ganze Klasse wirkte unruhig, besorgt. Rastlos, dachte sie. Lena war normalerweise nicht die Art Mensch, die Schwierigkeiten hatte, vor anderen zu sprechen, aber dieses Mal wusste sie nicht weiter. Sie wippte vor und zurück und knetete die Hände.

„Bitte legt die Stifte weg und hört mir einen Moment zu." Sie verstummte angesichts der erwartungsvollen Blicke der Schüler. Oder waren es spöttische Blicke? Sie wurde nervös. Was war heute nur mit allen los?

„Also, hört zu. Kajsa ist etwas zugestoßen. Sie kommt heute nicht. Wir wissen nicht so richtig, was passiert ist, aber es geht ihr sehr schlecht, und sie liegt im Krankenhaus auf der Intensivstation. Irgendetwas ist gestern Abend passiert. Was auch immer es ist, es sieht nicht gut aus. Also … ich weiß nicht so recht, was ich sagen soll. Aber der Schulleiter kommt später vorbei und spricht darüber."

Die Schüler starrten sie ehrlich verblüfft an.

Einige schauten zu Boden, und ein Mädchen begann zu weinen. Das war Kajsas beste Freundin, so viel wusste Lena. Josefin Elvebrandt. Ein fleißiges Mädchen, so wie Kajsa selbst es bis vor einem Jahr gewesen war. Lena ertappte sich dabei, wie sie aus dem großen Fenster auf den Schulhof starrte. Er war vollkommen menschenleer. Warum ausgerechnet Kajsa?

Es klopfte an der Tür und Schulleiter Ingvar Kleve betrat den Raum. Sein Gesichtsausdruck war ernst, und die Schüler nahmen automatisch eine aufrechte Haltung an. Alle verhielten sich still.

„Gestern Abend wurde Kajsa Lindahl überfallen. Sie liegt jetzt auf der Intensivstation des Krankenhauses hier in Lund."

Kleve war mit Sicherheit keine Mimose, aber seine zitternde Stimme verriet, wie erschüttert er war.

„Viel mehr wissen wir auch nicht. Das ist alles, was mir ihre Eltern mitgeteilt haben", fuhr er fort. „Und soweit ich weiß, werdet ihr alle noch von der Polizei befragt."

Lena stiegen die Tränen in die Augen. Sie wandte sich von den Schülern ab und hielt sich die Hand vors Gesicht. Nicht losheulen, dachte sie. Nicht jetzt.

So im Sonnenlicht, mit all dem dichten Grün ringsherum, machte die alte historische Schule durchaus etwas her. Welch schrecklicher Widerspruch: Kajsas grauenvolles Schicksal und dann dieser wunderschöne Frühsommertag.

Ein Schüler scharrte mit den Füßen im Kies, ein anderer stand auf und schlug mit einem Eishockeyschläger gegen einen Laternenpfahl. So viel Verzweiflung, dachte Lena und ließ den Blick von ihrem Platz am Fenster des Lehrerzimmers über den Hof schweifen.

Josefin Elvebrandt, Kajsas beste Freundin, saß auf einer Bank und weinte. Zwei andere Mädchen hielten sie im Arm und trösteten sie.

Das ist gut, dachte Lena, widmete sich wieder ihrem Kaffee und setzte sich zu den anderen Lehrern. Auch hier im Kollegenzimmer hatte sich das Gespräch hochgeschaukelt, aber Lena hatte das Gefühl, gar nichts beitragen zu können. Was, wenn Kajsa nicht überlebt hätte? Der Gedanke war so furchtbar, dass sie ihn verdrängte.

Sie musste an das geplante Treffen denken. Kajsa hatte sie um ein Gespräch gebeten, wollte aber nicht im Voraus verraten, worum es ging. Die Sprechstunde hätte am Dienstag nach der Schule stattfinden sollen.

Im Laufe des letzten Jahres hatte Kajsa sich merklich verändert. Nichts an der mürrischen, in sich gekehrten und schulverdrossenen jungen Frau erinnerte noch an das fröhliche, sportliche und ehrgeizige Mädchen, das sie früher gewesen war. Als Vertrauenslehrerin war es Lenas Aufgabe, ihre Schüler im Blick zu behalten, aber sie selbst hatte zu viel im Kopf gehabt, um den Überblick zu behalten. Jetzt spürte sie einen Stich des schlechten Gewissens.

Vielleicht sollte ich doch bei der Polizei anrufen. Kann sein, dass das alles etwas zu bedeuten hat. Lena schaute sich um und beschloss, nicht während der Arbeitszeit anzurufen, sondern bis Feierabend zu warten.

Die nächste Unterrichtseinheit begann, und alle Kollegen außer Lena verließen das Lehrerzimmer. Sie blieb dort und nahm ihr Handy zur Hand. Olof hatte versprochen, ihr eine

Nachricht zu schreiben, sobald er wusste, wann er wieder zu Hause sein würde. Aber da war noch nichts. Ungeduldig tippte Lena selbst: „Wann kommst du nach Hause?“ Vielleicht würde er antworten, wahrscheinlich aber eher nicht.

Hatte sie zu hohe Erwartungen an ihr gemeinsames Leben? Warum arbeitete er so viel? Sie dachte über all das Warten nach, über all die Zeit, in der sie geglaubt hatte, ihm wirklich etwas wert zu sein. Und über die Enttäuschung, die sie verspürt hatte, als ihr bewusst geworden war, dass sie sich geirrt hatte.

Das Telefon brummte. Sie öffnete ihre E-Mails, nur um zu sehen, ob etwas Interessantes hereingekommen war. Normalerweise wurde ihr Postfach hauptsächlich von Werbemails überschwemmt, aber dieses Mal war es etwas anderes. Eine merkwürdige E-Mail ohne Absender, oder vielmehr mit einem nicht identifizierbaren Absender. Ein Haufen Buchstaben ohne Bedeutung oder Inhalt. Und ein Anhang. Sie öffnete ihn, und eine männliche Figur füllte mit einem furchterregenden Brüllen ihren Bildschirm. Lena zuckte zusammen und schnappte nach Luft.

Der Mund der Gestalt triefte vor Blut. Natürlich war es kein echtes Bild, sondern eine animierte Figur. Nichtsdestotrotz ein beängstigender Anblick. Über dem Bild stand: „Ich sehe dich, ich höre dich, ich weiß, wo du bist.“

Entsetzt und aufgebracht zugleich packte Lena ihre Sachen zusammen und machte sich auf den Weg zu ihrer nächsten Unterrichtsstunde.

15

„Bitte, Mama, mach jetzt keinen Aufstand wegen des Essens!" Sara warf Britt, die gerade den Frühstückstisch deckte, einen flehenden Blick zu. Die Zwillinge saßen schweigend auf ihren Plätzen und ließen die Köpfe hängen. Eine Träne lief Gabriella über die Wange.

„Wir haben keinen Hunger. Wir haben Angst. Ich weiß, dass du es gut meinst, aber so ist das eben. Angst und Hunger vertragen sich nicht. Angst und Fluchtgedanken schon eher", fuhr Sara fort. Sie versuchte, wohlwollend zu klingen, zitterte aber am ganzen Körper und hatte das Gefühl, ihr Kopf müsse explodieren. Nur mit Mühe hielt sie sich davon ab, ganz laut loszuschreien. Sie war nur einen Schritt vom Wahnsinn entfernt. Oder von der Hysterie.

„Ich weiß", sagte Britt sanft.

Genau aus diesem Grund hatte sie Frühstück zubereitet. Das sorgte für eine heimelige, sichere Atmosphäre.

Klara blickte auf.

„Mama, muss Johannes ins Gefängnis?"

„Ich weiß nicht."

Saras Mund war schneller als ihr Kopf. Eigentlich hatte sie sagen wollen, dass er selbstverständlich nicht inhaftiert würde, aber sie war keine gute Lügnerin. Und das wäre eine glatte Lüge gewesen.

Sara hatte das Gefühl, als schnürte ihr etwas die Kehle zu. Ihre Gesichtshaut spannte. Ihre beiden Töchter und Britt beobachteten sie mit Sorge. Als befürchteten sie, dass Sara jeden Augenblick in zwei Teile zerbrechen könnte. Das trug nicht gerade zu Saras Beruhigung bei.

Sie ging zur Kücheninsel und ließ sich auf einem der hohen Barhocker nieder. Dann setzte sie eine entschlossene Miene auf.

„Alles wird gut. Aber ich werde wohl eine Zeit lang unterwegs sein. Danke, dass du hier bist und dich um die Mädchen kümmerst, Mama."

Allmählich spürte Sara, wie ihre Kraft zurückkehrte.

„Ich bringe das hier schon wieder in Ordnung. Hört ihr? Ich bringe alles in Ordnung!"

Es läutete an der Tür.

„*Saved by the bell*", sagte Klara und schenkte ihrer Mutter, die aufstand, um die Tür zu öffnen, ein Lächeln.

Rita umarmte Sara und gab ihr einen Kuss auf die Stirn.

„Komm ruhig mit mir mit. Ich fahre erst ins Krankenhaus und dann zu Kajsa Lindahls Eltern. Muss ja niemand wissen. Wir müssen uns nur beeilen. Uns bleiben ein paar Tage, bis der Staatsanwalt den offiziellen Haftantrag stellt. Wir müssen alles tun, um Johannes so schnell wie möglich herauszuboxen", sagte Rita.

Sara schaute ihre beste Freundin an. Ihr drahtiger Körper, die strahlend blauen Augen und das fast weiße Haar standen in krassem Kontrast zu der Wärme, die sie ausstrahlte. Rita griff nach Saras Hand und drückte sie fest. Dann legte sie den Kopf zur Seite.

„Ich weiß, dass du eigentlich nicht mehr im Einsatz bist, aber was keiner weiß, macht auch keinen heiß."

„Da muss ich gar nicht lange überlegen. Ich bin dabei", sagte Sara und brachte ein Lächeln zustande, das es allerdings nicht bis zu ihren Augen schaffte. In ihrem Inneren herrschte das reinste Chaos. Manchmal schaffte sie es, dieses Wirrwarr zu ignorieren, manchmal nicht. Im Moment fühlte sie sich aber einigermaßen ruhig. Und trostlos. Sie drehte eine Haarsträhne um den kleinen Finger, als könnte sie so etwas Halt finden.

Rita blieb auf der Treppe stehen, während Sara sich umdrehte, ein Paar Turnschuhe anzog und aus dem Haus schlüpfte.

„Willst du gar nicht Bescheid sagen?", fragte Rita, die sich wie ein Teenager vorkam, der sich zu nächtlichen Eskapaden aus dem Haus stahl.

„Jetzt, wo du es sagst." Sara drehte sich um. „Ich gehe mal eine Runde", rief sie. Im Bruchteil einer Sekunde stand ihre Mutter mit ängstlichem Blick und zitternden Lippen an der Tür. Als sie Rita erblickte, lächelte sie.

„Hallo Rita, schön, dich zu sehen", sagte sie bemüht.

Rita nickte und murmelte ein Danke.

„Mach dir keine Sorgen, Mama", versicherte Sara. „Ich bin bald wieder da."

Sie gingen eilig die Treppe hinunter und traten auf den Gehweg hinaus. Die hochgewachsene Rita Anker ging zügig voraus. Sara schaffte es, mit ihr Schritt zu halten, obwohl sie fast zwanzig Zentimeter kleiner war als ihre Freundin.

16

Auf Kajsas Bettkante hockte ein Mädchen. Kajsa lag immer noch im künstlichen Koma. Die Stille im Raum war unbehaglich und wirkte doch zugleich sehr passend. Sara hatte das Gefühl, die Atmosphäre fast greifen zu können. Das Mädchen streichelte sanft Kajsas Hand. Deren Kopf verschwand beinahe unter all den Kompressen und der Netzhaube, die alles an Ort und Stelle hielt. Das Beatmungsgerät arbeitete durchgehend und gab gleichmäßige, ruhige Töne von sich. Überall führten Schläuche in Kajsas dünnen Körper hinein oder wieder hinaus. Neben dem Bett stand ein Infusionsständer.

Kajsas Haar wirkte fein und strähnig. Das bisschen Gesichtshaut, das zwischen den Verbänden hervorlugte, war blass, und sie lag vollkommen reglos da. Nur ihre Augen bewegten sich unter den geschlossenen Lidern, als ob sie träumte.

„Du musst aufwachen, Kajsa."

Mit vorsichtigen Schritten näherten sich Sara Vallén und Rita Anker dem Bett, aber laut genug, dass das Mädchen sie kommen hörte und sich nicht erschrak.

Kajsas Freundin weinte, und die beiden Ermittlerinnen verspürten den Wunsch, nicht wie die Elefanten in ihren Kummer hineinzutrampeln.

Als sie die Schritte hörte, drehte Kajsas Freundin sich um, zuckte kurz zusammen, und augenblicklich hörten die Tränen auf zu fließen. Rita trat auf sie zu und legte ihr sanft die Hand auf die Schulter.

Verwundert musterte das Mädchen die hochgewachsene Frau und wich leicht vor Ritas Berührung zurück. Dann registrierte es Sara, die Jeans und einen roten Kapuzenpullover trug, und sofort wirkte es ein wenig beruhigter. Rita ließ die Hand zunächst liegen, um dem Mädchen Mut zu machen. Und tatsächlich schien es sich noch weiter zu entspannen.

„Mein Name ist Rita Anker und ich bin von der Polizei“, stellte Rita sich vor. Dann zeigte sie auf Sara. „Das ist Polizeikommissarin Sara Vallén.“

„Josefin Elvebrandt“, sagte das Mädchen und reichte erst Sara und dann Rita die Hand. Zu wohlerzogen, um sich widerspenstig zu geben, dachte Rita und lächelte. Sie wusste, dass ihr Auftreten nicht bei jedem sofort gut ankam und dass sie sehr einschüchternd wirken konnte.

„Ich bin Kajsas beste Freundin“, fuhr Josefin fort. „Wir gehen in dieselbe Klasse.“

„Ja“, sagte Sara mit ihrem sanftesten Lächeln. „Ich wollte schon längst mit dir gesprochen haben. Ich dachte, wir könnten uns ein wenig über Kajsa unterhalten. Wahrscheinlich kennst du sie besser als alle anderen.“

Sara hoffte, nicht allzu einschmeichelnd zu wirken, aber das Mädchen setzte nur ein schiefes Grinsen auf.

„Na ja, wir kennen uns schon seit Ewigkeiten. Ich kenne sie also wirklich gut."

„Das ist toll. Wir haben einige Fragen zu Kajsa."

In stiller Übereinkunft befragte Rita den behandelnden Arzt, während Sara mit Josefin in die Cafeteria ging.

Sind Krankenhäuser immer so?, fragte sie sich. So kahl und rau, kalt und ohne auch nur einen Hauch heimeliges Flair. Und die immer gleiche langweilige Speisekarte.

Sie hatte den Plan, ein möglichst formloses Gespräch zu führen. Wie sie die Formalitäten handhaben würde, war eine andere Geschichte, über die sie sich später Gedanken machen konnte. Sie war momentan nicht befugt, ein Verhör durchzuführen, aber weder sie noch Rita ließen sich davon abhalten. Sara bestellte Josefin eine Cola. Etwas anderes wollte sie nicht. Was für ein wahnsinnig hübsches Mädchen, dachte Sara. Dann hatte sie eine Eingebung.

„Sag mal, kennst du eigentlich meinen Sohn, Johannes Vallén? Er ist genauso alt wie du, geht aber auf das Polhem-Gymnasium."

„Johannes? Ja, den kenne ich." Josefin errötete und Sara konnte sich ein Lachen nicht verkneifen.

„Schon in Ordnung, du musst dich nicht schämen. Ich dachte nur, dass unsere Stadt ja nicht allzu groß ist und man die meisten Leute aus seinem Jahrgang irgendwann schon einmal gesehen hat. Er hat auch mal eine Josefin erwähnt, könnte er dich damit gemeint haben?"

„Vielleicht", antwortete sie, machte aber deutlich, dass ihr das Thema nicht behagte.

Na toll, dachte Sara. Warum hatte sie denn auch geglaubt, dass ein Eisbrecher bei einem Gespräch unter Erwachsenen auch bei Jugendlichen funktionieren würde. Außerdem lief sie Gefahr, zu viel über Johannes' prekäre Lage zu verraten. Vielleicht wusste das Mädchen ja sogar schon Bescheid. Am besten ließ sie das Thema fallen. So hatte sie ohnehin nur Josefins Misstrauen geschürt.

Josefin hatte einiges über Kajsa zu erzählen, allerdings nur Positives. Auf Fragen über feste Freunde wollte sie keine Antwort geben. Sie verriet nur, dass Kajsa beliebt sei, aber kein Interesse an Jungen zeige. So viel verstand Sara zumindest, aber sie spürte auch, dass noch mehr hinter dieser Information steckte.

„Hatte Kajsa einen besonderen Verehrer? Irgendjemanden, an dem sie nicht interessiert war? Oder andersherum?"

„Nein", antwortete Josefin und presste die Lippen zu einem schmalen Strich zusammen.

Irgendetwas stimmte nicht. Sara fragte sich, wie sie Josefins Weigerung, mehr als nur einsilbige Informationen über Freunde oder Freundinnen preiszugeben, interpretieren sollte.

Sie beschloss, es mit einer anderen Taktik zu versuchen.

„Läuft Kajsa ab und zu spätabends durch den Stadtpark?"

„Keine Ahnung, wir waren auf jeden Fall noch nie zusammen dort", antwortete Josefin, sichtlich erleichtert, nicht länger mit Fragen zu Beziehungen gelöchert zu werden. Ihre Haltung entspannte sich ein wenig, aber sie wirkte immer noch etwas verängstigt und gestresst. Sara spürte instinktiv, dass das Mädchen eine Menge zu verbergen hatte.

„Nachts ist es dort richtig unheimlich. Warum sollte sie da herumlaufen? Warum?“

Der Kummer des Mädchens hing spürbar in der Luft.

„Ich weiß nicht“, gab Sara zu. „Vielleicht wollte sie eine Abkürzung nehmen. Keine Ahnung, aber wir finden es schon heraus.“

Josefins Unterlippe zitterte. Sara legte die Hand auf das zarte Handgelenk des Mädchens.

„Wir setzen wirklich alles daran, denjenigen zu finden, der Kajsa das angetan hat. Ich verspreche dir, dass wir unser Bestes geben.“

„Kann ich jetzt gehen? Ich will zurück zu Kajsa“, sagte Josefin und schob ihren Stuhl zurück.

„Einen Moment bitte noch. Ich weiß, es ist nicht einfach, aber ein paar Fragen muss ich dir noch stellen.“ Sara musste sich zusammenreißen, als sie den flehenden Blick des Mädchens erwiderte. Ich hoffe, dass sie nicht daran zerbricht, dachte sie.

Josefin streckte sich und rückte den Stuhl wieder an den Tisch heran. Sie hatte ihre Cola kaum angerührt. Jetzt nahm sie einen kleinen Schluck.

„Was hast du am Sonntagabend gemacht?“, fragte Sara und stellte fest, wie kraftlos ihre Stimme klang, ohne jede Energie.

„Kajsa und ich waren im Kino, in der Vorstellung um zwanzig nach sechs. Es war auf jeden Fall ein Science-Fiction-Film, aber ich weiß nicht mehr, wie er hieß.“

Kaum, dass sie davon erzählt hatte, stiegen Josefin wieder die Tränen in die Augen. Sie riss sich zusammen und fuhr fort.

„Dann sind wir ins Ariman gegangen und haben bis Ladenschluss dort gesessen. Das war um dreiundzwanzig Uhr.“

„Was ist das Ariman?“

Josefin lächelte nachsichtig.

„Ein Café in der Kungsgatan.“

„Und dann seid ihr auseinandergegangen?“

„Wie ich gesagt habe.“

„Warum, glaubst du, ist Kajsa nicht direkt nach Hause gegangen? Und wohin ist sie vom Café aus gegangen?“

„Ich weiß es nicht. Wirklich nicht.“

Das Mädchen schaute auf seine Hände. Sara hatte wieder das Gefühl, dass etwas Wichtiges unausgesprochen blieb. Sie merkte aber auch, dass es keinen Sinn hatte, Josefin unter Druck zu setzen. Früher oder später kommt alles heraus, dachte sie.

„Wie ist Kajsa eigentlich als Freundin?“

„Die beste“, antwortete Josefin, ohne zu zögern.

„Und als Person? Wenn du verstehst, was ich meine.“

Das Mädchen nickte.

„Nett, freundlich, super.“ Eine ebenso überzeugte Antwort. Sara nahm an, dass Josefin jetzt die Wahrheit sagte. Oder zumindest ehrlich ihre Sichtweise darstellte.

„Und wie war sie in der Schule?“, hakte Sara trotz der kurzangebundenen Antworten hartnäckig nach.

„Gut, aber zuletzt hatte sie nicht mehr viel Motivation“, erklärte Josefin. Ihr Blick flackerte unruhig hin und her.

Saras Alarmglocken läuteten laut und deutlich. Das hat jetzt wirklich keinen Sinn mehr, dachte sie und fand sich damit ab, dass manche Dinge eben ihre Zeit brauchten. Geduld, Sara, sprach sie sich selbst Mut zu.

„Kann ich jetzt gehen?“, fragte das Mädchen erneut.

Jetzt war es an Sara, zu nicken.

„Die Befragung wird um zwölf Uhr fünf beendet", sagte sie laut, bevor sie die Audioaufnahme ihres Handys beendete und sich wieder an Josefin wandte, die bereits aufgestanden war.

„Normalerweise könntest du direkt eine Abschrift des Gesprächs einsehen, aber ich denke, du verstehst, dass das eine Weile dauern kann. Sobald ich einen Ausdruck habe, kannst du ihn lesen und dir die Aufnahme anhören, wenn du magst. Ist das in Ordnung für dich?"

„Klar", entgegnete Josefin, drehte sich um und ging davon.

Viel neue Erkenntnis hatte das Gespräch zwar nicht gebracht, aber ein paar offene Fragen waren doch beantwortet worden. Aus irgendeinem Grund war Kajsa länger in der Stadt geblieben oder sogar irgendwo anders hingegangen, um dann spät in der Nacht den Heimweg durch den Stadtpark anzutreten. Das passte allerdings nicht wirklich zusammen. Die Geschichte wies Lücken auf. Sara beschloss, Josefin zu einem späteren Zeitpunkt, aber so bald wie möglich, noch einmal aufzusuchen. Die Zeit drängte.

17

Er trottete über den Stortorget-Platz, die Schuhe durchnässt und verdreckt. Den ganzen Tag über hatte die Sonne geschienen, aber kaum, dass er den Fuß vor die Tür gesetzt hatte, war ein Wolkenbruch über ihm niedergegangen. Nun war ihm kalt, und er versuchte, sich zu beeilen.

Beim Restaurant Herkules bog er in die Kyrkogatan ein. So ein Blödsinn, dachte er, dass sich der Name der Straße am Platz plötzlich ändert. Eigentlich ist es doch eine einzige lange Straße. Dann schwenkte er nach links in die Klostergatan und ging anschließend die Gråbrödersgatan entlang. Dort tippte er an einem Hauseingang den Zahlencode ein und sprang die Treppe mit fünf großen Schritten hinauf. In der Wohnung war es dunkel und still, die Luft war stickig, und es roch deutlich nach abgestandenem Zigarettenrauch, Suff und Müll. Er schloss die Schlafzimmertür hinter sich, nur für den Fall, dass sein Vater zu Hause war, obwohl nichts darauf hindeutete. Dann schaltete er sowohl den Computer als auch den Fernseher ein. Der Rechner, ein altes Gerät seines Vaters, piepste und rappelte, bevor er endlich einsatzbereit war.

Sein E-Mail-Postfach war leer, abgesehen von einer Werbemail eines Reiseunternehmens. Träumen kann man ja immer, dachte er. Für einen kurzen Augenblick betrachtete er sein eigenes Spiegelbild auf dem Bildschirm.

Er holte tief Luft und schüttelte sich die schwarzen Locken aus der Stirn, bevor er sich auf einer versteckten Website auf die Suche nach Bildern von furchterregenden Gestalten machte. Nachdem er die meisten von ihnen sorgfältig studiert hatte, entschied er sich für ein Bild, das er über die Website verschicken würde, die mit dem Slogan „Wer tot ist, kann nicht mehr petzen" warb.

Mit einem lauten Knall öffnete sich die Haustür.

„Wo bist du? Rotzbengel!"

Er sprang auf und drehte den Schlüssel im Schloss. Gerade noch rechtzeitig. Kurz darauf begann das Klopfen an der Tür.

„Du bist besoffen. Ich mach nicht auf." Obwohl er die Tür zugesperrt hatte, ging er rücklings auf sein Bett zu. Man konnte nie wissen. Sein Vater war imstande, die Tür aufzubrechen, wenn er wollte.

Dann hörte er, wie sein Alter durch die Wohnung torkelte. Diese Geräuschkulisse war ihm wohlbekannt. Irgendwann wurde es still, und er wusste, dass sein Vater ins Bett gefallen war. Die nächsten paar Stunden würde Ruhe herrschen.

Er setzte sich wieder an den Computer und öffnete einen Messenger. Vielleicht war jemand online, mit dem er eine Weile chatten konnte. Oder den er einschüchtern konnte. Oder verarschen. Dann überlegte er es sich anders und griff stattdessen zum Telefon. Nur ein Anruf, dachte er.

18

Die Ergebnisse der Gespräche waren mehr als dürftig. Es gab ein paar Jungen, die sich offensichtlich für Kajsa Lindahl interessierten. Sie war sehr beliebt, und mehrere Jungen waren in sie verliebt oder es zumindest einmal gewesen. Aber Genaueres hatten die Verhöre nicht ergeben. Josefin Elvebrandt war ausgelassen worden, mit ihr wurde schließlich schon gesprochen. Zwei Jungen aus Kajsas Klasse hatten sie nicht erreicht. Die Eltern der minderjährigen Mitschüler waren darüber informiert worden, dass ihre Kinder befragt werden sollten, aber niemand hatte darauf bestanden, bei dem Gespräch dabei zu sein. Typisch, dachte Torsten Venngren. Denen ist völlig egal, wie es ihren Kindern geht.

„Weißt du, ob Kajsa mit jemandem aus der Klasse zusammen war? Oder ob sie in jemanden verliebt war? Mädchen oder Junge?", fragte er eine Schülerin, die während der gesamten Befragung schluchzte.

„Nein. Oder ja. Martin natürlich, aber sie hat gesagt, daraus sei nie etwas geworden. Ich kann mir auch nicht vorstellen, dass sie jemals in jemanden verliebt war. Kajsa spricht nicht viel. Die Einzige, der sie sich anvertraut, ist Jossan."

„Jossan?", fragte Jonny Svensson.

„Josefin Elvebrandt. Sie machen alles zusammen. Bis auf Handball."

„Kajsa spielt also Handball? In welchem Team?", fragte Torsten Venngren, der sich persönlich überhaupt nicht für diesen Sport interessierte.

„Bei Lugi Handboll. Aber sie spielt nicht mehr so oft. Mehr weiß ich auch nicht."

„Alles klar. Gibt es irgendetwas Besonderes, das Kajsa Lindahl auszeichnet? Irgendeine Charaktereigenschaft?"

„Äh, keine Ahnung." Das Mädchen dachte einen Moment nach, legte einen Zeigefinger an die Nasenspitze und rieb sie leicht. Torsten lächelte. Seine Tochter Veronica hatte das auch immer gemacht, wenn sie als Kind am Daumen gelutscht hatte. Beruhigend und tröstend.

Torsten Venngren räusperte sich, um die Schülerin wieder ins Hier und Jetzt zu holen.

„Also, in unserem ersten Jahr war Kajsa das fröhlichste, netteste und lustigste Mädchen der ganzen Klasse. Und dann ist irgendetwas passiert. Ich weiß nicht, was es war, aber sie wurde irgendwie schüchtern und still. Und … wie heißt das noch … Sie wissen schon, also so, dass sie mehr Typen angegraben hat. Mehr … ach, ich weiß nicht, wie das Wort heißt."

„Meinst du, sie wurde provokanter?", schlug Torsten Venngren vor.

„Ja, so könnte man es ausdrücken. Provokant. Härter und tougher. Den Jungen hat das nicht gefallen. Martin vielleicht, aber sonst niemandem. Und dann hat sie aufgehört zu lernen.

In unserem ersten Jahr war sie ziemlich gut in der Schule, aber dann auf einmal nicht mehr. Hat sich für nichts mehr interessiert."

„Weißt du, was passiert ist?" Venngren musterte das Mädchen mit Interesse.

„Nein, keinen Schimmer. Aber vielleicht weiß Jossan es ja."

„Vielen Dank für die Information", sagte Torsten Venngren mit einem freundlichen Lächeln.

„Sind wir jetzt fertig? Kann ich gehen?"

Venngren nickte zustimmend und die Schülerin schlüpfte aus dem Raum, den ihnen die Schule bereitgestellt hatte.

„Ruf bitte diesen Martin herein." Venngren zeigte auf die Tür. Svensson stand auf und öffnete sie.

Martin trat in den Raum. Er wirkte irgendwie jämmerlich. Und wütend. Ein sportlicher Junge, allerdings nicht allzu hochgewachsen. Eher im Gegenteil, dachte Venngren und musterte den Schüler prüfend.

„Weißt du, weshalb ich hier bin?", fragte er, nachdem sie einander begrüßt hatten.

Verächtlich musterte der Junge die ausgebleichte Jeans des Verhörleiters. Dann blieb sein Blick an dem wippenden Schnurrbart hängen. Offensichtlich hatte er es nicht eilig zu antworten.

„Weil Kajsa beinahe gestorben wäre", sagte er irgendwann pragmatisch. „Weil irgendein Scheißkerl sie beinahe umgebracht hätte", ergänzte er dann weniger pragmatisch.

„Ja, in gewisser Weise ist das richtig", antwortete Venngren. „Aber wir sind vor allem hier, um mehr über Kajsa herauszufinden. Ihr wart befreundet?"

„Verstehe", sagte der Junge. „Wir waren nicht *so* befreundet."

„Wie meinst du das?“ Torsten Venngren lächelte den Schüler freundlich an.

Martin wand sich verängstigt auf seinem Stuhl.

„Äh, ich meinte nur, dass wir nicht wirklich Freunde sind. Ich stand eine Zeit lang auf sie. Aber sie war eine ziemliche Nervensäge. Also fand ich sie irgendwann nicht mehr so toll. Und Freunde waren wir halt auch nicht, also …“

„Ok“, sagte Torsten. „Und was war der Grund dafür, dass du sie irgendwann nicht mehr mochtest?“

„Das weiß ich nicht“, entgegnete Martin kurz angebunden. Torsten entging nicht, dass der Junge traurig war. Irgendetwas bedrückte ihn, aber Torsten drängte ihn nicht weiter. Er selbst hatte mehrere Tage lang hart gearbeitet und war sehr müde.

„Was hast du am Sonntagabend gemacht?“, fragte er.

„Ich war erst bei Freunden und dann bin ich nach Hause gegangen.“ Martin sah Venngren unerwartet offenherzig in die Augen.

„Bei welchen Freunden?“

„Einigen aus der Klasse. Rickard und Andreas.“

„Wie lange warst du dort?“

„Bis Mitternacht, glaube ich.“

„Und anschließend?“

„Ich bin kurz beim Ariman vorbei, aber das war natürlich schon geschlossen. Ich glaube, ich habe vorher nicht auf die Uhr gesehen.“

„Warum bist du dorthin gegangen?“ Venngren betrachtete den Jungen mit ausdrucksloser Miene.

„Ich dachte, ich würde dort vielleicht ein paar Freunde treffen.“

Martin hielt einen Augenblick inne und schaute dann auf den Boden.

„Ich dachte, Kajsa könnte dort sein."

„Aha", sagte Torsten Venngren. „Und war sie dort?"

„Ich habe Ihnen doch gerade gesagt, dass das Ariman geschlossen war."

„Hm ... stimmt. Hast du danach noch nach Kajsa gesucht?"

„Nein, verdammt. Ich bin direkt nach Hause gegangen. Warum wollen Sie das wissen?"

„Ich bin derjenige, der hier die Fragen stellt", erklärte Venngren in strengem Ton.

„*Sure.*"

„Also, wohin bist du dann gegangen?"

„Nach Hause. Aber zuerst war ich beim Geldautomaten in der Stora Södergatan. Dann bin ich durch die Kattesund-Gasse gegangen, dann in Richtung des Restaurants Mediterranean und von dort aus durch die Stora Fiskaregatan bis hin zum Bantorget-Platz. Und dann bin ich nach Hause gegangen." Er beantwortete alle Fragen auf einmal, und Venngren konnte sich ein kleines Lächeln nicht verkneifen.

„Warum bist du nicht zum Geldautomaten in der Lilla Fiskaregatan gegangen? Das wäre doch weniger umständlich gewesen."

„Keine Ahnung", antwortete Martin und schaute den Polizeibeamten irritiert an. „Wahrscheinlich hatte ich nicht auf dem Schirm, dass es dort auch einen gibt", versuchte er zu erklären.

„Gut", sagte Torsten Venngren. „Waren deine Eltern zu Hause, als du dort ankamst?"

„Ja, sie haben schon geschlafen."

Torsten Venngren wusste nicht, warum er an den Worten des Jungen zweifeln sollte. Irgendwie fand er ihn sympathisch. Er ist aufrichtig und zugänglich, dachte er.

„Weißt du, ob Kajsa einen Freund oder eine Freundin hatte? Oder irgendjemanden, mit dem sie die Zeit zwischen der Schließung des Ariman und zwei Uhr nachts verbracht haben könnte?"

„Nicht im Geringsten, aber ich habe schon lange die Vermutung gehabt, dass sie einen Freund haben könnte, von dem niemand weiß. Sie ist schon eine ganze Weile so seltsam drauf. Irgendwie kühl. Sie wollte sich auch gar nicht mehr treffen, und so."

„Warst du richtig in sie verliebt?"

„Weiß nicht, kann sein. Wie gesagt, mir gefiel ihre neue Attitüde nicht."

„Und trotzdem hast du im Ariman nach ihr gesucht?"

„Das hatten wir doch schon."

„Verstehe", sagte Venngren und beendete die Vernehmung.

Torsten Venngren und Jonny Svensson verließen das Schulgebäude, ohne auch nur ein Wort zu wechseln. Keiner von ihnen hatte Lust, sich über die Vernehmungen zu unterhalten. Die Teenagerzeit war die grausamste und unterhaltsamste Zeit im Leben eines Menschen – aber wer sehnte sich schon ernsthaft dorthin zurück?

Plötzlich verspürte Torsten einen Anflug von Traurigkeit, vielleicht aufgrund des schönen Sommers. Der Schmerz der Trennung wog um einiges schwerer, wenn um ihn herum alles so wunderbar war. Und dass er mit Jonny Svensson, der traurigsten Gestalt im ganzen Team, unterwegs war, machte die Sache nicht besser. Torsten verspürte ein wenig Mitleid mit dem Mann an seiner Seite. Er selbst hatte wenigstens Veronica, auch wenn die in London lebte. Aber sie liebte ihn fast so sehr, wie er sie liebte. Und das war gut. Jonny hingegen war ganz allein.

Jonny war es auch, der das Schweigen brach.

„Glaubst du wirklich, dass es ein Junge war? Ich meine, angesichts dieser Gewalt und der Aggression."

„Keine Ahnung", antwortete Torsten. „Ich würde zumindest mein nächstes Gehalt darauf verwetten, dass es nicht dieser Martin war."

„Ja, ich denke, man braucht wirklich große Aggressivität für eine solche Tat", sagte Svensson. „Ob der Täter jung oder alt ist, weiß ich nicht, aber ich bin mir sicher, dass es geplant war."

Jonny verstummte. Torsten ahnte, was als Nächstes kam.

„Ich kann mich glücklich schätzen, dass ich im Jugendalter nie die Grenze überschritten habe oder erwischt worden bin. Damals hätte ich nie gedacht, dass ich einmal Polizist werden würde."

Torsten legte seinem Kollegen sanft die Hand auf die Schulter und drückte einmal kräftig zu. Er spürte ein überraschendes Gefühl von Nähe. Ihre Blicke trafen sich und Torsten zog die Hand zurück. Die Situation war ihm etwas peinlich – vor allem, da er Svensson nicht einmal besonders gut leiden konnte.

„Etwas haben wir tatsächlich herausgefunden", sagte Torsten.

„Was denn?"

„Dass das Mädchen sich verändert hat. Zwei Mitschüler haben das Gleiche gesagt. Ich frage mich nur: Warum?"

„Ja, das kann man sich fragen", antwortete Jonny Svensson und zuckte mit den dicken Schultern. „Vielleicht nur so eine Teeangergeschichte. Wer weiß schon, was in Teenagern vor sich geht – und vor allem, was wissen die schon über sich selbst?"

„Nicht viel", erwiderte sein Kollege lakonisch. Gerade, als sie wieder im Auto saßen, rief Jörgen Berg an und teilte ihnen mit, dass es zwei Hinweise gegeben habe und er es sehr begrüße, wenn sie die Gelegenheit nutzen und die beiden Befragungen durchführen würden, bevor sie zur Polizeistation in Malmö zurückkehrten. Torsten Venngren gab zurück, das sei kein Problem – nach nur zweiundzwanzig Verhören spielten zwei mehr oder weniger doch gar keine Rolle. Jörgen gab vor, die Ironie in Torstens Worten nicht zu hören, bedankte sich und legte auf.

19

Sara Vallén und Rita Anker läuteten an einer Haustür am Sunnanväg. Dort lebten Kajsa, ihre ältere Schwester Magda und ihre Eltern. Es war immer schwierig, vom Schicksal gebeutelte Menschen befragen zu müssen. Aber es war notwendig. Auf so etwas musste man sich in ihrem Job gefasst machen.

Das Treppenhaus machte einen deprimierenden Eindruck. Sara selbst lebte mit ihren drei Kindern in einer kleinen Villa mit großem Garten im Süden von Lund, und Rita wohnte allein in der Grönegatan in einem Stadthaus. Keine von ihnen hätte mit der jeweils anderen tauschen wollen, aber vor allem hätte keine der beiden Freundinnen im zweiten Stock am Sunnanväg wohnen wollen – grauer Beton, graue Treppenhäuser, graue Mehrfamilienhäuser, und das in Kombination mit der albtraumhaften Situation, in der sich die Familie Lindahl befand.

Torsten hatte wie üblich die erste Befragung übernommen, sodass Rita und Sara die Eltern noch nicht kennengelernt hatten. Rita hatte die Leitlinien für das Verhör aufgestellt, was normalerweise Saras Aufgabe war. Zum zweiten Mal an diesem Tag würde Sara ein Gespräch führen, zu dem sie nicht befugt war. Aber es geschah in völligem Einvernehmen mit den Kollegen. Saras Beteiligung war ebenso notwendig wie unvermeidlich. Sie hatte viel Erfahrung und hätte sich von allein niemals in die hintere Reihe gestellt. Rita bat Sara, mit Margareta zu sprechen, während sie selbst sich Gunnar vornehmen würde. Die Kolleginnen hatten beschlossen, sich auf Kajsas Sozialleben, ihre außerschulischen Aktivitäten, ihre schulischen Leistungen und die Frage zu konzentrieren, ob es in ihrem Leben in letzter Zeit zu Veränderungen gekommen war. Sara hatte Rita von ihrem Gespräch mit Josefin erzählt, von den Alarmglocken in ihrem Kopf und von ihrem Misstrauen. Es war höchste Zeit, dass sie etwas Konkretes in Erfahrung brachten, denn bisher hatten sie nur das diffuse Gefühl, vor einem großen Geheimnis zu stehen. Auch Magda musste befragt werden. Sie hatten beschlossen, dass Rita das übernehmen würde, da sie tougher und jünger aussah und die Befragten sie weniger als Mutter denn als gleichberechtigte Person ansehen würden. Magda sollte gegen drei Uhr zu Hause sein, hatten die Eltern versichert.

Die beiden Frauen wurden von Gunnar Lindahl empfangen, und als sie den Flur betraten, zeigte sich, wie geschmackvoll und sparsam die Wohnung eingerichtet war. Das größte Möbelstück war ein Flügel, der im Wohnzimmer stand. Rita unterdrückte den Impuls, zu fragen, wie sie ihn die enge Treppe hinaufgeschafft hatten. Einen Fernseher hatte die Familie Lindahl nicht. Allerdings gab es einen alten CD-Player mit teuren Boxen.

„Und Geheimnisse?“, fragte Rita.

„Na ja“, antwortete Gunnar Lindahl. „Haben nicht alle Teenager Geheimnisse vor ihren Eltern?“

Rita nickte.

„Wie macht sich Kajsa in der Schule?“

„Gut, aber nicht mehr ganz so gut wie letztes Jahr“, antwortete Kajsas Vater. „Die Endnoten für dieses Halbjahr wissen wir ja noch nicht. Ich glaube, Kajsa ist ein bisschen schulverdrossen geworden. Mir ging es in meinem zweiten Jahr in der gymnasialen Oberstufe genauso. Meistens wird es im dritten Jahr wieder besser.“

Er fuhr sich mit dem Handrücken über ein Auge und schniefte.

„Haben Sie bei Kajsa irgendwelche Anzeichen für Depressionen, Angst, Traurigkeit oder Wut bemerkt? Irgendetwas, das untypisch für sie war?“

Rita musterte Gunnar Lindahl mit ruhigem Blick.

„Ich weiß nicht genau“, erwiderte der und zog die Augenbrauen zusammen, bis sie eine durchgehende Linie bildeten. Sie waren beeindruckend buschig und markant.

„Mhm“, machte Rita und nickte. „Irgendetwas, das Ihnen seltsam vorkam?“

„Das ist schwer zu sagen. Vielleicht haben wir nicht genug miteinander gesprochen. Sie ist eher Mamas Mädchen. Magda und ich kommen besser miteinander aus, vielleicht, weil wir unterschiedlicher sind. Kajsa und ich sind uns in vielerlei Hinsicht zu ähnlich. Dadurch sind wir immer wieder aneinandergeraten. Dann hat sie jedes Mal ihre Zimmertür hinter sich zugeknallt. Aber ich dachte, das sei ganz normal. Ein Teenager zu sein, ist nicht immer einfach. Mit Margareta kam Kajsa besser klar. Ob sie sich ihr manchmal anvertraut hat, weiß ich aber auch nicht. Wie gesagt, es ist nicht leicht, ein Teenager zu sein. Man hat diesen starken Drang, sich von den Eltern loszulösen. Glaube ich. Kajsa und ich sind beide ziemlich reizbar. Deshalb bin ich mir nicht ganz sicher. Ich meine, ob sie noch etwas anderes antrieb, als der ganz normale Wunsch, jung und frei zu sein."

Die Worte sprudelten wie ein Wasserfall aus dem Vater heraus, und Rita konnte sich dessen nicht erwehren. Sie versuchte, alle Informationen zu sortieren, stellte aber schnell fest, dass sie sich später unbedingt noch einmal die Audioaufnahme anhören musste. Es war wichtig, alle Informationen zu verinnerlichen. Erst dann konnte man alle Zusammenhänge erkennen und Untertöne heraushören. Dadurch ergaben sich neue Fragen, neue Vernehmungen. Und immer wieder blieben Dinge ungesagt und standen zwischen den Zeilen.

„Glauben Sie, dass Kajsa Ihnen etwas verheimlicht hat? Dass sie sich mit jemandem getroffen hat?", fragte Sara Margareta Lindahl, mit der sie in der Küche Platz genommen hatte.

„Vielleicht vor Gunnar, aber nicht vor mir – zumindest keine Alltäglichkeiten", ergänzte sie nach einer kurzen Pause.

„Was meinen Sie damit?"

„Kajsa war bestimmt schon ein paar Mal verknallt. Ich glaube, unter anderem in ihren Klassenkameraden Martin. Daraus ist aber nichts Ernstes geworden. Ich denke, dass sie auf den Richtigen gewartet hat, oder zumindest auf echte Verliebtheit … Vielleicht hatte sie auch einfach zu viele Eisen im Feuer, um Zeit für einen festen Freund zu haben."

„Wie war Kajsa in der Schule?", fragte Sara.

Margareta massierte sich den Nasenrücken mit Zeige- und Mittelfinger der einen Hand, während sie mit den Fingern der anderen Hand nervös ihre rabenschwarzen Locken zwirbelte.

„Im ersten Jahr auf dem Gymnasium lief es gut, aber im Laufe des letzten Jahres haben wir gemerkt, dass sie nachgelassen hat", sagte sie. „Wir haben es angesprochen, aber Kajsa meinte nur, sie finde die Schule langweilig. Na ja ... wir haben das für die typischen Anwandlungen eines Teenagers gehalten."

„Hat sie in der letzten Zeit verändert gewirkt?"

„Wie meinen Sie das?"

Ein defensiver Ton. Sara wappnete sich.

„Ich meine, ob sie irgendetwas belastet oder vielleicht auch besonders beflügelt hat."

„Nein, so etwas ist mir nicht aufgefallen."

Margaretas Blick und Stimme hatten sich verhärtet.

„Sind Sie ganz sicher?", bohrte Sara nach. Ihre Finger krampften sich um ihre Tabakdose, die sie auf dem Tisch abgelegt hatte.

„Wie können Sie es wagen, hierher zu kommen und meine Tochter zu verdächtigen, irgendetwas vor mir zu verheimlichen?", erwiderte Kajsas Mutter, und Sara spürte, wie ihr der Zorn der Frau entgegenschlug. Sie zwang sich zur Ruhe und bemühte sich um einen neutralen Gesichtsausdruck.

„Ich muss das fragen, das gehört zu meinem Job. Andernfalls erfahre ich nichts Neues", gab sie zurück.

Rita und Sara baten darum, sich in Kajsas Zimmer umschauen zu dürfen, während sie darauf warteten, dass Magda nach

Hause kam. Gunnar wies sie darauf hin, dass die Spurensicherung sich das Zimmer bereits vorgenommen hatte.

„Das wissen wir", entgegnete Sara. „Wir würden nur gern einmal hineinschauen. Ein Zimmer sagt viel über eine Person aus, und wir wollen gar nichts anfassen. Nur schauen."

Rita und Sara tauschten einen Blick aus. Beiden war klar, dass sie hier ein sensibles Thema anschnitten.

„Schon in Ordnung", sagte Gunnar Lindahl und nickte seiner Frau zu. Sie sagte nichts, machte aber nicht den Eindruck, mit dem Wunsch der beiden Polizistinnen einverstanden zu sein.

„Schon in Ordnung", wiederholte Gunnar.

Kajsas Zimmer war erstaunlich groß und hatte einen hübschen Eichenboden. Die Wände waren hell fliederfarben gestrichen, und wie im Wohnzimmer hing hier und dort ein einzelnes Kunstwerk. Außerdem gab es mehrere Fotos, eines von Josefin und ein paar von Kajsa selbst. Von einer Pinnwand baumelte ein kleiner Kalender an einer Schnur herab. Bis auf ein paar Anmerkungen zu Handballspielen war er leer. Alles, was von Interesse sein könnte, war bereits entfernt worden.

Sie waren schon wieder auf dem Weg nach draußen, als Sara sich noch einmal umdrehte und an die Pinnwand trat.

„Habe ich es doch gewusst", sagte sie nur.

„Wie? Was hast du gewusst?"

„Hier", entgegnete Sara und streckte den Finger aus. An einem Sonntag war ein eingekringeltes „E" eingetragen. „Was kann das bedeuten? Und wieso ist das der Spurensicherung nicht aufgefallen?"

„Vielleicht haben sie es ja bemerkt und fanden es nicht sonderlich interessant. Wir nehmen den Kalender mal mit und schauen ihn uns in Ruhe an", sagte Rita. „Ich sage den Eltern Bescheid." Entschlossen stopfte sie das kleine Buch in ihre Tasche.

Sie gingen zurück in die Küche, wo die Lindahls auf sie warteten.

„Magda ist gleich da. Wenn Sie fertig mit der Befragung sind, würden wir zu Kajsa gehen. Einer von uns übernachtet dort, damit sie sich nicht allein fühlt oder Angst bekommt, wenn sie aufwacht", erklärte Gunnar.

Margareta sank in sich zusammen wie ein geplatzter Luftballon. Die Hoffnungslosigkeit im Raum war förmlich greifbar. Rita hatte ein ungutes Gefühl im Magen. Wenn das mal so läuft, wie ihr euch das vorstellt, dachte sie. Gunnar Lindahl legte eine seiner großen Hände auf die Schulter seiner Frau.

„Schon gut, schon gut", sagte er beruhigend. „Alles wird gut."

Ein bisschen hölzern und ungeschickt, dachte Sara. Aber liebevoll.

Magda war ein langbeiniges neunzehnjähriges Mädchen. Sie schien nicht sonderlich erpicht darauf zu sein, über Kajsas vermeintliche Liebesbeziehungen zu sprechen. Schließlich wurde Rita wütend und verlor die Geduld, was nur dazu führte, dass Kajsas Schwester komplett dichtmachte. Sara übernahm das Kommando, und völlig ungeplant spielten sie plötzlich ‚Guter Cop, böser Cop'. Entweder verstand Magda das Spiel nicht, oder sie ließ sich nur allzu bereitwillig darauf ein, denn plötzlich wurden ihre Gesichtszüge weicher und sie wirkte sehr viel erwachsener.

Sie erzählte, dass Kajsa in Martin verliebt gewesen sei, sich aber nicht mehr daraus entwickelt habe. Während sie sprach, wurde immer deutlicher, dass Magda und Kajsa sich sehr nahestanden.

„Weißt du, wofür der Buchstabe ‚E' stehen könnte?", fragte Sara.

Magda Lindahl schüttelte den Kopf und Rita zeigte ihr den Kalender.

„Keine Ahnung", sagte Magda. „Kann schon sein, dass es etwas zu bedeuten hat."

Wieder einmal hatte Sara das Gefühl, hinters Licht geführt zu werden. Die junge Frau hatte den Blick gehoben und schaute angestrengt an ihr vorbei.

„Inwiefern?"

„Kann sein, dass sie mir nicht alles erzählt hat. Vielleicht war sie mit jemandem zusammen, den ich nicht kannte. Ich könnte mal bei Josefin nachfragen, vielleicht weiß sie mehr darüber."

„Danke", sagte Sara. „Das hat uns schon sehr weitergeholfen." Das war gelogen. Sie glaubte nicht, dass sie das Gespräch sonderlich weitergebracht hatte, und Magda Lindahl hatte plötzlich so einen arroganten Zug um den Mund bekommen, der Sara ganz und gar nicht gefiel.

„Ich hake mal nach", versprach Magda und lächelte zum ersten Mal.

Aber auch ein Lächeln sagte rein gar nichts aus. Auf dem Weg zurück zum Wagen duftete es wunderbar nach Flieder, es war angenehm warm und noch hell. Plötzlich blieb Rita stehen.

„Irgendetwas stimmt nicht mit Kajsa, da hast du recht", meinte sie und starrte gedankenverloren in den Himmel hinauf. „Sie ist cool, fleißig, beliebt, schön, zufrieden, *you name it*. Wenn ich so etwas höre, werde ich immer misstrauisch. Gibt es solche perfekten Menschen überhaupt? Ich glaube nicht, oder?"

Sara lachte in sich hinein und schob die Tabakportion unter ihrer Lippe zurecht. Dann fiel ihr auf, wie spät es schon war.

Verdammt, ich muss langsam mal nach Hause zu Mama und den Mädchen, dachte sie. Sie hatte sich bereit erklärt, heute eine Schicht als Sozialbegleiterin am Sorgentelefon zu übernehmen, und jetzt war es schon zu spät, um sich abzumelden. Es gab einfach zu viele traurige junge Menschen, die Hilfe bei ihren Problemen brauchten.

„Was ist los?", rief Rita.

„Bin in Eile. Habe in ein paar Minuten Bereitschaftsdienst. Ich setze dich auf dem Weg ab."

„*Have fun.*"

20

Maria Lind wohnte in einer Wohnung im ersten Stock an der Ecke Stora Södergatan und Gyllenkroks Allé. Ausführlich und detailliert berichtete sie davon, wie sie am Sonntag bereits um zehn Uhr ins Bett gegangen war, obwohl das Fernsehen einen Kommissar-Beck-Film gezeigt hatte. Eigentlich hatte sie sich den Film ansehen wollen, war aber zu müde gewesen. Sie erzählte von ihren Schlafproblemen und davon, wie ihre Beine ständig zuckten.

„Und als ich dann endlich eingeschlafen war, können Sie sich vorstellen, was dann passiert ist? Ich bin wieder aufgewacht, weil jemand draußen laut geredet hat!"

Torsten Venngren nahm eine aufrechte Haltung ein. Na endlich.

„Haben Sie die Stimmen erkannt?"

„Nein, warum auch? Es waren ein Mann und eine Frau. Keine Ahnung, wie alt sie waren. Jung, glaube ich", erklärte Frau Lind. „Aber im Vergleich zu mir sind ja alle irgendwie jung. Ich glaube, ich würde die Stimmen wiedererkennen, wenn ich sie noch einmal hören würde."

Frau Lind erzählte stolz davon, dass sie früher eine talentierte Stimmimitatorin gewesen sei, sich das im Alter aber immer schwieriger darstelle. Aber ihr Gedächtnis für Stimmen sei immer noch tadellos.

„Konnten Sie verstehen, worüber die beiden so laut diskutiert haben?", fragte Torsten Venngren ohne große Hoffnung.

„Nein, junger Mann, wissen Sie", sagte Frau Lind, „das habe ich nicht, aber es war eine lebhafte Auseinandersetzung. Und ich glaube, sie sprachen auf Schonisch, alle beide. Ansonsten hätte ich bestimmt genauer hingehört." Maria Lind tätschelte Torsten die Wange.

Jonny, der selbst eine Vernehmung durchgeführt hatte, holte Torsten vor Maria Linds Wohnung ab. Beiden war nach einem Bier und etwas zu Essen zumute. Nachdem sie den Wagen in der Garage der Polizeiwache geparkt hatten, fuhren sie mit ihren eigenen Autos zurück nach Malmö. Ein Spaziergang zum historischen Marktplatz Lilla Torg machte sie noch hungriger und durstiger. Der erste Schluck Bier war eine Offenbarung. Normalerweise trank Torsten unter der Woche keinen Alkohol. Das widersprach seinen Prinzipien. Aber heute hatte er das Gefühl, dass seine Geduld am Ende war und ein Bier zur Entspannung nicht schaden würde.

„Und, wie ist deine Befragung gelaufen?", fragte Torsten.

„Katastrophal. Kam nichts bei raus. War anscheinend ein Nachbar von Sara. Er hatte zu Abend gegessen und war dann recht spät nach Hause gegangen. Auf dem Wall am Stadtpark will er einen Jungen gesehen haben, den er für Johannes hielt. Ansonsten nichts Neues. Und bei dir?"

„Und, was glaubst du?", fragte Torsten anstelle einer Antwort. „Wer ist der Täter?"

„Selbstverständlich Saras Sohn", sagte Jonny lakonisch. „Ich verstehe nicht, wieso wir noch anderen hinterherlaufen, wenn wir doch einen Verdächtigen haben." Er lachte so sehr, dass sein Bauch wackelte und den Tisch umzuwerfen drohte.

Torsten warf Jonny einen verstohlenen Blick zu und versuchte, herauszufinden, ob sein Kollege scherzte oder nicht.

„Hm", brummte er dann. „Ich habe nicht einen Augenblick geglaubt, dass es Johannes Vallén sein könnte."

Jonnys Blick war auf sein Bierglas gerichtet.

„Sieh mal, da ist eine elende Fliege in meinem Glas!"

Das unterbrach ihre Spekulationen über den Täter. Jonny tauchte einen seiner dicken Finger ins Glas, um die Fliege herauszufischen. Vergeblich.

Wieder einmal überkam Torsten Venngren ein Gefühl der Abneigung gegenüber seinem Kollegen. Sie hatten viele Jahre lang als Streifenpolizisten im Team gearbeitet. Jonny war das faule Ei gewesen, derjenige, der sich immer wieder über Gesetze und Vorschriften hinwegsetzte. Er war der Ansicht, als Diener des Gesetzes das Recht zu haben, selbst alle Grenzen zu überschreiten. Das hieß auch, dass er dem einen oder anderen Dieb auf dem Revier oder noch im Streifenwagen ordentlich zusetzte. Diese Kleinkriminellen würden ja ohnehin ohne nennenswerte Strafe davonkommen - wenn es überhaupt zu einem Prozess kam. Jonny pflegte auch in seinen Einsatzberichten von „gewalttätigem Widerstand" zu schreiben, wenn er selbst es war, der die Auseinandersetzung angezettelt hatte. Damals hatte Torsten die Zusammenarbeit mit Jonny in höchstem Maße verabscheut, aber mittlerweile brauchte er sich darum keine Gedanken mehr zu machen. Immerhin trug Jonny keine Uniform mehr, und wenn man bedachte, wie dick und unbeweglich er über die Jahre geworden war, schaffte er es wahrscheinlich gar nicht mehr, seine Vernehmungsopfer zu attackieren, dachte Torsten nicht ganz ohne Sarkasmus. Daher blieb nur noch das Problem, dass Jonny ein Unsympath war und sein schikanöses Verhalten oft nur zu dürftigen Vernehmungserfolgen führte.

Auch wenn Torsten allgemein als anständiger Mensch und einer der besten Vernehmungsleiter galt, war ihm bewusst, dass auch er selbst seine Schwächen hatte. Einmal hatte er einen Kollegen im Stich gelassen, nur weil er es nicht gewagt hatte, seine Waffe einzusetzen. Der Kollege war übel zugerichtet worden und beinahe gestorben. Glücklicherweise wurde dieser Polizist später zum Kommissar und Polizeichef ernannt. Mittlerweile hatte er Torsten sein Fehlverhalten verziehen und konnte seine Fähigkeiten an anderer Stelle wieder voll einsetzen. Torsten hatte beschlossen, nie wieder einen Kollegen seinem Schicksal so zu überlassen, egal, was passierte. Diese Geschichte war also ad acta gelegt. Aber ihn beschlich das vage Gefühl, dass er seinen Vorsatz fallen lassen könnte, wenn es um Jonny Svensson ging. Torsten drängte den Gedanken beiseite und rief sich in Erinnerung, dass er noch vor ein paar Stunden tatsächlich eine Art Verbindung zu Jonny gespürt hatte. Und das war doch eigentlich ein gutes Zeichen.

Torsten ließ den Blick über den belebten Platz schweifen. Man merkte deutlich, wie sehr die Schweden das warme Wetter vermisst hatten. Wie immer um diese Jahreszeit waren die Straßen und Plätze voll mit Menschen. Die Mädchen zeigten mit kurzen Röcken ihre noch blassen Beine. Torsten lächelte und freute sich. Wieder einmal musste er an seine Tochter in London denken.

Auch Jonny Svensson saß schweigend da und beobachtete die Menschen auf dem Platz. Halbnackte Frauen, Mädchen, was für Schnitten!, dachte er.

Torsten Vennberg hatte genug und signalisierte dem Kellner, dass er gern zahlen würde. Jonny bemerkte das nicht einmal, so beschäftigt war er mit dem Begaffen der jungen Mädchen. Oder vielmehr der nackten Mädchenbeine unter den kurzen Sommerröcken. Jonny Svensson war eher schlicht gestrickt, stellte Torsten fest, bevor er sich verabschiedete.

Sein Kollege brummte nur kurz und machte nicht einmal Anstalten aufzublicken, während Torsten den Platz überquerte und dann nach Südosten in Richtung Gustav-Adolfs-Platz davonging.

Von dort aus schlenderte er langsam nach Hause, um sich endlich ein wenig Ruhe zu gönnen.

21

Die Gespräche nahmen kein Ende, und diesen Abend war es besonders anstrengend. Sara hatte Mühe, einen klaren Gedanken zu fassen und jedem Kind das Einfühlungsvermögen entgegenzubringen, das es gerade brauchte. Der Junge, der geschlagen wurde und allen Erwachsenen misstraute. Das Mädchen, das von seinem Stiefbruder sexuell missbraucht wurde. Gemobbte Kinder, Schulschwänzer, Scheidungskinder, Kriminalität, Drogenmissbrauch. Das alles verlangte Sara einiges ab, um den Jugendlichen zu signalisieren, dass es Erwachsene gab, denen sie vertrauen konnten.

Am Ende ihrer Schicht fühlte sie sich erschöpft, und in ihrem Kopf drehte sich alles. Als sie zu Hause ankam, legte sie Chet Baker auf, fiel aufs Sofa und lauschte der sanften Jazzstimme. Sie lehnte sich zurück und genoss den Moment. Andere Menschen brauchten Stille, um sich auszuruhen, aber Sara entspannte sich am besten bei Musik. Nur so konnte sie sich ihren Gefühlen hingeben und den

Verstand ausschalten. Musik verschaffte ihr Erleichterung und mentalen Frieden. Außerdem half sie ihr, sich zu konzentrieren.

Sie drehte die Lautstärke herunter und schloss die Augen zu *My Funny Valentine*. Chet Bakers sanfte Stimme wiegte sie in den Schlaf. Der Rest des Hauses schlief ebenfalls.

22

Nächster Morgen, nächstes Treffen. Söderström, der seinen Posten als Sara Valléns Vertretung bereits ziemlich leid war, fühlte sich, als hätte er gerade erst auf demselben Stuhl gesessen und seine Kollegen beobachtet. Jetzt, zwei Tage später, hingen allerdings alle erschöpft am Tisch.

„Und? Wissen wir etwas Neues?", fragte Söderström mit verkniffener Miene.

„Na ja", sagte Torsten. „Wir haben hier und da ein paar kleine Details erfahren. Das fasst die Situation am besten zusammen. Die Mitschüler des Mädchens wussten nichts. Bis auf zwei, Malin Sonesson und Martin Lingryd. Aber die konnten uns auch nur sagen, dass sich Kajsa Lindahls Verhalten in der letzten Zeit verändert habe und sie distanzierter geworden sei. Martin ist zwar sportlich, aber zu klein, um unser Täter zu sein. Im Grunde haben alle, die wir bisher befragt haben, ein Alibi für die Tatnacht. Wir haben mit allen gesprochen, abgesehen von Josefin Elvebrandt und Rodney ..." Torsten schielte auf seine Notizen. Wie hieß der noch einmal?

„Ritger", schaltete sich Jonny ein. „Rodney Ritger. Ich habe es so verstanden, als sei er eine gesellschaftliche Vollkatastrophe. Schwänzt oft und ist schlecht in der Schule. Und dann fehlt noch einer, Karl Johan Ivarsson, der ständig krank ist. Wir haben noch keinen von ihnen erreicht. Aber du hast doch mit Josefin gesprochen, oder?"

Jonny wandte sich an Rita.

„Genau, aber ihre Schilderung von Kajsa ist wahrscheinlich nicht ganz objektiv. Wir … " Rita biss sich auf die Lippe. Verdammt, dachte sie.

„Ich habe mit Kajsas Familie gesprochen. Und einen Taschenkalender mit einem handgeschriebenen und eingekringelten ‚E' gefunden – jeweils an einem Sonntag pro Monat. Ich schätze, die Spurensicherung hatte den Kalender noch nicht mitgenommen, weil außer dem Buchstaben nichts drinsteht. Die Mutter ging sofort in Verteidigungshaltung, als ich angedeutet habe, dass mit Kajsa irgendetwas nicht stimmen könnte. Der Vater war eher ausweichend und will nicht mitbekommen haben, dass sich seine Tochter verändert hat. Anscheinend haben sie nicht das innigste Verhältnis zueinander. Ich habe allerdings auch nichts Weltbewegendes herausgefunden. Kajsas Schwester Magda sprach von einem Martin, ich schätze, das wird derselbe sein, den Torsten befragt hat. Magda hat versprochen, sich bei mir zu melden, wenn ihr noch etwas einfällt."

„Knifflig", sagte Söderström. „Wofür könnte das ‚E' denn stehen? Ein Sonntag im Monat … Irgendjemand, den sie regelmäßig trifft? Und dieser Sonntag war auch eingekringelt?"

Rita nickte.

„Außerdem muss ich noch sagen, dass ich sowohl Josefin Elvebrandts als auch Magda Lindahls Verhalten für äußerst verdächtig halte. Die verheimlichen uns etwas, da bin ich mir sicher. Also, könnt ihr euch auch vorstellen, dass E jemand ist, den Kajsa an diesem Abend getroffen hat? Und dass alle etwas zu verbergen haben?“

„Gut, wenn E der Anfangsbuchstabe eines Namens ist, dann können wir durchaus davon ausgehen, dass es sich um einen Mann handelt“, sagte Söderström. „Ich habe mir das Befragungsprotokoll von Josefin Elvebrandt angesehen, in dem steht, dass sie und Kajsa einen Science-Fiction-Film gesehen haben und dann ins Ariman gegangen sind, ein Café in der Kungsgatan. Dort saßen sie bis Ladenschluss um elf Uhr. Anschließend gingen beide ihrer Wege und Josefin behauptet, nicht zu wissen, wie es danach für Kajsa weiterging.“

„Und Martin Lingryd meinte, er sei um Mitternacht beim Ariman gewesen, das natürlich schon geschlossen war. Er habe weder Kajsa noch sonst jemanden getroffen“, fügte Jonny hinzu.

„Das ist interessant“, sagte Söderström und lächelte. „Wir haben also eine Lücke zwischen elf und zwei Uhr nachts. Das ist genau der Zeitraum, in dem die alte Dame die beiden Stimmen gehört haben will, nicht wahr?“

Torsten Venngren nickte. Er beugte sich tief über seine Notizen und ein paar Haarsträhnen fielen nach vorn. Er strich sich die Haare hinter die Ohren. Als junger Mann hatte er sein Haar raspelkurz geschoren, aber im Laufe der Jahre war ihm die Lust daran vergangen, wie ein typischer Polizist auszusehen, und er hatte angefangen, sich eine Langhaarfrisur wachsen zu lassen. Seine Frau hatte es geliebt.

Abends im Bett war sie mit ihren langen Fingern hindurchgefahren und hatte an den drahtigen Locken gezupft. Er wusste, dass es ihr gefallen hatte. Alles an ihm. Obwohl er so ein langweiliger, trockener Typ war, das hatte sie ihm oft gesagt – allerdings immer mit einem liebevollen Funkeln in den Augen. Und dann hatte sie ihre Lippen zu einem Kussmund geformt. Er hatte ebenfalls alles an ihr geliebt: ihre Hände, ihre Augen, ihren Mund. Und er sehnte sich immer noch nach ihr. Man weiß erst, was man hatte, wenn es weg ist, dachte er jetzt und versuchte, sich wieder auf seine Notizen zu konzentrieren.

„Ich bin mir ziemlich sicher, dass wir jemanden suchen, den sie kennt", sagte er unvermittelt. Er hob eine Hand, um die anderen zum Schweigen zu bringen. „Wir haben eine dreistündige Lücke. Wenn es Kajsa war, die in männlicher Begleitung am Fenster der alten Dame vorbeigegangen ist, dann muss sie ihren Begleiter gekannt haben. Vielleicht hat sie ihm sogar vertraut. Die Frage ist nur: Wer war es? Bestimmt nicht Johannes Vallén, so viel ist klar."

Alle nickten – außer Jonny, der stur an Johannes Vallén als Täter festhielt. Hauptsächlich, weil er es so wollte, und nicht, weil er es wirklich glaubte.

Das würde ihnen natürlich in die Hände spielen. Wenn der Täter jemand war, den Kajsa kannte, dann war es möglich, ihn zu finden. Das wussten sie alle. Tatsächlich wurden die meisten Gewaltverbrechen im Bekanntenkreis verübt.

„Dass wir nicht wissen, was sie zwischen elf und zwei Uhr gemacht hat, ist allerdings ein Problem", sagte Söderström.

„Allerdings", wiederholten Jörgen und Torsten wie aus einem Mund.

„Das müssen wir also herausfinden. Vielleicht liegt da schon die Lösung des Rätsels", fuhr Torsten fort. „Wo ist sie gewesen?"

„Tja, das wissen wir nicht", bemerkte Söderström, und sein Lächeln verwandelte sich nach und nach in ein verbissenes Grinsen. „Apropos, Kollegen: Gibt es etwas Neues zu dem Mann, der es so eilig hatte und joggen gehen wollte?"

„Oh, verdammt, den hatte ich gar nicht mehr auf dem Schirm", sagte Jörgen und senkte beschämt den Kopf. „Um den sollte ich mich doch kümmern. Wie war sein Name noch einmal?" Er warf Rita einen Blick zu, die nur den Kopf schüttelte.

„Karlesson. Wie zum Teufel konntest du das vergessen? Das ist doch dein Job. Womit hast du die Zeit vertrödelt?", sagte sie in deutlichem Värmländisch.

„Ist ja gut, ich bringe das nachher in Ordnung", versprach Jörgen und vermied es, Rita in die Augen zu sehen. „Aber Ove Ovesson hat sich angekündigt. Der Fliederzweig gehört übrigens zu einem *Syringa pekinensis* aus dem Nordosten Chinas. Der wächst im Botanischen Garten hier in Lund, das habe ich überprüft. Diese Fliedersorte blüht wesentlich länger als der Gemeine Flieder."

„Sehr gut, Jörgen", sagte Söderström, um die Stimmung im Raum wieder etwas zu lockern. „Dann können wir davon ausgehen, dass unser Täter im Botanischen Garten war, bevor er das Mädchen getroffen hat. Vielleicht waren sie auch gemeinsam dort. Wir sollten uns in der Umgebung umhören. Irgendwann zwischen elf und zwei Uhr nachts. Ich selbst war übrigens im Krankenhaus. Kajsas Zustand ist stabil, aber nach wie vor lebensbedrohlich. Die Ärzte haben festgestellt, dass auf ihren Kopf eingeschlagen wurde. Dann wurde ihr schwere sexuelle Gewalt angetan, aber es wurden keine Spermaspuren gefunden. Höchstwahrscheinlich hat der Täter nicht sein Geschlechtsteil für den Missbrauch benutzt, sondern irgendeinen Gegenstand. Er hat ihr auch Schnittwunden an der Vagina zugefügt, zwar nur oberflächlich, aber immerhin. Ihre Zunge wurde herausgeschnitten und sie hat weitere Schnittwunden am Unterleib. Eine ganze Reihe verschiedener Ärzte waren vonnöten, um Kajsas Verletzungen zu behandeln. Anästhesisten, Hirnchirurgen, Allgemeinmediziner, Hals-Nasen-Ohren-Ärzte, Orthopäden, Gynäkologen. Ich weiß nicht, wer noch an ihr herumgeschnippelt und -genäht hat. Es ist wirklich furchtbar. Mehr können die Ärzte momentan nicht für sie tun. Die Frage ist auch, wie die Eltern all das verkraften. Ist Ihnen allen klar, wie furchtbar das ist? Und wir tappen nach wie vor im Dunkeln."

Der Vortrag hellte die Stimmung im Raum nicht gerade auf.

Alle lösten sich erst aus ihrer Starre, als Ove ‚Schatten' Ovesson lautlos durch die Tür schlüpfte.

„Bitte sehr, Ovesson", erteilte ihm Söderström mit einem verkrampften, aber nicht unfreundlichen Lächeln das Wort.

„Alles klar. Wir haben ein paar interessante Spuren gefunden, zum einen auf der Kleidung des Mädchens, die in Fetzen hinter ihr im Gebüsch hing. Außerdem konnten wir auf und um ihren Kopf herum Spermaspuren sichern. Unter ihren Fingernägeln hingen Hautschuppen und ein paar Fasern, wahrscheinlich von einem grauen Pullover. In der Nähe haben wir Fußspuren und eine Zigarettenkippe sichergestellt. Das Mädchen hatte ein paar kleinere Verletzungen, die auf Abwehrhandlungen schließen lassen, aber vermutlich blieb ihr gar nicht viel Zeit, sich zu verteidigen."

„Interessant, dass sie Sperma im Haar hatte", sagte Rita. „Das sollten wir doch schnell mit der DNA von Johannes abgleichen können." Plötzlich keimte trotz allem doch noch etwas Hoffnung in ihr auf.

„Was habt ihr auf Kajsas Kleidern gefunden?", fragte Jonny, der sich gar nicht für die Spermaspuren interessierte.

„Haare. Sowohl Kopf- als auch Schamhaare. Und Flaum, der auf keinen Fall von Kajsa selbst stammt. Die Kollegen beim NFC haben alles, was sie brauchen." Ove Ovesson verstummte und blätterte eine Weile lang durch seine Unterlagen. Während er las, summte er vor sich hin.

„Jörgen bleibt da am Ball", sagte Ove und nickte in Richtung Jörgen Berg, der das Nicken erwiderte. „Wir haben noch keine Rückmeldung vom NFC, aber ich rate mal ins Blaue hinein, dass es beim DNA-Abgleich von Sperma, Schamhaar, Hautschuppen und Zigarette keine Übereinstimmung mit unserer DNA-Analysedatei gab", fügte er bescheiden hinzu. „Wahrscheinlich stammen all die Spuren von ein und derselben Person. Und ich bin mir ziemlich sicher, dass wir dabei nicht von Johannes Vallén sprechen."

„Da bin ich ganz bei dir, Ove", sagte Rita. „Ich glaube auch nicht, dass es jemand Bekanntes ist. Polizeibekannt, meine ich." Jörgen nickte zustimmend.

„Wie schrecklich das alles ist", murmelte Ove. „Sie ist so jung. Sie hat doch ihr ganzes Leben noch vor sich. Was soll jetzt aus ihr werden?"

Die Frage war wohl rhetorisch gemeint, aber Jonny antwortete trotzdem darauf.

„Sie wird wohl kaum überleben, also hat sie kein Leben mehr vor sich. Da gibt es gar nichts zu spekulieren."

Sein Bauch hüpfte ein wenig auf und ab. Jonny lachte. Alle starrten ihn mit hochgezogenen Augenbrauen an. Kollektives Missfallen. Sogar Torsten war erbost.

„Du bist ein Vollidiot", sagte er, „das warst du schon immer." Dann stand er auf und hielt seinem Kollegen die geballte Faust unter die Nase. „Zeig doch einmal ein bisschen Mitgefühl!"

Jetzt starrten alle Torsten an. Jonny gluckste angesichts der Faust vor seinem Gesicht.

„Ich habe keine Angst vor dir", sagte er und erwiderte Torstens Blick eiskalt.

„Wir haben übrigens auch Kajsas Computer durchsucht", warf Ove Ovesson in einem verzweifelten Versuch ein, das Gespräch wieder in eine andere Richtung zu lenken. „Sie hat ein paar E-Mails bekommen, die durchaus als Drohmails durchgehen könnten. Aber ein bisschen kindisch wirkt das Ganze schon. Ein Pop-up-Monster, das brüllend hervorspringt, und ein Text. Wartet, ich zitiere: ‚Wer tot ist, kann nicht mehr petzen.' Der Zusammenhang ist allerdings ziemlich unklar, vor allem, weil die Mail erst nach dem Angriff auf Kajsa abgeschickt wurde, aber vielleicht hat es ja doch eine Bedeutung. Leider konnten wir den Absender nicht aufspüren. Die Mail wurde über einen öffentlichen Server verschickt, auf dem man seine eigene E-Mail-Adresse nicht angeben muss. Wie erkläre ich das am besten? Es ist quasi, als würde sich der Absender hinter unzähligen verschlossenen Türen verstecken. Wir wissen nicht, wie ernst diese Drohung gemeint war."

„Donnerwetter!", rief Rita. „Sie hat Drohmails erhalten?"

„Ich glaube, das könnte etwas zu bedeuten haben, aber wir sollten uns nicht darauf versteifen. Habt ihr noch etwas anderes auf dem Computer gefunden?"

„Wir sind noch nicht fertig mit der Analyse", erklärte Ove Ovesson. „Einige Chatverläufe und so. Ich habe mir bis jetzt nur die Mails angesehen. Haben die Vernehmungen der Anwohner etwas ergeben?"

„Nein, noch nichts Besonderes. Torsten und Jonny haben zwei Leute befragt. Wenn wir davon ausgehen, dass es sich bei dem Mann und der Frau, die kurz nach zwei Uhr nachts am Fenster von Frau Lind vorbeigegangen sind, um Kajsa und den Täter handelt, passt das zeitlich ganz gut ins Bild", sagte Jörgen Berg.

„Und da ist dieses ‚E' in Kajsas Kalender", sagte Rita. „Was hat das zu bedeuten? Hält der Kalender noch weitere Hinweise bereit?" Mit dieser Frage wandte sie sich erst an Ovesson und dann an alle anderen. Jonny überging sie. Im Moment empfand sie ihm gegenüber nur Abscheu.

Ovesson schüttelte den Kopf.

„Sollten wir nicht mit Josefin Elvebrandt darüber sprechen?", schlug Torsten vor. „Immerhin beginnt ihr Nachname mit E."

Söderström nickte.

„Ich muss außerdem sofort wissen, was mit diesem Karlesson los ist", sagte er an Jörgen Berg gewandt, der die Schultern zuckte und die Hände in die Luft warf.

Offensichtlich wollte er etwas sagen, hielt sich aber zurück. Da war ihm schon ein ziemlicher Fauxpas unterlaufen. Wie hatte er diese Angelegenheit vergessen können?

„Der heißt übrigens Evert mit Vornamen", fiel Rita Anker plötzlich ein.

„Das stimmt", sagte Torsten und warf ihr einen anerkennenden Blick zu. Dass ihnen das nicht früher aufgefallen war! Sie nickten einander einhellig zu.

„Aber das muss ja nichts heißen", bemerkte Rita, stand auf und beendete somit die Sitzung.

23

Die Tränen wollten nicht kommen. Stattdessen pulsierten die Selbstvorwürfe durch jede einzelne ihrer Körperzellen. Und im Kopf hielt sich hartnäckig diese unterschwellige Angst. Sie hatte es nicht geschafft, ihren Sohn zu besuchen. Stattdessen hatte Göran ohne große Diskussion die Verantwortung übernommen. Er war immer noch wütend auf sie, und das war auch verständlich. Sie hatte versagt. Es war ihr nicht gelungen, Johannes zu beschützen. Diesen Vorwurf machte ihr Göran bei jedem einzelnen Gespräch. Sara wusste, dass er das eigentlich nicht beabsichtigte, aber er schaffte es auch nicht, sich zurückzuhalten.

„Wie zur Hölle konntest du das zulassen?", brüllte er jetzt ins Telefon. Seine Stimme brach und er begann zu weinen. Immer noch dieser Zorn. Und er traf sie jedes Mal direkt ins Mark. Die Mauer, die Sara um sich herum aufgebaut hatte, begann zu bröckeln, denn irgendwie kaufte sie sich ihre Argumente ja nicht einmal selbst ab.

Sie stand von der Treppe auf, wo sie in der schönen abendlichen Frühsommerluft gesessen hatte. Die Mädchen waren in der Küche. Ihre Großmutter wühlte in den Schränken herum, deckte den Tisch, räumte die Spülmaschine ein. Trocknete ab. Sie weinte leise. Klara und Bella saßen mit hängenden Köpfen über ihre Handys gebeugt. Die Stille sagte im Grunde alles.

„Ich gehe eine Runde spazieren", sagte Sara leise, strich ihrer Mutter mit der Hand über den Rücken und trat dann aus der Küche in den Flur.

Der Boden war völlig mit Schuhen übersät. Auf der Suche nach ihren eigenen Turnschuhen kickte Sara ein paar von ihnen zur Seite. Es dauerte eine Weile, bis sie fündig wurde. Aufräumen können wir, wenn ich weg bin, dachte Sara. Eine ihrer Großtanten hatte diesen legendären Satz vor langer Zeit geäußert. Irgendwann, als die Demenz ihr Gehirn zerfraß, hatte sie angefangen, den Käse auf die Hutablage und die Schmutzwäsche in den Kühlschrank zu legen. Früher war sie eine außerordentlich intelligente Frau gewesen. Und der Spruch hat sie überdauert, dachte Sara. Sie lachte auf, aber das Geräusch klang leblos und leer.

Die Mischung aus Angst und Unruhe in ihr war unerträglich, aber die frische Luft tat ihr gut. Sie konnte ihre Arbeit und die Sorge um Johannes nicht voneinander trennen, und die ganze Zeit ging ihr durch den Kopf, was für eine schlechte Mutter sie doch war. Außerdem beschäftigte sie, dass sie wohl keine Zeit haben würde, die Schulabschlussfeier der Mädchen zu organisieren. Ob daraus etwas werden würde, stand noch in den Sternen.

Erst vor ein paar Wochen hatte sie mit Göran über die Feier gesprochen. Das Gespräch fühlte sich gleichzeitig nah und unendlich weit weg an. Er hatte sich geweigert, sich zu beteiligen, und stattdessen bei sich zu Hause etwas Eigenes für die Mädchen organisieren wollen. Sara hatte vergeblich versucht, ihn umzustimmen.

„Ach, bitte, Göran, inzwischen muss doch klar sein, dass wir durch die Kinder immer miteinander verbunden bleiben. Irgendwann kommen ihre Hochzeiten und Nachwuchs, dann kaufen sie ein Haus, planen Abendessen mit den Schwiegereltern, Weihnachtsfeiern und weiß Gott, was noch alles."

„Aha", hatte Göran emotionslos erwidert. „Und was soll mir das sagen? Ich will einfach keine Zeit mit dir verbringen, so ist es nun einmal, und daran wird sich auch nichts ändern."

„Ich bitte dich nicht um meinetwillen, sondern für die Kinder", hatte Sara es erneut versucht. „Sie haben doch ein Recht auf beide Elternteile, oder etwa nicht? Und sie sollen sich nicht schämen müssen, dass ihr Vater bei ihrem Schulabschluss nicht dabei ist."

„Ich schäme mich jedenfalls nicht. Und wenn ich mich nicht schäme, müssen sie es auch nicht."

„Sei doch nicht so unfassbar stur", hatte Sara gereizt entgegnet. „Du könntest auch einmal etwas für jemand anderen tun, nicht nur für dich selbst!"

Darauf hatte Göran nichts mehr erwidert. Das Gespräch war zu Ende, hatte Sara resigniert festgestellt.

Und nun war ohnehin alles anders.

Das Handy klingelte.

Rita klang hoch erfreut. Alles, was neben und auf dem Körper des Mädchens gefunden worden war, ließ auf eine schnelle Aufklärung hoffen – und wenn es nur möglichst rasch die Unschuld von Johannes bewies. Mitten in das Gefühl der Hilflosigkeit mischte sich jetzt auch die Ahnung, dass sie irgendetwas auf der Spur waren. Sara wollte so schnell wie möglich zurückkommen und fragte Rita, ob sie beim NFC darum gebeten hatten, den Fall mit höchster Priorität zu bearbeiten.

„Natürlich", sagte Rita geradeheraus. „Warte es ab, bald übernimmst du wieder die Einsatzleitung."

Das hoffte Sara auch, und sie wagte es, sich ein wenig zu freuen. Wie immer lief sie mit langen, schnellen Schritten. Als sie an der Mejeriet vorbeikam, beschloss sie, eine Runde über den Tatort zu drehen. Aber zuerst wollte sie einen Blick auf die Anschlagtafel der Mejeriet werfen. Vielleicht gab es am Samstag einen Jazz-Lunch oder etwas dergleichen mit guter Musik. Zu ihrer großen Freude entdeckte sie ein Plakat von Sofi Hellborg und ihrer Band. Sie würden am kommenden Samstag spielen. Wenn sie nur jemanden fand, der mit ihr ginge, dachte Sara. Alles würde sich aufklären. Und schon bald würde sie ihren alten Posten wiederhaben.

Sara ging den Fußweg entlang und blieb in einiger Entfernung vom Tatort stehen. Einen Moment lang zögerte sie, fasste sich dann aber ein Herz und ging an den Rhododendronbüschen vorbei. Eine unheimliche Atmosphäre herrschte an diesem Ort. Aber was suchte sie hier eigentlich? Alle Spuren waren beseitigt, es gab nichts mehr zu finden. Sara marschierte weiter in Richtung Teich und setzte sich auf eine Bank. Am Wasser stand eine ganze Schar kleiner Kinder, die mit Brotstücken warfen. Eine ältere Dame tat es ihnen gleich. Wie wunderbar unschuldig das alles wirkte. Wenn sie alle wüssten, was vor nicht allzu langer Zeit in ihrer Nähe geschehen war. Die ältere Frau redete auf die Enten ein, die dankbar die Brotstücke verschlangen. Die Kinder lachten mit ihren Eltern über die Tiere, die den Brotstücken hinterher ins Wasser sprangen. Die Erwachsenen behielten die übermütigen Kinder ständig im Auge. Genießt es, solange sie noch klein sind, dachte Sara und sehnte sich nach der Zeit zurück. Gleichzeitig war sie froh, dass ihre Kinder fast erwachsen waren. Mit den Jahren brauchten sie sie immer weniger, und das Erwachsensein lauerte bereits vor der Tür. Sara würde sie nicht länger an die Hand nehmen müssen, nicht, nachdem Johannes aus diesem Albtraum befreit worden war. Sara war sich sicher, dass es höchstens noch einen Tag dauern konnte. Dass sie sich immer um ihre Kinder sorgen würde, war eben das Los einer Mutter, aber damit musste sie sich abfinden.

Ihre Gedanken überschlugen sich und sie überlegte, wie es mit den Ermittlungen weitergehen sollte. Vielleicht stellte sich ja heraus, dass der Mann, der um vier Uhr morgens joggen ging, etwas mit Kajsa Lindahl zu tun hatte. Würde das Mädchen überleben? Und wenn ja, würde sie die Erlebnisse irgendwann verkraften? Ein Leben konnte unendlich lang sein – und unfassbar kurz. Warum stieß einem jungen Menschen etwas so Schlimmes zu? Was war der wahre Grund? Sara fand keine Antworten auf all die Fragen. Die Sorgen übermannten sie, und Tränen stiegen ihr in die Augen.

Ihr wurde klar, dass es Angst war. Angst, dass ihren eigenen Kindern etwas zustoßen könnte. In das Gefühl mischte sich Erleichterung darüber, dass es eben nicht ihre eigenen Kinder gewesen waren. Egoistisch und doch verständlich. In diesem Fall gab es so vieles, das sich nicht mit Vernunft erklären ließ. Alles würde sich aufklären, da war sich Sara sicher. Die Zunge und der Flieder, beides hatte symbolische Bedeutung. Zufälle gab es nicht, das wusste sie schon lange. Selbst scheinbar unbedeutende Dinge konnten irgendeine Bedeutung tragen. Aber welche?

„Woran denken Sie?"

Sara zuckte zusammen und blickte hastig auf. Sie wischte sich mit der Hand über die Augen, und ihre Tränen versiegten. Der Mann, der sie angesprochen hatte, schaute misstrauisch und distanziert drein, aber seine Stimme kam ihr bekannt vor.

„Oh je", sagte er und wich einen Schritt zurück. „Sie können sich wohl nicht an mich erinnern?"

Zögerlich schüttelte Sara den Kopf.

„Nur vage", sagte sie.

„Wir haben erst vor wenigen Tagen fast die ganze Nacht lang gemeinsam im Fall eines schweren Gewaltverbrechens ermittelt."

Aha, dachte Sara. Also ist er ein Polizist. Aus Lund. Wahrscheinlich im Außendienst. Plötzlich erinnerte sie sich.

Ihr widerstrebte die Vorstellung, ihm das zu geben, worauf er so offensichtlich aus war: ihre Aufmerksamkeit.

„Tja, wenn wir gemeinsam an einem Mordfall gearbeitet haben, ist die Wahrscheinlichkeit, dass ich mich an Sie erinnere, minimal", erklärte Sara. „Ich halte mich nicht mit Kollegen auf. Die kommen und gehen bei solchen Fällen", fügte sie zum besseren Verständnis hinzu.

Der Typ schien unbeeindruckt von ihrer Abneigung, brummte nur kurz und streckte ihr dann die Hand entgegen.

„Kein Mord, jedenfalls noch nicht", sagte er. „Peter Matsson, stellvertretender Einsatzleiter im Außendienst. Wir waren als Erste am Tatort, nachdem Kajsa Lindahl von diesem Johannes gefunden wurde."

„Sara Vallén."

Matsson ließ sich neben ihr auf der Bank nieder. Nicht zu weit weg, aber auch nicht zu nah.

Einen Moment lang fragte sie sich, warum er genau zur gleichen Zeit wie sie und ausgerechnet im Stadtpark spazieren ging. Aber dann stellte Sara fest, dass das nichts Ungewöhnliches war. Der Park war praktisch die einzige Grünfläche, die den Leuten in Lund zur Verfügung stand – zumindest den Bewohnern in diesem Teil der Stadt.

Der Mann neben ihr auf der Bank plauderte über dieses und jenes. Sara sagte nichts. Sie hatte Mühe, sich auf seine Worte zu konzentrieren, denn es war ihr wichtiger, ihn zu studieren, als ihm tatsächlich zuzuhören. Matsson war schon ein attraktiver Polizist. Er war groß, athletisch gebaut, hatte ein einnehmendes Lächeln und grün-blaue Augen. Aber zugleich hatte er einen arroganten Zug an sich, der Sara nicht gefiel. Was genau es war, konnte sie nicht sagen.

„Und wo wohnen Sie?"

Seine plötzliche Frage riss Sara aus ihren Gedanken. Sofort nahm sie eine defensive Haltung ein. Warum wollte er das wissen? Ein wenig empört über sein draufgängerisches Verhalten, verschärfte sie ihren Ton.

„Warum wollen Sie das wissen?"

„Hoppla", sagte Peter Matsson. „Bin ich Ihnen damit etwa auf die Füße getreten?" Er grinste sarkastisch.

Da war es wieder, dachte Sara.

„Nicht allzu fest", erwiderte sie. „Ich bin nur vorsichtig, was mein Privatleben angeht."

„Das ist ja kein Problem für mich. Ich will mich nur unterhalten. Was Sie nicht sagen wollen, müssen Sie mir nicht sagen", erklärte er in sanfterem Ton.

„Schon in Ordnung. Ich wohne hier im Süden von Lund." Um die Stimmung etwas aufzulockern, erzählte Sara weiter, dass sie mit ihren zwei Katzen und drei Kindern zusammenlebte. „Siamesen", fügte sie hinzu. Sie sah ihm kaum in die Augen, aus Angst, ihm einen falschen Eindruck zu vermitteln. Zum Beispiel, dass sie an ihm interessiert war. Sein Blick hingegen war fest auf ihr Gesicht gerichtet.

„Ihre … Kinder sind Siamesen?", fragte Peter Matsson und wirkte ehrlich interessiert.

„Nein", korrigierte Sara Vallén und lachte. „Die Katzen sind Siamesen. Siamkatzen. Aber meine Mädchen sind tatsächlich eineiige Zwillinge. Das ist nicht ganz dasselbe."

„Das dachte ich mir", sagte Peter Matsson lachend. „Siamesische Zwillinge sind ja äußerst selten. Was nicht heißt, dass es nicht vorkommen kann."

„Ja, in diesem Fall aber nicht."

Sara stellte sich Klara und Bella als siamesische Zwillinge vor und konnte sich das Lachen kaum verkneifen, denn wie viele andere eineiige Zwillinge klebten ihre Mädchen ohnehin ständig zusammen. Wie Hanni und Nanni wussten sie immer, was die andere dachte, und beendeten gegenseitig ihre Sätze.

„Eineiige Zwillinge zu haben, klingt auf jeden Fall spannend."

„Es hat seine guten und schlechten Seiten", antwortete Sara. „Ansonsten habe ich nicht viel Spannendes zu erzählen.

Ich arbeite die meiste Zeit, und wenn ich dann endlich frei habe, kümmere ich mich natürlich um die Kinder, koche für die drei hungrigen Mäuler und wühle mich durch ihre Berge an Schmutzwäsche. Um es ein wenig überspitzt auszudrücken."

Sei doch nicht so nervös, dachte sie und versuchte, sich zusammenzureißen. Von Johannes sprach sie lieber nicht.

„Verstehe", sagte Peter Matsson. Seine Hand lag auf der Rückenlehne der Bank, gefährlich nahe an ihrer Schulter. Instinktiv rückte sie ein Stück von ihm ab.

„Traurig, nicht wahr?", fragte Sara und grinste so breit, wie sie konnte, um ihren Argwohn vor ihm zu verbergen.

„Nein, wieso denn? Ich selbst lebe mittlerweile allein in einer großen Wohnung in der Klostergatan. Ziemlich öde, wenn ich ehrlich bin. Ich habe mich vor zwei Jahren scheiden lassen – eine kurze, aber stürmische Ehe mit einer Frau, die mich fast umgebracht hätte. Nicht buchstäblich, aber so ähnlich."

Zu ihrem Entsetzen merkte Sara, dass sie sich zu Peter Matsson hingezogen fühlte. Körperlich. *Was ist nur los mit mir?*, dachte sie. Eigentlich noch in Gedanken kreuzte sie seinen Blick. Er ging ihr durch Mark und Bein, und sie schaffte es nicht, ihm standzuhalten. Stattdessen starrte sie auf ihre Hände, die ausnahmsweise reglos in ihrem Schoß lagen. Normalerweise gestikulierten sie so wild herum, wie die Worte aus ihrem Mund purzelten. Wie Maschinengewehrfeuer. Was ihre Kollegen aus Schonen manchmal überforderte.

„Lust auf ein Bier im Stadtparkcafé?", fragte Matsson, als wüsste er genau, wie man das Eis brach. Und obwohl Sara sich nicht sicher war, wie sie mit der Situation zurechtkommen würde, brachte irgendetwas sie dazu, sein Angebot anzunehmen. Einfach mal an etwas anderes zu denken, das wäre jetzt das Richtige.

Peter Matssons Anstrengungen hatten fast etwas Ulkiges an sich, und auch wenn Sara es nur ungern zugab, fühlte sie sich entspannt – und bezirzt.

Sie wartete auf einem der schmutzigen weißen Plastikstühle unter der weißen Markise des Stadtparkcafés, während Peter die Getränke holte. Eigentlich hatte sie ihr Bier selbst bezahlen wollen, aber mit ein wenig Überredungskunst hatte er sie davon überzeugt, sich einladen zu lassen. Als Sara ihn mit den Gläsern in der Hand aus dem Café kommen sah, machte ihr Magen einen Hüpfer. Peter lächelte ihr zu, ganz ohne den sarkastischen Zug um den Mund. Vielleicht habe ich mir das nur eingebildet, dachte Sara.

Das erste Bier war schnell ausgetrunken. Je interessierter Peter wirkte, desto unsicherer fühlte sich Sara, und so plapperte sie unkontrolliert vor sich hin. Und je mehr sie plapperte, desto unsicherer wurde sie. *Catch-22,* dachte sie. *Ich will hier weg, schaffe es aber nicht*. Und so verlor sie sich in endlosen Geschichten über sich selbst, die sie vor Peter ausbreitete. Ob sie ihn damit beeindrucken oder sich selbst Halt geben wollte, wusste sie nicht. Trotzdem quasselte sie ohne Ende. Ihre Gefühle fuhren Achterbahn, sie schlugen schlagartig um von Entspannung zu Angst und wieder zurück zu Ruhe und Entspannung, je nachdem, was ihr gerade durch den Kopf schoss.

Sie erzählte von ihrer Glanzleistung im Judoturnier gegen ihre Kollegen auf der Weihnachtsfeier. Peter lachte so sehr, dass er fast vom Stuhl fiel. Vielleicht lag es aber auch nur daran, dass das Plastikgestell unter seinem Gewicht nachgab – die Rückenlehne war ein wenig zu weich und flexibel. Es gelang ihm jedoch, das Gleichgewicht wiederzuerlangen, und sich nach vorn über den Tisch zu beugen. Jetzt lachten sie beide lauthals. Die Leute drehten sich mit konsternierten Mienen zu ihnen um, was sie nur noch mehr zum Lachen brachte.

Das zweite Bier genossen sie etwas langsamer. Saras wirre Gedanken hatten sich etwas beruhigt, und sie hoffte, dass die Ruhe und Harmonie noch etwas länger anhalten würden. Ihre Widerspenstigkeit war unter Peter Matssons Charme dahingeschmolzen. Sie wusste, dass er gefährlich war – gefährlich für ihre Sicherheit, ihr Selbstwertgefühl und ihr generelles Wohl, aber was sollte sie machen? Sie fühlte sich zu ihm hingezogen, zu seinem Duft, seiner Männlichkeit, der Aussicht, zum ersten Mal seit langer Zeit wieder ein wenig Spaß zu haben. Sie wagte es nicht, diesen Gedanken fortzuführen.

Sara schaute auf ihre Hände hinunter, die überraschend nah neben Peters lagen. In ihrem Kopf ging ein Warnsignal an. Ihr schlug das Herz bis zum Hals, und sie zog die Hände weg und legte sie stattdessen mit einer nervösen und ruckartigen Bewegung in ihren Schoß. Peter lächelte nur. Musste er derart selbstbewusst und sicher sein? Warum konnte er nicht einfach ein unbeholfenes Weichei sein? Sara spürte, wie die Wut in ihr aufstieg.

„Hoppla", sagte Peter zum zweiten Mal an diesem Tag. „Noch ein plattgetretener Fuß?" Das war mehr eine Feststellung als eine Frage.

„Ach, seien Sie doch nicht so verdammt selbstgefällig", erwiderte Sara lediglich und starrte auf den Tisch hinunter. „Ich glaube, ich gehe jetzt besser." Sie stand ein wenig zu hastig auf und ihr Stuhl kippte nach hinten. Peter lächelte wieder. Ein echtes Lächeln. Sara fielen die Haare in die Augen. Mit einer schnellen, einstudierten Bewegung fegte sie sie weg.

„Schon in Ordnung, Sara", sagte Peter. „Ich kann Sie gut verstehen. Ist es schon lange her?"

Er machte sich über sie lustig. Sara merkte, dass sie sich lächerlich gemacht hatte, und sie versuchte, das, was sie gerade verloren hatte, zurückzugewinnen.

„Ich habe keine Angst", erklärte sie und fügte hinzu: „Ich habe nur keine Zeit für so etwas. Aber es hat wirklich Spaß gemacht, einmal etwas anderes zu tun, als den ganzen Abend vor dem Fernseher zu sitzen." Sie standen jetzt direkt voreinander. Peter musterte ihr Gesicht, und Sara fragte sich, was in seinem Kopf vor sich ging. Er lächelte amüsiert, und sie fühlte sich in die Enge getrieben.

„Auf Wiedersehen, und danke für den heutigen Abend", sagte Peter höflich, aber mit einem Unterton, den sie als Interesse deutete.

„Danke gleichfalls." Plötzlich überkam Sara das Verlangen, ihn zu küssen, und fast wäre sie vor Schreck zurückgewichen. Was ist nur los mit mir?, fragte sie sich wieder. Ich verhalte mich absolut lächerlich! Sie schnappte sich ihre Jacke, ein völlig überflüssiges Accessoire bei dieser Hitze, warf sie sich über die Schulter und machte sich auf den Weg, ohne sich noch einmal umzudrehen. Aus irgendeinem Grund wollte sie nicht den Eindruck erwecken, ihn zu irgendetwas aufzufordern. Plötzlich hörte sie Schritte hinter sich auf dem Kies. Eine Hand griff nach ihrer Schulter. Sie drehte sich um. Da stand Matsson und hielt ihre Sonnenbrille in der Hand. Wie erbärmlich, dachte Sara, bedankte sich und wandte sich zum Weitergehen. Doch Peter griff wieder nach ihrer Schulter.

„Hey", sagte er. „Hätten Sie Lust, irgendwann einmal etwas gemeinsam zu unternehmen?"

Sara antwortete schnell, zu schnell, und völlig entgegen ihrer Absicht. Ihre Worte purzelten so hastig aus ihrem Mund, dass sie keine Zeit hatte, sie rückgängig zu machen.

„Klar."

Das war eine Entscheidung gegen jede Vernunft, gegen ihre Intuition, die ihr sagte, wie falsch das hier war. Vollkommen falsch. Und doch warf sie ihm einen funkelnden, lustvollen Blick zu und befeuchtete unwillkürlich ihre Lippen mit der Zunge.

„Schön", sagte er nur.

Er strich mit dem Zeigefinger über ihren Nasenrücken. Mehr nicht. Dann verließen sie gemeinsam den Stadtpark. Schweigend. Es schien, als hätte keiner von ihnen noch etwas zu sagen. Dafür knisterte es viel zu sehr zwischen ihnen.

Sie trennten sich und Sara Vallén, Kommissarin, immer professionell, kalkulierend, logisch und kompromisslos, hatte sich vollkommen in dem Verlangen nach einem Mann verloren, den sie überhaupt nicht kannte. Mit diesem Gefühl ging sie nach Hause – fest entschlossen, Peter Matsson nicht wiederzusehen, und gleichzeitig ebenso fest entschlossen, ihn wiederzusehen. Die Gleichung ging nicht auf. Sara hatte die Fähigkeit verloren, logisch zu denken. Also gab sie es auf und nahm die Dinge so hin, wie sie waren.

24

Rita saß in einem rückenfreien Kleid in einem der teuersten Restaurants von Lund. Bei ihrem Stuhl hatte man eher auf Coolness als auf Bequemlichkeit gesetzt. Der Tisch hatte eine Patina und war so massiv, als käme er direkt aus einer italienischen Bauernküche. Neben Rita saß Andreas von Bahr.

Er war nur einer der vielen Männer, die sie in den letzten Jahren kennengelernt hatte, nachdem ihre Beziehung zu William ein jähes Ende gefunden hatte. Sein Motorrad war frontal mit einem Auto kollidiert und William hatte eine Querschnittslähmung davongetragen. Infolgedessen hatte er jeglichen Lebenswillen verloren. Rita hatte nicht aufgegeben, aber schlussendlich hatte er sie nicht einmal mehr angesehen, wenn sie zu Besuch kam. Erst da hatte sie resigniert und war nicht wieder zurückgekehrt. Die Erinnerung an diesen Tag schmerzte noch immer, aber um selbst zu überleben, schottete Rita sich nicht ab. Sie arbeitete übermäßig hart und viel. In ihrer Verzweiflung begann sie, sich mit anderen Männern zu treffen. Mit vielen Männern. Einen nach dem anderen wies sie ohne mit der Wimper zu zucken ab, wenn sie versuchten, eine ernsthaftere Beziehung einzugehen.

Mit William war sie schon seit ihrer Jugendzeit zusammen gewesen. Sie hatten alles zusammen gemacht, hatten Karate trainiert, waren mit seinem Motorrad durch Europa gereist, hatten Berge bestiegen und waren im Roten Meer getaucht. Nie hätte sie geglaubt, ohne ihn überleben zu können. Aber schließlich hatte sie verstanden, dass sie es schaffen musste. Nicht nur zu überleben, sondern zu leben. Im Grunde ihres Herzens war sie eine positive Frau und schließlich gelang es ihr, diese Einstellung wiederzugewinnen. Aber noch hatte sie keinen neuen Mann gefunden, der ernsthaft den Platz von William in ihrem Herzen einnehmen konnte.

Auf Ritas anderer Seite saß ein Mann in ihrem Alter, und sie hatte nicht die leiseste Ahnung, wie er hieß, daneben eine Frau, deren Namen sie ebenfalls vergessen hatte. Gegenüber saßen zwei andere Paare. Eine der Frauen war eine rothaarige Sexbombe. Sie lachte laut und unverblümt, was Rita sehr zusagte. Die anderen verhielten sich verklemmter, gestikulierten nur kaum merklich und sprachen leise. Was mache ich hier eigentlich?, fragte sich Rita. Sie passte nicht in diese Gruppe, in der alle so steif waren, dass man meinen könnte, sie hätten noch ihre Kleiderbügel im Nacken stecken. Die rothaarige Frau hingegen schien es überhaupt nicht zu stören, dass man in einer solchen Gesellschaft nicht lauthals lachte. Andreas gluckste amüsiert und flüsterte Rita etwas ins Ohr.

„Sie ist nicht von hier, sie ist aus Eslöv. Ich habe keine Ahnung, wo Robert sie aufgegabelt hat."

Robert musste also der Mann sein, der seine Tischdame so begierig anstarrte.

„Stimmt etwas nicht mit Eslöv?“, gab Rita flüsternd zurück.

„Ländlicher Raum, keine Bildung, keine Kultur“, erklärte Andreas mit offensichtlicher Verachtung. „Einer dümmer als der andere.“

Er musterte die Rothaarige verächtlich, und Rita fühlte sich von der Gesellschaft im Allgemeinen und von Andreas im Besonderen immer mehr abgetörnt. Bislang hatte sich das Gespräch um das schwedische Steuerwesen gedreht, über das sich alle Anwesenden gleichermaßen empörten – zumindest diejenigen, die etwas zu sagen hatten. Wer schweigt, stimmt zu, dachte Rita, schwieg aber trotzdem. Plötzlich hatte Robert das Thema Migration angeschnitten. Er war aufgebracht über den hohen Anteil der straffällig gewordenen Einwanderer. Rita hörte zu, schaffte es aber wieder nicht, sich in die Diskussion einzumischen.

„Die kommen nur hierher, um Verbrechen zu begehen“, sagte einer der Männer gereizt.

„Das ist doch gar nicht wahr.“

Das war die rothaarige Frau.

„Was weißt du denn schon davon?“, fragte eine der anderen Frauen mit einem spöttischen Lächeln.

„Ziemlich viel sogar“, antwortete die Rothaarige. „Ich bin Kriminologin.“

Die Diskussion verstummte sofort und innerlich grinste Rita breit und herzlich. Sie wandte sich an die Rothaarige.

„Woher kommst du?“

„Ich komme aus Eslöv“, erklärte ihre Gesprächspartnerin in breitem Schonisch.

„Cool“, kommentierte Rita und fügte laut und deutlich hinzu: „Wenigstens scheinst du dich zu amüsieren.“

„Klar, man hat immer so viel Spaß, wie man ihn sich macht", antwortete die Frau und lachte. Sie warf den Kopf zurück, und ihr langes Haar peitschte einem vorbeigehenden Kellner entgegen. Der murmelte etwas und schaute die Frau irritiert an. Ihr schien es nichts auszumachen.

„Das stimmt. Ich wünschte, ich hätte auch so viel Spaß. Dieser Schuppen ist so verdammt langweilig und steif, dass ich nicht weiß, wie man es hier lange aushalten kann. Ich glaube, ich eise mich bald los."

„Nein, zum Kuckuck!", widersprach die Frau. „Man muss sich nur trauen, man selbst zu sein, sonst ist es unerträglich." Wieder lachte sie.

Die anderen schienen ihnen nicht zuzuhören. Eine der anderen Frauen wandte sich gerade an Andreas, als Rita Anstalten machte, aufzustehen und sich zu verabschieden. Aus Höflichkeit und um das Gespräch nicht zu unterbrechen, blieb sie sitzen.

„Ich habe in der *Sydsvenskan* gelesen, dass die Feministinnen wieder zu Hochform auflaufen", sagte die Frau.

Rita versuchte verzweifelt, sich an ihren Namen zu erinnern, aber es gelang ihr nicht. Eine kühle, blonde Frau mit langen Gliedmaßen und weißen Händen. Ritas Hände waren groß und voll von Striemen. Karate und das Anpacken beim Bau von Sommerhäusern in ihrer Heimat Värmland waren nichts für zarte Hände. Rita erachtete ihre eigenen Hände als Beweis dafür, dass sie am Leben war. *Im Gegensatz zu gewissen anderen Personen,* dachte sie und schielte zu der blonden Frau.

„Feministinnen", sagte Andreas mit einem Blick, der den Spott in seiner Stimme gut widerspiegelte. „Das sind nur machtgeile Hinterwäldlerinnen."

„Genau", antwortete die Frau. „Wozu soll das überhaupt gut sein – also der Feminismus? Frauen sind gewiss nicht besser als Männer. Ich für meinen Teil finde es schön, dass es Unterschiede gibt. Ich will, ehrlich gesagt, nicht zum Mann werden."

Die Frau schien sich die Sprache der gehobenen Stockholmer Gesellschaft antrainiert zu haben, aber es war gut möglich, dass sie auch aus der schonischen Provinz kam, überlegte Rita, die allmählich wütend wurde. Als sie schließlich den Mund öffnete, sprach sie lauter, als es angemessen war.

„Dem Feminismus ist es zu verdanken, dass du Sex haben kannst, mit wem du willst. Dass du selbst entscheiden kannst, ob du Kinder haben möchtest oder nicht. Wenn du schwanger wirst, musst du den Erzeuger nicht heiraten, wenn du es nicht willst. Du wirst dafür nicht wie eine Ausgestoßene behandelt. Wenn es den Feminismus nicht gegeben hätte, hättest du deinen Beruf nicht selbst wählen können. Du hättest nicht am politischen Leben teilnehmen und keine Karriere machen können. Du wärest Hausfrau oder maximal Krankenschwester geworden. Wie kann man so wenig Ahnung von Geschichte haben?"

Die Frau und Andreas starrten Rita erstaunt an.

„Tja", erwiderte die Frau leise, „das sagt sich so leicht, wenn man Ahnung von Geschichte hat."

Sie merkte offensichtlich selbst nicht, wie dumm sie klang, aber die anderen fingen an, sich vor Unbehagen auf ihren Stühlen hin und her zu drehen. Rita war bleich geworden und hatte die Hände zu Fäusten geballt. Sie hatte die Nase voll.

„Jetzt weißt du ja auch Bescheid, aber ich fürchte, dass du weiter die Augen verschließen wirst", sagte sie bissig.

Die rothaarige Frau lachte noch lauter als zuvor und applaudierte kräftig. Rita wiederum erhob sich von ihrem Stuhl, griff nach ihrer Handtasche und wandte sich Andreas zu. Sie senkte die Stimme und zischte:

„Du hältst dich für so unfassbar klug und meinst, dass du über allem stehst, hast dich aber dafür entschieden, mit mir auszugehen, einer Frau aus dem värmländischen Hinterland. Und das ist mein voller Ernst. Vom Arsch der Welt. Und obendrein bin ich Feministin. Was hast du denn erwartet? Dass mich all das hier beeindrucken würde? Und nur um eins klarzustellen: Echte Menschen schätze ich durchaus. Ich nehme aber an, du weißt nicht einmal, was ich damit meine. Mach dir am besten gar nicht mehr die Mühe, mich anzurufen."

Andreas brachte nicht mehr als ein nervöses Lachen zustande. Den anderen am Tisch hatte es vollkommen die Sprache verschlagen. Die blonde Frau auf der anderen Seite rümpfte die Nase und verzog den Mund, dann lächelte sie bissig und entblößte eine Reihe kleiner, scharfer Zähne.

„Was gibt es da zu grinsen?", fragte die rothaarige Frau, bevor auch sie aufstand. Stolz verließ sie zusammen mit Rita Seite an Seite das Restaurant, eine groß und blond und mit einem tief ausgeschnittenen Kleid, das ihren muskulösen Rücken betonte, die andere kleiner und gedrungener, mit ausgeprägten Hüften. Rita schritt energisch davon und schaffte trotz ihrer hohen Absätze einen souveränen Abgang. Die zwei drehten sich nicht ein einziges Mal um, obwohl es sie beide in den Fingern juckte. Wahrscheinlich konnte niemand in der Gruppe ihren plötzlichen Aufbruch nachvollziehen, von ihrer Verärgerung ganz zu schweigen. Draußen angekommen, brachen beide in ein befreiendes Lachen aus.

„Ich konnte Robert sowieso nicht leiden", sagte die Rothaarige lachend.

„Und ich fand Andreas abscheulich", erklärte Rita.

„Ja, das war nicht zu übersehen." Die andere streckte die Hand aus und Rita erwiderte ihren Händedruck.

„Linda Andersson."

„Rita Anker", stellte sich Rita vor. „Es war mir eine große Freude, dich kennengelernt zu haben. Was meinst du, wie erstaunt und pikiert die waren, als wir so plötzlich gegangen sind? Gegen Dummheit ist aber kein Kraut gewachsen, was?"

„Dito. Ich freue mich auch, dich kennengelernt zu haben. Und ja, gegen Dummheit kann man nichts machen. Ich muss mich jetzt beeilen, damit ich meinen Zug erwische, aber ich hoffe, wir sehen uns wieder", sagte Linda Andersson.

„Das tun wir bestimmt. Ich hoffe es zumindest. Ich gehe jetzt nach Hause, ziehe dieses Kleid aus und werfe mich stattdessen in bequeme Klamotten – vulgär, wie ich bin", erklärte Rita in sarkastischem Ton.

Sie zog sich die Schuhe aus und ging barfuß nach Hause. Was für eine Erleichterung! Einmal drehte sie sich noch um und winkte. Linda Andersson war ihrem Beispiel gefolgt und hielt zum Gruß fröhlich die eigenen Schuhe hoch.

Vor ihrer Wohnung blieb Rita stehen, dachte nach und drehte sich um. Dann ging sie noch ein Stück die Straße hinauf und blieb an der Tür stehen, hinter der der Jogger wohnte. Sie lauschte auf Geräusche, irgendein Lebenszeichen, aber alles war still, und die Fenster blieben völlig dunkel. Nachdenklich ging Rita nach Hause.

Sie zog sich bequeme Kleidung an und legte sich auf die Couch. Dann griff sie zum Telefon und rief ihre Mutter an. Das Gespräch dauerte dreißig Minuten, und sie teilten sich die Zeit des Redens und des Zuhörens fair auf. Ihre Mutter lachte ausgelassen über Ritas Auftritt bei ihrem Treffen mit Andreas von Bahr und erzählte dann im Gegenzug von dem neuen Wurf Ferkel und dem Kalb, das sie mit der Flasche füttern mussten, weil die Mutterkuh erkrankt war.

Das Leben ihrer Eltern war so ehrlich und heimelig, ganz im Gegensatz zu Ritas eher brutalem Alltag. Ritas Mutter stammte aus Värmland, ihr Vater hingegen aus Finnland. Und nachdem sie fast dreißig Jahre lang in Schweden gelebt hatten, waren sie nach Finnland gezogen. Rita hatte gelogen, als sie behauptet hatte, auf dem Land aufgewachsen zu sein, aber es hatte ihrer Lebensgeschichte etwas mehr Würze verliehen. Heute betrieben ihre Eltern zwar hobbymäßig ein wenig Landwirtschaft, aber früher hatten sie als Lehrer gearbeitet – ihr Vater in Werken und ihre Mutter in Mathematik und Physik. Als Bauern konnte man sie also nicht wirklich bezeichnen. Das war auch der Grund, weshalb ihre Mutter so lauthals lachen musste.

„Hart arbeitende Bauern, also wirklich. Du bist verrückt, Rita."

Sie hörte kurz auf zu lachen und fuhr dann fort:

„So hart arbeiten wir nun auch wieder nicht, und wie echte Landwirte fühlen wir uns auch nicht. Aber ich verstehe, warum du das gesagt hast. Solche Leute können einen so wütend machen. Klar, dass du dich dort fehl am Platz gefühlt hast."

Als sie ihr Gespräch beendet hatten, streckte Rita genüsslich die Beine auf dem Sofa aus, winkelte sie aber wieder an, um ihre Füße massieren zu können. Sie waren von den hohen Absätzen ganz wund gescheuert. Rita knetete erst einen Fuß, dann den anderen. Es fühlte sich gut an. Sie war ein wenig enttäuscht, dass auch aus dieser Verabredung nichts geworden war, aber sie wollte einen intelligenten und netten Menschen zum Partner haben, keinen pseudointellektuellen Prahlhans und Spießer. Schlussendlich zog sie es vor, allein zu sein, statt in einer Beziehung mit jemandem, in dessen Gesellschaft sie sich noch einsamer gefühlt hätte. Zufrieden nickte sie auf der Couch ein und schlief die ganze Nacht durch, ohne sich die Zähne geputzt oder geduscht zu haben. Sie schlief einfach als das ein, was sie war: eine Polizeikommissarin mit müden Füßen.

25

Jörgen hatte sich in all das Material vertieft, sortierte und ordnete die eingegangenen Mitteilungen. Es war schon sehr spät geworden. Obwohl er müde war, arbeitete er weiter.

Söderström betrat sein Büro. Er beäugte die Papierstapel überall im Raum mit zerstreuter Ernsthaftigkeit. Jörgen drehte sich zu ihm um und deutete auf den Computerbildschirm.

„Johannes Vallén ist jetzt offiziell aus dem Spiel. Es war nicht seine DNA. Es überrascht mich nicht, dass die DNA nicht zugeordnet werden konnte. Sowohl Schamhaar als auch Sperma stammen von derselben Person. An der Zigarette wurden wieder andere DNA-Spuren gefunden, aber auch nicht von Johannes Vallén. Glauben Sie, dass es zwei Täter gewesen sein könnten?"

„Ich weiß nicht, aber auszuschließen ist es nicht. Es ist schon vorgekommen, dass Männer in solchen Fällen zusammenarbeiten. Keine Ahnung, wie wahrscheinlich das ist. In dem Fall hätten wir noch ein Problem."

Söderström blickte über Jörgens Schulter auf den Computer.

„Ich rufe den Staatsanwalt an", sagte er, nahm sein Handy heraus und merkte, dass es zu spät war, um sich an Baum zu wenden, der die Untersuchungen leitete. Er musste sich wohl oder übel an den Staatsanwalt wenden, der gerade Bereitschaftsdienst hatte.

„Zetterlund", sagte eine Stimme.

Söderström seufzte innerlich. Noch ein Staatsanwalt mit wenig Erfahrung im Bereich der Gewaltverbrechen. Er holte tief Luft, ratterte die Fallnummer herunter und erzählte von den Ergebnissen, die das NFC geliefert hatte.

„Wenn das so ist", sagte der Staatsanwalt, „kann Vallén jetzt gehen. Wir haben 21 Uhr 55."

„Danke", sagte Söderström. Er rief zuerst beim Polizeirevier in Lund und dann bei Sara Vallén an, die jedoch nicht antwortete. Stattdessen informierte er Johannes' Vater.

„Vallén", sagte eine männliche Stimme.

„Hallo, hier ist Christer Söderström von der Polizei. Der Verdacht gegen Johannes hat sich nicht erhärtet und er muss nicht länger in Haft bleiben. Sie können ihn auf der Polizeiwache in Lund abholen."

„Ist er frei? Weiß Sara schon Bescheid?"

Görans Stimme zitterte.

„Sie geht nicht ans Telefon."

„Ich hole ihn ab", sagte Göran und legte auf. Söderström lächelte, immer noch mit dem Telefon am Ohr.

„Super, das bedeutet dann wohl, dass Sara zurückkommen kann und ich nicht mehr pendeln muss."

Jörgen schaute ihn an, als sei er verrückt geworden. Söderström zuckte leicht mit den Schultern.

„Natürlich freue ich mich, dass ihr Sohn wieder auf freiem Fuß ist. Ich meinte damit nur, dass alles in Ordnung ist. Aber da Sara nicht zu erreichen ist, werde ich heute Abend noch ein bisschen weiterarbeiten. Ab morgen darf sie wieder das Ruder übernehmen“, erklärte er beschwichtigend.

26

Johannes' Gesicht war rot und verweint. Er hatte erwartet, für den Rest seines Lebens im Gefängnis zu sitzen, für etwas, das er nicht getan hatte. Aber jetzt verstand er gar nichts mehr. Die Welt der Erwachsenen war noch seltsamer, als er es sich je vorgestellt hatte. Sein Vater wartete vor der Tür. Ein Beamter reichte ihm die Hand und dankte ihm. Johannes fragte sich im Stillen, was es da zu danken gab.

„Wo ist Mama?", fragte er.

Göran schüttelte den Kopf.

„Keine Ahnung. Sie geht nicht ans Telefon. Aber du kannst sie morgen anrufen. Jetzt gehen wir beide erst einmal etwas essen. Wenn du willst."

„Ich will nach Hause", sagte Johannes. „Ich habe keinen Hunger. Ich will nur nach Hause."

„Gut, dann fahren wir nach Hause", sagte Göran, nahm seinen Sohn bei den Schultern und führte ihn zum Auto. „Willst du wirklich nichts essen?"

„Nein, ich will einfach nach Hause und schlafen. Bei Mama."

„Das geht nicht. Morgen, aber nicht heute Abend. Mama ist nicht zu Hause."

„Trotzdem."

Göran nickte.

Er versuchte, sich nicht anmerken zu lassen, wie sehr es ihn schmerzte, dass sein Sohn seine Gesellschaft nicht wollte. Gleichzeitig verstand er ihn und versuchte, das Gefühl der Eifersucht abzuschütteln. Im Auto herrschte Schweigen. An die Stille waren sie allerdings gewöhnt. Göran wagte einen Vorstoß.

„Und, wie fühlst du dich?", fragte er zögernd.

Johannes antwortete ehrlich:

„Ich weiß nicht, Papa. Irgendwie leer. Bedeutungslos."

„Verstehe", antwortete Göran, obwohl ihm klar war, dass er es nicht verstehen konnte. Wie denn auch?

„Nein, Papa, das tust du nicht."

„Nein, da hast du recht. Entschuldigung", sagte Göran.

Dann schwiegen sie einander wieder an.

27

Mitten in der Nacht wachte Sara auf, weil jemand sie vorsichtig berührte. Sie streckte die Hand aus und schaltete das Licht ein.

„Hallo, Mama!“

Sie lächelte schlaftrunken und ergriff die Hand von Johannes, der neben ihr kniete, sie küsste und weinte. Sie brachte kein einziges Wort heraus.

„Alles wird gut, Mama. Alles wird gut.“

Johannes legte sich neben sie in das warme Doppelbett. Sara wurde ganz ruhig und meinte, vor Liebe übersprudeln zu müssen. Das Glück wärmte sie wie eine dicke Decke. Sie legte den Arm um ihren Sohn und sah ihm eine Weile beim Schlafen zu.

„Ja, alles wird gut“, flüsterte sie und streichelte sein junges Gesicht.

Die Mädchen schliefen noch, obwohl es schon nach acht Uhr war und sie eigentlich auf dem Weg zur Schule sein sollten, aber Sara hatte ihre Handys ausgeschaltet, damit der Wecker nicht klingelte. Sie hatte in der Schule Bescheid gegeben, dass ihre Töchter erst später zum Unterricht erscheinen würden.

Sara stand im Badezimmer und bürstete sich die wirren Haare, als Britt durch die offene Tür hineinschaute.

„Johannes ist frei, er wird nicht länger verdächtigt, und er ist endlich wieder zu Hause."

Britt warf die Hände in die Luft, umarmte ihre Tochter und tanzte herum. Dann fing sie an zu weinen und steckte Sara damit an. Die beiden Frauen hielten sich gegenseitig fest und weinten gemeinsam.

Nach einer Weile wischten sie sich die Tränen ab, lachten und gingen in die Küche.

Sara bereitete das Frühstück vor. Sie wusste nicht, ob sie sich jemals so glücklich gefühlt hatte.

Als sie fertig war, ging sie in den Flur und setzte sich auf den Hocker, der für alle bereitstand, die sich die Schuhe im Sitzen anziehen wollten. Sie sehnte sich danach, dass es voranging. So richtig. Und jetzt konnte sie die Dinge endlich wieder selbst in die Hand nehmen.

„Ich werde wahrscheinlich erst spät am Abend zurück sein", rief sie. „Pass auf die Kinder auf, Mama. Johannes will bestimmt reden, da bin ich mir sicher, aber das muss noch etwas warten."

Britt schüttelte resigniert den Kopf. Ihr war klar, dass Johannes seine Mutter brauchte. Aber jetzt musste er sich mit seiner Großmutter begnügen. Wenigstens noch eine Weile. Und mit seinem Vater.

„Du musst auch mit Göran sprechen", sagte sie zu ihrer Tochter. Sara nickte, machte aber gleichzeitig eine abweisende Geste mit den Händen.

„Später", war alles, was sie sagte.

Sara stürmte ins Polizeirevier, nahm den Aufzug nach oben und legte ihre Tasche ab. Die anderen warteten in der Kaffeeküche auf sie. Alle außer Jonny Svensson waren aufgestanden. Rita machte zwei Schritte, trat an Saras Seite, schloss ihre Freundin in die Arme und hob sie hoch.

„Endlich, endlich bist du wieder da", sagte sie und wirbelte Sara herum, als wäre sie nicht schwerer als eine Feder.

Der Geräuschpegel aus der Küche lockte die anderen Kollegen aus ihren Büros, und alles endete in einer Massenumarmung, wie man sie in dieser Umgebung selten sah. Kurz darauf brachte Rita Sara auf den neuesten Stand, was die letzten Aktivitäten des Teams anbelangte, und sie betonte, dass sie die Tatsache, dass Johannes als formaler Verdächtiger galt, im Wesentlichen ignoriert hatten.

Sara fühlte sich, als ob ihr die ganze Welt entgegenstrahlte. Sie ging in ihr Büro und fuhr den Computer hoch. Sie las ihre E-Mails, stand dann auf und gesellte sich zu Jörgen, der in einigen Dokumenten blätterte und gleichzeitig auf seinem Computer herumtippte. Multitasking lag ihm, trotz seiner phlegmatischen Art.

„Seid ihr an dem Typen dran, der so früh morgens unterwegs war?", fragte Sara und deutete auf den Bildschirm.

„Ja. Sein Name ist Evert Karlesson, und er ist ein gruseliger Typ. Er hat eine vierjährige Haftstrafe wegen sexuellen Missbrauchs an seiner Tochter verbüßt. Das ist zwar schon eine Weile her, aber immerhin. Er ist seit einigen Jahren auf freiem Fuß und seitdem nicht mehr im Strafregister aufgetaucht. Vor Kurzem hat er einen Job in einer Baufirma bekommen, und es stimmt, dass seine Schicht um sechs Uhr morgens anfängt. Ich habe einiges an Material über ihn zusammengetragen. Er ist zwar nur wegen des Missbrauchs seiner Tochter verurteilt worden, aber er scheint auch eine allgemeine Vorgeschichte in Bezug auf Kindesmissbrauch zu haben. Ich bin mir allerdings nicht sicher, ob diese Geschichten haltbar sind. Ich habe mich ein wenig umgehört, und er scheint ein ziemlicher Einzelgänger zu sein. Er hat mit niemandem Kontakt, das haben zumindest seine Nachbarn oder Kollegen gesagt – also die, die sich dazu äußern wollten. Ich habe ein paar Fahnder losgeschickt, um die Nachbarn zu befragen. Ich hoffe, das war in Ordnung."

„Hmm, interessant. Sehr interessant. Und natürlich war das in Ordnung. Gute Arbeit, Jörgen", antwortete Sara. „Der Hund hat sich also bis zur Grönegatan geschnüffelt und ist dann dort stehen geblieben. Können wir damit etwas anfangen?"

„Ja, das schon", sagte Jörgen. „Aber andererseits ist der Hund nicht an seinem Haus stehen geblieben. Also, an Karlessons. Und Kajsa Lindahl ist auch nicht mehr gerade ein Kind, oder?"

„Nein, das ist wahr, aber bei solchen Leuten weiß man nie. Bring mehr über ihn in Erfahrung. Ich hoffe nur, dass Kajsa Lindahl überlebt." Sara verstummte. Sie hatte mit den Ärzten gesprochen und wusste, dass Kajsa nur geringe Überlebenschancen hatte. Sie lag immer noch im künstlichen Koma.

„Könnte das ‚E' in ihrem Kalender nicht für Evert stehen?", fragte Jörgen.

„Ja, natürlich. Das könnte sein!" Saras Herz setzte einen Schlag aus, und sie spürte, wie sich die Nerven in ihrem

Gesicht zusammenzogen. Die ganze Situation war seltsam. Jörgen wusste nicht, über welche Informationen sie verfügte, aber er tat so, als hätte sie welche. Und das hatte sie tatsächlich.

„Aber warum könnte sich ein Mädchen in ihrem Alter zu einem solchen Mann hingezogen fühlen?"

Jörgens Frage blieb unbeantwortet, da Torsten Venngren und Jonny Svensson in der Tür erschienen.

„Wir wollen jetzt bei einem Mitschüler vorbeischauen, der nicht in der Schule war, als wir die Befragungen durchgeführt haben. Rodney Ritger heißt er. Dann hätten wir das auch geklärt. Der andere Junge ist gar nicht krank, sondern mit seinen Eltern in Afrika. Sie kommen in einer Woche oder so zurück."

„Gut, sagte Sara. Übrigens, dieser Karlesson interessiert mich sehr." Sie lächelte triumphierend, doch das Lächeln verblasste schnell. Vielleicht erwies sich diese Spur ja überhaupt nicht als Triumph. Torsten und Jonny sahen sie erwartungsvoll an.

„Sprechen wir von dringendem Tatverdacht?" Torsten war unverkennbar skeptisch.

„Na ja, das natürlich nicht. Aber wir sollten an ihm dranbleiben. Ohne einen Schnellschuss abzufeuern, da hast du recht."

Jörgens Handy klingelte und er ging auf den Flur – nur um wenige Sekunden später zurückzukehren.

„Kajsa Lindahl ist tot", teilte er den Anwesenden mit niedergeschlagenem Gesichtsausdruck mit. „Das bedeutet, dass wir es anstelle von schwerer Vergewaltigung und *versuchtem* Mord mit einem richtigen Mord zu tun haben."

„Nein. Nein!", war alles, was Sara herausbrachte. Einen Augenblick lang fühlte sie nichts als Verwirrung, aber sie bekam ihre Gefühle schnell unter Kontrolle und begann, Anweisungen zu erteilen.

„Ich fahre zum Krankenhaus und spreche mit dem Pflegepersonal. Unerwartet kam das jetzt ja wirklich nicht. Aber tragisch ist es trotzdem."

Sie machte sich auf den Weg durch den Korridor. „Vergesst nicht, mit der Spurensicherung zu sprechen!", rief sie den anderen noch über die Schulter zu.

28

Sara lief mit gerade noch angemessenem Tempo auf dem Weg zu Kajsas Zimmer durch die Intensivstation. Das Mädchen lag noch dort und sah genauso aus wie bei Saras letztem Besuch. Die Stille war fast greifbar, damals wie heute. Eine Krankenschwester betrat das Zimmer. Kajsas lebloser Körper sollte bald in die Gerichtsmedizin verlegt werden.

„Wir haben die Eltern angerufen. Sie werden bald hier sein", erklärte die Krankenschwester.

„Die armen Leute", sagte Sara, und die Krankenschwester nickte.

In gedrückter Stimmung saß das Nachtpersonal am Kaffeetisch. Ein Sozialarbeiter und der Krankenhauspfarrer waren auf dem Weg, vor allem, um sich der Eltern anzunehmen. Das Personal musste warten.

Sara verabschiedete sich, bevor die Familie Lindahl eintraf. Sie konnte sich nicht einmal selbst erklären, warum sie überhaupt ins Krankenhaus gegangen war. Vielleicht um sich zu vergewissern, dass das Mädchen wirklich tot war. Das Erstgespräch mit den Eltern überließ sie lieber den Krankenhausangestellten. Die sind darin einfach besser geschult, dachte sie, bevor sie sich auf den Weg machte.

Draußen war es heiß und drückend. Sara sehnte sich danach, schwimmen zu gehen, in das kühle Wasser einzutauchen. Aber das musste warten. Die Arbeit rief.

Sara kehrte zur Polizeiwache zurück, ging in ihr Büro und öffnete die Datenbank mit allen wichtigen Dokumenten zu dem Fall. Sie begann zu lesen, von Anfang bis Ende, und ging alle Notizen, Verhöre und Memos durch. Dabei versuchte sie, irgendwelche losen Fäden zu finden, die sich vielleicht verknüpfen ließen – und sie fand viele. Sara war zufrieden mit der Arbeit ihrer Kollegen, wenngleich es noch keine Anhaltspunkte für eine bestimmte Richtung gab.

Als Sara ihre Sachen zusammenpackte, den Computer schloss und nach Hause zu ihren Kindern zurückkehrte, war es schon spät. Ihr ging einiges durch den Kopf, und inmitten der ganzen Misere musste sie plötzlich an Peter Matsson denken. Bevor sie durch die Tür trat, hatte sie den Gedanken an ihn aber abgeschüttelt und in einer Schublade ihres Hirns abgelegt, um ihn zu gegebener Zeit wieder hervorzuholen. Auch ihre Unzufriedenheit darüber, dass sie nicht den Mut gehabt hatte, den Eltern des Mädchens gegenüberzutreten, schüttelte sie ab. Sie hatte sie nicht aus Rücksicht gemieden. Es war Saras persönliche Angst vor der Konfrontation gewesen, die sie dazu gebracht hatte, sich der Situation zu entziehen. Und das war kein gutes Gefühl. Überhaupt nicht.

Im Flur begegnete sie Johannes. Gemeinsam gingen sie in die Küche und setzten sich an den Tisch. Johannes entging die Ernsthaftigkeit seiner Mutter nicht, und er schaute sie fragend an.

„Kajsa Lindahl ist tot", sagte Sara und blickte zögernd zu ihrem Sohn. Sie wusste, dass sie ihm damit vielleicht den letzten Strohhalm raubte, an den er sich klammerte. *Beinahe* hätte er es geschafft, das Mädchen zu retten. Aber eben nur beinahe.

Johannes schaute seine Mutter erst ausdruckslos an, dann zuckte er mit den knochigen Schultern. Er hält sich für so erwachsen, dachte Sara. Aber eigentlich ist er doch noch ein Kind. Dann sah es aus, als ob bei Johannes plötzlich der Groschen fiel. Sein Blick veränderte sich. Eine Düsternis legte sich über ihn und er wirkte auf einmal viel älter. Er hielt den Blick gesenkt und verzog den Mund. Dann stand er auf und ging in sein Zimmer. Sara hörte, wie er den Computer einschaltete. Aus den Lautsprechern ertönte Musik. Irgendeine Art von Rock oder Punk vielleicht. Normalerweise hätte Sara an seine Tür geklopft und ihn gebeten, die Musik leiser zu stellen, aber das hielt sie jetzt für unangemessen. Sie ließ ihn in Ruhe.

Die nächsten zwei Stunden verschanzte sich Johannes in seinem Zimmer. Sara hörte das Klackern seiner Computertastatur, das einzige Lebenszeichen neben der Musik. Sie machte sich Sorgen. Johannes zog sich in sein Schneckenhaus zurück, und irgendwann verstummte das Geräusch des Computers.

Sara beschloss, dass es jetzt reichte. Sie klopfte an Johannes' Tür und ging hinein. Ihr Sohn lag auf dem Bett – schweigend, den Blick zur Decke gerichtet.

„Wie geht es dir?", fragte Sara leise und zögernd. Johannes gab keine Antwort. Sara trat an sein Bett und strich ihm über die Stirn.

„Wie geht es dir?", wiederholte sie und fühlte sich plötzlich hilflos. Johannes starrte weiter an die Decke. Kein Laut kam über seine Lippen.

Sara wusste, dass sie ihm keine Lösung bieten konnte. Er musste um Hilfe bitten oder sich selbst helfen. Sie konnte nicht mehr tun, als für ihn da zu sein. Jeder Mensch hat seine ganz individuellen Grenzen, dachte Sara. Sie schaute sich in Johannes' Jugendzimmer um. Es roch nach Angst, und das Atmen fiel ihr schwer.

Sara setzte sich an den Küchentisch, griff zum Telefon und tippte zögernd eine Nummer ein. Sie warf einen kurzen Blick auf die Uhr, beschloss aber, es trotzdem zu versuchen.

„Louise Malmberg", antwortete eine vertraute Stimme.

„Hallo Louise, hier ist Sara Vallén. Tut mir leid, dass ich so spät anrufe."

Saras Stimme zitterte und sie meinte, direkt in ein schwarzes Loch zu starren, das sich weigerte, sie zu verschlingen. Sie kannte Malmberg schon lange – seit dem Verrat, der ihr keine Ruhe ließ. Für Sara war die Therapeutin eine der schönsten Frauen, die sie je gesehen hatte. Ihr Anblick erinnerte sie an eine erwachsene Version der Hauptdarstellerin aus der Fernsehserie „Der weiße Stein" – ein entzückendes, freundliches, hübsches Mädchen. Louise Malmberg hatte Sara beigebracht, mit der Angst umzugehen, sich nicht selbst beschützen zu können. Nach und nach waren aus Erfahrungen Lektionen geworden. Sara hatte gelernt, wer sie selbst war und was sie in sich trug. Mit Louise Malmbergs Hilfe hatte sie langsam zu sich selbst zurückgefunden und verstanden, dass sie nicht verrückt war, nur weil sie nicht mit ihrer Angst umgehen konnte. Die Therapeutin hatte betont, dass der ultimative Beweis dafür, dass sie nicht verrückt war, darin bestand, dass sie Hilfe gesucht hatte.

„Hallo. Lange her", sagte Louise Malmberg. „Wie geht es Ihnen?"

„Mir geht es gut, aber mein Sohn hat in letzter Zeit einiges wegstecken müssen, und ich mache mir Sorgen, dass er es nicht allein aus seinem Tief herausschafft", erklärte Sara.

„Was ist passiert?", fragte die Therapeutin.

„Er hat ein brutal zugerichtetes und vergewaltigtes Mädchen gefunden, wurde festgenommen und als Verdächtiger inhaftiert. Inzwischen ist er aber wieder frei. Er hat wohl geglaubt, sie gerettet zu haben, aber gestern ist sie gestorben, und Johannes nimmt das sehr mit. Daran ist nichts Ungewöhnliches, aber ich fürchte, er wird von Schuldgefühlen geplagt. Sie wissen ja. Diese verdammte Schuld."

„Glauben Sie, er wäre zu einem Gespräch bereit?", wollte Louise nach einigem Zögern wissen.

„Ich habe ihn noch nicht gefragt, aber ich kann es mir nicht vorstellen. Haben Sie einen Rat, wie ich mich ihm gegenüber verhalten soll?"

„Was hat Ihnen denn geholfen?" Wie üblich spielte Louise den Ball zu ihr zurück. Sie hatte Sara oft gesagt, dass sie die Antwort auf alle Fragen in sich selbst fand. Und damit hatte sie recht. Mit der Erkenntnis, dass sie die ganze Weisheit schon in sich trug und die Antworten auf all ihre Fragen kannte, hatte Sara den größten Sieg ihres Lebens errungen.

„Dass Sie für mich da waren. Dass Sie mich geführt haben, ohne mich wirklich zu führen. In mein Inneres, in meine düsteren Gedanken und wieder hinaus. Dass Sie mich auf den richtigen Weg gebracht und mir geholfen haben, zu verstehen, dass ich keine Schuld trage. Dass nicht ich selbst für die Schande verantwortlich bin. Dass ich mir selbst verzeihen sollte." Sara erinnerte sich so gut an alles. Die Reise in ihr inneres Selbst. Die wundersamste Reise, auf die ein Mensch sich begeben konnte. Sara verspürte nichts als Zuneigung für Louise, die sie erlöst und von Schuldgefühlen, Scham und Düsternis befreit hatte. Dafür war Sara ihr auf ewig dankbar.

„Richtig. Sie können nicht mehr tun, als für ihn da zu sein. Melden Sie sich, wenn er professionelle Hilfe braucht. Lassen sie ihn von allein zu ihnen kommen. Wahrscheinlich braucht er Zeit, um sich klar zu werden, wie er mit all dem umgehen soll."

„Aus Ihrem Mund klingt das alles so einfach", sagte Sara.

„Sie wissen, dass es das nicht ist, aber vielleicht ist es einfacher, als Sie jetzt noch glauben. Sie sind eine starke Frau, ein guter Mensch und eine gute Mutter. Sie lieben Ihren Sohn, und das ist alles, was er gerade braucht. Und das ist doch ganz einfach, nicht wahr?"

Der letzte Teil war mehr eine Feststellung als eine Frage, und Sara verstand.

„Ja, das ist ganz einfach. Danke, Louise, ich glaube, ich musste es einfach von Ihnen hören."

„Gern geschehen. Wie gesagt, ich bin da, wenn er mich braucht. Ansonsten denke ich, dass Sie beide das ganz gut alleine schaffen. Und denken Sie auch an Göran. Er ist auch noch da." Das klang wie ein freundlicher Ratschlag, aber Sara verstand es als strikte Anweisung von der Frau am anderen Ende der Leitung.

Nach dem Gespräch fühlte sich Sara viel leichter, und sie beschloss, Göran anzurufen. Besser spät als nie, dachte sie, und wählte seine Nummer.

„Hallo Göran. Ich bin's, Sara."

„Hallo, ist alles in Ordnung mit Johannes?", fragte er. Seine Stimme klang gereizt.

„Ich möchte, dass du hierher kommst, Johannes zuliebe. Er braucht unsere Unterstützung. Zunächst einmal müssen wir ihm helfen, mit seiner Verhaftung fertig zu werden. Und dann ist das Mädchen, das er im Stadtpark gefunden hat, gestorben. Das finde ich irgendwie noch schlimmer als die Tatsache, dass Johannes verhaftet wurde. Er braucht unser beider Unterstützung. Ist das in Ordnung?"

„Du hast mich doch noch nie für irgendetwas gebraucht", entgegnete Göran anklagend. „Ich spreche mit Johannes, wenn er hier bei uns ist."

„Ach, verdammt", sagte Sara und spürte, wie die Wut in ihr hochkochte. „Hier geht es nicht um mich. Und auch nicht um dich und mich. Es geht um unseren Sohn. Darum, dass es ihm wieder gut gehen soll."

Sie hörte den Atem ihres Ex-Mannes und spürte, wie er die Kiefer zusammenpresste. Ein Wutanfall bahnte sich an, aber er beherrschte sich.

„Gut. Und wann? Ich bin noch bei der Arbeit. Die Finanzplanung sollte bis morgen stehen."

„Das verstehe ich ja, aber ich möchte, dass du so schnell wie möglich kommst. Johannes braucht uns jetzt."

„Ich bin in einer halben Stunde da", sagte Göran und legte auf.

End of discussion, dachte Sara, war aber froh, dass er nachgegeben hatte. Ihre Scheidung war schon viele Jahre her, und die war nicht gerade glatt abgelaufen. Zu viel Groll, zu viel Gezänk um alles und nichts. Das Ergebnis dieses Gesprächs konnten sie durchaus beide als Sieg verbuchen.

29

Eine halbe Stunde später läutete es und Sara öffnete die Tür. Göran begegnete ihr mit skeptischem Blick – so, als würde er ihr nicht wirklich über den Weg trauen.

Er trat in den Flur und sah sich um.

„Du hast dir ja einiges gegönnt", sagte er, nachdem er sich einen Eindruck verschafft hatte. Sara verspürte den Drang, auf die Barrikaden zu gehen, biss sich aber auf die Zunge, da sie entschlossen war, einen Konfrontationskurs mit ihrem Ex-Mann zu vermeiden.

„Tja, mittlerweile werde ich besser bezahlt. Und ich habe gespart", erwiderte sie und kniff sich in den Arm – wütend, weil sie das Bedürfnis verspürt hatte, sich zu erklären. Das geht ihn gar nichts an, dachte sie.

„Ja, das merke ich."

„Ich rufe Johannes. Er weiß, dass du vorbeikommst."

Göran setzte sich an den Küchentisch, ohne eine Antwort zu geben, und nestelte an der karierten Tischdecke herum. In der Mitte des Tisches stand eine Vase mit den ersten Blumen aus dem Garten.

Als Johannes in die Küche kam, schaute er seine Eltern interessiert an, als ob er versuchte, die Stimmung zwischen ihnen einzufangen. Sein Vater stand auf und nahm ihn in den Arm. Johannes Schultern sackten nach unten. Er war einen halben Kopf größer als sein Vater.

„Es ist meine Schuld. Wäre ich früher da gewesen, hätte sie nicht sterben müssen. Das weiß ich", sagte Johannes. „Wenn ich nur etwas früher vorbeigekommen wäre. Versteht ihr? Fünf Minuten früher und alles wäre anders ausgegangen. Ich hätte das ganze Verbrechen verhindern können. Wisst ihr, was ich meine? Fünf Minuten. Das ist doch nichts."

Johannes sah zu Sara hinüber, und sie erwiderte seinen Blick standhaft. Ihre Hände lagen ausnahmsweise einmal ruhig auf dem Tisch. Sie schaute in seine dunklen Augen und fragte sich, wie er so schnell so groß geworden war. Ihr wurde bewusst, wie sehr ihr Sohn ihr ähnelte, und sie bedauerte ein wenig, dass er so sensibel geworden war. Eigentlich hatte sie sich gewünscht, dass er härter im Nehmen geworden wäre, aber das konnte sie kaum voraussetzen. Schließlich war er ihr Sohn. Sie selbst war erst durch ihre Erfahrungen hart geworden, aber tief im Inneren fühlte sie sich immer noch empfindsam und verletzlich. Immerhin hatte sie es geschafft, sich nach außen hin zu stählen. So weit war ihr Sohn noch nicht.

Dass Johannes die Tage in der Haftanstalt mit keinem Wort erwähnte, war seltsam. Plötzlich wusste Sara nicht mehr, wie sie damit umgehen sollte. Sie schaute in Richtung Göran, schaffte es aber nicht, Blickkontakt zu ihm aufzunehmen, und beschloss stattdessen, Johannes entgegenzukommen.

„Du trägst keine Schuld“, erklärte sie schlicht. „Du bist nicht schuld an all dem Bösen in der Welt.“

Sara hatte das Gefühl, genau die Antworten zu geben, die sie selbst hatte hören müssen. Das war schon lange her. Jeder hatte sein eigenes Leid zu ertragen, und niemand konnte das Leid eines anderen jemals komplett verstehen. Johannes musste sein Päckchen tragen, Sara das ihre.

„Nein, vielleicht keine Schuld, aber alles wäre anders ausgegangen, wenn ich fünf Minuten früher vorbeigekommen wäre. Oder etwa nicht?“, fragte Johannes verzweifelt. „Und ich hätte nicht in dieser verdammten Zelle sitzen müssen. Dann wäre mir alles erspart geblieben.“

Jetzt brach die Wut aus ihm heraus.

„Vielleicht hättest du sie retten können, vielleicht auch nicht“, sagte Sara. „Vielleicht wäre es anders gekommen, aber so ist es nun einmal. Und es lässt sich nicht rückgängig machen. Aber es gibt so viele Dinge im Leben, auf die wir keinen Einfluss haben, mein Schatz.“

Göran saß schweigend da und nickte fast unmerklich. Seine Hände tasteten gelegentlich nach denen des Jungen. Das reichte schon aus, und Sara war froh, dass er da war und für einen Moment über ihre persönlichen Streitigkeiten hinwegsah.

Johannes streckte die langen Beine unter den Tisch und rutschte so weit auf seinem Stuhl nach vorn, bis er halb saß, halb lag. Dann stellte er seine riesigen Füße auf die viel kleineren Füße seiner Mutter. Sie erinnerte sich an die Zeit, als die Kinder klein waren und sie sie auf ihren Füßen stehen ließ, um zusammen zu tanzen. Das war so lange her, kam ihr aber vor wie gestern. Sara musterte Johannes’ Hände.

Früher waren sie klein und drall gewesen, jetzt waren sie lang und groß. Aber als sie eine von ihnen in die Hand nahm, fühlten sie sich immer noch so an wie damals. Die physische Erinnerung hatte sich fest in Saras Gedächtnis verankert.

„Ich weiß, dass du recht hast, Mama, und dass wir nicht alles kontrollieren können, was uns passiert, aber ich wünschte trotzdem, ich wäre schon früher vorbeigekommen. Um sie zu retten. Ich weiß, dass es nicht zu ändern ist. Aber es wäre schön, wenn wir die Zeit zurückdrehen und Dinge korrigieren könnten. Denkt ihr das nicht auch manchmal?"

Jetzt wandte er sich auch an seinen Vater. Göran zuckte zusammen. Es war, als hätte sein Sohn auf eine empfindliche Stelle gedrückt. Görans Miene nahm einen grimmigen Ausdruck an und er presste die Kiefer zusammen.

„Ja, natürlich", eilte Sara ihrem Ex-Mann zur Hilfe. Sie spürte, wie sehr ihn das Thema mitnahm, und erkannte, dass auch er vieles gerne rückgängig machen würde.

„Ich glaube, das wünschen wir uns alle, wenn wir glauben, etwas falsch gemacht zu haben oder wenn wir möchten, dass etwas anders abgelaufen wäre", fuhr sie fort. „Ich will dir bestimmt nicht deine Gefühle absprechen. Ich möchte nur, dass du verstehst, dass du keine Schuld an Kajsas Tod trägst."

„Das weiß ich, Mama, aber ich würde alles dafür geben, die Zeit zurückzudrehen."

Der Junge schaute seine Mutter an und gestikulierte nervös mit den Händen, um die Wichtigkeit seiner Worte zu unterstreichen. Vielleicht auch, weil es ihm schwerfiel, sie ruhig zu halten. In vielerlei Hinsicht war er wie Sara, manchmal zu ihrer Freude und manchmal zu ihrem großen Leidwesen. Und zum Leidwesen von Göran. Trotzdem war er Görans erklärter Liebling. Oder vielleicht auch gerade deswegen, dachte Sara.

Johannes wand sich auf seinem Stuhl.

„Ich habe noch eine Abgabe in Schwedisch, die ich fertigstellen muss."

Die Wunden der Jugend heilen wirklich schnell, dachte Sara und schaute ihren Ex-Mann an. Suchte nach seiner Zustimmung. Doch er wandte den Blick ab und drehte den Kopf zum Fenster. Sara bemerkte, wie sich sein Kinn anspannte und seine Unterlippe zu zittern begann, als ob er den Tränen nahe wäre. Dann drehte er sich zu seinem Sohn um, legte die großen Hände sanft um dessen Gesicht und beugte sich vor, um ihn auf die Stirn zu küssen.

„Ich liebe dich", flüsterte er.

Johannes lächelte ihn liebevoll an.

„Ich dich auch."

Der Junge stand auf.

„Danke", sagte er mit wackliger Stimme.

„Wozu sind Eltern denn da, wenn nicht zur Unterstützung?", fragte Sara. Johannes beugte sich vor und küsste sie auf die Wange. Sie tat es ihm gleich. Seine Wange war rauer geworden, und die spärlichen Bartstoppeln piksten ihr in die Lippen.

30

Um acht Uhr morgens saßen sie wieder zusammen wie die Ritter der Tafelrunde. Der Psychiater Zandor Mårtensson, ein Experte für Psychopathie und Sexualstraftäter, hatte sich angekündigt. Torsten und Rita sprachen über die Vernehmungen, Sara hörte zu und stellte ab und zu ein paar Fragen. Während Jonny an seinen Nägeln knibbelte, las Jörgen in der Zeitung – manchmal laut, um die Kollegen am Weltgeschehen teilhaben zu lassen. Um die Aufmerksamkeit der anderen auf sich zu lenken, klopfte Sara leicht auf den Tisch. Sie wandte sich an Torsten und sah ihn aufmunternd an. Er räusperte sich.

„Wenn es sich bei dem Täter um jemanden handelt, den Kajsa kannte, hat sie ihn wahrscheinlich schon mehrmals getroffen. Ohne sich im Klaren darüber zu sein, dass er ein Verrückter ist“, erklärte Torsten Venngren mit der gleichen Überzeugung wie gewohnt. Mittlerweile ging er davon aus, dass es sich bei dieser Annahme um die absolute Wahrheit handelte.

„Wahrscheinlich“, stimmte Sara ihm zu. „Hoffen wir, dass wir mit diesem Karlesson weiterkommen. Jörgen arbeitet daran. Das Problem ist, dass wir keine DNA-Probe von ihm haben. Andererseits können wir auch von Personen DNA-Abstriche nehmen, die nicht zum unmittelbaren Kreis der Verdächtigen gehören. Vielleicht sollten wir das als Nächstes angehen."

„Ganz deiner Meinung", sagte Torsten. „Nehmen wir eine Probe von ihm. Was sagen Kajsas Eltern zu Karlesson?", wandte er sich an Rita Anker.

„Weder die Eltern noch die Schwester haben den Namen je gehört. Ich habe sie sofort angerufen und nachgefragt. Entweder hat Kajsa mit ihnen nicht über Karlesson gesprochen, oder sie wissen Bescheid und wollen nichts sagen."

Rita hielt ein Bündel Vernehmungsprotokolle hoch. Jörgen, der dafür verantwortlich war, alle Dokumente zu verwalten, schnappte sich den Papierstapel und begann sofort, alles in die richtige Ordnung zu bringen. Rita murmelte etwas.

„Was hast du gesagt?", fragte Jörgen gereizt.

„Ich habe gesagt, dass es Kopien sind." Rita rang verärgert die Hände.

„Tut mir leid", sagte Jörgen und gab ihr einen Knuff. „Ich dachte, du hättest sie aus meinem Archiv genommen."

„Nein, das hast du falsch verstanden", erwiderte Rita und schubste ihn so hart zurück, dass er ins Wanken kam.

„Macht euch doch keinen Stress", murmelte Jonny Svensson, nahm sich ein Brötchen und biss herzhaft hinein. Sie frühstückten gemeinsam am Konferenztisch.

„Ich mache keinen Stress. Übrigens, wann kommt Zandor Mårtensson eigentlich?", fragte Jörgen und kratzte sich am Kopf.

„Kann es sein, dass ich Läuse habe? Die Kinder haben sie vor einer Weile angeschleppt, also wer weiß? Es juckt so sehr, ich könnte glatt verrückt werden", murmelte er.

Die anderen sahen ihn erstaunt an. Sogar Jonny. Allerdings hatte niemand etwas zu dem Thema beizutragen.

„Neun Uhr, hat er gesagt. Jetzt haben wir zwanzig vor neun. Vielleicht sollten wir uns nicht unnötig den Kopf zerbrechen, bis er hier war", sagte Sara.

„Na klar, kaum kommt ein Psychiater vorbei, lösen sich alle Probleme in Wohlgefallen auf", murmelte Rita vor sich hin.

„Was soll sich auflösen?", fragte Jörgen.

„Alles oder nichts", gab Rita zurück.

„Verstehe", sagte Jörgen. „Es gefällt dir also nicht, dass wir Hilfe von einem Psychiater bekommen. Sehe ich das richtig?"

„Na ja, ich bin eben skeptisch, finde es aber trotzdem gut, dass wir Expertenmeinungen mit einbeziehen."

Sara hob die Hände, um auf sich aufmerksam zu machen.

„Überlegt doch schon einmal, was ihr Zandor Mårtensson fragen möchtet. Am besten jeder für sich."

Sara lehnte sich in ihrem Stuhl zurück und dachte über ihr Team nach. So unterschiedlich sie alle waren, gab es doch etwas, das die Gruppe über viele Jahre hinweg zusammengeschweißt hatte. Jetzt, da sie im Zuge der Umstrukturierung auf verschiedene Polizeidienststellen aufgeteilt worden waren, traten die Unterschiede deutlicher zutage. Sara ließ ihren Gedanken freien Lauf. So stieß sie für gewöhnlich in jedem Durcheinander auf sich wiederholende Muster.

Sie erinnerte sich daran, dass am Tatort noch mehr DNA-Spuren gefunden worden waren. Die Zigarette war jemand anderem zugeordnet worden als die anderen Spuren.

„Wie weit sind wir mit der Zigarette gekommen?“, fragte sie in das nachdenkliche Schweigen hinein.

„Nicht sehr weit. Keine Treffer in der Datenbank“, sagte Torsten Venngren.

„Die Zigarettenkippe erstaunt mich“, erklärte Sara und ließ den Blick über ihre Kollegen schweifen.

„Aber könnte sie nicht genauso gut irgendjemand schon früher dort hingeworfen haben?“, fragte Rita.

„Klar“, sagte Sara. „Aber es könnte auch für einen zweiten Täter sprechen.“

Noch mal Glück gehabt, dachte Jonny, als Saras Handy klingelte und sie sich auf den Weg machte, um Zandor Mårtensson abzuholen.

Sara war dem Psychiater noch nie begegnet, aber seine anziehende Ausstrahlung fiel ihr sofort ins Auge. Eine Aura der Ruhe und des Selbstbewusstseins umgab ihn. Es war ein angenehmes Aufeinandertreffen.

„Wir haben ja schon ein paar Mal miteinander gesprochen, aber ich bin froh, dass wir uns endlich einmal persönlich treffen“, sagte er.

„Ja, absolut“, stimmte Sara zu und schaute ihn an. „Wollen wir los?“

Er nickte kurz und folgte ihr durch die Türen ins Polizeirevier und hinauf in den zweiten Stock.

„Lassen Sie sich nicht aus dem Konzept bringen, wenn einer meiner Kollegen ein bisschen barsch oder burschikos reagiert. Die meisten von ihnen sind wirklich fähig und verfügen über eine Menge Erfahrung. Sie sind begabt und ehrgeizig und wollen vor allem herausfinden, wer der Täter ist.“

Mårtensson lachte, sagte aber nichts. Sara Vallén hatte ihm im Vorfeld viele Informationen gegeben, die er in verschiedene Schubladen seines Gehirns einzusortieren versucht hatte. Eine für den Ablauf des Geschehens und eine für den Modus Operandi, also die Vorgehensweise des Täters, soweit sich das bestimmen ließ. Vielleicht könnte er den Ermittlern ermöglichen, ihre Suche auf die richtigen Altersgruppen und sozialen Kreisen zu konzentrieren.

Der Psychiater ließ den Blick über das versammelte Team schweifen. Ein seltsamer Haufen, dachte er. Sara bemerkte seinen amüsierten Blick.

Trotz aller Schwierigkeiten versuchte Mårtensson, einen möglichen Täter zu charakterisieren, wobei er betonte, dass es sich lediglich um Spekulationen handele. Er war sich jedoch sicher, dass es um Machtausübung ging. Das Alter des Täters könne man bei sechzehn aufwärts verorten, die Aggressivität könne ein Hinweis darauf sein, dass der Täter noch nicht mittleren Alters sei. „Ein verklemmter Mensch, der einen besonderen Hass auf Mädchen oder Frauen hegt", spekulierte Mårtensson. „Dass er ihre Vagina aufgeschnitten hat, deutet darauf hin." Die abgeschnittene Zunge hingegen sei ein Symbol, das vieles bedeuten könne – möglicherweise, dass ihn jemand beleidigt oder vor anderen verbal gedemütigt habe.

„Der Fliederzweig könnte seine Signatur sein. Oder eine versöhnliche Geste. Das ist schwer zu sagen. Vielleicht eine Art Beerdigungstradition. Sie wissen schon, wenn man sich von dem Verstorbenen verabschiedet, indem man an den Sarg herantritt. Die Blume war weiß, vielleicht als Zeichen der Unschuld gedacht. Oder genau das Gegenteil, um zu zeigen, dass dieses Mädchen eben nicht unschuldig war."

Mårtensson unterstützte die These, dass das Mädchen und der Täter sich gekannt hatten. Diese Schlussfolgerung konnte man ziehen, da es kaum Anzeichen eines Kampfes gegeben hatte.

„Mädchen neigen auch dazu, sich in dunklen und verlassenen Gegenden vorsichtig zu bewegen“, stellte Zandor Mårtensson fest. „Aber natürlich ist nichts in Stein gemeißelt.“

Sara dachte wieder darüber nach, wie leicht man doch etwas als wahr interpretierte, wenn es auf Klischees beruhte und leicht zu verstehen war.

„Könnte es sich um mehr als einen Täter handeln?“, fragte Rita. Zandor Mårtensson schaute die Frau, die die Frage gestellt hatte, erstaunt an.

„Warum wollen Sie das wissen?“

„Es gibt noch mehr DNA-Spuren“, sagte sie kurzangebunden.

„Nun, das ist schwer zu sagen. Ich halte es für eher unwahrscheinlich. Aber man kann es nicht ausschließen. Es ist allerdings so, dass solche Männer dazu neigen, allein zu agieren. Sie finden nur schwer zueinander Kontakt. Wie plant man einen so aggressiven Angriff mit jemand anderem zusammen? Das würde voraussetzen, dass sie in der Lage sind, ihre aggressiven Handlungen zu synchronisieren, und das scheint mir doch sehr unwahrscheinlich zu sein. Aber ein Szenario kann ich mir vorstellen: zwei Männer, die eine gemeinsame Vergewaltigung geplant haben. Einer von ihnen dreht völlig durch. Der andere traut sich nicht, sich zu stellen. Das Problem bei diesem Fall ist, dass einige der Gewaltausübungen geplant gewesen zu sein scheinen. Insbesondere die Zunge fällt mir da ein. Auf der anderen Seite spricht es nicht für Logik oder Rationalität, Spermaspuren zu hinterlassen."

Während er sprach, bewegten sich Mårtenssons Hände langsam, und sein Blick ruhte ruhig auf seinem Gesprächspartner, wenn er direkt zu jemandem sprach, oder schweifte über alle Zuhörer, wenn er sich an das gesamte Team wandte. Er hat Erfahrung im Dozieren, dachte Sara Vallén. Er weiß genau, wie lange er seinen Blick auf jemandem ruhen lassen kann, ohne dass es als aufdringlich empfunden wird.

„Wir haben immerhin einen potenziellen Täter", sagte Sara, die Mårtensson die Information nicht früher hatte geben wollen, weil er sich dann möglicherweise auf Karlessons Geschichte versteift hätte.

„Ja? Nennen Sie mir ein paar Details."

„Er ist knapp fünfzig Jahre alt, sportlich gebaut, joggt frühmorgens. Arbeitet im Baugewerbe. Er war vier Jahre lang inhaftiert, weil er vor einigen Jahren seine Tochter missbraucht hat. Er gilt als knallhart. Den Beamten im Gefängnis zufolge, ist er nicht sehr zugänglich", sagte Jörgen.

„Hmm. Wie alt war seine Tochter?"

„Sie war sechs Jahre alt, als er anfing, sie zu missbrauchen. Zumindest wurde das im Laufe der Ermittlungen festgestellt. Er missbrauchte sie bis zu ihrem zwölften Lebensjahr, dann flog er auf. Meistens Oralsex. Gelegentlich vaginal. In Bezug auf körperliche Verletzungen war er nicht sehr brutal, aber natürlich in anderer Hinsicht."

„Tja, man weiß nie", sagte Mårtensson. „Es hört sich zwar nicht so an, als könnte er der gesuchte Täter sein, aber wie gesagt, man weiß nie. Viele Sexualstraftäter werden mit der Zeit immer brutaler, sie brauchen mehr und mehr handfeste Anreize, einen Kick zu bekommen. Und es besteht ein Unterschied zwischen der eigenen Tochter und einem Mädchen, mit dem man nicht blutsverwandt ist. Die Frage ist, wie seine sexuellen Präferenzen bisher aussahen. Hatte er sexuelle Beziehungen zu Frauen? Interessiert er sich auch für Mädchen im Teenageralter? Ich muss darüber nachdenken. Es wäre nahezu dumm, ihn aufgrund seiner früheren Verbrechen nicht in Betracht zu ziehen. So viel ist klar. Hat er in der Vergangenheit derartige brutale Tendenzen gezeigt oder eine ähnliche Symbolik angewandt? An Ihrer Stelle würde ich das überprüfen. Und wenn es einen weiteren Täter gibt, wer könnte das sein? Wie viel Aufwand wollen Sie in die Suche nach einem Täter stecken, der vielleicht gar nicht existiert? Gibt es zu diesem Zeitpunkt noch andere Alternativen?"

„Nein, eigentlich nicht, aber es gibt ein paar Aspekte, die es uns unmöglich machen, Karlesson auszuschließen. Der Spürhund hat uns in die Nähe von Karlessons Haustür geführt. Und er war bereits aufgestanden und angezogen, aber das könnte wirklich daran gelegen haben, dass er, wie er sagte, joggen gehen wollte. Er hatte kein Blut auf seiner Kleidung, könnte sich aber natürlich auch schnell umgezogen haben. Wie man es dreht oder wendet, es gibt sowohl Hinweise, die ihn entlasten oder aber sehr verdächtig erscheinen lassen."

„Alles klar. Ich würde nicht von dem unmittelbaren Umfeld des Mädchens ablassen. Oft ist die gesuchte Person jemand, zu dem eine gewisse Beziehung bestand", erklärte Mårtensson. „Und die Aggressivität bei der Gewaltausübung könnte auf einen jüngeren Mann hindeuten, zumindest ist das nicht auszuschließen. Der Testosteronspiegel sinkt mit dem Alter und damit auch die Aggressivität. Sexualität ist oft ein Auslöser. Wenn Sie mir folgen können?"

„Ja, das tun wir. Wir konzentrieren uns nicht allein auf Karlesson, versuchen aber, herauszufinden, wer er ist, was für ein Leben er führt, wie seine Gewohnheiten aussehen und so weiter", sagte Sara.

Mårtensson stand auf. Offensichtlich hatte er ihnen gegeben, was er ihnen geben wollte.

„Ich muss mich jetzt leider beeilen. Ich bin auf dem Weg zum Gefängnis von Kristianstad, um zwischen Personal und Häftlingen zu vermitteln."

31

Die Gruppe zerstreute sich, und Jörgen ging in sein Büro, um weiter im Fall Evert Karlesson zu ermitteln. Sara zog sich ebenfalls zurück – zum einen, um Staatsanwalt Baum anzurufen, und zum anderen, um sich einen Überblick über den Stand der Dinge zu verschaffen.

Das Telefon klingelte, bevor sie die Nummer des Staatsanwalts wählen konnte.

„Ich habe etwas zu melden", flüsterte eine männliche Stimme.

Sara hörte genau hin. Die Stimme kam ihr nicht bekannt vor.

Der Mann am Telefon klang betrunken. Sara war von Natur aus misstrauisch und begann, ohne es zu merken, mit ihrem Stift auf einem Notizblock herumzutrommeln.

„Gern", sagte sie, nicht ohne inneren Widerstand.

„Ich kenne jemanden. Sein Name ist Evert Karlesson. Ich weiß, dass Sie ihn auch kennen." Die Stimme verstummte, als wäre der letzte Teil eine Frage.

„Worauf wollen Sie hinaus?“, fragte Sara.

„Er hat in dem Kindergarten gearbeitet, in den das überfallene Mädchen früher ging. Im Marienkäfer-Kindergarten. Das ist schon sehr lange her. Und Sie wissen ja, was er gemacht hat, nicht wahr? Er wurde verdächtigt, die Kinder des Kindergartens belästigt zu haben. Aber er wurde nie drangekriegt, dieser Mistkerl.“

„Wer sind Sie?“ Saras Frage blieb unbeantwortet, und die einzige Antwort, war ein langer Piepton und darauffolgende Stille. Der Anrufer hatte aufgelegt.

Sara machte sich auf den Weg zu Jörgen. Sie fragte ihn, ob er wisse, dass Karlesson in dem Kindergarten in Lund gearbeitet hatte. Jörgen wusste es nicht, versprach aber, sich sofort zu erkundigen. Natürlich war er neugierig und fragte, warum sie das wissen wolle. Sara erzählte von dem Gespräch mit dem anonymen Anrufer.

„Das erhärtet den Verdacht gegen Karlesson definitiv“, sagte Jörgen.

Kurze Zeit später kehrte er zu Sara zurück und bestätigte, dass Evert Karlesson vor etwa zwölf Jahren im Marienkäfer-Kindergarten gearbeitet hatte, und dass er im Verdacht stand, dort Kinder sexuell missbraucht zu haben.

„Danke. Wir sollten Karlesson überwachen“, erklärte Sara. „Ich spreche mit Staatsanwalt Baum. Warten wir erst einmal ab, was er sagt. Ich denke, jetzt haben wir genug für einen Anfangsverdacht, und Baum dürfte dem zustimmen. Bei einer so niedrigen Verdachtsstufe braucht es nicht allzu viel“, fuhr sie fort, als wollte sie sich selbst überzeugen.

Staatsanwalt Baum stimmte zu.

„Ich denke, wir sollten ihn im Auge behalten. Es wäre unklug, zu verraten, dass wir ihm auf der Spur sind. Wir sollten ihn observieren, um herauszufinden, was er vorhat, vor allem, wenn die Möglichkeit besteht, dass er nicht der einzige Täter ist. Ich bin übrigens sehr froh, dass Ihr Sohn nicht mehr unter Verdacht steht."

„Ich denke, die Erkenntnis hätte Ihnen schon wesentlich früher kommen können", gab Sara zurück. „Und ja, ich setze ein paar Fahnder auf Karlesson an. Sonst irgendwelche Anweisungen?" Sara ließ das Thema Johannes gleich wieder fallen. Sie wollte nicht zeigen, wie aufgebracht sie war.

„Fragen Sie jemanden aus dem Kindergarten, wie er sich dort verhalten hat. Es muss doch bestimmt noch Personal aus dieser Zeit dort arbeiten, das ist ja noch nicht so lange her." Baum ignorierte den spitzen Kommentar zu seiner Beteiligung an der Verhaftung von Johannes Vallén.

„Natürlich", sagte Sara. „Das überprüfen wir gerade."

Der Gedanke war ihr natürlich sofort gekommen. Und natürlich müssten auch Kajsas Eltern zu der Zeit befragt werden, als ihre Tochter vor zwölf Jahren den Marienkäfer-Kindergarten besuchte.

„Halten Sie mich auf dem Laufenden", bat Åke Baum.

„*Of course, Sir*", antwortete Sara und deutete eine Verbeugung in Richtung Telefon an.

„Haben Sie sich gerade verbeugt?", fragte Staatsanwalt Baum.

Sara war verblüfft.

„Woher wissen Sie das?", fragte sie. Sie drehte sich zur Tür und schrie überrascht auf, als sie Åke Baum durch den Türspalt lugen sah.

Er schwenkte ein Mobiltelefon.

„Weiterleitung", erklärte er, lachte ausgelassen und schlug sich mit den Handflächen auf die Oberschenkel. Sara hatte sich noch nicht von ihrem Schreck erholt. Sie hasste Überraschungen.

Als sie wieder zu Atem gekommen war, spürte sie, wie die Wut in ihr hochkochte – schon wieder.

„Was haben Sie sich dabei gedacht?", schnauzte sie Baum an und tat, als würde sie ihm eine Ohrfeige verpassen.

„Oh, tut mir leid", sagte Baum und ließ die Arme sinken. „Ich war gerade im Haus und dachte, ich schaue einfach auf ein Gespräch vorbei. Bin auf Abruf. Ich wollte Sie nicht erschrecken."

Sara beruhigte sich wieder.

„Ja, ich weiß. Tut mir leid. Aber ich habe mich wirklich erschrocken."

Baum setzte sich auf die Kante ihres Schreibtischs.

„Dieser Karlesson ist eine interessante Fährte", sagte der Staatsanwalt. „Ich frage mich, wie wahrscheinlich es ist, dass sich ein Pädophiler für Teenager interessiert. Das scheint mir nicht ganz zusammenzupassen."

„Laut dem Psychiater Zandor Mårtensson ist es möglich", warf Sara ein.

Plötzlich stand Jörgen in der Tür.

„Ich habe gerade erfahren, dass Kajsa Lindahl tatsächlich in den Kindergarten ging, in dem Karlesson arbeitete", berichtete er. „Es gibt also eine Verbindung zwischen ihnen."

„Das ist, gelinde gesagt, interessant", entgegnete Baum. „Aber ich denke immer noch, dass Sie Karlesson sicherheitshalber zuerst beschatten sollten. War die Tat nicht unfassbar aggressiv?“

„Ja, aber laut Mårtensson weiß man nicht, wie sich solche Tendenzen im Laufe der Jahre entwickeln. Er hatte allerdings auch einige Zweifel, weil Testosteron und Aggressivität miteinander verbunden sind und mit dem Alter abnehmen“, erklärte Jörgen. „Aber der gute Karlesson scheint ein recht abenteuerlustiger Herr zu sein. Er hat unter anderem ein Motorrad.“

„Was ist daran so außergewöhnlich?“, fragte Sara. „Seit wann gibt es einen offensichtlichen Zusammenhang zwischen Abenteuerlust und Aggressivität?“

„Äh, nein, natürlich gibt es das nicht.“ Jörgen gab sich geschlagen.

„Nun, halten Sie mich auf dem Laufenden“, sagte Baum, der ihren Wortwechsel beobachtet hatte, ohne sich dazu zu äußern.

„Natürlich“, versprach Sara und bot ihm an, sich auf ihren Schreibtischstuhl zu setzen, anstatt auf der Tischkante zu sitzen. Der schlaksige Staatsanwalt beäugte den Schreibtischstuhl misstrauisch. Er sah eher wie ein Schaukelstuhl aus, bei dem die Unterschenkel auf Polstern aufliegen und das gesamte Gewicht auf die Oberschenkel und Knie verteilt werden soll, um den Rücken zu entlasten. Er versuchte, sich auf diesem eigentümlichen Sitzmöbel zu platzieren, schaffte es aber nicht, seine Beine an Ort und Stelle zu bringen. Sara lachte laut auf und Jörgen kicherte. Der Staatsanwalt sah die beiden gekränkt an und versuchte stattdessen, sich von dem Stuhl zu erheben. Auch dabei hatte er keinen Erfolg. Er saß fest. Jörgen Berg half ihm auf, und Sara stellte ihm einen gewöhnlichen Bürostuhl vor die Nase. Die ganze Aktion lief schweigend ab – zu hören war nicht mehr als Gekicher.

Dankbar, auf einem normalen, anständigen Stuhl sitzen zu dürfen, ließ Baum sich nieder, um die Anweisungen zu notieren, die er ihnen gerade gegeben hatte. Er wollte die volle Kontrolle über seine Entscheidungen behalten.

„Geben Sie mir Bescheid, sobald Sie Näheres wissen, und je nachdem, wie die Situation aussieht, entscheide ich dann sofort, ob wir Karlesson vorladen oder gleich in Haft nehmen", sagte er. „Rufen Sie mich jederzeit an, auch wenn es mitten in der Nacht sein sollte."

Sowohl Baum als auch Jörgen ließen Sara allein. Sie lehnte sich zurück und dachte einen Moment lang nach, dann schrieb sie ein paar Zeilen auf ihren Notizblock.

Sobald sich die Gelegenheit ergab, mussten sie eine DNA-Probe von Karlesson nehmen. Bestenfalls sehr bald. Doch zunächst gab es andere Dinge zu tun. Ein Besuch des Botanischen Gartens stand ganz oben auf der Liste. Sara griff nach einem Ordner und steckte ihn in ihren Rucksack.

Rita wartete dort vor der Pforte auf Sara. Sie schaute fragend drein und fuchtelte mit den Händen herum.

„Du wirst schon sehen", sagte Sara zu ihrer Kollegin und zog sie mit sich in den Garten.

Dort deutete sie auf einen Fliederbusch, der in voller Blüte stand.

„Siehst du?"

Rita machte kugelrunde Augen, und sie nickte beeindruckt.

Die beiden Polizistinnen gingen zum Informationsschalter und schafften es, die Leiterin des Botanischen Gartens abzugreifen – Susanne Nilsson, die ihnen mehr über *Syringa pekinensis* erzählte. Es handele sich um eine sehr seltene Sorte, die in Lund nur an wenigen Orten zu finden sei, sagte sie, während sie Sara und Rita durch den Garten führte.

„Sehr schön, nicht wahr?", sagte sie und strich stolz über einen der Stängel. Sara und Rita gaben jeweils nur ein Brummen von sich. Für sie war der Flieder untrennbar mit dem Tod eines jungen Mädchens verbunden, und das machte es ihnen schwer, seine Schönheit zu bewundern.

„Haben Sie Besucher, die so regelmäßig kommen, dass Sie sie wiedererkennen würden?", fragte Sara.

„Ja, auf jeden Fall. Da gibt es einige, die immer wieder herkommen und sich sehr für Botanik interessieren", antwortete Nilsson. „Oder meinen Sie vielleicht jemanden, der ein besonderes Interesse an dem *pekinensis* gezeigt hat?"

„Ja, das kann man so sagen."

„Der Flieder ist besonders beliebt", erklärte Susanne Nilsson. „Wir haben eine Reihe von Besuchern, die nur seinetwegen kommen, aber die meisten interessieren sich vermutlich für Botanik im Allgemeinen. Suchen Sie jemand Bestimmtes?" Sie blickte die beiden Polizistinnen neugierig an.

Jetzt war Saras Neugier geweckt.

„Ganz richtig. Würden Sie diejenigen wiedererkennen, die sich besonders für den Flieder interessieren?"

„Bestimmt." Nilsson klang vollauf überzeugt.

Sara holte den Ordner hervor, den sie mitgebracht hatte. Darin befand sich das Bildmaterial, das die Forensiker für sie zusammengestellt hatten.

Darunter waren zwölf Fotos von Männern im Alter zwischen fünfunddreißig und fünfundvierzig Jahren. Susanne

Nilsson blätterte eines nach dem anderen durch. Sara hatte eine Tonaufnahme gestartet. Susanne Nilsson brummte, schüttelte den Kopf, und Sara hielt leise jede nonverbale Äußerung auf dem Band fest. Als Susanne Nilsson das Bild Nummer neun erreichte, zuckte sie zusammen, tippte auf das Foto und wandte sich an Sara und Rita.

„Er hier. Da bin ich todsicher. Der kommt oft hierher und ist sehr an den Fliederblüten interessiert. Ich spreche oft mit ihm. Er sagt, er liebe Flieder. Und er weiß auch ziemlich viel über die verschiedenen Sorten. Ein absolutes Spezialinteresse."

Sara und Rita konnten nicht anders, als ein kurzes Lächeln auszutauschen und dann wieder einen gleichgültigen Gesichtsausdruck aufzusetzen. Beide hatten Gänsehaut. Susanne Nilsson hatte Evert Karlesson identifiziert.

„Es ist schon eine Weile her, dass er das letzte Mal hier war", erzählte sie. „Unser letztes Gespräch zumindest."

„Ich muss Sie bitten, sich auch die restlichen Fotos anzusehen", sagte Sara, und Nilsson kam ihrer Bitte nach. Sie schüttelte den Kopf. Die Männer auf den Fotos erkenne sie nicht, stellte sie fest.

„Könnte er hier gewesen sein, ohne dass Sie ihn getroffen haben?", fragte Sara, der klar war, dass sie sich auf dünnem Eis bewegte. Aber sie ging das Risiko ein, weil Susanne Nilsson sich ihrer Sache so sicher war. Ein Strafverteidiger könnte behaupten, dass Kommissarin Vallén zugegeben hatte, dass er die gesuchte Person war, und damit Susanne Nilsson dazu gebracht hatte, Dinge zu erzählen, die nicht unbedingt der Wahrheit entsprachen – nur um den beiden Ermittlerinnen einen Gefallen zu tun.

Doch Susanne Nilsson entpuppte sich als clever.

„Gibt es einen bestimmten Grund, warum Sie diese Frage stellen?“, fragte sie und musterte die beiden Polizistinnen neugierig.

„Na ja, wir überprüfen eigentlich nur, ob eine bestimmte Person ein Interesse an Flieder hat“, erklärte Sara und versuchte, ein unschuldiges Lächeln aufzusetzen. „Viel mehr können wir nicht sagen. Momentan jedenfalls nicht. Ich hoffe auf Ihr Verständnis und darauf, dass dies unter uns bleibt. Das ist wirklich wichtig.“

„Nun, in diesem Fall“, antwortete die Frau, „kann ich sagen, dass es möglich ist, dass dieser Mann, den ich übrigens zu einhundert Prozent wiedererkenne, hier war, ohne dass ich es mitbekommen habe. Aber ich bin fast jeden Wochentag hier und er kommt normalerweise immer, wenn ich hier bin.“ Sie betonte die letzten Worte des Satzes. „Und normalerweise spricht er nur mit mir.“

Sara und Rita tauschten erneut einen Blick aus.

„Weil er sich ganz besonders für Sie interessiert, meinen Sie?“, fragte Sara.

Die Frau nickte.

„Das kann gut sein. Wenn Sie mich fragen, ist er ein bisschen seltsam und überspannt. Er zeigt seine Muskeln gern, wenn ich das mal so sagen darf. Sein wirkliches Interesse gilt aber vor allem *Syringa pekinensis*. Ein bisschen widersprüchlich, nicht wahr?“

„Kann schon sein. Wann war er das letzte Mal hier?“, fragte Sara.

„Letzte Woche auf jeden Fall nicht. Zumindest nicht unter der Woche. Ich kann das mit meinem Kollegen klären. Warten Sie, ich bin gleich wieder da.“

Die beiden Kolleginnen schauten sich an.

„Das ist ja der Knaller", sagte Rita.

„Es bringt uns auf jeden Fall ein paar Schritte weiter", erklärte Sara und fühlte sich wieder zufrieden und hoffnungsvoll.

Susanne Nilsson kehrte zurück und teilte ihnen mit, dass der betreffende Mann seit einer Woche nicht mehr im Botanischen Garten gesehen worden sei.

Die beiden Polizistinnen bedankten sich bei Leiterin Nilsson und verabschiedeten sich zufrieden und mit einem Lächeln im Gesicht.

Sara glaubte, dass normale Menschen dieses Lächeln niemals verstehen würden. Eine junge Frau war tot und doch empfanden die Ermittler so etwas wie Freude, wenn die Lösung näher rückte. Darin lag kein Widerspruch, auch wenn es oberflächlich betrachtet so aussehen mochte. Jeder Erfolg löste einen Adrenalinstoß aus und fühlte sich wie ein Rausch an. Vielleicht war es sogar das, was sie dazu gebracht hatte, all die Jahre durchzuhalten, obwohl sie die Trägheit der Organisation immer wieder frustriert hatte. Die Genugtuung, nach langem Rätselraten einen Täter zu stellen, war die Belohnung, die jeglichen Frust zunichtemachte.

32

Ihm war klar, dass der Sportunterricht wie immer ablaufen würde. Er würde Ärger bekommen, weil er nicht die richtige Kleidung oder die richtigen Schuhe trug, und danach würden sich seine Mitschüler über ihn lustig machen, weil er kein Handtuch dabeihatte. Aber wie sollte er auch? Nichts war gewaschen und ein schmutziges Handtuch wollte er auch nicht mitnehmen. Das wäre noch schlimmer gewesen. Stattdessen beschloss er, im Unterricht so wenig wie möglich mitzumachen, um nicht duschen zu müssen. Sein einziger Freund war ein großartiger Sportler und kümmerte sich überhaupt nicht um ihn, wenn es um den Sportunterricht ging.

Nachdem er die Stunde überstanden hatte, ohne kritisiert oder von den Mitschülern verspottet worden zu sein, eilte er vor den anderen in den Umkleideraum, wusch sich das Gesicht und verschwand, bevor sie hereinkamen. Es war die letzte Stunde, sodass er genügend Zeit hatte, sich aus dem Staub zu machen, bevor alle anderen aus der Dusche kamen. Schnell rannte er über den Schulhof und nach Hause.

Sein Vater hatte ihm etwas Geld gegeben, um auf dem Heimweg das Nötigste zu kaufen. Der billigste Laden war der von Einwanderern in Kattesund. Er lief durch die Gänge, kaufte ein paar Äpfel, ein paar Tüten Chips und einen Liter Milch. Auch eine Tüte mit Nudeln wanderte in seine Tasche. Das würde ein paar Tage reichen. Dann steuerte er das Espresso House an, das im selben Gebäude wie die Redaktion der *Sydsvenskan* untergebracht war, kaufte sich einen Kaffee und eine Zimtschnecke und gönnte sich schließlich eine Pause.

Er hoffte, dass sein Vater an diesem Tag überhaupt nicht mehr nach Hause kam, sondern irgendwann im Laufe des Abends in einer Ausnüchterungszelle landete. Er konnte sich besser entspannen, wenn sein Alter nicht zu Hause war, denn der war völlig unberechenbar. Wenn sein Vater durch die Wohnungstür trat, bestand immer das Risiko, dass der Abend in einer Prügelei endete oder der alte Mann auf der Toilette inmitten seiner Kotze umkippte – einer Mischung aus Wein, Schnaps, Bier, Würstchen und vielleicht auch ein paar Chips.

Er hasste es. Das Einzige, was er tun konnte, war, alles aufzuwischen, um wenigstens selbst auf die Toilette gehen zu können. Vielleicht würde er auch die Wäsche waschen müssen, aber die Frage war, wo sein Vater die Schlüssel zum Waschraum verlegt hatte.

Nachdem er den Kaffee hinuntergeschluckt hatte, verschlang er die Zimtschnecke mit zwei Bissen und machte sich auf den Heimweg. Kurz überlegte er, einfach nach Hause zu gehen, zu duschen und dann wieder in die Stadt zu gehen. Zu Hause hatte er nicht viel zu tun, außer vor dem Computer zu sitzen. Ihm kam der Gedanke, dass er seinen Bruder anrufen und fragen könnte, ob er Lust auf ein Treffen hatte, aber er verwarf dieses Vorhaben schnell wieder. Seit er zu Hause ausgezogen war, hatte sein Bruder kaum noch etwas von sich hören lassen.

Als die Sozialarbeiterin vor der Tür gestanden hatte, hatte sein Vater so getan, als wäre alles in Butter. Mittlerweile war der aber nur noch ein Wrack, ein Arschloch und eine Nervensäge. Ich hasse euch alle, dachte der Junge und zog eine Grimasse, die seinen weichen Mund zu einem wölfischen Grinsen verzerrte. Seit seine Mutter fortgegangen war, hatte er keine anständige Mahlzeit mehr zu sich genommen. Die Wäsche wurde nicht mehr gemacht. Es gab keine neuen Kleider, keine saubere Bettwäsche. Nichts von all dem, worum sich seine Mutter immer gekümmert hatte, bevor sie völlig abgerutscht war. Egal, wie sehr er sie hasste, so wäre es doch besser gewesen, sie noch zu Hause zu haben. Es grenzte an ein Wunder, dass sein Vater seinen Job bei der Lokalzeitung noch nicht verloren hatte. Eigentlich hätte er schon vor langer Zeit gefeuert werden müssen, aber aus irgendeinem Grund passierte das nicht. Nur deshalb konnten sie in der Wohnung bleiben. Der Hass, den er empfand, loderte wie ein Feuer in seinem Kopf. Was für ein Schwein der Kerl war! Aber andererseits landete jedes Schwein eines Tages auf dem Grill. Der Gedanke beruhigte den Jungen. Irgendwann würde er seine Rache bekommen.

33

Eine rundliche Frau mit rosafarbenen Wangen saß Rita Anker gegenüber.

„Ich erinnere mich sehr gut an ihn. Ihm konnte nichts nachgewiesen werden, aber er war ein komischer Kauz. Außerdem hat es uns Kollegen alle misstrauisch gemacht, wie er mit den Kindern umging. Er hatte so etwas Respektloses an sich."

„Wie meinen Sie das?", fragte Rita.

„Na ja, es ist schwer zu sagen, woran genau es lag. Aber er sah merkwürdig aus, trug seltsame Kleidung und war gleichzeitig total pedantisch und hatte immer Angst, sich schmutzig zu machen. Evert Karlesson spielte nicht mit den Kindern, zumindest nicht im Freien. Er begleitete sie gerne auf die Toilette und legte sich zu ihnen, wenn sie Mittagsschlaf hielten. Aber ansonsten hat er sich nicht sonderlich eingebracht. Ich weiß außerdem noch, dass er gegenüber vielen Dingen seltsame Ansichten vertrat. Er hatte völlig altmodische Vorstellungen von Kindererziehung. Es ging ihm immer um Gehorsam und so weiter. Jedenfalls war er kein idealer Erzieher."

„Was meinen Sie mit Respektlosigkeit?“

„Ich fand, dass er den Kindern zu nahekam und sehr streng war. Aber ich wurde noch misstrauischer, als die Kinder anfingen, vor ihm zurückzuschrecken, nicht bei ihm sein oder in seiner Gegenwart schlafen wollten. Die Kinder waren noch klein. Es waren die Drei- und Vierjährigen und ein paar Fünfjährige, mit denen er arbeitete. Sowohl Jungen als auch Mädchen. Er kam auch den jüngeren Kolleginnen ein wenig nahe. Und war gleichzeitig sehr streng mit ihnen.“

Rita schaute die Frau erstaunt an.

„Auch gegenüber den jüngeren Erwachsenen, haben Sie gesagt?“

„Ja. Es gab einige unter den jüngeren Kolleginnen, die ihn rundheraus ablehnten. *Unglaublich respektlos*, so hieß es. Das weiß ich noch.“

„Und gleichzeitig streng?“

„Ja, das war seltsam. Als wollte er erst Gehorsam erzwingen und dann etwas, das er für Zuneigung hielt. Vielleicht.“

Die Frau runzelte die Stirn. Rita musste kurz an ihre eigenen, fast weißen Augenbrauen denken, als sie die dunklen, ausdrucksstarken Brauen der Frau betrachtete. Nervös wirbelte die Befragte ein Taschentuch zwischen ihren Fingern herum. Rita wahrte respektvollen Abstand, beugte sich aber vor, wenn sie etwas besonders interessierte, was die Frau ebenfalls tat. Sie konnte nicht anders, es war eine instinktive Bewegung.

„Was ist passiert, dass er des sexuellen Übergriffs verdächtigt wurde?“, fragte Rita vorsichtig.

„Eines der Kinder hat zu Hause erzählt, dass Evert Karlesson seinen Pipimann angefasst habe. So in etwa war der

Wortlaut. Mehr wurde aber nie in Erfahrung gebracht. Die Kinder haben uns praktisch nichts erzählt. Ich schätze, damals war man in der Befragung von Kindern noch nicht so weit."

„Ja, das ist immer ein Problem", sagte Rita. „Es ist schwierig, kleine Kinder zu befragen. Sie haben keine Worte oder Einschätzungen für das, was ihnen widerfährt. Heutzutage braucht jeder, der Kinder befragt, eine spezielle Ausbildung."

„Nun, zumindest ist Karlesson nicht bei uns geblieben. Alle waren erleichtert. Das Traurige daran ist, dass wir später herausgefunden haben, dass er seine Tochter missbraucht hatte. Das ist furchtbar. Damals hat allerdings niemand nach einem Strafregistereintrag gefragt. Was für eine Schande das war."

„Sie konnten es ja nicht wissen", sagte Rita. „Heute ist das alles anders. Aber es gibt immer noch keine hundertprozentige Sicherheit. Ich habe nur noch eine Frage: Erinnern Sie sich, um welches Kind es ging?"

Die Frau schüttelte den Kopf.

„Jetzt erinnere ich mich allerdings wieder, dass auch ein kleines Mädchen belästigt wurde. Ihre Eltern weigerten sich allerdings, ihre Tochter untersuchen und befragen zu lassen. Sie dachten wohl, es sei eine zu große Belastung. Das Kind war ein aufgewecktes kleines Mädchen, sehr lieb und freundlich."

„Wissen Sie den Namen noch?"

„Ja, ich erinnere mich. Kajsa."

Rita Anker traute ihren Ohren kaum. Volltreffer, dachte sie und ballte unter dem Tisch die Faust in einer Siegesgeste. Sie lockerte ihren Griff aber sofort, als ihr klar wurde, dass es keinen Grund zum Triumphieren gab.

„Vielen herzlichen Dank, dass Sie so kurzfristig vorbeigekommen sind. Ich habe nur noch zwei Fragen. Erinnern Sie sich, ob er eine Vorliebe für bestimmte Blumen hatte?"

„Seltsam, dass Sie das fragen", antwortete die Frau sichtlich überrascht.

Rita spitzte die Ohren.

„Er mochte Kirschblüten und Flieder sehr. Ich habe immer Zweige von beiden mitgebracht. Und er wusste auch eine Menge über Flieder. Wir Frauen fanden das schon ziemlich seltsam. Er war wirklich umtriebig, in vielerlei Hinsicht – interessierte sich für das Tauchen, fuhr Motorrad und trainierte viel. Ein sehr muskulöser Mann, das kann man sagen, ohne zu übertreiben. Insgesamt halte ich ihn für einen ziemlich komplexen Menschen."

Rita staunte nicht schlecht. Das ist verrückt, dachte sie. Sein Interesse an Flieder hegte Karlesson offenbar schon seit Langem. Rita wollte nichts verraten, sondern setzte eine neutrale, professionelle, wenngleich freundliche Miene auf.

„Was meinen Sie damit, dass er komplex war?", fragte sie.

„Ich kann es nicht genau definieren. Aber er war irgendwie so körperlich selbstbewusst. Oder wie soll ich es ausdrücken? Sehr männlich, weil er eine Vorliebe für traditionell männliche Tätigkeiten hatte. Aber sein Faible für Flieder fühlte sich immer verkehrt an, als würde es nicht zum Rest von ihm passen. Und dann war er, wie ich schon sagte, auch auf einer anderen Ebene seltsam und wunderlich. Irgendwie unsicher. Er war nicht im Einklang mit sich selbst – so als wäre er sozial eingeschränkt, während er gleichzeitig körperlich so selbstsicher war. Ich kann es nicht besser erklären."

„Ich verstehe schon", sagte Rita.

„Außerdem hatte er Schwierigkeiten, sich kurz und bündig auszudrücken. Nur in seinen strengen Phasen war er wortkarg und kurz angebunden.“

Rita überraschte erneut, wie sich alles zusammenfügte. Die Zunge, dachte sie.

„Nur noch eine Frage. Hat er jemals gewalttätige Tendenzen gezeigt?“

„Nein, hat er nicht. Trotz seiner Größe war er eher geistig als körperlich einschüchternd.“

„Nochmals vielen Dank, dass wir Ihre Zeit in Anspruch nehmen durften, und danke für die vielen Informationen“, sagte Rita. „Ich denke, dass wir die Befragung hier beenden können.“

Die Frau atmete erleichtert auf und erhob sich.

„Wir kommen auf Sie zurück, wenn es noch etwas gibt“, sagte Rita und reichte der Erzieherin die Hand.

34

Es war vier Uhr geworden. Jörgen saß immer noch in seinem Büro und suchte am Computer nach Informationen über Evert Karlesson. Er hatte außerdem Kontakt zu anderen Polizeibehörden im Land aufgenommen. Bislang hatte ihm niemand etwas Interessantes bieten können. Er sah auf, als Sara in der Tür stand.

„Hallo", begrüßte er sie. „Karlesson ist in unseren Datenbanken so gut wie nicht mehr vorhanden. Er ist nach seinem Gefängnisaufenthalt nicht mehr auffällig geworden. Er ist wahrscheinlich nicht sehr aktiv in kriminellen Kreisen, davon kann man ausgehen. Das sind Sexualstraftäter selten. Er hat noch nicht einmal einen Strafzettel bekommen."

„Tja, das ist schade, aber hat die Observierung denn wie vereinbart begonnen?", fragte Sara.

„Jonny und Torsten sind in der Grönegatan. Sie sitzen in einer Wohnung gegenüber der von Karlesson. Die Wohnung ist wunderbar gelegen, ein ausgezeichneter Ort für uns. Sie können alles sehen, was sich vor der Tür abspielt. Ansonsten gibt es nicht viel zu berichten. Ich recherchiere natürlich weiter."

Er krempelte die Hemdsärmel hoch und machte sich wieder an die Arbeit. Seine wohlgeformten Arme waren mit Tätowierungen übersät. Sara wusste, dass er auch einen Drachen auf seinen Rücken tätowiert hatte. Er hatte ihn ihr einmal vor vielen Jahren gezeigt, als sie noch keine Kommissarin gewesen war.

„Rita und ich lösen Torsten und Jonny heute Abend ab", erklärte Sara.

„Sein Motorrad ist übrigens eine Yamaha XJ900. Eine eher langweilige Maschine, aber schnell. Schwarz."

„Okay. Sonst noch was?"

„Nein, nichts weiter. *Nada, zip, nothing*. Gähnende Leere."

„Hat er irgendwelche Freunde, mit denen er besonders viel Zeit verbringt?", fragte Sara. „Hast du überprüft, ob er mit anderen Kriminellen oder speziell mit Leuten mit gewissen sexuellen Neigungen in Verbindung steht?"

„Natürlich habe ich das überprüft, aber soweit ich weiß, hat er mit niemandem Kontakt. Auch in dieser Hinsicht ist er ein unbeschriebenes Blatt. In unseren Datenbanken findet sich nur sehr wenig über ihn, lediglich etwas pornografisches Material, das bei der Verhaftung wegen des Missbrauchs an seiner Tochter sichergestellt wurde. Aber das ist ja auch schon viele Jahre her. Es waren Zeichentrickfilme. Sie galten nicht als Kinderpornografie, da es sich nicht um echte Kinder handelte. Sonst hätten wir dort vielleicht etwas Interessantes gefunden."

„Das ist das Schlimmste an dieser Art von Kriminellen", stellte Sara fest. „Die haben oft überhaupt keine Freunde. Vielleicht hat er sich zu diesem Zeitpunkt gar nicht für Kinderpornografie interessiert?"

„Nein, obwohl es mir seltsam vorkommt, wenn man bedenkt, dass Pädophile sich oft in alle Richtungen austoben", sagte Jörgen mit einem grimmigen Gesichtsausdruck. Er war offensichtlich unzufrieden mit den wenigen Informationen, die er über Evert Karlesson in Erfahrung gebracht hatte.

„Aber wir wissen, dass er sich ganz besonders für Fliedergewächse interessiert", konstatierte Sara, und in ihrer Stimme schwang eine Spur von Aufregung und ein Hauch von Triumph mit.

„Was? Woher weißt du das?"

„Der Botanische Garten", sagte Sara kryptisch und wandte sich zum Gehen. „Und eine Bildgegenüberstellung."

„Hast du die Bildauswahl selbst zusammengestellt?", fragte Jörgen und schnaubte.

„Natürlich nicht, das haben die Forensiker für mich gemacht", antwortete Sara bereits vom Flur aus.

Sie hatte Jörgen Bergs Büro eilig verlassen, drehte sich aber noch einmal um und schaute hinein. „Hat eigentlich jemand mit Kajsas Vertrauenslehrerin gesprochen?"

„Nein, davon war gar nicht die Rede", antwortete Jörgen.

„Dann tut es! Am besten gestern."

Rita winkte Sara in ihr Büro, als die sich gerade vorbeischleichen wollte, um etwas zu essen zu kaufen.

„Komm rein", sagte Rita und erzählte ihr von dem Gespräch mit der Erzieherin.

„Außerdem hat die Frau vom Marienkäfer-Kindergarten erzählt, dass eines der Kinder, die möglicherweise von Evert Karlesson belästigt wurden, Kajsa Lindahl war."

„Jesses", war das Einzige, was Sara hervorbrachte.

„Ist es nicht seltsam, dass ihre Eltern es nicht erwähnt haben, als wir mit ihnen gesprochen haben?"

„Das ist sehr merkwürdig, dem müssen wir auf jeden Fall nachgehen. Okay, es deutet immer mehr auf ihn hin, oder?"

„Absolut", sagte Rita. „Es spricht einiges dafür, dass Karlesson der Täter ist."

„Torsten und Jonny sitzen gerade in irgendeinem Loch und beschatten Karlesson. Wir beide übernehmen heute Abend, also geh besser nach Hause und ruh dich etwas aus. Wir behalten ihn im Auge."

„Ich bin zwar nicht gerade müde, werde aber wenigstens etwas essen", erwiderte Rita. „Willst du auch etwas?"

„Nein", sagte Sara, die bereits vergessen hatte, dass sie eigentlich auf dem Weg war, ein Baguette und etwas zu trinken zu holen. Hunger war ein Gefühl, das sie oft spontan ignorierte.

„Ich muss für eine Weile nach Hause", fuhr sie fort. „Jörgen hat sich übrigens bei unseren Kollegen im ganzen Land erkundigt. Niemand fühlt sich bei den Hinweisen auf unseren Mörder an jemanden erinnert. Und im Gefängnis hat sich Karlesson nach Aussage des Gefängnispersonals vorbildlich verhalten."

„Hmm, wenn ich so darüber nachdenke, habe ich gewisse Zweifel, was Karlesson anbelangt. Ist es nicht seltsam, dass sein Opfertypus sich vom Kind zum Erwachsenen entwickelt hat und sein Vorgehen von sexueller, aber geringer körperlicher Gewalt zu extremer Brutalität, die nicht nur sexuell orientiert ist?"

„Ja, das ist seltsam. Aber was wissen wir schon über die Vorgänge in den Gehirnen der Menschen?" Sara spürte, wie Ritas Zweifel auf sie abfärbten, wollte sich aber nicht wirklich darauf einlassen. Sie war sich so sicher gewesen, dass Evert Karlesson ihr Täter war.

„Wir lösen heute Abend Jonny und Torsten ab. Sie haben ein gutes Versteck.“ Rita blickte auf, während Sara geistesabwesend durch das Fenster schaute.

„Ich weiß. Das hast du schon gesagt. Wir sehen uns dann um zehn Uhr dort.“

„Kannst du dafür sorgen, dass Jörgen die Presse einspannt, um die Öffentlichkeit um Hinweise zu Vorfällen in der Nähe des Botanischen Gartens zu bitten?“, bat Sara.

„Natürlich“, antwortete Rita. „Geh du ruhig schon, ich kümmere mich darum!“

„In Ordnung. Ich gehe jetzt nach Hause. Ich muss mich ausruhen, solange es geht“, sagte Sara und steuerte auf die Tür zu.

Sara mochte ihren hässlichen alten Saab. Meistens lief er gut, außer, wenn es richtig kalt wurde. Sie klopfte liebevoll auf das Armaturenbrett, sprach ein Stoßgebet, damit der Wagen ansprang, und drehte dann den Schlüssel um. Ein leises Summen, dann tuckerte der Motor und Sara gab dem Wagen einen weiteren Klaps. Auf dem Heimweg kam ihr eine Idee, und sie fuhr anstatt direkt nach Hause gen Osten durch das ländliche Schonen. Sie kurbelte das Fenster herunter. Die Felder zogen an ihr vorbei und es roch nach dem Raps, der leuchtend gelb am Wegesrand stand.

Als sie die Westseite des Vombsjön-Sees erreichte, parkte sie das Auto auf einem kleinen Kiesplatz, sprang heraus und legte ihre Kleider auf dem schmalen Uferstreifen ab. Hier ging für gewöhnlich niemand baden, und die Straße war auch nicht stark befahren. Sara schaute sich schnell um und ging dann ins Wasser. Es war angenehm warm und leicht rötlich. Wahrscheinlich ein hoher Eisengehalt, dachte Sara. Sie schwamm ein paar Runden und drehte sich dann auf den Rücken. So ließ sie sich treiben, bis ihr kalt wurde. Sie stieg aus dem Wasser. Sonne und Wind, die typisch schonische Brise, trockneten sie. Kein einziges Auto kam vorbei.

35

Jonny Svensson hatte gesehen, wie er mit schnellen Schritten zur Haustür ging, sie öffnete und hineinschlüpfte. Dann nichts mehr. Gar nichts. Irgendwann bemerkte Jonny, wie der Mann sich in der Wohnung bewegte. Er setzte sich an einen Computer, so viel stand fest, denn das blaue Leuchten des Bildschirms war deutlich sichtbar, obwohl es draußen hell war. Karlesson hatte kein Licht in der Wohnung angemacht.

„Sieh her", sagte Jonny und winkte Torsten Venngren zu sich, der auf einer Couch saß, Kaffee trank und sich mit der Wohnungseigentümerin unterhielt. „Was zum Teufel macht er da?"

Torsten nahm das Fernglas von Svensson entgegen und schaute selbst genauer hin. Es war schwierig, etwas zu erkennen, denn Karlesson saß weit hinten in dem dunklen Raum.

Torsten Venngren ließ seinen Blick zu der Dame auf dem Sofa gleiten. Er nickte in ihre Richtung, damit Jonny verstand, dass es möglicherweise nicht angebracht war, laut darüber zu sprechen, was er gesehen hatte. Jonny stand dicht bei Venngren und beugte sich zu ihm vor.

„Er masturbiert", flüsterte Torsten.

Jonny sah einen Moment lang verwirrt aus. „Aha", resümierte er dann etwas zu laut. „Du meinst, er holt sich einen runter!"

Torsten stupste seinen Kollegen an, ein harter Stoß in Brusthöhe. Jonny verstummte, beschloss aber, sich nicht länger so behandeln zu lassen.

Die Dame auf dem Sofa hatte nicht verstanden, was zwischen den Kollegen vor sich ging, stand auf und verließ das Wohnzimmer.

„Was zum Teufel sollte das?", fragte Jonny und gab sich keine Mühe, seine Wut zu verbergen.

„Wenn du das nicht kapierst, bist du dümmer, als ich dachte", antwortete Torsten säuerlich.

Einen Moment später stand Karlesson am Fenster. Jonny und Torsten richteten ihre Aufmerksamkeit auf ihr Zielobjekt. Karlesson telefonierte, verschwand dann in der Wohnung und trat nach wenigen Minuten in lederner Motorradkluft und einem Helm in der Hand aus dem Tor. Er überquerte die Straße und verschwand in einen Hof neben dem Haus, in dem Torsten Venngren und Jonny Svensson Wache saßen. Dann hörten sie das Geräusch eines Motorrads und eine Yamaha rollte auf die Straße. Sie hörten auf, einander anzustarren, und merkten, dass ihnen etwas entgangen war. Karlesson fuhr in Richtung Svanegatan davon und verschwand aus ihrem Blickfeld.

Torsten Venngren schnappte sich das Funkgerät und funkte die Kollegen aus Lund an, die normalerweise für derartige

Observationen zuständig waren und in einem zivilen Wagen um die Ecke in der Stora Fiskaregatan Stellung bezogen hatten. Er informierte sie darüber, dass Karlesson auf seinem Motorrad unterwegs war, einer Yamaha, und dass sie ihn gesehen haben müssten. Venngren und Svensson hörten, wie die Kollegen den Motor starteten und losfuhren. Aber Karlesson war ihnen entwischt. Torsten war wütend auf sich selbst, und Jonny war wütend auf Torsten.

„Hättest du nicht so einen Aufstand gemacht, wäre das nicht passiert", sagte Svensson gereizt.

„Ja ja", gab Venngren zurück.

36

Der Mann stand mit heruntergezogener Hose da. Sein Geschlechtsteil war steif und groß. Der Junge lag mit ebenfalls heruntergezogener Hose auf dem Tisch. Der Mann packte das Hinterteil des Jungen mit festem Griff. Der Flieder auf dem Tisch verströmte einen berauschenden Duft und dem Jungen wurde schlecht.

Er gab keinen Ton von sich. Sein Mund war fest zusammengepresst. Er wusste, dass er schweigen und leiden musste. Er wusste, dass es keinen Ausweg gab. Nicht jetzt. Vielleicht nie.

„Dass du gehorchst, ist wirklich klug. Du weißt ja, dass ich dich liebe", sagte der Mann. „Ich fühle mich so wohl mit dir." Gleichzeitig packte er den Jungen fest an den Haaren und zog ihm den Kopf zurück. Sein Nacken tat weh, aber der Junge blieb stumm.

Der Mann begann zu stöhnen und bewegte sich immer schneller.

Der Junge biss sich so fest auf die Lippe, dass er Blut schmeckte. Er hielt es aus. Als es vorbei war, gab der Mann dem Jungen einen Klaps auf den Po und forderte ihn auf, die Wohnung zu verlassen. Der Junge biss die Zähne zusammen, zog sich an und suchte seine Sachen. Dann schlich er sich hinaus. Er hatte Schmerzen und konnte kaum gehen. Von seiner Stirn perlte der Schweiß und sein Nacken war steif und schmerzte. Kaum, dass er auf die Straße getreten war, verwandelte sich seine Unterwürfigkeit in Hass.

37

Er lag in seinem Bett und wartete darauf, dass die Tür aufgebrochen wurde. Er hatte Kopfschmerzen und sein Nacken schmerzte. Was soll ich tun?, dachte er. Was soll ich nur tun? Er blickte in die Ecke des Raumes. Unter einem Stapel Kleidung lag das, was er nicht loswerden wollte.

„Hör auf, Papa", versuchte er zu schreien, aber er bekam kein Wort heraus.

Nach einer weiteren Schimpftirade gab sein Vater auf.

Der Junge weinte und versank wieder in der brennenden Dunkelheit, die ihm niemals Ruhe ließ.

„Ich hasse dich", flüsterte er, und in seinem Kopf verschmolzen die Männer in seinem Leben zu einem monströsen Wesen. Er wälzte sich unruhig im Bett herum.

Dann setzte er sich auf. Nachdenklich kratzte er sich im Gesicht, und ein Pickel begann zu bluten. Er betrachtete das Blut unter seinen Fingernägeln. Du kriegst mich nicht. Du weißt nicht, wer ich bin, dachte er und leckte sich das Blut vom Finger.

Plötzlich klingelte das Telefon auf dem Tisch im Flur. Er hörte, wie sein Vater den Hörer abnahm, „Verpiss dich“ sagte und auflegte. Der Junge wagte nicht zu fragen, wer der Anrufer gewesen war.

Dann vernahm er ein donnerndes Geräusch und vermutete, dass sein Vater zusammengebrochen war. Alles war wieder beim Alten. Zum Glück wirkte es nicht, als hätte er sich übergeben. Durch den Türspalt drangen keine unangenehmen Gerüche. Der Junge schnappte sich schnell einige Sachen und schlich sich dann so leise aus der Wohnung, wie es nur jemand konnte, der viel Übung darin hatte.

Er trat hinaus in die laue Sommerluft, schaute in beide Richtungen und ging dann durch die Kyrkogatan. Er wollte nicht zu Hause bleiben. Stattdessen ging er in die Kathedrale und setzte sich auf eine der hinteren Bänke. Er betrachtete die Decke und die Wände. Es war schön in der kühlen und ruhigen Kirche. Hier konnte niemand zu ihm vordringen. Er hatte gelesen, dass die Kirche Asyl bot, in dem einem keine Autorität etwas anhaben konnte.

Der Junge schaute auf seine schmutzigen Schuhe hinunter, in die seine Zehennägel kleine Löcher gerissen hatten. Vielleicht hört Gott mich ja, dachte er.

Er wurde geweckt, als ihn jemand an der Schulter berührte.

„Liebes Kind“, sagte eine nette Stimme. „Du kannst hier nicht sitzen und schlafen. Ich schließe jetzt ab.“

Der Mann, dessen Gesicht vom Schein der vielen Kerzen erleuchtet wurde, schaute den Jungen freundlich an. Sein Gesicht war rund und weich.

Plötzlich fühlte sich der Junge unsicher. Die Kirche war nichts für ihn. Er passte da nicht rein.

„Na ja, wahrscheinlich warst du müde. Es ist schön hier drinnen. Ruhig und schön beleuchtet", sagte der freundliche Mann und streichelte dem Jungen mit seiner Altherrenhand über das lockige Haar.

„Aber wie gesagt, du kannst nicht hierbleiben, sonst musst du die ganze Nacht ausharren", sagte er lachend, ein wenig verlegen über sein Verhalten.

Der Junge packte seine Sachen und eilte hinaus. Der Mann winkte ihm hinterher, aber er winkte nicht zurück. Verdammter alter Sack, dachte er, bereute das aber schnell.

Er steckte den Schlüssel ins Schloss, drehte ihn vorsichtig und schlüpfte wie auf Samtpfoten hinein. Behutsam schloss er die Tür und legte, ohne das Licht einzuschalten, den kurzen Weg zu seinem Schlafzimmer zurück.

Plötzlich ging das Licht an, und der helle Schein schmerzte in den Augen des Jungen. Ihm gegenüber stand er, sein Vater, viel kleiner als der Junge selbst. Aber das spielte keine Rolle. Der Mann schwang seinen Gürtel. Mit voller Wucht schlug er seinem Sohn vor die Brust. Der Junge wurde nach hinten geschleudert und landete mit dem Rücken auf dem Boden. Er hob die Hände zum Schutz. Sein Vater zielte mit gleicher Wucht auf sein Gesicht. Der Junge rollte sich weg, und der Schlag verfehlte ihn um Haaresbreite. Der Vater hob wieder den Gürtel und schlug ihm auf den Rücken. Der Junge schaffte es, aufzustehen, schlüpfte in sein Zimmer, schlug die Tür zu und drehte den Schlüssel um, bevor sein Vater ihn erreichen konnte.

Kein Rütteln an der Tür, kein Klopfen. Schweigen. Es war still wie im Grab. Der Junge stand zitternd in seinem Zimmer.

„Mama", krächzte er. „Mama, komm nach Hause."

Die ganze Nacht saß er in seinem Bett und schaukelte hin und her. Hin und her. Hin und her. Am frühen Morgen schlich er sich davon. Hinunter in den Keller.

38

Jonny Svensson und Rita Anker saßen schweigend im Auto. Rita war müde nach einer fast ereignislosen Nacht in der Wohnung gegenüber von Karlesson. Er war nach Hause gekommen, ins Bett gegangen, und dann war nichts mehr passiert. Um sechs Uhr hatte eine Streife sie abgelöst, und Rita konnte noch ein paar Stunden schlafen, bevor es wieder losging. Jonny war genauso müde, aber das lag daran, dass er nicht hatte schlafen können.

Rita holte tief Luft. Sie konnte nicht anders, als sich über Jonny zu ärgern: seine fetten Arme, sein Bauch, der sich unter dem weißen, verwaschenen und daher dünnen T-Shirt abzeichnete wie bei einer Schwangeren, und das zerzauste Haar, das ohnehin zu lang war und in Form einer albernen und nichtssagenden Frisur – oder besser gesagt Nicht-Frisur – in die Höhe stand. Rita räusperte sich, ohne ihren Kollegen anzuschauen. Sein Blick war starr nach vorne gerichtet. Sie war sich durchaus bewusst, dass die Missbilligung auf Gegenseitigkeit beruhte. Außerdem ärgerte es sie, in eine Befragung hineingezogen zu werden, die Jonny und Torsten nicht hatten durchführen können.

„Okay“, sagte sie. „Wir können uns nicht ausstehen. Aber jetzt müssen wir das Problem lösen und das Verhör durchführen. Wir könnten wenigstens so tun, als wären wir kollegial und würden uns gegenseitig respektieren. Außerdem ist Samstag, und wenn wir das hier geregelt bekommen, können wir Feierabend machen – oder müssen eben weiterarbeiten, je nachdem, wie es läuft. Wie auch immer, es wäre schön, wenn wir alles glatt über die Bühne bekommen würden.“

Niemanden würde es weniger überraschen als sie, wenn das Ganze in die Hose ging.

Jonny Svensson antwortete nicht. Er nickte ihr nicht einmal zu. Sie spürte lediglich seinen kalten Blick. Fischaugen hat er, dachte sie.

„Ich übernehme die Befragung“, sagte er plötzlich.

Sie nickte. Das wird eine Katastrophe, aber ich muss es wohl hinnehmen, dachte sie.

Jonny Svensson parkte auf dem Parkplatz an der Stora Gråbrödersgatan. Sie stiegen aus dem Auto aus und gingen das letzte Stück bis zur Adresse von Rodney Ritger zu Fuß. Die Haustür war nicht verschlossen. Sie gingen hinein und schauten sich die Namensschilder an. Rita fand ‚Ritger‘ im zweiten Stock.

Jonny wollte an die Tür klopfen, hatte aber nur Zeit, einmal anzuklopfen, bevor Rita ihn am Arm packte und die Klingel betätigte. Kein Laut drang aus der Wohnung. Sie schaute in den Briefkasten und sah ein Paar Turnschuhe. Keine Post, nur die Schuhe.

„Immerhin waren sie heute zu Hause“, bemerkte Rita und wandte sich an Jonny, der an der Wand lehnte und darauf wartete, dass etwas passierte.

„Tja“, sagte Jonny. Wenn er früher Gleichgültigkeit gezeigt hatte, so war das nichts im Vergleich zu dem, was er jetzt tat.

„Ich bin mir nicht sicher, aber vielleicht sollten wir noch eine Weile warten.“

Rita schaute ihren Kollegen unschlüssig an, aber der zuckte nicht einmal mit der Wimper, um ihr ein Zeichen zu geben, was er von dem Vorschlag hielt. Sie läutete noch einmal erfolglos.

Dann nahm sie ihr Handy zur Hand und rief Sara an, die das Verhör angeordnet hatte.

„Niemand zu Hause“, informierte sie ihre Kollegin, als Sara nach dem ersten Klingeln antwortete.

„Seid ihr euch sicher? Wahrscheinlich schlafen sie noch. Es ist Samstag. Wir brauchen diese Befragung, sie ist wichtig für das Gesamtbild. Und danach müsst ihr nach Klostergården.“

Sara konnte nicht sehen, dass Rita beleidigt den Kopf in den Nacken warf.

Im selben Moment ertönte ein Geräusch aus dem Inneren der Wohnung.

„Pst“, flüsterte Rita unnötigerweise, denn weder Jonny noch Sara hatten einen Laut von sich gegeben.

„Hast du gehört?“, fragte sie, ohne eine Antwort zu erwarten.

Das Geräusch ertönte erneut. Ein leises Schlurfen.

„Jemand ist zu Hause“, sagte Rita zu Sara in den Hörer. „Ich lege jetzt auf.“

Rita klopfte an die Tür und verfluchte sich dafür, dass sie es Jonny Svensson gleichtat. Das leise Geräusch, das sie gehört hatte, verstummte völlig. Rita beugte sich zum Briefschlitz hinunter und schaute hindurch.

„Hallo, wir sind von der Polizei. Wir möchten nur kurz mit Rodney sprechen."

Es herrschte völlige Stille und sie dachte einen Augenblick, sie hätte sich das Geräusch eingebildet.

„Hallo, keine Sorge, wir wollen nur kurz mit Rodney reden, dann gehen wir wieder."

Rita klang fast flehend. Das schlurfende Geräusch kehrte zurück. Sie sah ein Paar Füße. Eine Sicherheitskette rasselte und die Tür wurde einen Spalt weit geöffnet. Rita konnte einen Mann unbestimmten Alters sehen. Seine Haare standen ihm zu Berge und schienen schon lange nicht mehr frisiert worden zu sein. Durch den kleinen Türspalt drang der Geruch von abgestandenem Alkohol.

„Er ist krank", sagte der Mann mit heiserer, verrauchter Stimme. „Er ist verdammt krank. Lassen Sie uns in Ruhe. Rodney kann nicht sprechen, so krank ist er."

Der Mann wiederholte das Wort krank wie ein Mantra, aber Rita ließ sich nicht abwimmeln.

„Wir werden nur ein paar Worte wechseln, er muss nicht einmal aufstehen", sagte sie und hielt sogleich den Atem an, um nicht ohnmächtig zu werden. Der Gestank vergangener Trunkenheit war betäubend.

„Nein", erwiderte der Mann.

„Sind Sie Rodneys Vater?", fragte Rita und schaute gleichzeitig zu Jonny, der deutliche Anzeichen von Frustration zeigte. Das ist nicht seine Art zu arbeiten, dachte sie, und in diesem Moment trat Jonny Svensson vor und schaffte es mit einem Ruck, die Sicherheitskette zu knacken und die Tür zu öffnen.

„Rutsch rüber, alter Mann", sagte Jonny Svensson und schob den Mann von der Tür weg. Der fing sofort an, herumzufuchteln, und Jonny griff mit einer schnellen Bewegung nach seinen Armen und drehte sie ihm auf den Rücken. Der Mann heulte auf. Er war offensichtlich in einem solch miserablen Zustand, dass er selbst gegen Jonny keine Chance hatte. Der Mann war abgemagert, hatte trockene Haut und sah gleichermaßen schmutzig wie krank aus.

„Lassen Sie mich los. Gut, verdammt, kommen Sie rein."

Rita seufzte schwer. Sie wusste, dass die Ausgangslage nun eine völlig andere war, als wenn sie ihre Überredungstaktik hätte fortsetzen dürfen. Die ganze Situation war erst durch den Angriff ihres Kollegen auf den Mann ausgelöst worden.

„Ich gehe nur kurz rein und unterhalte mich mit Rodney, dann gehen wir", sagte sie zerknirscht.

Rita betrat die Wohnung und roch Müll, altes Erbrochenes und andere undefinierbare Dinge. Sie hielt sich diskret die Hand vor den Mund und drang ein Stück weiter in die Wohnung ein. Armes Kind, das in solchem Elend aufwachsen muss, dachte sie. Wo ist das Jugendamt, wenn man es braucht? Sie spürte, wie sich die Aufregung in ihrem Magen verankerte. Sobald sie hier heraus war, würde sie einen Bericht beim Jugendamt einreichen.

Die erste Tür auf der linken Seite war geschlossen. Sie öffnete sie vorsichtig und schaute hinein. Am Fenster stand ein Bett. Es war gemacht, aber sonst war das Zimmer unordentlich. Hier wohnte eindeutig ein Jugendlicher. Aber wo steckte er?

Rita drehte sich zu Jonny Svensson und dem Mann um, bei dem es sich offensichtlich um den Vater des Jungen handelte. Sein Arm war wie ein Schraubstock gegen seinen Rücken gedrückt. Rita selbst hatte kein Problem damit, Gewalt anzuwenden, wenn es die Situation erforderte. Aber in diesem Fall gab es keinen Grund. Der Mann hing wie ein Schluck Wasser in der Kurve in Svenssons Griff. Ritger versuchte nicht länger, sich aus dem Griff des Polizisten zu befreien, und Rita hatte Mitleid mit ihm. Er sah aus wie ein Landstreicher, ein tragischer Landstreicher, wie man ihn eher in Gesellschaft der Penner auf der Straße erwartete. Dass er eine Wohnung hatte, schien ihr unvorstellbar.

„Wo ist Rodney?“, fragte sie und legte ihre Hand auf seinen Oberarm, den T-Shirt-Stoff wie eine Schutzschicht zwischen ihrer Haut und seiner, doch in diesem Moment bewegte sich Ritger wieder, und sein T-Shirt verrutschte. Rita musste sich zusammenreißen, um sich nicht anmerken zu lassen, wie sehr es sie ekelte, seine Haut zu berühren, aber sie schaffte es, die Hand liegen zu lassen.

„Ich weiß es nicht“, erwiderte der Vater.

„Aber Sie sagten doch, er sei krank, oder nicht?“

„Das dachte ich mir, ich habe nicht richtig nachgesehen“, flüsterte der Mann.

Er sah erschöpft und beschämt aus. Die ganze Situation war peinlich. Er hob den Arm, auf dem Ritas Hand lag, und kratzte sich an der Nase. Er hatte dunkle Ränder unter den Nägeln. Wieder erschauderte Rita vor Unbehagen, aber da sie ein erfahrener Profi war, zeigt sie keine Regung. Sie wusste, dass sie nichts von ihren Gefühlen preisgeben durfte, und sie hatte zu viel Respekt vor den Menschen, um auch nur annähernd ihrer Verachtung Ausdruck zu verleihen. Rita vermutete, dass der Mann die Wahrheit sagte. Aufgrund seines Verhaltens und seiner Reaktionen sowie seines Alkoholismus ging sie davon aus, dass er gar nicht in der Lage war, Wahrheit von Lüge zu unterscheiden. Vor allem hatte er wohl kaum noch genügend Gehirnkapazität zur Verfügung, um lügen zu können, ohne sich direkt zu verraten.

„Wo ist Rodneys Mutter?"

„In einer Klinik", sagte der Mann.

Es fiel ihm schwer, zu sprechen, ohne zu lallen. Er schwankte stark und wirkte gebrechlicher als jeder andere Mensch, den Rita je getroffen hatte. Gleichzeitig spürte sie eine Aggressivität, die der verlorene Sohn wahrscheinlich immer dann zu spüren bekam, wenn der Mann vor ihr genug Kraft gesammelt hatte. Seine Unterwürfigkeit wirkte nicht echt. Lügner? Nein. Unvorhersehbar? Ja. Rita beschloss erneut, irgendeinen armen Sozialarbeiter auf diese Familie anzusetzen. Warum haben wir nicht schon längst überprüft, ob der Junge und seine Familie beim Jugendamt bekannt sind, dachte sie.

Rita warf einen Blick auf Jonny, dessen Miene von Abscheu und Arroganz erfüllt war. Plötzlich wurde sie sehr wütend auf ihren Kollegen. Warum stand er nur da und gab sich so überlegen und arrogant? Was wusste er schon vom Leben? Oder besser gesagt, was hatte er vom Leben gelernt?

„Darf ich mich umsehen? Vielleicht ist er in einem der anderen Zimmer? Vielleicht traut er sich nicht heraus."

Der Mann nickte und Rita streifte durch die völlig heruntergekommene Wohnung.

Sie schüttelte den Kopf, als sie in den Flur zurückkehrte, wo Svensson seinen Griff um Ritgers Arme noch immer nicht gelockert hatte. Sie warf ihrem Kollegen einen alles andere als wohlwollenden Blick zu.

„Wir können gehen."

Jonny löste seinen Griff und ging ein paar Schritte auf die Tür zu. Dann drehte er sich um und lächelte den verwirrten Vater boshaft an. Er kann es offensichtlich nicht lassen, seine Macht zu demonstrieren, dachte Rita.

„Von nun an öffnen Sie die Tür und lassen uns herein, wenn wir anklopfen. Verstanden? Wir sind Polizisten und Sie sind nur ein elender alter Säufer", sagte Jonny träge und aggressiv zugleich. „Und räumen Sie den Schweinestall auf. Man hält es hier drinnen ja kaum aus."

Kurz darauf saßen sie im Auto und bogen in die Grönegatan ein. Jonny Svensson blieb ein Stück von Karlessons Adresse entfernt stehen. Rita stieg aus dem Auto aus und positionierte sich schräg gegenüber, um einen Blick durch Karlessons Fenster zu erhaschen. Die Wohnung sah leer aus. Rita fasste einen schnellen Entschluss, überquerte die Straße, trat durch die Haustür und warf einen kurzen Blick auf Karlessons Briefkasten. Ein Stapel Post wartete darauf, hereingeholt zu werden, und es war völlig still in der Wohnung. Schuhe waren auch keine zu sehen. Rita kam zu dem Schluss, dass wirklich niemand zu Hause war. Die Frage war jedoch, wie er verschwinden konnte, da sich einige Ermittler in der Wohnung gegenüber aufhielten. Rita ging über die Straße und stattete ihren Kollegen einen Besuch ab.

„Karlesson ist nicht in der Wohnung", sagte sie vorwurfsvoll.

Einer von ihnen schaute sie beschämt an.

„Ja, ich weiß. Wir hörten das Motorrad und dann war er weg. Wir hatten keinen Streifenwagen hier, die Kollegen sollten uns ablösen, waren aber nicht rechtzeitig hier."

„Das Mindeste, was wir verlangen können, ist, dass Sie

Ihre Arbeit machen", erklärte Rita und winkte nur noch ab. Mit unnötig steifen Schritten ging sie die Treppe hinunter. Unten blieb sie hinter der Haustür stehen und atmete ein paar Mal tief durch, bevor sie nach draußen trat. Sie war sich nicht sicher, ob sie einen Durchsuchungsbefehl für Karlessons Wohnung bekommen konnte, und beschloss, dass es nicht allzu dringend war. Das Wichtigste war es jetzt, ihn selbst zu fassen. Den Durchsuchungsbeschluss konnte sie später beantragen. Es sei denn, sie wurden seiner nicht habhaft. Der ganze Einsatz verschlang einfach unheimlich viele Ressourcen. Rita schüttelte den Kopf und ging zurück zum Auto, sagte aber nichts zu Jonny. Sie hatte kein Bedürfnis, mit ihm zu kommunizieren. Sie war wütend.

„Und?", fragte er herausfordernd.

„Und", antwortete sie kurz angebunden, „keiner da."

39

Schweigend fuhren sie in Richtung Klostergården.

Jonny parkte den Wagen und stieg aus. Rita folgte seinem Beispiel. Sie betrachtete ihn von der Seite und verabscheute ihn, seine Art, seinen Ausdruck – alles, was Jonny Svensson ausmachte. Und sie wollte ihm eine verpassen. Natürlich würde sie dieser Vorstellung nie nachgeben, aber es fiel ihr ausgesprochen schwer, ihre Gedanken und Gefühle zu kontrollieren. Sie wandte sich von ihm ab, um zu verbergen, was sie dachte. Normalerweise hatte sie sehr viel Einfühlungsvermögen, aber für ihren Kollegen konnte sie beim besten Willen nichts empfinden, was auch nur annähernd an Mitgefühl grenzte.

„Ich übernehme jetzt die Befragungen", sagte sie zu Jonny. „Ich kann deine Methoden unter keinen Umständen gutheißen, und obwohl ich den Vorfall nicht melden werde, behalte ich dich im Auge. Nur, damit du Bescheid weißt. Ich führe die Befragungen mit den Eltern durch, alles klar?"

Jonny zog eine verärgerte Grimasse, nickte aber knapp.

Das Schweigen zwischen ihnen war feindselig, als sie durch das Treppenhaus gingen, und beide wussten, dass sie früher oder später entscheiden mussten, wer von ihnen das Team verlassen würde.

Rita läutete. Margareta Lindahl öffnete die Tür und sah so elendig aus, dass Rita einen Schritt zurückwich. Die ehemals lebensfrohe Frau war geschrumpft, verblasst und ihre Augen waren ausdruckslos. Sie hielt sich an der Türklinke fest, vielleicht, weil sie den Halt brauchte, vielleicht aber auch, weil sie die beiden nicht hereinlassen wollte. Es war schwer zu sagen. Rita fragte leise in ihrem melodiösen Värmländisch, ob sie unangemeldet hereinkommen durften.

Die Frau antwortete mit einem tonlosen „Ja".

Sie gingen gemeinsam in die Küche, wo ein ebenso blasser Gunnar Lindahl saß. Doch im Gegensatz zu seiner Frau hatte sein Gesichtsausdruck etwas Verbissenes. Er wandte sich ihnen zu.

„Was wollen Sie?", fragte er. „Können Sie uns nicht in Ruhe lassen?"

Obwohl die Worte selbst aggressiv waren, hatte der Mann nichts Angriffslustiges an sich. Er wirkte einfach nur leer. Leer und erschöpft.

Gunnar Lindahl wandte den Blick ab und schaute auf den Tisch hinunter.

„Wir haben nur ein paar Fragen, auf die wir dringend Antworten brauchen", erklärte Rita freundlich.

„Ja dann", antwortete er, ohne große Begeisterung.

„Vielleicht kann ich zuerst mit Ihnen sprechen", sagte Rita zu Gunnar Lindahl. „Wenn Sie ins Wohnzimmer gehen würden, komme ich gleich nach", fuhr sie fort und wandte sich an Margaret Lindahl, die nickte und hinausging. Sie schloss die Tür sehr sorgfältig hinter sich.

Jonny stand mit verschränkten Armen an den Kühlschrank gelehnt und beobachtete das Geschehen.

„Es tut mir furchtbar leid, Sie zu belästigen, aber Sie wissen auch, dass wir nach Kajsas Mörder suchen und deshalb immer wieder auf Sie zurückkommen müssen. Ich hoffe, dass ich das hier so schmerzlos wie möglich durchziehen kann, auch wenn ich weiß, dass Ihnen nichts, was mit Kajsas Tod zu tun hat, schmerzlos vorkommen wird."

„Alles klar", sagte Gunnar Lindahl und blinzelte, als ob er müde wäre. Rita bemerkte, dass er undeutlich sprach. Sie konnte keinen Alkohol riechen und kam zu dem Schluss, dass er vermutlich unter dem Einfluss von Psychopharmaka stand. *Wie würde ich selbst handeln?,* fragte sie sich.

Die Frage hing unbeantwortet in der Luft. Sie wusste es nicht. Würde sie mit Wut, Hass, Frustration oder Rachsucht reagieren? Oder mit Traurigkeit, Angst, Beklemmung und völliger Leere? Sie hatte wirklich keine Ahnung, hoffte aber, dass sie mit Wut reagiert hätte. Besser Wut als Leere und Apathie, dachte sie.

„Nun, wir müssen ein paar Dinge klarstellen", sagte sie und kam sich hoffnungslos unhöflich vor, das Trauerhaus zu betreten wie ein Elefant im Porzellanladen, ohne Respekt vor den Trauernden. Gunnar Lindahl nickte nur, wirkte aber völlig verständnislos.

„Warum haben Sie uns nichts davon erzählt, dass Kajsa missbraucht wurde?", fragte Rita nach einem Moment der Stille. „Uns liegen neue Informationen vor, dass ein Erzieher namens Evert Karlesson Kajsa missbraucht haben könnte, als sie in den Marienkäfer-Kindergarten ging. Sind Sie sicher, dass Sie sich weder an ihn noch an seinen Namen erinnern?“

Ein schwarzer Schatten fiel über Gunnar Lindahls Augen, und Rita sah den Hass in ihnen auflodern. Er drehte sich zu Rita um und schlug mit der Faust auf den Tisch, dass seine Knöchel weiß hervortraten.

„Warum erwähnen Sie das?“, fragte er. „Wir wollen nie wieder über diesen Mann sprechen. Das ist schon lange her und wir wollten es hinter uns lassen. Was hat das mit Kajsas Tod zu tun? Warum fangen Sie damit an?“

Rita ergriff die geballte Hand des Mannes und hielt sie fest.

„Ich halte es nicht aus, ich halte es nicht aus. Lassen Sie mich in Ruhe!“

Seine Stimme brach. Rita sagte eine Weile nichts, sondern saß nur da und hielt seine Hand in ihrer. Mit der anderen Hand strich sie ihm tröstend über die Schulter. Das hatte eine beruhigende Wirkung auf ihn und plötzlich begann er zu weinen. Er weinte mit einer Verzweiflung, die nur ein liebender Mensch empfinden konnte. Rita fiel es schwer, ihre Gefühle im Zaum zu halten. Sie verschloss die Tür zu ihrem Innersten und konzentrierte sich auf den trauernden Mann. Gunnar Lindahl krümmte sich vor unaushaltbarem Schmerz.

Rita wartete, bis sein Schluchzen abklang, bevor sie wieder etwas sagte. Was gab es schon zu sagen, das ihm Trost spenden konnte? Nichts, absolut nichts, dachte sie.

„Tut mir leid“, sagte Lindahl, als er sich wieder beruhigte.

„Sie brauchen sich für nichts zu entschuldigen“, antwortete Rita und konnte nicht widerstehen, mit ihrer großen Hand über die Wange des Mannes zu streichen. Sie war tränenüberströmt und er schluchzte.

Die ganze Zeit über hatte Jonny sie beobachtet. Nun griff er nach einer Rolle Papierküchentücher und ging damit zu Gunnar Lindahl hinüber. Der riss ein Stück Papier ab und putzte sich die Nase.

Rita lächelte Jonny an. Das ist doch mal ein Anfang, dachte sie.

Sie wandte sich wieder an Gunnar Lindahl.

„Wir glauben, dass Kajsa aus irgendeinem Grund Evert Karlesson getroffen haben könnte", nahm sie den Faden wieder auf.

Gunnar Lindahl starrte sie erstaunt an. Ihre Gelassenheit hatte jedoch immer noch eine beruhigende Wirkung auf ihn. Immerhin konnte er jetzt mit den neuen Informationen umgehen.

„Warum denken Sie das?"

„Vieles deutet darauf hin, aber ich kann nicht ins Detail gehen", erklärte Rita freundlich.

„Wir haben nie Strafanzeige gegen ihn gestellt", sagt Gunnar Lindahl. „Aber wussten Sie, dass er damals noch Wilkinson hieß?"

„Nein, das habe ich nicht gewusst", sagte Rita überrascht. „Aber gut, dass Sie uns das gesagt haben. Darf ich fragen, was Sie dazu bewogen hat, keine Anzeige zu stellen, wenn Sie einen Missbrauch vermutet haben?"

„Kajsa war erst fünf Jahre alt, und wir wollten einfach nicht, dass sie unter Druck gesetzt wird. Das wäre nicht gut gewesen. Die Polizei konnte nichts beweisen. Und Rodney war danach nicht mehr derselbe."

„Rodney?" Jetzt war Rita überrascht. „Rodney Ritger?"

„Ja, genau. Sie sind oder waren in derselben Klasse. Jetzt, auf dem Gymnasium. Rodney war derjenige, bei dem der

Missbrauch zuerst vermutet wurde. Es wurde untersucht, aber es konnte nichts nachgewiesen werden."

„Hmm, das ist eine wichtige Information." Rita dachte einen Moment lang nach. „Hatten Rodney und Kajsa all die Jahre über Kontakt?", fragte sie dann.

„Ja, im Prinzip schon", antwortete Gunnar Lindahl. „Sie waren immer auf derselben Schule, aber nicht in derselben Klasse. Erst auf dem Gymnasium kamen sie in dieselbe Klasse und hatten dieselbe Vertrauenslehrerin."

Rita machte sich eine Notiz im Geiste. Warum hatte niemand diese Lehrerin befragt? Sie verdrängte das Gefühl des Ärgers, das in ihr aufstieg.

„Wie war der Kontakt im Laufe der Jahre?"

„Sie haben keine Zeit miteinander verbracht. Ich weiß, dass Kajsa Mitleid mit Rodney hatte, aber sie hatten nichts miteinander zu tun. Gar nichts."

„Woher wissen Sie das?"

„Weil Kajsa es gesagt hat."

Gunnar Lindahl wirkte verärgert, doch Rita war nicht bereit, nachzugeben.

„Aber über ihn gesprochen haben Sie anscheinend schon", sagte sie. „Wie kam es dazu?"

„Kajsa hat mir manchmal von ihm erzählt. Dass er es wirklich schwer hatte."

„Kennen Sie Rodneys Eltern?"

„Nein, nicht wirklich. Seine Mutter war schon Alkoholikerin, als er noch klein war. Rodneys Vater hat sich um ihn gekümmert. Ich weiß nicht, wie der so ist. Er ist Journalist bei dem lokalen Käseblatt, glaube ich. Soweit ich weiß, hat er viel gearbeitet. Er kam nie zu Elternabenden oder so. Da kam immer die Mutter. Die konnte einem auch leidtun. Aber vor allem tat es mir für Rodney leid. Die Mutter war nett, zumindest wirkte sie so."

„Also hatte Kajsa nichts mehr mit Rodney zu tun?"

„Nein, Rodney und sie passten nicht zueinander", sagte Gunnar Lindahl.

„Wie meinen Sie das?"

„Sie kamen aus unterschiedlichen sozialen Schichten, wenn ich das mal so sagen darf."

„Aha", sagte Rita, leicht genervt von Lindahls herablassender Attitüde. „Wir melden uns bei Ihnen, wenn wir noch etwas brauchen."

Sie drückte Lindahls Hand, nickte Jonny zu und ging zur Tür.

Jonny verabschiedete sich und folgte ihr. Im Treppenhaus griff Rita zum Telefon und wählte Saras Nummer.

40

Sara Vallén war hoch konzentriert. Das Team saß schweigend zusammen, und der übliche Lärm, der immer dann entstand, wenn sie sich versammelten, war nicht zu hören. Sie waren alle müde und aschfahl.

„Besteht die Möglichkeit, dass Rodney Ritger ebenfalls in Schwierigkeiten steckt?", fragte Sara. „Oder sogar ermordet wurde?", fügte sie hinzu.

„Ich glaube", antwortete Jörgen, „dass Evert Karlesson, alias Evert Wilkinson, zu allem fähig ist. Wir haben den Ritger-Jungen nicht gefunden. Ich habe die Berichte aus dieser Zeit überprüft. Der damalige Leiter der Ermittlungen in Lund hat mir dabei unter die Arme gegriffen. Ich habe mir die Akten schicken lassen, weil in den Datenbanken nicht viel zu finden ist. Der Fall wurde abgeschlossen."

Alle Kollegen hörten Jörgen Berg mit Spannung zu.

„Sprich weiter", sagte Sara Vallén.

„Die Mutter von Rodney Ritger, die zu diesem Zeitpunkt ebenfalls Alkoholprobleme hatte, reichte zusammen mit dem Kindergarten und dem Jugendamt eine Beschwerde ein. Aber der Junge hat nicht viel mehr gesagt als das, was er bereits mitgeteilt hatte. Er wies auch keine Verletzungen oder andere Anzeichen von Missbrauch auf. Allerdings hatte er Probleme, die durchaus von Missbrauch hervorgerufen werden können, wie Stottern und Bettnässen, aber das reichte nicht für eine Verurteilung. Die Anklage wurde fallen gelassen, da die Straftat nicht nachgewiesen werden konnte. Die Eltern von Kajsa Lindahl weigerten sich, ihre Tochter demselben Druck auszusetzen, der auch noch zusätzliche Gesundheitsrisiken birgt. Danach hat Rodney komplett dichtgemacht."

„Was ist mit Karlesson passiert?"

„Im Grunde nichts weiter, als dass er gezwungen wurde, seine Arbeit aufzugeben. Er ist danach ins Baugewerbe gewechselt. Wiederholt wird er als großer und sehr kräftiger Mann beschrieben. Nach dem, was Rita herausgefunden hat, galt er als sehr unangenehm und übergriffig."

„Karlesson hat sich bisher nichts Offensichtliches zu Schulden kommen lassen. Er konnte uns mit dem Motorrad entkommen, als wir ihn beobachteten, aber das war wahrscheinlich keine Absicht. Er ist nicht wirklich reich, scheint aber etwas Geld auf seinen Konten zu haben. Aber damit wird er nicht weit kommen, wenn er merken sollte, dass wir ihm auf den Fersen sind. Jörgen hat das überprüft", erklärte Sara.

„Mein Instinkt sagt mir, dass er sich noch eine Weile ruhig verhalten wird", fuhr sie fort.

Hartnäckig strich sie sich die widerspenstigen Haare aus dem Gesicht.

„Hat er Bekannte oder Freunde?", fragte Rita.

„So gut wie keine“, antwortete Jörgen. „Nach Angaben des Gefängnispersonals war er sehr einsam. Er hatte nie Besuch. Daran scheint sich nicht viel geändert zu haben, auch wenn er schon seit vielen Jahren auf freiem Fuß ist. Die Nachbarn haben ihn kaum zu Gesicht bekommen, obwohl sie wissen, wer er ist. Er grüßt nie, hat nie Besuch, und aus seiner Wohnung ist nie etwas zu hören. Zumindest sagen das die Nachbarn. Und wir haben auch sonst bei der Observation nichts gesehen.“

„Vielleicht müssen wir zu anderen Methoden greifen“, sagte Torsten aus einer plötzlichen Laune heraus.

„Was?“

„Na ja, klingeln wir bei ihm. Sprechen wir mit ihm. Machen wir einen Hausbesuch. Besorgen wir uns seine DNA.“

„Und gefährden die ganze Ermittlung, meinst du“, sagte Sara.

Torsten sah ein, dass Sara recht hatte, wollte aber nicht ganz nachgeben:

„Wir haben das Recht, Beweise zu sammeln“, sagte er.

„Ja, in der Tat“, stimmte Sara ihm zu. „Aber wenn bei einer illegalen Durchsuchung etwas schief geht, brennt der Baum. Und ich möchte keinen Verweis riskieren, weil ich nicht noch ein oder zwei Tage warten konnte.“

„Okay, ich hab's kapiert“, sagte Torsten, obwohl er immer noch fand, dass es Zeit war zu handeln.

„Und Rodney Ritger?“, warf Jonny ein. „Was machen wir mit dem?“

„Wir sollten ihn auf jeden Fall noch befragen. Am besten fahnden wir auch nach ihm oder überwachen wenigstens seine Wohnung. Wir müssen zumindest sicherstellen, dass es ihm gut geht.“

„Der Botanische Garten“, sagte Sara. „Gibt es da Neuigkeiten?“

„Ja, in der Tat. Ein Zeuge hat sich gemeldet“, sagte Jörgen Berg.

„Und ist etwas dabei herausgekommen?“ Sara war gereizt und wollte dringend vorankommen. Im Moment traten sie auf der Stelle.

„Natürlich“, sagte Jörgen. „Der Zeuge ist Student und war am Montagabend auf dem Heimweg von einer der Studentenverbindungen. Er war zugegebenermaßen betrunken, das hat er selbst gesagt. Aber er ist sich ganz sicher, dass er einen Mann und eine junge Frau gesehen hat, die an der Absperrung zum Botanischen Garten – also außerhalb davon – entlanggingen. Das war gegen zwölf, halb eins. Er kommt heute noch hier vorbei und ich befrage ihn. Natürlich nur, wenn es sonst niemand übernehmen will.“

Sara wurde ganz aufgeregt.

„Konnte er erkennen, ob es ein junger oder ein erwachsener Mann war?“

„Das glaube ich nicht.“

„Wie konnte er dann beurteilen, dass es eine junge Frau war?“

„Er war sich auch nicht sicher, kam aber zu dem Schluss, weil sie, wie er es ausdrückte, wie ein junges Mädchen gekleidet war“, antwortete Jörgen.

„Okay, versuche, so viel wie möglich herauszubekommen. Ich gebe dir das Material zur Bildgegenüberstellung, das ich für die Leiterin des Botanischen Gartens verwendet habe. Du kannst es ihm vorlegen. Einen Versuch ist es wert, denke ich.“

Jörgen nickte.

„Zeig ihm auch eines von dem Mädchen. Hat er sie von vorne gesehen?"

„Nein, von der Seite und von hinten. Er sagte, die beiden hätten etwas Auffälliges an sich gehabt. Er konnte es nicht einordnen und hat ihnen im Vorbeigehen nachgesehen. Ich zeige ihm die Bilder. Mach dir keine Sorgen, Sara." Jörgen lehnte sich ruhig in seinem Stuhl zurück und schlug ein Bein über das andere.

„Nein, Jörgen, ich mache mir keine Sorgen", antwortete Sara, immer noch angespannt.

41

Der Junge saß unten im Keller, im Abstellraum der Wohnung. Er wollte oder wagte es nicht, in die Wohnung zurückzukehren, denn er hatte keine Ahnung, in welcher Stimmung sein Vater war. Ob er betrunken und böswillig war. Oder nüchtern und böswillig. Zur Schule konnte er auch nicht gehen, weil er seine Schulsachen nicht bei sich hatte. Er war hungrig und müde. Das Einzige, was er schnell eingesteckt hatte, waren ein paar Flaschen Coca-Cola und etwas hartes Brot. *Wie im Gefängnis*, dachte er. *Nur mit Cola anstatt Wasser.*

Sein großer Körper war geschrumpft, stellte er fest, als er sich in einem kleinen Spiegel betrachtete, der neben einer schmuddeligen Toilette im Kellerlager stand. Das Haar des Jungen war vollkommen verfilzt. Sein Bart war gewachsen, recht lang, obwohl er nur so spärlich wuchs. Der Junge tastete über sein Gesicht. Es fühlte sich wundgescheuert und blau geschwollen an. Einen Arm und seinen linken Fuß konnte er kaum bewegen. Es fiel ihm schwer, sich abzustützen, und seine Gehversuche scheiterten kläglich. Sein rechter Arm schmerzte, sobald er ihn ein wenig anhob. Stattdessen benutzte er den linken. Wahrscheinlich ist er nicht gebrochen, dachte er, vielleicht nur verstaucht.

Es war nicht gerade sommerlich heiß im Keller. Der Junge hatte eine alte Decke gefunden und sie um seine Schultern gelegt. In der Waschküche hatte er versucht, sich zu waschen, aber da er weder Seife noch Deodorant hatte, war nicht viel daraus geworden. Er wartete. Er wartete darauf, entdeckt zu werden. Bei dem Versuch, einen klaren Gedanken zu fassen, ließ sein Gehirn ihn immer wieder im Stich. Eine Zeit lang meinte er, in einem echten Kerker festzustecken. Er hatte ein schlechtes Zeitgefühl, aber eine Woche musste er mindestens hier ausgeharrt haben. Natürlich wusste er, dass dem nicht so war. Es konnte höchstens ein Tag gewesen sein.

Rodney fragte sich, wie die Schule auf sein Aussehen reagieren würde, wenn er dort auftauchte. Was wäre, wenn sie anfingen, Fragen zu stellen? Oder würde sein Vater die Polizei rufen? Das war allerdings äußerst unwahrscheinlich – wenn er überhaupt bemerkte, dass sein Sohn verschwunden war.

Langsam begann er in seiner zusammengekauerten Position auf dem kalten Zementboden hin und her zu wippen. Ein Schaukeln, das eine beruhigende Wirkung auf ihn hatte.

Ihm kam ein Traum in den Sinn, den er als Kind oft gehabt hatte. Seine Mutter schwebte über eine Wiese auf ihn zu. Mit offenen Armen. Sie trug ein weißes, schleierartiges Kleid, zart und schön. Und wie schön seine Mutter selbst war! Sie lächelte und zeigte ihre großen weißen Zähne. Er lachte und lief auf sie zu. Wie sehr er sich danach gesehnt hatte. Ihr Haar schwebte wie eine Wolke um ihren Kopf herum, und er sehnte sich danach, daran zu riechen. Er kam ihr immer näher, aber sobald er ihr zu nahe kam, schwebte sie über die Wiese davon. Es gelang ihm jedes Mal, sie einzuholen, aber genauso oft verschwand sie wieder, ohne dass er sie greifen konnte. Schließlich löste sie sich vor seinen Augen in Luft auf.

Und dann wachte er auf und hielt den Atem an. Er weinte – wie so oft, als er ein kleines Kind gewesen war. Mit dem Handrücken wischte er sich über die verschmierte Nase, tupfte sich die Tränen von den Wangen und hörte auf zu weinen. „Sie ist auch nur eine verdammte Schlampe", murmelte er leise.

Es war zwölf Uhr. Er vermutete, dass es Tag war und sein Vater jetzt bei der Arbeit sein müsste. Er schlich sich zum Kellereingang. Zum Licht. Eine Weile lang stand er dort und konnte sich nicht entscheiden, ob er hinausgehen oder wieder in den Keller zurück sollte. Schließlich beschloss er, für eine Weile zu verschwinden. Er machte einen Schritt auf die Straße hinaus, doch zu seinem Entsetzen sah er, wie sein Vater auf die Tür zuging. Oder vielmehr taumelte. Rodney drehte auf dem Absatz um und humpelte zurück in den Kellerraum.

42

Ein typischer Student, ein bisschen unbeholfen und zerstreut, dachte Jörgen. Der junge Mann studierte Filmwissenschaften und erzählte bereitwillig aus seinem Leben. Was er sich für seine Zukunft vorstellte? Regisseur zu werden, oder vielleicht Produzent, plauderte er ungefragt dahin und schaute blauäugig auf den viel älteren und abgebrühten Polizisten.

„Können Sie mir erzählen, was Sie an diesem Sonntagabend gesehen haben?"

„Ja, natürlich kann ich das", sagte der Bursche und schaute Jörgen Berg fragend und ein wenig überheblich an. „Darum bin ich doch hier."

Jörgen räusperte sich und holte tief Luft. So einer also, dachte er. Ein kleiner Besserwisser aus gutem Hause. Jörgen selbst stammte aus dem Malmöer Stadtteil Kirseberg und reagierte allergisch auf die akademische Schickeria in Lund. Schon als Kind hatte er die Widersprüche zwischen Lund und Malmö erlebt. In Malmö dominierten der Hafen, die Schiffswerft Kockums, die Segregation und die Arbeiterklasse. Lund war die Welt der Akademiker. Dort spielte sich alles an der Professorendiktatur namens Universität ab. Diese Sichtweise auf Lund hatte ihn sein ganzes Leben lang begleitet.

„Diese Frage stellen wir allen Zeugen", erklärte er und versuchte, sich nichts anmerken zu lassen.

„Also", begann der junge Mann, „ich war auf dem Heimweg von der Studentenverbindung Malmö. Ich bin am Botanischen Garten vorbei und da kamen ein Mädchen und ein Typ daher – oder besser gesagt, ein Mann. Die schienen nicht zusammenzupassen. Sie war wirklich süß, hatte langes, lockiges Haar – so lose gewellt – und sah sehr selbstbewusst aus. Er trug einen Kapuzenpullover und hatte die Kapuze über den Kopf gezogen, sodass ich sein Gesicht nicht sehen konnte. Aber er war riesig. Ich bin ja ziemlich klein." Er schaute Jörgen Berg direkt in die Augen. Jörgen nickte. Das stimmte. Vielleicht eins siebzig, schätzte Jörgen.

„Im Vergleich zu Ihnen war er also riesig. Und in Bezug auf das Mädchen?"

„Auch. Ich schätze, sie war ungefähr so groß wie ich. Eins siebzig", sagte der Student.

„Und in Bezug auf den Rest der Welt?", fragte Berg, der sich ein Lächeln nicht verkneifen konnte.

„Immer noch riesig", erwiderte der Student und lächelte zurück.

„Ist Ihnen sonst noch etwas aufgefallen?"

„Ja, das Mädchen hatte einen Zweig in der Hand. Einen Fliederzweig aus dem Botanischen Garten, denke ich. Da wachsen die, soweit ich weiß. Ja, ganz bestimmt. Das ist kein normaler Flieder, wie er überall zu finden ist. Eine andere Art."

Jörgen Berg war beeindruckt. Das war ein guter Zeuge. Jemand, der seine Augen offenhielt und seinen Verstand benutzte.

„Den hielt sie in der Hand, sagen Sie?"

Der Bursche nickte.

„Welche Farbe hatte der Flieder?"

„Weiß", antwortete der Student klar und deutlich. Er brauchte nicht einmal darüber nachzudenken.

„Gut", sagte Jörgen Berg.

„Ja? Das war gut? Warum?" Sein Gesicht drückte erneut Neugierde aus. Aufrichtige Neugierde.

„Gut, dass Sie sich so gut erinnern können", präzisierte Jörgen. „Können Sie mir erklären, warum Sie das Paar so merkwürdig fanden?"

„Tja, seltsam ist vielleicht das falsche Wort. Ich hatte nicht den Eindruck, dass sie Freunde waren. Ich weiß nicht, warum. Aber vielleicht lag es an ihrer Körperhaltung. Ich bin es gewohnt, *Menschen in action* zu beobachten. Die Art und Weise, wie wir uns in Gesellschaft verhalten, ist ein wichtiger Aspekt des Filmwesens."

„Aha, okay", sagte Jörgen Berg. „Und welchen Weg haben sie genommen?"

„Weiter abwärts. Entlang des Zauns. Als ich mich umdrehte, um ihnen hinterherzusehen, bogen sie in die Östra Mårtensgatan in Richtung Mårtenstorget-Platz ein."

„Alles klar", entgegnete Berg. „Ich zeige Ihnen ein Foto. Und dann lasse ich Sie eine weitere Reihe von Fotos anschauen, um zu sehen, ob Sie den Mann oder den Typen wiedererkennen."

Der junge Mann nickte entgegenkommend. Er sah sich das Foto von Kajsa Lindahl an. Gab ein Brummen von sich.

„Das könnte sie sein. Sehr niedlich. Lebhaftes Mädchen. Schönes Haar. Ja, das könnte sie sein. Hundertprozentig kann ich es nicht sagen. Es war Nacht, ich war betrunken und so, aber ich glaube zumindest, dass ihr das Bild ähnlich sieht. Aber in Wirklichkeit sah sie tougher aus als auf dem Bild."

Jörgen Berg legte ihm die Bilder vor, die sich auch Susanne Nilsson angeschaut hatte.

Der Student blätterte durch die Seiten, konnte aber niemanden identifizieren.

„Es könnte jeder von ihnen sein", sagte er düster. „Ich habe ihn wirklich nicht erkannt. Die hier sehen alle groß aus. Vielleicht habe ich ihn aber auch für einen jüngeren Mann gehalten. Ich kann mich natürlich irren."

„Warum dachten Sie, dass es ein jüngerer Mann sei?"

Der Student schüttelte den Kopf. Sein Blick wurde ernst und er wandte sich an Jörgen Berg.

„Ich weiß nicht, vielleicht habe ich das angenommen, weil sie so jung war. Jünger als ich. Aber ehrlich gesagt kann ich überhaupt nichts über das Alter oder das Aussehen sagen, außer dass er riesig war. Das war's. Es tut mir leid, wenn ich nicht helfen konnte."

„Oh, Sie haben uns sehr geholfen", sagte Jörgen Berg und klopfte ihm auf die Schulter. „Vielen Dank, dass Sie sich gemeldet haben!"

Er schämte sich plötzlich für seine Vorurteile gegenüber Lund. Dieser Typ war sowohl clever als auch nett.

43

Sara bedauerte, dass sie an diesem Abend versprochen hatte, Carinas Schicht am Sorgentelefon zu übernehmen. Ausgerechnet an einem Samstag. Sie war wie immer spät dran, weil sie viel zu viel Zeit im Bad vertrödelt hatte – müde und erschöpft nach ihrer langen Arbeit. Kaum Schlaf und Essen. Sara verfluchte sich selbst.

„Tut mir leid, dass ich zu spät komme", flüsterte sie ihrem Kollegen zu, der sich bereits im Gespräch befand. Sara ließ sich auf ihren Bürostuhl gleiten, setzte die Kopfhörer auf, drückte ein paar Tasten und schaltete die Telefonleitung frei. Es klingelte sofort.

„Sorgentelefon, Sara am Apparat", antwortete sie. „Was kann ich für dich tun?"

„Ich weiß nicht, was ich tun soll", flüsterte eine Stimme. „Ich bringe ihn um. Ich bringe sie alle um. Ich hasse sie."

Sara erkannte die Stimme sofort wieder. Normalerweise hatte sie nur montags Dienst.

Also rief er mehrmals pro Woche an.

„Hallo“, sagte sie ruhig und freundlich. „Geht es dir nicht gut?“

Die Frage war rhetorisch und sie erwartete keine Antwort.

„Ich hasse ihn.“

Er flüsterte, aber trotzdem lag eine enorme Kraft in seiner Stimme. Sara konnte hören, dass er den Tränen nahe war.

„Hat er dich heute wieder geschlagen? Und … die andere Sache?“

Was dem Jungen angetan wurde, war so schlimm, dass es sich nicht in Worte fassen ließ. Er selbst drückte sich nie deutlich aus, sprach meistens kryptisch und unverständlich. Aber Sara war davon überzeugt, dass sie sich ein umfassendes Bild gemacht hatte.

„Immer. Immer. Dieser Mistkerl. Und dann sagt er, dass er mich liebt.“

Es klang, als könnte der Junge kaum atmen. Und er war verängstigt, das konnte Sara hören. Fast panisch. Und hasserfüllt. So viele Gefühle, die mit ihm durchgingen.

„Ich glaube, du solltest zur Polizei gehen“, sagte Sara. Normalerweise sprach sie nicht so direkt zu diesem Jungen, aber sie spürte, dass er Gefahr lief, sich selbst oder jemand anderen zu verletzen.

„Niemals.“

„Nein? Gut. Aber was hast du stattdessen vor?“

„Ihn töten. Und sie und all die anderen Arschlöcher auch. Und ihn, den Schlimmsten von allen, den Wichser. Vielleicht bringe ich ihn auch um. Vielleicht habe ich das bereits.“

Er provoziert mich, dachte Sara, beschloss aber, ein Auge zuzudrücken. Sie brauchte mehr Informationen.

„Wen willst du töten?“

„Alle. All die Idioten. Ich hasse sie."

„Das glaube ich nicht, aber ich verstehe, dass du wütend bist. Was dein Vater tut, ist nicht nur falsch und kriminell, es ist auch in jeder Hinsicht schrecklich und schädlich für dich. Und ich möchte, dass du die Polizei rufst oder dorthin gehst. Andernfalls kannst du vielleicht mit dem Vertrauenslehrer in der Schule oder mit irgendeinem anderen Lehrer sprechen. Jemand muss erfahren, wie es dir geht."

Sara hatte das Gefühl, dass sie sich viel zu viel vorgenommen hatte. Wenn sie viel quasselte oder Vorschläge wie den Anruf bei der Polizei machte, legte er für gewöhnlich auf. Aber dieses Mal hatte sie Glück. Der Junge blieb am Telefon.

„Niemals. Sie kapiert es nicht. Und sie weiß sowieso zu viel."

„Wer? Deine Lehrerin? Was meinst du damit, dass sie zu viel weiß?"

„Sie mischt sich ein. Schnüffelt herum. Das widert mich an."

„Und wenn du mit der Schulkrankenschwester sprichst? Lass mich dir helfen."

„Ich spreche mit niemandem."

„Aber du sprichst doch mit mir", sagte Sara sanft.

„Ja, aber Sie wissen nicht, wer ich bin."

Er legte auf.

Sara saß noch eine Weile da, mit dem Telefon in der Hand, und starrte vor sich hin. Sie hatte das Gefühl, dass er gefährlich werden könnte. Zugegeben, sie war es gewohnt, dass Kinder, die hier anriefen, wütend und traurig, aufgebracht und hasserfüllt waren. Aber dieser Junge hob sich von allen ab. Er konnte abwechselnd eiskalt und hasserfüllt sein, sich aufregen und kindlich wirken. Vielleicht bildete sie sich das auch nur ein. Vielleicht reichte es ihm auch schon, seine Launen an ihr auszulassen.

Hauptsache, er verletzt sich nicht, dachte Sara und nahm den nächsten Anruf entgegen.

44

Sara stand auf der Treppe und hielt den Schlüssel bereits in der Hand, als sie hinter sich ein Geräusch hörte. Sie drehte sich zur Seite und hob die Nase, als ob sie den Feind wittern wollte. Draußen war es noch hell, die Luft war mild, und der Fliederduft im Garten machte sie fast schwindelig. Ein Schauer lief ihr über den Rücken, als sich ein dunkler Schatten aus der Laube löste. Zuerst erschrak Sara und spürte den Drang davonzulaufen. Dann sah sie, wer es war, aber das milderte das Gefühl des Unbehagens nicht. Sie blieb wachsam.

„Hallo, ich dachte, ich schaue mal vorbei", sagte Peter Matsson breit lächelnd. „Nur kurz", fügte er hinzu. Sein Blick verriet ihr, dass er ihren Fluchtinstinkt bemerkt hatte. Das Lächeln wurde breiter, als ob es seine Wirkung verstärken sollte. Sara fand, dass er wie ein hungriger Wolf wirkte. Bilde ich mir das nur ein?, dachte sie.

„Was machen Sie hier? Sie sollten nicht ohne Ankündigung hier auftauchen."

Sie blinzelte ihren Tic weg.

„Sind Sie sauer?", wollte er wissen.

„Sauer? Nein, ich mag es nur nicht, wenn Leute, die ich nicht kenne, in meiner Laube herumlungern. Außerdem bin ich müde, ich habe die ganze Woche hart gearbeitet. Ich muss immer bereit sein, wir jagen einen Mörder, wie Sie vielleicht wissen!"

„Kann ich kurz reinkommen?", fragte er freimütig und trat einen Schritt näher an sie heran. Ihn in ihr Haus lassen? Das kam aber überhaupt nicht infrage.

Was machte er hier? Ohne Vorwarnung begann Saras Herz zu rasen. Sie war erstaunt. Das Beutetier verwandelte sich plötzlich in einen lustgesteuerten Menschen. Sie merkte es, wurde noch verwirrter und wollte sich wieder wehren. Matsson sah gut aus, männlich – ja, das vor allem. Ein markantes Gesicht und intensive blaugrüne Augen. Er stand mit weit gespreizten Beinen. Seine Jeans waren leicht abgetragen, sein T-Shirt kreideweiß und seine Turnschuhe sauber. Sein durchdringender Blick verweilte auf ihrem Gesicht.

„Nur kurz", antwortete sie und wollte sich vor Wut kneifen, dass ihre Entscheidungen nicht ihrer Intuition gehorchten. Sie wich leicht zurück, fast unmerklich – aus Angst vor ihren eigenen Gefühlen und vor allem vor ihrer Lust.

„Wie haben Sie meine Adresse herausgefunden?", fragte Sara, als sie den Flur betraten. Das Gefühl des Unbehagens wollte nicht weichen, aber ihr Verlangen war stärker. Die Kinder waren bei Göran. Die Situation fühlte sich gefährlich an, aber interessant zugleich.

„Nun, ich habe meine Quellen", sagte Matsson knapp und schenkte ihr wieder ein breites Lächeln.

Sie zeigte ihm das Haus. Er wirkte entzückt.

„Verdammt schön hier", sagte er und fuhr mit den Fingern über den Küchentisch, bevor er sie in die Arme schloss. Er umarmte sie fest und voller Verlangen und Sara meinte, in Ohnmacht fallen zu müssen. Vor Glück. Vor Lust und Leidenschaft. Und vor unverhohlenem Entsetzen.

Sie löste sich aus seinem Griff. Er folgte ihr, als sie in Richtung Schlafzimmer ging. Sie schafften es nur bis zur Schlafzimmertür, bevor er sie wieder in die Arme schloss. Mit einem festen Griff um ihre Taille flüsterte er ihr etwas ins Ohr. Sie verstand seine Worte nicht, ahnte aber, was er sagen wollte. Sie ging ihm voraus ins Schlafzimmer. Dann begann er, ihr langsam ein Kleidungsstück nach dem anderen auszuziehen. Als sie nackt war, kniete er sich hin und küsste ihren Bauch. Stück für Stück wanderte seine Zunge nach unten.

„Tja, ich muss jetzt wohl los", sagte Peter Matsson und setzte sich im Bett auf.

Damit war der Zauber gebrochen. Sie lagen schon eine ganze Weile da und starrten nur an die Decke. Es gab auch eigentlich nichts zu sagen, weshalb sie geschwiegen hatten, bis er so abrupt seinen Aufbruch ankündigte.

„Jetzt schon?", fragte Sara.

Plötzlich nahm sie deutliche Untertöne wahr. Woher kam das auf einmal?

„Ich muss wieder nach Hause. Ich habe viel zu tun", antwortete er ausweichend. „Aber ich rufe dich später an."

Sie hatte keine Lust, ihn zu bedrängen. Das war nicht ihre Art. Aber die Unzufriedenheit ließ sie nicht los. Ihr Körper wirkte so klein neben seinem, und das erschreckte und reizte sie zugleich. Klein zu sein, nicht die Starke sein zu müssen und diejenige, die alles unter Kontrolle hatte. Diejenige zu sein, die umsorgt wurde, anstatt diejenige, die sich kümmerte. Sie wusste, dass es gefährlich war, aber dieses Gefühl hatte auch etwas sehr Verlockendes.

Sara sah, wie Peter Matsson auf die Uhr schaute und dann vom Bett aufstand, sich schnell anzog und ihr einen leichten Kuss auf die Stirn gab. Irgendetwas fühlte sich falsch an. Sein Verhalten verwirrte sie.

„Du bist wunderschön", sagte er und ging zur Schlafzimmertür hinaus.

Er schloss die Haustür ganz leise, als ob er nicht wollte, dass ihn jemand hörte. Aber es war niemand da, der ihn hören oder sehen konnte – niemand außer Sara. Sie war verwirrt. War nicht *er* derjenige, der zu *ihr* gekommen war? Sie stieg eilig aus dem Bett und suchte verzweifelt nach einer Zigarette, fand aber keine. Es war lange her, dass sie mit dem Rauchen aufgehört hatte. *Natürlich habe ich keine Zigaretten*, dachte sie und griff stattdessen nach ihrem Telefon. Es war fast Mitternacht. Sie rief trotzdem an.

„Ich bin's", sagte sie. „Wollen wir eine Runde joggen gehen?"

„Was ist heute in dich gefahren?", fragte Rita keuchend, als sie wieder vor Saras Haustür ankamen.

„Ich musste mich nur ein bisschen auspowern", antwortete Sara. „Danke, dass du mitgekommen bist."

Sie war weder in der Lage noch bereit zu erklären, was in ihr vorging.

Ihr Haar hing ihr schweißnass und strähnig über das Gesicht. Sie hatte vergessen, sich einen Zopf zu machen, und so war es ihr beim Laufen ins Gesicht gepeitscht. Jetzt klebte es sowohl an ihrem Gesicht als auch an ihrem Hals. Verärgert schob sie eine ihrer Haarsträhnen hinter das Ohr.

Sie würde Peter Matsson nicht wiedersehen. Es war durch und durch falsch. Ja, es war auch schön, solange es andauerte, aber danach fühlte es sich falsch an. Das kann nicht gut für mich sein, schloss Sara. Es muss andere Männer geben. Bessere Männer. Für mich.

45

Torsten Venngren und Sara Vallén saßen in der Wohnung gegenüber Karlessons Haus und warteten darauf, dass etwas passierte. Evert Karlesson schien kein sehr interessantes Leben zu führen. Er nahm sein Motorrad, fuhr ein paar Kilometer und kam zurück. Immer mit einer Streife im Schlepptau – außer bei einigen wenigen Gelegenheiten, bei denen er ihnen entwischt war. Er hatte Urlaub, unternahm aber nichts Besonderes. Jeden Tag saß er an seinem Computer, sah sich etwas an, was die Beschatter im Haus gegenüber als Pornografie interpretierten, und masturbierte. Das manchmal mehrmals am Tag. Dann fuhr er mit seinem Motorrad weg und kam zurück. Ansonsten geschah nichts.

Niemand sonst betrat oder verließ seine Wohnung.

Plötzlich hörte Sara Motorengeräusche. Sie hatten Karlesson nicht mehr gesehen, seit die Ermittler ihn am Samstag verpasst hatten. Nicht einmal in der Wohnung war er gewesen.

„Hast du das gehört?", fragte sie Torsten.

„Ja, aber woher kommt das? Es hörte sich nicht so an, als käme es aus dem Hof nebenan."

Das war eindeutig das jaulende Geräusch eines Motorrads. Sara lehnte sich ans Fenster, schaute nach rechts und sah das Heck eines vermutlich schwarzen Motorrads um die Ecke in die Drottensgatan verschwinden.

„War er das?", fragte sie Venngren.

„Ich weiß es nicht", antwortete Torsten und sah seine Chefin unglücklich an. „Wir haben ihn heute weder kommen noch gehen sehen. Es könnte auch jemand ganz anderes gewesen sein."

„Da hast du recht." Sara stellte sich in die linke Ecke des Fensters, sodass sie in Richtung der Kurve schauen konnte, hinter der das Motorrad gerade verschwunden war. Sie biss sich auf die Lippe.

„Verdammt", sagte sie. „Hat er uns ausgetrickst? Hat er bemerkt, dass er beobachtet wird? Was meinst du?"

„Vielleicht. Schwer zu sagen, wie aufmerksam manche Menschen sind. Aber wir müssen davon ausgehen, dass ein Mann seines Kalibers misstrauischer ist als andere", sagte Torsten.

Sara nickte, den Blick fest auf die Wohnung gegenüber gerichtet.

„Ich will jetzt in seine Wohnung hinein. Ich bin verdammt rappelig."

Sara griff nach ihrem Handy und rief Staatsanwalt Baum an. Torsten beobachtete sie neugierig. Sie gestikulierte auch beim Telefonieren. Irgendwann verstummte sie und nickte in regelmäßigen Abständen. Dann drückte sie den Anruf weg.

„Wir warten noch eine Weile", sagte sie.

Torsten spürte einen Knoten in seinem Magen.

„Baum meint, dass wir die ganze Ermittlung platzen lassen könnten, wenn wir ohne konkrete Beweise reingehen. Das seien bisher nur Indizien", fuhr Sara fort.

Sie holte tief Luft, lehnte sich mit dem Rücken gegen die Wand am Fenster und nahm eine Haltung ein, die zeigte, dass sie notfalls bereit war, ewig zu warten.

Keine Spur von Karlesson. Nicht an diesem Tag und nicht am nächsten. Er schien verschwunden zu sein, aber das Motorrad stand an seinem üblichen Platz.

46

Unruhig ging er in der Wohnung auf und ab. Er wusste, dass sie ihm auf der Spur waren. Und dass er beobachtet wurde. Aus dem Augenwinkel registrierte er immer wieder unnatürliche Bewegungen. Er spürte es in seinen Knochen, wie eine Wahrheit, der er nicht entkommen konnte. Hektisch begann er, ein paar Habseligkeiten zusammenzupacken. Warf sie in eine Tüte. Einen Moment lang überlegte er, ob er den Taucheranzug mitnehmen sollte, entschied sich dann aber dagegen. Wahrscheinlich würde er für lange Zeit nicht mehr tauchen können. Er seufzte. In diesem Sommer hatte er nach einer langen Pause wieder mit dem Tauchen beginnen wollen. Aber er ließ den Anzug auf dem Bügel hängen.

Er schlüpfte aus der Wohnung, verschloss die Tür und verließ das Haus, ohne sich umzusehen, durch den Keller, der mit denen der Nachbarhäuser verbunden war. Draußen war es dunkel und er konnte relativ unauffällig mit dem Fahrrad durch die Stadt fahren. An seinem Ziel angekommen, stellte er sein Fahrrad im Keller ab und ging unbemerkt in die Wohnung. Seine Mutter wohnte schon lange nicht mehr dort, aber er hatte weiter die Miete bezahlt – für den Fall der Fälle. Und jetzt war der Fall der Fälle eingetroffen. Keiner wusste davon, keine Post kam hier an, niemand kam zu Besuch. Außer denen, die er einlud. Und da gab eigentlich nur einen.

Er kochte Kaffee und setzte sich an den Küchentisch. Von dort aus starrte er hinaus in die sternenklare Frühsommernacht. Plötzlich fühlte er sich wieder ruhig und wusste, dass alles glattgehen würde. Sobald er konnte, würde er abhauen. Weit weg – dorthin, wo ihn niemand finden würde. Wo niemand wusste, wer er war. Dort konnte er neue Kontakte knüpfen, die ihm das gaben, was er wollte. Vielleicht nach Thailand, dachte er. Oder in einen der baltischen Staaten. Aber Thailand war attraktiver, dort war es wärmer und die Leute waren klein und süß. Sowohl die Jungen als auch die Mädchen. Dabei spürte er, wie sich sein Geschlechtsteil zu regen begann. Der Mann stand auf, ging ins Schlafzimmer und suchte in der Schachtel unter dem Fernseher herum. Er nahm eine alte Videokassette heraus. Das Cover verriet, worum es in dem Film ging. Unbewusst leckte sich der Mann über die Lippen. Zwischen seinen Beinen pulsierte es.

Er schob die Kassette in den Videorekorder und setzte sich in den Sessel, der nur einen Meter vom Fernseher entfernt stand. Dann korrigierte er seinen Sitz und zog sich die Hose herunter.

47

Sara, Rita und Torsten standen vor der Tür von Evert Karlesson. Sara stand links von der Tür, Rita schräg hinter Sara, die läutete. Aus der Wohnung drang kein einziger Ton. Nach Karlesson wurde gefahndet, und sein Foto war im Intranet veröffentlicht worden. Staatsanwalt Baum hatte schließlich beschlossen, dass es wohl an der Zeit sei, mit Karlesson Kontakt aufzunehmen. Ob er nun in der Wohnung war oder nicht, sie bekamen den Durchsuchungsbeschluss. Das Sitzen und Warten hatte die Geduld aller Beteiligten überstrapaziert.

Sara klingelte noch einmal und klopfte dann an die Tür. Immer noch kein Ton. Sie schlug mit der Faust zu. Als nichts geschah, beugte sie sich hinunter und hob den Deckel des Briefschlitzes an. Im Inneren lag die Post auf dem Boden. Es roch muffig. Sara versuchte, einen besseren Blick zu erhaschen, und sah plötzlich ein Paar Beine von der Decke hängen. Sie zuckte heftig zusammen.

„Was zum …?“, rief sie. Die beiden anderen starrten sie erstaunt an.

„Was?“, fragte Rita.

„Da hängt jemand von der Decke", keuchte Sara. „Wir müssen die Tür aufbrechen. Haben wir ein Brecheisen im Auto?"

„Ich sehe mal nach", erwiderte Torsten und eilte hinaus.

Rita beugte sich hinunter, um sich selbst zu überzeugen.

„Siehst du?", fragte Sara.

„Ja, verdammt noch mal. Da baumelt wohl ein Verdächtiger", sagte Rita in einem Anfall von Galgenhumor.

„Was für eine Schande, was für eine schreckliche Schande." Sara erschauderte. „Deshalb haben wir ihn schon seit Tagen nicht mehr gesehen."

Torsten kam mit einem Brecheisen angerannt. Nach zweifachem kurzem Ansetzen konnte er die Tür öffnen.

Sie stürmten hinein. Und blieben wie angewurzelt stehen. An einem Kleiderbügel hing ein Taucheranzug.

„Aber was zum ...?", war das Einzige, was Torsten Venngren herausbekam. Er lachte, und ein leises Knurren kam aus seiner Kehle. Schließlich gähnte er. Tränen liefen ihm über die Wangen. Die beiden Frauen starrten ihn erstaunt an.

„Aber Torsten", sagte Sara. Das war das Einzige, was sie zu sagen hatte. Dann brach auch sie in ein befreiendes Lachen aus. Rita stimmte ein. Sie lachten so sehr, dass ihnen die Tränen kamen – vor Erleichterung, aber auch angesichts der Absurdität der Situation.

Als das Lachen verklungen war, verschwand Rita in einem anderen Raum.

„Kommt und seht euch das an", rief sie den anderen zu.

Die beiden Kollegen blickten in den Raum. Er war vollgestopft mit Zeitschriften und Filmen. Ein angeschalteter Computer stand auf einem Schreibtisch. Aber die Wohnung war menschenleer.

„Das ist fast ausschließlich Kinderpornografie. Und seht mal hier."

Rita hielt ein Fotoalbum hoch.

„Voller Fotos von Kindern", sagte sie. „Nackt und in Pose." Sie erschauderte. „Wie furchtbar."

Sara sah sich die Fotos an und stellte fest, dass es sich nicht um echte Fotos, sondern um Ausschnitte aus Zeitschriften handelte. Die Kinder wirkten ausländisch und die Bildhintergründe legten nahe, dass sie nicht in Schweden aufgenommen worden waren, sondern irgendwo im Baltikum, in Russland und in Asien, vielleicht Thailand.

Sara wollte sich den Computer ansehen, wusste aber aus Erfahrung, dass es keine gute Idee war, damit anzufangen, bevor die Spurensicherung vor Ort gewesen war. Es bestand immer die Gefahr, dass jemand unfreiwillig Informationen zerstörte. Die Techniker waren in dieser Hinsicht sehr streng, niemand fasste etwas an, solange sie nicht am Tatort waren.

Ove Ovesson kam allein.

„Die anderen sind unterwegs", antwortete er auf Saras leise Frage.

Ovesson öffnete den Computer und wühlte sich durch die darin enthaltenen Informationen.

„Hier", sagte er. „Siehst du, wer das ist?"

Sara und Rita beugten sich über den Computer. Ove zeigte ihnen eine kurze Filmsequenz. Ein Mädchen mit einem Maulkorb. Es starrte mit starrem Blick in die Kamera.

„Kajsa Lindahl!", rief Rita. Ein anderes Mädchen, dessen Gesicht nicht zu sehen war, zeigte ihre Genitalien in die Kamera.

Sara wandte den Blick ab, klopfte Ove auf die Schulter und ging zur Tür. Der Würgereiz kam und ging wieder. Es fiel ihr schwer, sich zu beherrschen.

Sie rief Jörgen und Jonny an und bestellte sie in die Grönegatan. Zusammen mit einer Streife räumte sie Beweise aus der Wohnung, die sowohl für den Mord an Kajsa als auch für das Kinderpornografie-Verbrechen relevant sein könnten.

„Wer ist das Mädchen, dessen Gesicht man nicht erkennen kann?“, fragte Sara ihre Kollegen, als sie wieder zurückkam.

„Ich weiß es nicht. Josefin Elvebrandt vielleicht“, sagte Rita einer plötzlichen Eingebung folgend. „Sie könnte es tatsächlich sein, oder nicht?“

„Ja, das ist eine Möglichkeit. Oder sogar ein anderes Mädchen. Wer auch immer.“

Sara sah sich in dem tristen Haus um, das einen Pädophilen und wahrscheinlich auch einen Mörder beherbergte. Es gab nicht viele Möbel, nur ein paar langweilige Sessel, einen Glastisch und ein altes, abgenutztes orangefarbenes Sofa. Einen Küchentisch und zwei Sprossenstühle. Ein ungemachtes Bett. Über allem hing ein übler Geruch. Ungepflegt. Die Küche und das Bad waren wirklich ekelhaft. Dieser Ort kann seit Jahren nicht mehr geputzt worden sein, dachte Sara, als sie durch die Wohnung streifte. Sie bewegte sich mit großer Vorsicht und vermied es, irgendetwas zu berühren, das verraten könnte, wer oder was in der Wohnung gewesen war.

„Ich frage mich, was die Mädchen für ihre Dienste bekommen haben.“ Sara sprach hauptsächlich mit sich selbst, aber die anderen hörten sie.

„Ja, das ist eine berechtigte Frage." Torsten schüttelte den Kopf. Es fiel ihm schwer, zu glauben, dass ein gesundes Mädchen bei so etwas mitmachte.

„Geld, Drogen, noch mehr Geld."

Ritas värmländischer Akzent trat deutlich hervor – wie immer, wenn etwas sie bedrückte. Und das war jetzt der Fall.

„Wie ekelhaft", sagte sie mit einer wütenden Grimasse. „Ich frage mich, ob er auch Kontakt zu Rodney Ritger hat?"

Sara dachte einen Moment lang darüber nach, was in ihrem Hinterkopf nagte, sagte aber nichts. Als Telefonistin bei der Sorgenhotline war sie zur Verschwiegenheit verpflichtet. Aber trotzdem ...

„Na ja, man kann spekulieren, aber dann müsste er irgendwo gefilmt worden sein", sagte Sara. „Bitte, Ove, sorge dafür, dass alles auf dem Computer so schnell wie möglich analysiert wird."

„Natürlich", antwortete Ove. „Das wird erledigt, sobald ich wieder zurück bin. Ich setze einen Techniker dran."

„Und nicht nur das. Wir müssen endlich Rodney Ritger finden", sagte Sara. „Es ist wichtig, dass wir ihn befragen. Vorzugsweise gestern. Es ist auch seltsam, dass keine von uns ihn zu Gesicht bekommen hat. Wie kann das sein?"

Sara erwartete keine Antwort. Stattdessen zog sie sich ein frisches Paar Plastikhandschuhe an und half Ovesson bei der Suche nach weiteren Spuren.

„Ove, komm her", rief sie plötzlich von der Küche aus, wo sie stand und in der Mülltonne herumwühlte. „Schau mal, was ich hier gefunden habe!"

Sie hielt vorsichtig ein T-Shirt in der einen und eine Jeans in der anderen Hand hoch. Sie sahen sauber aus, hatten aber

Flecken, die beim Waschen nicht herausgingen. Die Flecken waren braun mit einem Hauch von Rot.

„Ein unvorsichtiger Typ, dieser Karlesson. Meine Vermutung ist, dass es sich um Blut handelt und dass das Blut von Kajsa Lindahl stammt."

Ovesson sah zufrieden aus. Sara war es mindestens genauso.

„Ich glaube, du hast völlig recht. Und ich vermute, dass Karlesson die Kleidung nach der Tat gewaschen hat, aber als er die Flecken nicht herausbekam, hat er sie weggeworfen. Ein *verdammt* unvorsichtiger Typ, würde ich sagen."

Sara verstaute die Kleidungsstücke getrennt in Papiertüten.

Als Rita und Sara zur Polizeistation in der Byggmästaregatan zurückkehrten, applaudierten ihre Kollegen. Es fühlte sich gut an. Beatrice Larsson, die Polizeichefin, kam herein und gratulierte ihnen zu ihrer guten Arbeit.

„Es kommt nicht jeden Tag vor, dass wir einen Pädophilen enttarnen. Jetzt müssen wir ihn nur noch finden." Sie klopfte Sara und Rita leicht auf die Schulter, bevor sie sich abwandte.

„Ich glaube, Karlesson kann nicht lange fortbleiben. Es ist schon komisch, wie der Zufall einen auf neue Pfade führen kann, wenn man es am wenigsten erwartet", sagte Sara, als Beatrice Larsson aus dem Raum verschwunden war.

„Ja, und das fühlt sich gut an", bemerkte Rita, „aber auch irgendwie abgeschmackt."

„Ich hoffe, wir können auch das andere Mädchen identifizieren", sagte Sara. „Du könntest Recht mit der Annahme haben, dass es sich um Josefin handelt."

Sara zog die Augenbrauen hoch: „Außerdem hatte ich immer das Gefühl, dass Josefin etwas verbirgt, etwas Wichtiges“, fuhr sie fort.

„Haben wir Rodney Ritger schon gefunden?“, fragte Jörgen, der in einer etwas merkwürdigen Pose dastand, mit einem Fuß gegen das Schienbein des anderen Beines gepresst, als wollte er seinen Gleichgewichtssinn trainieren.

Sara schaute ihn an und konnte sich ein Lachen nicht verkneifen. Er war ein seltsamer Typ, dieser Jörgen Berg. Aber sie mochte ihn. Sie leitete eine sehr gute Gruppe.

„Nein, noch nicht. Aber wir werden ihn finden, da können Sie sicher sein.“

Staatsanwalt Åke Baum entschied, Haftbefehl gegen Evert Karlesson zu erlassen, und Sara war mit dieser Entscheidung sehr zufrieden. Endlich kamen sie der Lösung näher.

48

Mit angehaltenem Atem öffnete Sara vorsichtig das Tor zu der schönen, weiß getünchten Kirche in Dalby, der ältesten noch erhaltenen Steinkirche in den nordischen Ländern.

Sie trat ein. Vorne stand ein weißer Sarg, umgeben von Blumenschmuck, wie Sara ihn noch nie gesehen hatte. Der Sarg stand wie eine Säule in der Mitte der Kirche. In der ersten Reihe der Kirchenbänke saßen Kajsa Lindahls Eltern, ihre Schwester und zwei ältere Ehepaare. Sie saßen wie festgenagelt. Niemand bewegte sich, niemand machte einen Mucks. Auf der Orgel wurde ein getragenes und trauriges Stück gespielt. Sara meinte, das *Adagio* von Tomaso Albinoni zu erkennen, das den ganzen Tag über im Fernsehen gespielt worden war, als man Olof Palme ermordet hatte.

Josefin saß in der Mitte der jungen Leute und weinte so stark, dass sie am ganzen Körper zitterte. Als würde sie die Tränen aller anderen auf sich nehmen und mitweinen.

Nach dem Stück sprach die Pfarrerin. Mit sanfter Stimme redete sie über Gewalt, über die Einsamkeit der modernen Zeit und über die Liebe zwischen Menschen, über das Bedürfnis nach Unterstützung und Trost. Und darüber, sich an dem zu erfreuen, was das Leben zu bieten hat. Von der Zeit, die wir miteinander verbringen.

Dann erhob sich ein junger Mann aus dem Publikum und stellte sich an die Orgel. Er sang mit tiefer Stimme ein Lied von Ulla Sallert: „*Får jag lämna några blommor? Ett par rosor i din vård*: Darf ich dir Blumen hinterlassen? Ein paar Rosen dir allein."

So viele junge Leute. Sie füllten fast die halbe Kirche. Wahrscheinlich waren es Freunde aus allen möglichen Ecken.

Sara saß da und wünschte sich, dass jemand aus der Familie des toten Mädchens seine Trauer zeigen würde. Dieser Gedanke wurde von einem Aufschrei durchschnitten. Kajsa Lindahls Schwester war aufgestanden, zu dem weißen Sarg gelaufen, hatte sich über ihn geworfen und schrie nun verzweifelt auf. Die Menschen begannen, unruhig in den Kirchenbänken hin und her zu rutschen, völlig überrascht von diesem plötzlichen emotionalen Ausbruch.

Das Mädchen lag noch immer über dem Sarg, sein Schrei war aber verstummt. In der Kirche war es still geworden. Trost suchte man hier vergeblich.

Sara warf einen letzten Blick auf die Versammlung und schlich sich hinaus. Als sie das große Kirchenportal öffnete, strömte ihr die frische Luft entgegen. Sie atmete tief durch und stieg in ihren alten Saab, konnte sich aber nicht überwinden, den Motor zu starten. Dann läuteten die Kirchenglocken. Die Menschen strömten in gemächlichem Tempo aus der Kirche und versammelten sich auf dem gepflasterten Gehweg. Viele hielten sich Taschentücher vor das Gesicht, und einige schienen erleichtert zu sein, wieder an der frischen Luft zu sein. Als ob die Kirche ihr Gefängnis gewesen wäre.

Als letzte kamen die Lindahls durch das Tor. Sie hielten sich an den Händen. Kajsas Schwester wirkte verkrampft. Die Wimperntusche war ihr in Schlieren über die Wangen gelaufen. Die Eltern schauten ausdruckslos vor sich hin. Als ob nichts auf der Welt sie mehr vor der Dunkelheit retten könnte.

Sara rief den örtlichen Polizeichef Bengt Allin an. Er war ein Mann in den Fünfzigern, und Sara hatte viele Jahre zuvor für ihn gearbeitet, als sie gerade in Malmö angekommen war. Wäre er nicht gewesen, hätte sie wahrscheinlich schon längst das Feld geräumt. Nun war Bengt im Zuge der Umstrukturierung nach Lund versetzt worden, genau wie Sara selbst. Aber sie hatten sich schon lange nicht mehr gesehen.

Sara hatte beschlossen, dass Kajsas Klassenkameraden erneut befragt werden mussten.

„Das wird eine Menge Arbeit werden, aber wir haben jetzt andere Fragen zu stellen. Jetzt geht es um pornografische Filme. Ich werde das Material und die Fragen, die ich beantwortet haben möchte, zur Verfügung stellen."

„Wir kümmern uns darum. Wenn einer der Schüler etwas weiß, bekommen wir die Informationen schon", sagte Bengt Allin.

Sara machte Anstalten, das Gespräch zu beenden.

„Übrigens, eine Sache noch: Malva Gran ist für ein paar Tage in Urlaub gefahren, aber sie hat einen USB-Stick mit Fotos vom Tatort im Stadtpark abgegeben. Sie hatte vergessen, ihn abzuschicken, und bat mich, das zu übernehmen. Aber ich habe es auch vergessen. Das war dumm, und es tut mir leid."

„Ist schon gut", sagte Sara, ließ aber einen Hauch von Verärgerung durchblicken. „Schick mir die Bilder. Oder nein. Ich komme selbst vorbei, wenn ich wieder in Lund bin. Und ihr könnt Josefin Elvebrandt ignorieren. Die werde ich selbst befragen."

„Melde dich später. Du bist jederzeit willkommen", sagte Bengt, und Sara konnte ihn fast lächeln hören.

Vorsichtig parkte Sara rückwärts vom Parkplatz aus und fuhr davon. Sie fühlte sich wie ein ungebetener Gast, als ob ihre Anwesenheit in der Trauergemeinde unangemessen wäre. Zurück in Lund fühlte sie sich leichter. Die ländliche Idylle vertrug sich nicht gut mit Beerdigungen. Alles wirkte viel trauriger im Vergleich zu einer Landschaft in ihrer schönsten Blüte. Sara stieg die Treppe hinauf und trat durch die Glastüren im ersten Stock.

49

Das Mädchen saß schweigend am Küchentisch und war gerade von der Beerdigung seiner besten Freundin zurückgekommen. Es schaute nervös zu Rita Anker und dann zu Sara Vallén. Eine kleine Schweißperle zitterte auf seiner Oberlippe und sein Blick flackerte.

Sowohl Rita als auch Sara saßen still da. Das Einzige, was zu hören war, war das fast schon lästige Ticken einer Wanduhr.

„Nein", sagte Josefin und starrte ins Leere. „Ich habe noch nie von ihm gehört. Wie war sein Name noch gleich?"

„Evert Karlesson", wiederholte Sara freundlich. „Und da bist du dir sicher?"

„Ich weiß nicht, wer das ist", sagte Josefin Elvebrandt, aber sie sah alles andere als sicher aus.

„Ganz sicher?"

„Ja."

„Aber wir wissen, dass Kajsa ihn getroffen hat. Wie kann es sein, dass du, als Kajsas beste Freundin, keine Ahnung hast, wen sie getroffen hat?"

„Wir haben nicht immer zusammengeklebt", sagte das Mädchen und schaute Sara an.

„Nein, aber ich habe gehört, dass ihr euch alles erzählt habt?" Sara blieb ruhig. Sie las die Körpersprache des Mädchens genauer als die Worte, die sie sprach.

„Ja", antwortete Josefin und blickte schnell nach unten und dann wieder nach oben. „Aber nicht alles. Sicherlich nicht alles."

„Gut", sagte Sara. „Das verstehe ich. Könntest du mir noch einmal beschreiben, wie Kajsa als Person war?"

„Sie war der freundlichste Mensch der Welt und sehr intelligent. Lustig. Interessant. Einfach toll. Fast immer."

„War sie in der zweiten Oberstufenklasse noch dieselbe wie in der ersten?", fragte Sara Vallén.

„Wie meinen Sie das?" Das Mädchen war eindeutig auf der Hut.

„Ich meine, ob es nach eurem ersten Gymnasialjahr irgendeine Veränderung gegeben hat", spezifizierte Sara.

Das Mädchen musterte sie, als wollte es herausfinden, was genau Sara erwartete. Dann schien sie sich zu einer Antwort durchzuringen, und Sara spitzte die Ohren.

„Sie hatte keine Lust mehr auf Schule", sagte Josefin mit einem erleichterten Ausdruck auf dem Gesicht.

„Nun, das ist nicht unnormal", bemerkte Sara so leichthin wie möglich. „Wie hat sich das ausgedrückt?"

„Das hat sie gar nicht ausgedrückt", sagte Josefin, die sich offenbar weigerte, die Frage zu verstehen.

„Nein, ich meine, inwiefern sich gezeigt hat, dass sie keine Lust mehr auf die Schule hatte."

„Sie hat nicht mehr für die Prüfungen gelernt, und dann war sie auch noch etwas kühler gegenüber allen in der Klasse. Am Anfang war sie zu allen nett und hilfsbereit, aber in unserem zweiten Jahr hat sie sich immer mehr von der Klasse distanziert. Sie mochte unsere Vertrauenslehrerin Lena Johannesson. Sehr gern sogar. Aber keinen anderen Lehrer."

Richtig, die Vertrauenslehrerin, dachte Rita.

„War sie in diesen Martin Lingryd verliebt?", fragte Rita. Bis jetzt hatte sie schweigend dagesessen und nur den Dialog zwischen Sara und dem Mädchen verfolgt.

„Sie mochte ihn in der ersten Klasse, aber seitdem nicht mehr. Kajsa hielt ihn für lahm und schwächlich. Sie hat sich mehr für ältere Männer interessiert. Also nicht *so* alt. Typen um die zwanzig."

Ihr Versuch, sich herauszureden, scheiterte kläglich, was Sara Vallén nicht entging.

„Sie hat sich also für ältere Männer interessiert. Hatte sie auch einen älteren Freund?"

„Nein, sie hatte kein Interesse an einer festen Beziehung", erklärte Josefin und schüttelte den Kopf.

„Hat Kajsa Drogen genommen?" Sara merkte, dass Josefin auf diese Frage nicht vorbereitet gewesen war.

„Nein", sagte sie leise. „Ich weiß es nicht."

Sara und Rita sahen sich gegenseitig an, zufrieden mit dem, was sie herausgefunden hatten. Nicht in erster Linie verbal, aber implizit.

„Okay", sagte Sara, „wir lassen es fürs Erste gut sein. Ich möchte, dass du dir einige Fotos ansiehst und uns dann laut sagst, was du denkst."

Rita Anker legte Josefin die zwölf Fotos vor, die sie auch beim Gespräch mit der Leiterin des Botanischen Gartens benutzt hatten.

Die Hand des Mädchens zitterte, als sie die Fotos umdrehte, eines nach dem anderen. Sowohl Sara als auch Rita notierten sich sorgfältig jede Reaktion.

Plötzlich zuckte Josefin zusammen. Sie brachte sich sofort wieder unter Kontrolle, sagte aber nichts. Sie stöberte einfach weiter. Das Foto, das sie sich soeben angesehen hatte, zeigte einen etwas jüngeren Evert Karlesson.

Sara machte sich eine Notiz auf einem Block, während sie laut für das Diktiergerät sagte, das Mädchen habe die Fotos kommentarlos betrachtet.

50

Ruhig zog er ein Paar Turnschuhe an. Steckte das Messer ein. Das Werkzeug gab ihm Sicherheit und Kraft. Er war unbesiegbar. Entschied sich für einen Umweg und schnitt einen weißen Fliederzweig ab. Sein Messer war für viele Dinge gut. Und niemand kannte ihn. Keiner wusste etwas.

Er rannte, schnell und leichtfüßig. Mit langen Schritten. Weit hatte er es nicht.

Dabei fühlte er sich glücklich, fast euphorisch. Und auf eine seltsame Weise erleichtert. Jetzt war es an der Zeit.

Die Tür war nicht mit einem Zahlenschloss gesichert. Er ging in den Keller und hielt sich im Fahrradabstellraum bereit. Er bückte sich neben einem Fahrrad und tat so, als würde er daran herumfummeln, als ein Mann hereinkam und sein Fahrrad in den Raum schob. Der Typ murmelte etwas und ging wieder hinaus, ohne die Tür richtig hinter sich zu schließen.

Als er die Tür zum Treppenhaus zuschlagen hörte, zerschlug er die Deckenlampe und stellte sich in eine Ecke, um auf sie zu warten.

51

Lena Johannesson war verärgert. Eine Fahrradtour würde ihr guttun. Als sie die Treppe hinunterstieg und gerade um die Ecke zum Fahrradkeller gehen wollte, begegnete ihr ein Mann. Er kam um die Ecke gesaust und Lena sprang vor Schreck in die Höhe und quiekte laut auf.

„Ups", sagte er nur und lief die Treppe hinauf.

Lena schaute ihm hinterher. Er war keiner ihrer Nachbarn, es sei denn, er war gerade erst eingezogen. Andererseits war auch niemand ausgezogen. Aber vielleicht hatte sich ja jemand einen neuen Mitbewohner gesucht.

Lena steckte den Schlüssel ins Schloss, musste aber feststellen, dass die Tür nicht richtig verschlossen war. Unverantwortlich, dachte sie. Deshalb werden Fahrräder so oft gestohlen.

Sie drückte auf den Lichtschalter, aber nichts geschah. Funktionierte eigentlich irgendetwas in diesem Haus? Musste man immer alles selbst machen?

Plötzlich hörte sie ein kratzendes Geräusch, als ob jemand etwas Metallisches über den Betonboden zog.

Sie ging rückwärts auf die Tür und das Licht zu. Dann spürte sie einen leichten Zug hinter sich, und sie bekam eine Gänsehaut im Nacken. Sie wirbelte herum, holte tief Luft und setzte zu einem Schrei an, doch im selben Moment legte ihr jemand eine große Hand auf den Mund. Ihr Kopf wurde nach hinten gerissen und sie konnte den Atem des Mannes riechen.

Jetzt sterbe ich, dachte sie.

Mit seinem ganzen Gewicht zwang er sie, sich langsam rücklings auf den Boden zu legen. Immer noch presste er die Hand auf ihren Mund. Ihr wurde schwindlig. Sie sah nichts, spürte nur seine Hand und roch den leicht süßlichen, ekelerregenden Atem.

Er legte sich auf sie. Das Gewicht war zu viel für sie und sie verlor das Bewusstsein.

Als sie kurz darauf wieder zu sich kam, hatte er von ihr abgelassen. Seine Hand lag nicht mehr auf ihrem Mund. Sie schnappte nach Luft. Jetzt, dachte sie, jetzt muss ich schreien. Aber aus ihrer Kehle drang kein Laut.

Er hielt ihr etwas über den Kopf. Etwas Glitzerndes. Dann wurde alles schwarz.

52

Olof Svensk kam abends um halb zehn zu Hause an. Er war etwas überrascht, als er die Tür öffnete und die Wohnung dunkel vorfand. Draußen war es zwar noch hell, aber nicht so hell, dass es nicht an der Zeit gewesen wäre, drinnen Licht zu machen. Er rief, erhielt aber keine Antwort. Er sah sich in der ganzen Wohnung um, fand aber nirgends einen Hinweis darauf, was Lena wohl vorhatte. Ihre neuen Sommersandalen standen auf dem Schuhregal. Sie war also nicht feiern gegangen, schloss er, und aus irgendeinem Grund beunruhigte ihn diese Tatsache noch mehr.

Er suchte nach Hinweisen. Soweit er wusste, unternahm sie nie etwas, ohne ihm davon zu erzählen – ganz gleich, was passierte. Vielleicht hat ihr Streit vom Vortag etwas damit zu tun. Sie hatte angerufen und sich darüber aufgeregt, dass er wieder einmal zu lange arbeiten musste. Hatte gefragt, ob ihre Beziehung noch einen Sinn hatte, wenn sie sich nie sahen. Er verstand sie bis zu einem gewissen Grad, aber er wollte zeigen, was er draufhatte, und außerdem machte ihm die Arbeit mehr Spaß, als abends zu Hause zu sitzen.

Aber nein, das hier war ganz untypisch für Lena.

Was konnte er noch überprüfen? Den Schlüsselkasten vielleicht.

Ihr Fahrradschlüssel war weg.

Olof saß noch eine Weile wach da und wartete, entschied sich aber, ins Bett zu gehen, als es nach Mitternacht war. Er schlief ein, wachte aber um halb vier wieder auf. Lenas Seite des Bettes war leer. Er fühlte sich äußerst unwohl. Als er versuchte, sie zu erreichen, war ihr Handy aus. Vielleicht sollte ich die Polizei rufen, dachte er. Aber er beschloss, zuerst Lenas beste Freundin Sofia anzurufen.

„Was?", antwortete eine benommene Stimme am Telefon.

„Hallo, hier ist Olof", wiederholte er geduldig.

„Bist du verrückt geworden?", fragte Sofia. „Warum rufst du an einem Wochentag morgens um vier Uhr an?" Sie klang in erster Linie verwirrt, aber mit einem Hauch von Gereiztheit in der Stimme.

„Lena ist verschwunden. Sie war die ganze Nacht nicht zu Hause. Ich dachte, du wüsstest vielleicht, wo sie steckt", erklärte er und klang dabei weniger besorgt, als er wirklich war.

„Nein, Olof, ich habe absolut keine Ahnung. Wann ist sie verschwunden?"

„Ich weiß es nicht. Sie hat mich um sechs Uhr angerufen, aber ich habe noch gearbeitet."

Er hörte, wie Sofia schnaubte, und stellte etwas beschämt fest, dass Lena wahrscheinlich mit Sofia über ihren Frust gesprochen hatte.

„Du weißt schon, dass sie seltsame E-Mails bekommt, oder?", fragte Sofia nach einer Weile.

Olof hatte das Gefühl, als würde ihm der Boden unter den Füßen weggezogen.

„Nein, das wusste ich nicht."

„Ich komme vorbei", sagte Sofia.

Olof rief sowohl das Krankenhaus als auch die Polizei an. Eine Polizeistreife würde in Kürze eintreffen, versprach man ihm, als er den Sachverhalt erklärte. Seltsamerweise hatten sie ihn gefragt, ob Lena selbstmordgefährdet sei. Und erschrocken stellte er fest, dass er diese Frage nicht beantworten konnte.

53

„Fahrradraum? Wie meinen Sie das? Soll sie etwa im Fahrradraum sitzen und schmollen?“

„Nein, das meine ich nicht. Dort hat sie wohl ihr Fahrrad geholt, also fangen wir einfach dort an“, sagte Peter Matsson und erhob sich. Malva Gran folgte seinem Beispiel.

Es wäre das Beste, eine ordnungsgemäße Überprüfung durchzuführen, hatte der Kollege in der Leitstelle gesagt und die beiden für den Auftrag eingeteilt. Vermutlich war die Frau wütend auf ihren Mann und hatte das Haus verlassen, um sich zu rächen oder um nachzudenken. Peter war eher für die Rachetheorie, während Malva glaubte, dass die Frau Zeit zum Nachdenken brauchte. Die Tatsache, dass das Paar am Nachmittag einen kleinen Streit gehabt hatte, machte die Sache nicht einfacher, da waren sie sich völlig einig.

Sie gingen gemeinsam in den Keller, schlossen die Tür zum Fahrradraum auf und drückten den Lichtschalter. Nichts passierte. Peter schaltete seine Taschenlampe ein, aber ebenso schnell wieder aus. Sowohl er als auch Malva hatten genug gesehen.

Mitten auf dem Boden lag die Leiche einer Frau, übel verrenkt und mit zerschmettertem Schädel. Um den Kopf der Frau herum trocknete eine Blutlache bereits ein, und auch die abgeschnittene Zunge war zu sehen gewesen.

Malva schaffte es schnell, Sofia Lärka und Olof Svensk aus dem Raum zu bugsieren, bevor sie alles sehen konnten.

„Sie werden hier warten müssen", sagte sie mit so rauer und autoritärer Stimme, wie sie nur konnte.

„Was war das? War das Lena?", rief Olof Svensk laut. Er versuchte, sich an Malva vorbei zu drängen, aber sie blieb breitbeinig stehen und wehrte ihn ab.

„Sie müssen noch einen Moment warten, Olof."

Malva wandte sich an Sofia Lärka und bat sie leise, Olof hinaufzubringen. Sofia war geschockt. Sie hatte zu viel gesehen. Aber sie verstand die Bitte der Polizistin und nahm Olof unter ihre Fittiche.

„Komm schon, Olof, es gibt nichts zu sehen. Lassen wir die Polizisten ihre Arbeit machen."

Olofs Schultern sanken herunter. Er nickte Sofia zu und folgte ihr zurück in die Wohnung. In der Tür brach er zusammen und weinte so stark, dass sein ganzer stämmiger Körper zitterte.

„Es ist meine Schuld", krächzte er zwischen seinen Heulkrämpfen.

„Nein, es ist nicht deine Schuld." Sofia Lärka hatte Mühe, sich zusammenzureißen, aber ihr war klar, dass sie es um Olofs willen versuchen musste. Sie nahm den Hörer ab, rief ihren Mann an und bat ihn, sofort zu kommen.

„Ich erkläre es dir später", sagte sie scharf.

Erneut wurde Sara Vallén mitten in der Nacht geweckt.

Und wieder einmal waren es Malva Gran und Peter Matsson, die sie vor Ort erwarteten. Die Armen.

Sara lächelte Matsson mitfühlend an, als er aus dem Keller kam.

„Wir haben das Gebiet abgesperrt. Rund um den gesamten Sofia-Park. Der Spürhund ist schon vor Ort und die Spurensicherung auf dem Weg. Verdammt, Sara, was ist da los? Mit was für einem Verrückten haben wir es zu tun?"

Sara entging nicht, dass er sie bei ihrem Vornamen nannte. Vielleicht bildete sie sich das nur ein, aber sie fand den Tonfall zu intim und hatte Angst, dass er sie verraten würde. Sie schaute ihn scharf an.

Er nickte fast unmerklich, als hätte er verstanden.

„Was haben wir bis jetzt?", fragte Sara.

„Abgetrennte Zunge und zertrümmerter Schädel, aber diesmal keine Schnitte. Ich weiß nicht, ob eine Vergewaltigung stattgefunden hat. Sie hält ebenfalls einen weißen Fliederzweig in der Hand. Der Arzt sieht sie sich an, dann wird sie zur Autopsie gebracht. Der Ehemann ist in seiner Wohnung. Offenbar hatten sie einen Streit. Er hat eine Freundin der Frau, eine gewisse Sofia Lärka, angerufen, die ebenfalls hier wartete, als wir ankamen. Sie hat das Opfer identifiziert. Lärkas Mann ist auch hierher gekommen, bevor ich es vergesse. Das Opfer ist eine Lehrerin namens Lena Johannesson. Lärka sagt, Lena habe Drohmails erhalten. Ob das ein Zufall ist oder ob ein Zusammenhang zwischen ihr und dem Mädchen besteht, das letzte Woche gestorben ist, weiß ich nicht. Vielleicht ein Nachahmungstäter."

So viele Dinge passten zusammen – viel zu viele, als dass Sara die Augen davor verschließen konnte.

Lena Johannesson war Kajsas Vertrauenslehrerin. Und im Grunde war es derselbe Modus Operandi, abgesehen von der sexuellen Komponente. Und dann diese Drohmails. Gleichzeitig war sie wütend auf Jörgen Berg, denn die Befragung von Lena Johannesson, die seine Aufgabe gewesen wäre, war nicht zustande gekommen. Tölpelhaft.

„Danke Matsson, aber das glaube ich nicht. Wie Sie wissen, haben wir weder die Details der abgetrennten Zunge noch des Fliederzweigs an die Presse weitergegeben. Ich sehe mir das Opfer an und gehe dann zu dem Lebensgefährten, wenn ich kann."

Wir können nicht ausschließen, dass er der Täter ist, aber das scheint mir doch sehr weit hergeholt zu sein, dachte sie.

„Er scheint völlig unter Schock zu stehen. Er hat geweint wie ein kleines Hündchen", sagte Peter Matsson.

„Es muss sich um denselben Täter handeln wie im Fall Kajsa Lindahl. Die Zunge eines Opfers abzuschneiden ist nicht gerade üblich", fuhr Sara fort, während sie in den Keller ging, um sich das Opfer anzusehen. Matsson hörte den letzten Teil nicht. Er stand da und fühlte sich genauso pikiert wie bei ihrem allerersten Aufeinandertreffen.

„Übrigens, wenn Torsten und Rita eintreffen, sagen Sie ihnen, sie sollen in die Wohnung kommen. Ich gebe ihnen etwas zu tun."

Der Arzt bewegte sich behände um die Tote herum, als wäre ihm gar nicht bewusst, dass er gerade einen völlig zermatschten Menschen mit herausgeschnittener Zunge untersuchte.

„Also", sagte der Arzt, „sie liegt wahrscheinlich schon eine ganze Weile hier. Seltsam, dass sie bisher noch niemand gefunden hat. Schweres Trauma durch stumpfe Gewalteinwirkung, wahrscheinlich mit einer Art Rohr, den Verletzungen nach zu urteilen. Und dann vermutlich ein Messer, um die Zunge herauszuschneiden. Der Schnitt ist glatt und die Zunge ist ein dicker Muskel, also muss die Klinge extrem geschärft worden sein. Aufgrund der vielen Blutgefäße blutet es so stark. Sie sehen ja, wie viel Blut hier ist", fuhr er fort und deutete auf den Boden.

„Ja, danke, das weiß ich", antwortete Sara, die das Gefühl hatte, genug gesehen zu haben.

„Ich warte auf die Spurensicherung", berichtete der Arzt. „Wann kommen die Kollegen?"

„Sofort. Sie sollte aber nicht bewegt werden, bis die Spurensicherung hier ist", sagte Sara. „Wenn möglich, sollten die Kollegen den Tatort untersuchen können, bevor irgendetwas verändert wird."

„Klar. Ist alles abgesperrt, damit wir uns keine Sorgen um Schaulustige machen müssen?", fragte der Arzt.

„Natürlich", antwortete Sara und verließ den Fahrradkeller.

Sie klingelte an der Wohnungstür mit dem entsprechenden Namen. Ob das ihre Wohnung ist? Ihr Name steht an erster Stelle, überlegte Sara, während sie Schritte hinter der Tür vernahm.

Eine Frau in den Dreißigern öffnete die Tür. Ihre Augen waren rot geweint.

Sie stellten sich einander vor, und Sofia Lärka bat Sara hinein. Sie bot ihr Kaffee an und Sara nahm ihn ausnahmsweise an. Sie hatte keine Zeit für einen Morgenkaffee gehabt.

54

„Ich weiß nicht viel“, sagte Sofia. „Ich weiß nur, dass Lena ziemlich unglücklich mit Olof war. Vor allem, weil er immer unterwegs war. Hat viel gearbeitet. Keine Untreue oder so“, fügte sie hinzu, als sie Saras Gesichtsausdruck sah.

Sara Vallén und Sofia Lärka saßen in der Küche, während Sofias Mann Jerker mit Olof Svensk im Wohnzimmer wartete.

„Es war die Rede von Drohmails“, sagte Sara.

„Na ja, ich weiß nicht, ob es so eine ernste Sache war. Aber Lena fand es auf jeden Fall unangenehm. Sie hat sie mir sogar geschickt, damit ich sehen konnte, wie sie aussahen. Aber sie hat Olof nichts davon erzählt.“

„Wir müssen in Lenas Computer nachsehen, vielleicht steht da mehr, als sie Ihnen gesagt hat. Es wäre vielleicht das Beste, wenn wir die Inhalte Ihres Handys kopieren dürften. Lenas Computer nehmen wir ohnehin mit.“

Sofia fing an zu weinen, heftig und unkontrolliert. Sara beschloss, dass es für den Moment reichte. Sie ergriff Sofias Arm, um sie zu stützen, und führte sie in das Nebenzimmer zu ihrem Mann. Der stand sofort auf und nahm seine Frau in den Arm. Er sagte nichts. Korrekter Typ, dachte Sara.

„Kann ich jetzt mit Ihnen sprechen?“, fragte sie Olof Svensk. „Es wird nicht lange dauern.“

Sofia und Jerker Lärka verließen das Wohnzimmer.

Sara versuchte, sich kurzzufassen, musste aber trotzdem alles unter einen Hut bringen. Olof Svensk begann zu erzählen, verfiel aber in einen so heftigen Weinkrampf, dass es schwer war, zu verstehen, was er sagte.

„Es ist meine Schuld“, wiederholte er. „Meine Schuld. Wenn wir uns nicht gestritten hätten, wäre sie gar nicht auf die Idee gekommen, Rad zu fahren. Da bin ich mir sicher.“

Mit belegter Stimme hielt er einen langen Monolog darüber, wie sehr er als Partner und als Mann versagt hatte. Sara versuchte, ihn zum Aufhören zu bewegen, aber egal, wie viele tröstende Worte sie sprach, es gelang ihr nicht. Selbst als sie beschloss, ihre Taktik zu ändern, von tröstend zu autoritär, hörte er nicht auf zu reden.

Es hatte keinen Sinn, ihn jetzt zu befragen. Auf jeden Fall fiel es Sara sehr schwer, zu glauben, dass er der Mörder war. Sie könnte ihn später überprüfen lassen. Aber eine Speichelprobe würde sie nehmen.

„Würden Sie mir kurz helfen?“, bat sie ihn. „Ich muss mich in Lenas Computer einklinken und ihre E-Mails durchsehen. Könnten Sie das tun?“

Ein Nicken als Antwort.

Der Posteingang war leer.

„Man kann sie wiederherstellen“, presste Olof mit belegter Stimme heraus.

„Ist das so? Ich weiß, dass es im Moment schwierig ist, aber es wäre wichtig, die Nachrichten zu lesen. Dann schicke ich die Kollegen von der Spurensicherung hoch, damit sie sich um den Computer kümmern. Sie werden auch Lenas Habseligkeiten durchsuchen müssen."

Olof Svensk nahm ein paar einfache Anpassungen vor, oder zumindest sah es einfach aus, dachte Sara, und bald darauf waren Lenas E-Mails wieder lesbar. Und da waren einige mit unbekanntem Absender und bedrohlichem Inhalt. Sara begnügte sich damit, die Eckdaten zu notieren, der Rest würde von den Technikern untersucht werden.

„Wer zum Teufel schickt Lena solche Drohungen? Glauben Sie, dass es der Mörder war?" Olofs Gesicht war weiß und er presste die Kiefer zusammen.

„War es der Mörder?", wiederholte er.

„Ich weiß es nicht", sagte Sara. „Wir müssen das untersuchen, bevor ich etwas sagen kann."

Sie wandte sich an Olof, der unkontrolliert zitterte. Sara fasste einen Entschluss. Körperliche Berührungen hatten immer eine beruhigende Wirkung, also legte sie die Arme um ihn und hielt ihn fest, bis das Zittern nachließ.

„Haben Sie jemanden, den wir anrufen können? Wir können Sie auch ins Krankenhaus bringen, damit Sie ein Schlafmittel bekommen."

„Ich muss von hier weg. Ins Krankenhaus, bitte. Danke", sagte er stakkatomäßig.

55

„Wie kommt es, dass wir noch keinen Schritt weiter sind?", fragte die Polizeichefin Beatrice Larsson scharf. „Ein weiterer Mord, und wahrscheinlich derselbe Täter", fuhr sie fort.

„Beruhigen Sie sich", sagte Sara Vallén, die mit verschränkten Armen neben ihrer Vorgesetzten stand. „Wie hätten wir den Mord verhindern sollen?"

„Indem wir den Täter finden", sagte Beatrice Larsson in etwas gedämpfteren Ton. „Ist das nicht Evert Karlesson?"

Sara Vallén baute sich nun vor ihr auf, und sie strahlte Autorität aus – eine Autorität, die nicht von einem Titel, sondern von Intelligenz und Kompetenz herrührte. Beatrice Larsson wich leicht zurück.

„Wir arbeiten daran", erklärte Sara ruhig. „Wir alle arbeiten fast rund um die Uhr. Wir tun, was wir können. Und wir fahnden jetzt mit aller Kraft nach Evert Karlesson. Wir wissen nur nicht, wo er ist. Und es steht auch nicht fest, dass er es ist, auch wenn vieles darauf hindeutet. Was mich am meisten ärgert, ist, dass die Befragung von Lena Johannesson, die ich angeordnet hatte, nie durchgeführt wurde. Jetzt haben wir eine tote Vertrauenslehrerin, die keinerlei Aufschluss über den Mord an Kajsa geben kann. Und es kommt mir auch seltsam vor, dass Karlesson irgendeine Beziehung zu Johannesson haben soll. Warum sollte er sie töten? Es kann kaum sexuell motiviert gewesen sein, da er sich offensichtlich zu Kindern und jungen Mädchen hingezogen fühlt."

Die Polizeichefin nickte Sara zu, wusste aber nicht, was sie sagen sollte. Stattdessen verließ sie den Raum. Murmelnd.

Sara drehte sich zu ihrem Team um und schaute Jörgen Berg an, der verlegen war.

„Also?", fragte sie.

„Es tut mir furchtbar leid", sagte Jörgen. „Es war einfach zu viel."

„Da kann man jetzt nichts machen, aber ich bin mir sicher, dass du weißt, wie ernst die Lage ist. Die Befragung von Lena Johannesson hätte uns Antworten auf Dinge geben können, die wir nun selbst herausfinden müssen."

Jörgen nickte und seufzte aus tiefstem Herzen.

Wenn im Team zuvor eine gedrückte Stimmung geherrscht hatte, so war das nichts im Vergleich zu jetzt. Sie hielten die Köpfe gesenkt und es waren nur kahle, langhaarige und kurzhaarige Frisuren zu sehen. Niemand schien in der Lage zu sein, den Kopf aufrecht zu halten. Die ganze Atmosphäre hatte etwas Gedrücktes an sich. Rita wirkte ruhig, aber müde, und Torsten versuchte, sich bei Laune zu halten, indem er darüber sprach, welche Befragungen sie als Nächstes durchführen mussten. Jetzt galt es, ein ganzes Wohnhaus, ein ganzes Wohngebiet zu durchforsten. Neben Lenas Lebensgefährten und ihren engsten Verwandten und Freunden mussten Hunderte von Menschen befragt werden. In den frühen Morgenstunden waren Polizeibeamte in Uniform und Zivil ausgeschwärmt und hatten an den Türen geklingelt und die üblichen Spontanbefragungen durchgeführt. Das funktionierte gut und lieferte viele Antworten, die die Ermittler benötigten. Die meisten Nachbarn hatten natürlich nichts Interessantes zu erzählen gehabt, aber es stellte sich heraus, dass ein oder zwei von ihnen wertvolle Informationen geben konnten. Das waren diejenigen, mit denen sich Torsten, Jonny und Jörgen noch unterhalten würden. Jörgen würde sich später die Haare raufen müssen. Die Unterlagen waren im Laufe des Tages zu einem hohen Stapel angewachsen, und es wurde immer schwieriger, Ordnung zu halten.

Rita bekam den Auftrag, mit Sara zusammen Olof Svensk und die Schule zu befragen. Der Lebensgefährte war am Morgen ins Krankenhaus eingeliefert worden und zu geschockt, um direkt entlassen zu werden.

„Im Übrigen habe ich mit dem Gerichtsmediziner Göransson gesprochen. Eine aufgeschnittene Zunge blutet sehr stark. Dass Kajsa nicht verblutet ist, war der Tatsache zu verdanken, dass sie so schnell versorgt wurde, aber ihre anderen Verletzungen haben dann gesammelt dazu geführt, dass sie trotzdem nicht überlebt hat. Bei Lena ist jedoch unklar, ob sie an den Gewalteinwirkungen auf den Kopf oder am Blutverlust gestorben ist. Im Fall von Kajsa konnte man sehen, dass ein langer und schmaler Gegenstand verwendet wurde, und Göransson meinte, dass die Gewalt gegen Johannessons Kopf ähnlich ausgesehen habe. Das sei jedoch nur eine vorläufige Einschätzung. Es werde etwa eine Woche dauern, bis alle Fakten ermittelt seien. Meiner Meinung nach spielt es keine Rolle, ob sie an dem einen oder dem anderen gestorben ist. Sie wurde ermordet, und alles deutet auf denselben Mörder hin. Aber warum Lena Johannesson – eine scheinbar unschuldige Lehrerin? Das ist die Frage."

Im Raum wurde es still.

Niemals. Sie kapiert es nicht. Und sie weiß sowieso zu viel. Die flüsternde, aber aufgeregte Stimme des Jungen klang deutlich in ihrem Kopf wider. Sara notierte sich die Worte auf ihrem Block.

„Eines ist klar: Josefin Elvebrandt weiß über Evert Karlesson Bescheid", sagte Sara. „Bei der Befragung leugnete sie das zwar, reagierte aber heftig, als sie das Foto von ihm sah."

„Vielleicht heißt das, dass sie das Mädchen in den Filmen ist", schlussfolgerte Torsten und wirkte zufrieden.

„Ja, das ist natürlich sehr gut möglich. Was hätte sie noch zu verbergen? Schließlich ist Kajsa tot und muss nicht mehr beschützt werden."

Rita durchsuchte die Befragungsprotokolle und fand das Gespräch mit Josefin.

„Das Interview selbst sagt nichts aus", erklärte sie, „aber Sara hat die Reaktionen zur Kenntnis genommen und festgehalten. Das Mädchen war anfangs auch merklich nervös und hat sich dann beruhigt."

„Aber das ist noch kein Beweis für eine Lüge. Untersuchungen haben ergeben, dass wir sehr schlecht darin sind, Lügen zu erkennen. Wie ein Zufallsgenerator", sagte Jörgen und lachte.

„Ja, das stimmt natürlich", gab Sara zu. „Aber in diesem Fall habe ich auf die Mimik geachtet – auf das, was wir nonverbal kommunizieren, ohne uns darüber bewusst zu sein. Ich habe mich da auch eingelesen, wie ihr seht."

Alle lachten, erleichtert, dass sich die Stimmung ein wenig gehoben hatte.

„Alles klar", sagte Jörgen. „Ich wollte nur ein wenig den Klugscheißer heraushängen lassen."

Er machte Anstalten, sich wieder zu erheben.

„Zeit, wieder an die Arbeit zu gehen."

Sara brachte ihn mit einer Handbewegung dazu, sich wieder zu setzen.

„Josefin hat auch bestätigt, dass sich Kajsa im zweiten Gymnasialjahr verändert hat. Sie wurde immer lustloser, härter und kälter gegenüber der Klasse. Und dass sie Martin Lingryd für lahm hielt. Dass sie ältere Jungs mochte. Aber Josefin hat irgendwie seltsam reagiert. Sie sah aus, als hätte sie aufgegeben. Oft gibt uns das Ungesagte die meisten Hinweise. Auch die Frage nach den Drogen hat sie eiskalt erwischt. Kajsa schien jedoch großes Zutrauen zu ihrer Vertrauenslehrerin Lena Johannesson gehabt zu haben. Vielleicht ist da der Zusammenhang. Dass sie sich ihrer Lehrerin anvertraut hat, was mit dem Missbrauch durch Karlesson zu tun hat. Und dass Karlesson das herausgefunden hat."

Während Sara sprach, musterte sie die Worte auf dem Block. Sie erschauderte.

„Ich muss nur eine Weile nachdenken", sagte Sara. „Ich nehme den Wagen und fahre zum Seebad Ribersborg, um dort einen Spaziergang zu machen. Zum Mittagessen bin ich zurück. Ich muss wirklich nachdenken."

Niemand zeigte ein Zeichen der Überraschung.

„Kann ich mitfahren?", fragte Rita. „Ich habe in einer halben Stunde einen Termin zum Schießtraining. Auf diese Weise müssen wir nicht mit zwei Autos fahren." Sara nickte.

56

Der Mann stand unter der Dusche. An der Wand wartete der Junge.

„Du bist viel zu groß geworden", sagte der Mann verärgert. „Früher war es besser."

Der Blick des Jungen war leer. Er spürte keinen Schmerz mehr, aber presste den Mund zusammen. Seine Rippen schmerzten und sein Rücken zeigte die Spuren des Ledergürtels, mit dem der Mann ihn bestraft hatte. Wofür, das wusste er nicht einmal. Er war immer folgsam gewesen.

„Du weißt, dass ich dich liebe", sagte der Mann. „Ich sorge dafür, dass du dich danach gut fühlst."

Der Junge blinzelte ein wenig. In ihm war nur Dunkelheit. Feuriges Schwarz. Und der Hass loderte in ihm, brannte sich in sein Gehirn und sein Herz. Das fühlte sich an wie ein großer Stein aus Granit. Oder vielleicht aus Marmor, dachte er, während ein Teil von ihm in einer Ecke des Raumes zu hocken und zuzusehen schien. Er konnte alles von oben betrachten, als wäre der Junge unter der Dusche ein anderer. Er spürte nichts mehr. Es war ihm egal. Es tat nicht mehr weh, es schmerzte nicht mehr. Er war nur noch ein Beobachter, der den Mann und den Jungen musterte. Er war ein Niemand. Es war nur ein Körper, und er hätte genauso gut tot sein können.

Als der Mann fertig war, sagte er nichts.

Er schob den Jungen aus der Dusche, stand auf und wusch sich.

Der Junge nahm seine Sachen, zog sie an und ging zur Tür. Der Flieder in der Vase auf dem Küchentisch roch so stark, dass ihm übel wurde. Der Junge wollte einfach nur raus aus dieser hasserfüllten Wohnung, weg von dem hasserfüllten Mann. Jetzt tat ihm wieder alles weh und er hatte Schmerzen. Gerade als er die Haustür öffnen wollte, trat der Mann aus dem Bad.

„Ich gehe bald weg, also sage ich dir Bescheid, damit du mir helfen kannst", sagte der Mann eindringlich.

Der Junge, der genauso groß war wie der Mann, ging leicht in die Hocke, als würde er auf einen weiteren Peitschenhieb warten. Der kam zwar nicht, aber er wagte nicht, darauf zu vertrauen, dass es nicht so weit kommen würde. Er zuckte mit den Schultern:

„Na gut", sagte er. „Ich will jetzt gehen."

„Geh nur, ich habe sowieso keine Zeit für dich", sagte der Mann. „Ich gebe dir Bescheid, wenn ich deine Hilfe brauche."

Der Junge nickte kaum merklich und schlüpfte zur Haustür hinaus.

57

„Bedrückt dich etwas?“

Rita hatte schon lange das Gefühl, dass Sara, die jetzt überrascht wirkte, etwas auf dem Herzen hatte.

„So einiges an diesem Fall“, sagte Sara und klang nicht gerade überzeugend.

„Ja, das verstehe ich, aber es geht um uns alle. Ich meine, auf privater Ebene.“

Rita drehte eilig den Kopf zu Sara und lächelte breit. Dann wandte sie den Blick wieder in Richtung Straße.

„Ich weiß nicht. Es hat sich einiges im Privaten getan. Ich kann dir jetzt nicht viel sagen, aber ich habe einen Mann kennengelernt, in den ich mich eventuell verliebt habe. Er macht mir gleichzeitig Angst und zieht mich an. Ich weiß nicht, was ich tun soll. Ich nehme mir vor, ihn nicht zu sehen, und kann trotzdem nicht von ihm lassen.“

„Du meinst, du zappelst am Haken, willst es aber eigentlich nicht?“

„So etwas in der Art. Das raubt Energie und ist völlig bescheuert“, sagte Sara und gab ein knurrendes Geräusch von sich.

Rita lachte.

„Das entbehrt jeder Logik. Es ist mir unerklärlich, wie ein intelligenter Mensch wie du oder ich sich in einen kompletten Idioten verwandeln kann."

„Ja, das denke ich auch oft", antwortete Sara und atmete ein paar Mal kurz und anschließend ein paar Mal tief durch. „Ich habe sogar das Kunststück vollbracht, zu beschließen, ihn nicht zu mir kommen zu lassen, aber wenn er dann da steht, lasse ich ihn trotzdem ins Haus. Das Problem ist, dass er nie bleibt, dass er kommt und geht, wann er will und nicht so oft, wie ich es gern hätte. Er ist schlicht und einfach suspekt. Ich glaube, er verheimlicht mir etwas. Aber ich weiß nicht, was."

„Vielleicht ist er verheiratet?", schlug Rita vor, die nicht mehr so ausgelassen wirkte.

„Er sagt, er habe sich vor zwei Jahren scheiden lassen, aber ich bin mir nicht sicher, ob das stimmt. Er hat so eine seltsame Art an sich. Ich kann nicht genau sagen, was es ist, aber irgendetwas ist definitiv da. Das spüre ich."

„Das hört sich nicht gut an. Aber bei Männern weiß man nie. Vielleicht will er nur nicht, dass du glaubst, er sei in dich verliebt."

„Tja, ich weiß nicht. Ich habe unglaubliche Zweifel, so ist das nun einmal. Und Angst, um ehrlich zu sein."

Sara hatte eigentlich vorgehabt, Rita nichts von Peter Matsson zu erzählen, aber jetzt sprudelte alles, abgesehen von seinem Namen, aus ihr heraus. Sie verspürte einfach ein überwältigendes Bedürfnis, sich alles von der Seele zu reden.

Irgendwann kam die Frage trotzdem.

„Wer ist er?", fragte Rita fast beiläufig.

„Das kann ich nicht sagen. Aus Gründen, die du sicher schon kennst."

„Alles klar. Dann ist es ein Kollege. Ich hoffe nur inständig, dass es sich nicht um jemanden vom alten Team beim Landeskriminalamt handelt."

„Nein, das weißt du doch genau", sagte Sara und fühlte sich fast beleidigt.

„Okay, ich frage dich nicht nach seinem Namen. Ich hoffe nur, dass alles gut geht und du keinen Ärger bekommst."

Sara zögerte und neigte den Kopf leicht nach hinten, um ihre Gedanken zu ordnen. Sollte sie es verraten? Vielleicht war es tatsächlich die Angst vor dem, was Rita über Peter Matsson wusste, die sie davon abhielt, sich ihrer Freundin anzuvertrauen. Dann wäre sie gezwungen, eine Entscheidung zu treffen, zu der sie im Moment nicht bereit war. Und das würde sie vor Rita noch dümmer dastehen lassen.

Sie kamen am Davidshallstorg an – dem belebten Platz in der Innenstadt von Malmö. Rita streichelte leicht über Saras Wange und stieg aus dem Auto.

Die Seeluft war wohltuend. Sie ging langsam am Wasser entlang. Bewegung bedeutete für Sara immer Kraft und Schnelligkeit, Energieverlust und Energiegewinn, Wettbewerb mit anderen und vor allem mit sich selbst. Langsames Gehen war ihr schon immer schwergefallen.

Niemals. Sie kapiert es nicht. Und sie weiß sowieso zu viel. Die Worte des Jungen hallten in Saras Kopf nach. Eigentlich fühlte sich alles so klar an, und doch konnte sie die losen Enden nicht ganz greifen. Die Aggression des Jungen gegenüber der Welt, seinem Vater, dem ‚Mistkerl' und der

Lehrerin. Das war zu viel, um nur ein Zufall zu sein. Oder etwa nicht?

Sara blieb stehen und ließ ihr Haar im Wind wehen. Sie fuhr sich mit der Hand über den Rücken, der vor lauter Anspannung schmerzte, und streckte dann die Arme über den Kopf, beugte sich leicht vor und dehnte sich. Sie drehte den Kopf mal nach rechts, mal nach links.

Und wie um alles in der Welt konnte ein Mann wie Evert Karlesson verschwinden? Malmö war eine lebendige Stadt, aber voller Probleme, Spaltung, Elend und Not. Dass es in einem Ballungsraum wie Malmö zu bestialischen Verbrechen kam, mochte vielleicht nicht verwunderlich sein, denn die Frustrationsgrenze war hier niedrig und die Aggression umso höher. Wo also lag der Unterschied zwischen Malmö und Lund?

Es gab keinen, stellte Sara fest. Menschen können überall wütend, verärgert, enttäuscht und verarscht werden. Für so etwas gab es keinen geografischen Ort, sondern nur einen Platz im Herzen oder vielmehr im Gehirn des Menschen. Lund, dachte sie wieder, hat eine andere Oberfläche, eine andere Atmosphäre. Viele Formen der Kriminalität, die in Malmö auftreten, kommen in Lund selten vor – typisch für eine Stadt der Mittelklasse. Bessere soziale Kontrolle, höheres Bildungsniveau. Es hat seine Vorteile, dachte Sara, aber manchmal sehnte sie sich zu sehr nach dem Geruch des Meeres.

Vielleicht sollte ich trotzdem nach Malmö ziehen, überlegte Sara. Hier treten die Probleme noch immer offensichtlich und deutlich zutage. Und dann ist da noch das Meer.

Sie fragte sich, ob sie wirklich für den Posten der leitenden Kommissarin geeignet war. Vielleicht bin ich nicht so gut, wie es alle glauben wollen, oder vor allem, wie ich es glauben will, schoss es ihr durch den Kopf. Der Wind hatte aufgefrischt. Es war nicht mehr so warm wie noch vor Kurzem. Sie sah auch die Wolken, die vom Meer heranzogen. Dunkle Wolken, dachte Sara. Sie zog ihre Schuhe an und wickelte sich in ihren Pullover.

Dann setzte sie sich ins Auto und fuhr in Richtung Davidshallstorg, wo sie einst ihre Karriere als Ermittlerin in der Abteilung für Jugendkriminalität begonnen hatte. Malmö – so nett wie immer, dachte sie, vielleicht hätte ich hierbleiben sollen. Sie stieg aus dem Auto aus und wartete vor dem beeindruckenden Tor des Polizeireviers, wobei sie feststellte, dass es hier in der Stadt zwar etwas wärmer war, aber die Wolken schnell heraufgezogen waren.

„Hey, Sara, es wird wahrscheinlich regnen“, sagte Rita, die gerade aus dem Polizeigebäude trat.

Sara fuhr schweigend zurück nach Lund. Rita betrachtete den Raps, der auf den Feldern entlang der Autobahn wuchs.

„Wenn ich beim Sorgentelefon arbeite, ruft normalerweise ein Junge an, dem es sehr schlecht geht“, sagte Sara und brach damit das Schweigen.

„Ja?“

„Er sagte etwas, das immer wieder in meinem Kopf nachhallt. Aber ich weiß nicht, ob ich das überinterpretiere.“

„Ich bin ganz Ohr“, versicherte ihr Rita und ließ den Blick über die Felder schweifen.

„Er bekommt Prügel von seinem Vater, das weiß ich. Aber er spricht auch über jemanden, der ihn anwidert. Als ich ihn fragte, ob er jemanden hat, dem er sich anvertrauen kann, zum Beispiel eine Lehrerin, sagte er, dass sie nichts verstehe, aber zu viel wisse. Er spricht immer sehr leise, und wenn er sich aufregt, stottert er. Er ist sehr wütend, oder besser gesagt, hasserfüllt. Was hältst du davon? Könnte er von Lena Johannesson gesprochen haben?"

„Schwer zu sagen, was ich davon halte. Ich schätze, er will seinen Vater nicht anzeigen? Weißt du, wer er ist?"

„Nein, natürlich weiß ich das nicht. Die Jugendlichen rufen anonym an, das ist ja der Sinn der Sache. Und nein, er will definitiv nicht mit der Polizei sprechen. Aber glaubst du, dass es da einen Zusammenhang gibt?"

„Woher kommen die Anrufe?"

„Aus ganz Schweden", sagte Sara und im selben Moment schwand jegliche Hoffnung.

Rita lachte.

„Und wie viele Menschen hassen ihre Lehrer? Na ja, ich weiß es nicht, aber natürlich könnte es einen Zusammenhang geben. Aber dann, das ganze Land ... Spricht er Schonisch?"

„Mein Gott, daran hatte ich gar nicht gedacht." Sara war ehrlich überrascht.

„Daran musst du das nächste Mal denken", sagte Rita.

58

„Evert Karlesson ist nicht zur Arbeit gekommen, obwohl sein Urlaub vorbei ist. Sein Arbeitgeber ist nicht begeistert", sagte Sara zu Jörgen.

Sie stand auf, verknotete die Hände miteinander und schaukelte vor und zurück. Irgendjemand hätte sich um ihn kümmern müssen, irgendwie. Sara beobachtete Jörgen dabei, wie er seine Kaffeetasse leerte. Ihr eigener Becher stand halb voll vor ihr. Sie spürte einen schwachen Anflug einer Magenschleimhautentzündung, seit Jahren das erste Mal. Verdammt, dachte sie.

„Ich koche noch etwas Kaffee", verkündete Jörgen und schaute in Saras Tasse. „Möchtest du noch etwas?"

„Nein", antwortete sie kurz.

Im selben Moment betrat Ovesson den Raum:

„Diese Drohmails, die wir auf Kajsa Lindahls Computer gefunden haben, sind die gleichen, die Lena Johannesson erhalten hat. Und es ist uns unmöglich, den Absender ausfindig zu machen."

„Aber wir können diese Verbindung nicht ignorieren. Die ist offensichtlich."

„Wir arbeiten daran – auch daran, den gesamten Computer von Lena Johannesson zu durchsuchen. Es sieht so aus, als hätte sie jemandem von den Drohungen erzählt. Aber weiter sind wir noch nicht gekommen. Wir werden sehen, ob wir dort etwas finden können."

„Was ist mit dem Computer von Karlesson, gibt es dort irgendetwas, das für den Fall von Interesse ist? Ich meine, abgesehen von den pornografischen Filmen, die wir bereits gesehen haben? Und gibt es Anhaltspunkte dafür, dass er mit Kajsa Lindahl oder Lena Johannesson Kontakt hatte, sei es per E-Mail oder auf andere Weise?"

„Es gibt eine unglaubliche Anzahl von Filmen und Fotos."

Ovessons gebräuntes Gesicht drückte Abscheu aus.

„Was die E-Mails an die beiden Frauen betrifft, so haben wir nichts gefunden. Das ist ein bisschen seltsam, finde ich. Aber er war in diesem Fall wahrscheinlich sehr vorsichtig. Nichts durfte auf eine mögliche Verbindung zwischen ihm und den Frauen hinweisen."

„Glaubst du, dass er die Drohungen verschickt hat?"

„Möglich, aber ich habe es schon einmal gesagt und bleibe dabei: Die Drohungen wirken sehr kindisch, und es fällt mir schwer, zu glauben, dass ein erwachsener Mann so etwas verschicken würde. Evert Karlesson wird des Mordes an Kaja verdächtigt und dürfte in diesem Fall auch Lenas Mörder sein. Wenn es sich um einen Jugendlichen handelt, der die Drohungen verschickt hat, ist die Verbindung zwischen ihm und den Morden daher schwächer. Das verstehe ich wiederum nicht."

„Ja, die Nachrichten sind sehr kindisch und ich verstehe es auch nicht“, sagte Sara, ungeduldig und verärgert darüber, dass sie es nicht schaffte, auch nur irgendetwas logisch zu verknüpfen. Sie begann, quer durch den Raum hin und her zu laufen. Ovesson blieb ruhig und unbeeindruckt von der Besorgnis seiner Kollegen.

„Gibt es noch mehr Fotos von dem Mädchen, das wir nicht richtig erkennen konnten?“

„Schwer zu sagen, aber es scheinen immer dieselben Mädchen zu sein, Kajsa und das Mädchen ohne Gesicht. Es gibt sehr viele Filme, und es scheint, als würde das Ganze seit ein oder zwei Jahren laufen. Wir sichten das Material. Es ist nicht einfach, aber wir glauben, dass die Videos über einen längeren Zeitraum hinweg aufgenommen wurden. Die Körper entwickeln sich weiter und auch die Frisuren der Mädchen ändern sich.“

„Es wäre schön, wenn wir das zweite Mädchen ebenfalls identifizieren könnten. Sie könnte tatsächlich in Gefahr sein.“

„Das stimmt. Ich melde mich bei euch, sobald ich mehr weiß. Übrigens haben wir auch Material an das NFC geschickt, um die DNA analysieren zu lassen. Wir erhoffen uns Einiges von der sichergestellten Kleidung , und dann gab es noch schmutziges Geschirr und Spermaspuren auf dem Bettlaken. Was die Fingerabdrücke angeht, so haben wir bereits die DNA von Karlesson und einer unbekannten Person gesichert. Aber das könnte jeder sein. Zu Kajsa gehören sie allerdings nicht.“

„Super“, sagte Sara.

„Das war’s“, resümierte Ovesson und ging mit seiner üblichen verstohlenen Gangart davon. Sara war immer wieder erstaunt, wie leise sich Ovesson bewegen konnte. Sie selbst war in jeder Hinsicht viel lauter. Sara nahm ihren Platz ein, sie wurde gesehen und gehört, aber das ärgerte oft die Leute um sie herum.

„Und die Fotos, die Malva Gran gemacht hat, was ist damit? Stimmt damit alles?“, rief Sara in den Korridor hinaus. Ovesson kam sofort zurück.

„Ach ja, das habe ich vergessen zu sagen. Alles ist in Ordnung, bis auf den Zigarettenstummel, der nicht auf Grans Fotos zu sehen ist. Er muss also später, aber noch vor unserer Ankunft am Tatort dort weggeworfen worden sein.“ Ove Ovesson sah besorgt aus. Sara kochte innerlich.

59

„Schließt du bitte die Tür", sagte sie und deutete auf einen der Besucherstühle.

Sara schrieb sich das Datum und die Uhrzeit auf. Sie wusste sehr wohl, dass sie ohne Genehmigung keine Disziplinarmaßnahmen durchführen durfte, beschloss aber, das Ganze anders zu bezeichnen, um unnötige Formalitäten zu umgehen. Sie strich das Wort durch und übertitelte ihre Notizen schlicht und einfach mit ‚Gespräch'.

„Du rauchst ja, Jonny", sagte sie. „Nur du und Torsten rauchen. Und Torsten raucht nicht bei der Arbeit."

Das war eine Aufforderung zur Einsicht, die Jonny sofort verstand.

„Der Zigarettenstummel, der am Tatort gefunden wurde, war von dir, nicht wahr?"

„Ich habe keine Zigarette dorthin geworfen", widersprach Jonny wütend.

„Willst du mich für dumm verkaufen? Ich weiß, dass es dir nicht gefällt, mich als Chef zu haben, aber hast du den Verstand verloren? Willst du eine Ermittlung gefährden, nur weil du einen Groll gegen mich hegst? Hast du vergessen, was in unserem Beruf zählt?“

Sara war so wütend, dass ihre Augen zu glühen schienen.

„Ich habe das Ding vielleicht aus Versehen weggeworfen, aber bestimmt nicht mit Absicht“, sagte Jonny mit ängstlichem Unterton.

„Du verstehst doch sicher, dass das, was du getan hast, ein schlimmes Fehlverhalten war“, betonte Sara und sah Jonny direkt in die Augen. Er nickte. Sie machte sich Notizen.

„Ich werde das nicht melden, weil du zugegeben hast, dass du es warst.“

Jonny nickte erneut.

Plötzlich bemerkte Sara den Hass in seinem Blick. Sie schreckte zurück, fing sich aber schnell wieder.

„Es ist eine Sache, wenn du mich hasst“, sagte sie. „Aber es ist etwas ganz anderes, wenn du die Ermittlungen gefährdest. Ich verlange nicht, dass du mich liebst oder auch nur magst, aber ich verlange, dass du mich respektierst und nicht gegen mich arbeitest. Deine und meine Karriere hätte auf dem Spiel stehen können. Und ich möchte, dass du dir etwas hinter die Ohren schreibst: Wenn du mich zu Fall bringst, ziehe ich dich mit. So weit runter, wie ich kann.“

In Sara hatte sich wieder einmal eine Wut angestaut, die sie fast zu sprengen drohte. Der Mann, der ihr gegenübersaß, nahm plötzlich eine ganz andere Haltung ein. Der Hass war verpufft und jetzt sah er eher verängstigt aus. Aus irgendeinem unerfindlichen Grund gefiel ihr das.

Jonny Svensson schaute auf seine Hände. Schweißperlen standen ihm auf der Stirn und auf seinem Hemd bildeten sich große Flecken.

„Ich habe das nicht gewollt", sagte er.

„Was?"

„Ich wollte die Ermittlung nicht gefährden." Er schaute Sara noch immer nicht an.

„Wenn das so ist, verstehe ich nicht, wie du es geschafft haben, bei der Kreispolizei oder überhaupt in deinem Job zu überleben. Eine Zigarettenkippe an einen Tatort zu werfen, ist eine gottverdammte Todsünde. Ich hätte mehr Verständnis gehabt oder es zumindest nachvollziehen können, wenn du mir damit die Tour hättest vermiesen wollen."

„Ich wollte das nicht, habe ich gesagt. Ich war so verdammt sauer auf dich, dass ich nicht nachgedacht habe, als ich am Tatort geraucht habe. So etwas habe ich noch nie gemacht. Das war nur eine spontane Handlung."

„Mann, ist das dämlich", schnaubte Sara.

„Bitte entschuldige", sagte Svensson leise. „Es tut mir leid, verdammt noch mal. Ich hatte eine Scheißangst vor dieser Scheißkippe."

„Du meinst, du hast es die ganze Zeit gewusst?"

„Ich habe um Entschuldigung gebeten."

„Ja, das hast du. Ab jetzt erweist du deinen Kollegen den Respekt, den sie dir entgegenbringen. Und mach deine Arbeit so gut, wie ich es von dir erwarte."

Jonny stand auf, ging zur Tür und drehte sich um.

„Es tut mir leid. Ich werde meine Arbeit so gut machen, wie ich kann", sagte er.

Sara blickte auf und sah ihren Kollegen direkt an. Seine Körperhaltung deutete darauf hin, dass er wirklich etwas aus dem Gespräch mitgenommen hatte.

„Ja ja", sagte sie. „Ist gut jetzt. Hauptsache, alles ist ans Licht gekommen. Dann können wir uns jetzt von der Theorie eines weiteren Täters lösen. Hoffe ich."

Als Jonny verschwunden war, stellte Sara ihren Schreibtisch wieder höher ein. Sie war sehr zufrieden. Vielleicht würde es mit Jonny jetzt besser laufen. Vielleicht hatte sie es geschafft, ihm klarzumachen, dass sie Faulheit und Respektlosigkeit nicht tolerierte. Vielleicht hätte nichts Besseres passieren können.

60

„Wie kommt es, dass Sie Rodney Ritger nicht befragt haben?", fragte Baum und unterbrach Sara bei ihrer Geschichte über den Jungen, der jede Woche anrief.

„Wir wissen nicht, wo er sich aufhält. Die Fahndung nach ihm hat nichts ergeben. Er geht auch nicht zur Schule. Und es war ja nicht so, als hätten wir ihn von vornherein verdächtigt. Es ging eher um eine Routinebefragung."

Baum sagte nichts dazu.

„Ein Problem ist, dass es einen Grund für den Schutz der Anonymität beim Sorgentelefon gibt. Ohne diese Garantie würden sich die Kinder nicht trauen, anzurufen", erklärte Sara weiter.

„Tja, das ist ein Problem", sagte Baum. „Aber nach all dem, was Sie erzählt haben, haben wir keine andere Wahl. Wir können immer noch hoffen, dass Sie ihn zufällig aufstöbern und eine normale Befragung durchführen können. Aber ich beschließe hiermit dennoch, dass die Anrufe nachverfolgt werden sollen."

61

Sara war froh, dass sie und Göran die Abschlussfeier gemeinsam planten. Sie hatten den ganzen Abend zusammengesessen und sich nicht ein einziges Mal gestritten. Gerade herrschte ein großes Gefühl der Zusammengehörigkeit.

Sie hatten sogar vereinbart, die Kosten für die Abschlussfeier der Zwillinge zu teilen.

Doch obwohl zwischen ihnen alles friedlich war, fiel es Sara schwer, entspannt an die Sache heranzugehen. Sie vertraute zwar sowohl ihren Kollegen als auch ihren Vorgesetzten, aber die Sorge war ständig präsent.

Ab und zu warf sie einen Blick auf ihr Handy. Keine SMS, keine Mails. Gerade passierte so viel, und trotzdem konnte sie ihre Töchter nicht wegen eines Falls hängen lassen. Einen Abend konnte sie ihnen gönnen. Nur einen Abend.

Göran und Sara hatten nicht viel miteinander gesprochen, aber irgendwie waren sie sich in letzter Zeit nähergekommen. Sie hatten einen neuen gemeinsamen Feind. Einen, der ihren Sohn verletzt hatte.

„Danke für das gute Gespräch heute Abend", sagte Göran, als er zur Tür hinausging.

„Dito", erwiderte Sara aus der Küche.

Nachdem er gegangen war, setzte sich Sara an den Computer und ging so viel Material durch, wie sie konnte, bevor sie spürte, dass ihr die Augen brannten. Sie legte sich auf das Bett, aber ihre Gedanken kreisten und sie konnte nicht schlafen, obwohl sie völlig ausgelaugt war. Ihre Gedanken wanderten von Johannes zu den Morden an Kajsa Lindahl und Lena Johannesson und weiter zu Evert Karlesson, zu all den Befragungen und zu der Observation. Sie stand auf, trank etwas Wasser und legte sich stattdessen auf die Couch. Sie fühlte sich unwohl und ein wenig einsam. Vielleicht, weil die Kinder nicht zu Hause waren. Johannes schlief bei seinem Vater und Klara und Bella waren für ein paar Tage auf Klassenfahrt in Polen.

Als sie die Tür öffnete, lehnte er im Türrahmen. Er roch nach Alkohol und sie ging sofort in Abwehrhaltung, aber er drängte sich an ihr vorbei und packte sie dann. Sie versuchte, sich aus seinem Griff zu befreien, aber das ermutigte ihn nur. Er hielt seine Nase an ihren Hals und schnupperte ihren Duft.

„Hmm", war alles, was er hervorbrachte, und sie spürte, wie er schwankte. Nur ganz leicht.

„Komm mit", sagte sie und versuchte, ihn in Richtung Küche zu bugsieren. Widerstrebend folgte er ihr, die Arme immer noch fest um sie gelegt. Obwohl sie technisch betrachtet Judo beherrschte, fehlte ihr die Kraft, und jetzt war sie im Nachteil. Es gefiel ihr nicht, aber sie ließ es über sich ergehen.

„Küss mich", sagte er.

„Später", antwortete sie und schaffte es, ihn auf einen Stuhl zu setzen. Er löste seinen Griff um sie und sie konnte ihm ein Glas Wasser holen. Jetzt hatte sie die Situation unter Kontrolle und fühlte sich sofort ruhiger. Er war ein ganz normaler Mensch, der sich betrunken hatte, und daran war sie gewöhnt. Die lange Ausbildung, dachte sie, und die vielen Jahre als Polizeibeamtin.

„Hier, trink."

„Hä, warum das?" Er sah sie mit einem Blick an, den sie nicht kannte. Leicht getrübt, aber dennoch entschlossen. Sie spürte einen Anflug von Angst, den sie aber sofort wieder unterdrückte.

„Damit ich dich küssen kann", sagte sie und versuchte, ihre Stimme unter Kontrolle zu halten.

„Okay, aber dann küsst du mich, ja? Weil ich der Einzige bin, den du küsst, oder?"

„Ja, natürlich, ich küsse nur dich."

Worauf will er hinaus?, fragte sich Sara und presste die Kiefer zusammen, sodass es in ihren Zähnen kribbelte.

„Ja ja, das sagt ihr alle", fuhr er fort. „Ihr Frauen sagt das eine, tut aber etwas anderes."

Fang jetzt keinen Streit an, dachte Sara und antwortete ihm nicht.

„Möchtest du eine Tasse Kaffee?", Sie sprach etwas leiser als sonst, um ihn nicht zu provozieren. Kam ihr dieses Muster nicht bekannt vor?

„Auf keinen Fall", antwortete er. „Ich will einen Kuss. Jetzt." Sie beugte sich zu ihm herunter und küsste ihn. Er biss ihr sofort in die Lippe.

„Autsch“, sagte sie, gab ihm reflexartig eine leichte Ohrfeige und entzog ihm ihr Gesicht. Er packte sie, schneller als sie es für möglich gehalten hätte, und zog sie an sich. Er küsste sie erneut, dieses Mal, ohne zu beißen. Sie beruhigte sich ein wenig, aber die Sorge nagte immer noch an ihr. Dann stand er entschlossen auf. Er zog sie wieder an sich und küsste sie leidenschaftlich. Dabei drückte er sich an sie und sie versuchte, ihn wegzustoßen, was ihn aber nur noch mehr erregte. Je mehr er sich ermuntert fühlte, desto mehr geriet Sara in Panik. All ihr Wissen darüber, wie sie sich selbst beruhigen konnte, war wie weggeblasen. Seine Hand wanderte zu ihren Brüsten und er drückte eine davon so fest, dass es wehtat. Sara versuchte verzweifelt, sich aus seinem Griff zu befreien, aber je mehr sie sich wehrte, umso fester wurde sein Griff. Sie schrie laut auf. Dann ließ er ihre Brust los und schlug ihr mit der Faust hart in den Magen. Sara ging die Luft aus und sie fiel nach hinten.

„Was zum Teufel hast du vor?“, schrie er sie an. „Du Hure. Mit wem hast du herumgehurt? Warum willst du mich nicht ficken?“

Sie lag immer noch auf dem Boden, in der Fötusstellung zusammengekrümmt. Würde er sie jetzt treten? Sie antwortete ihm nicht. Sie lag einfach zusammengerollt da. Starke, tapfere Sara, hörte sie eine sarkastische Stimme in ihrem Inneren. Aber sie traute sich nichts, konnte sich nicht bewegen.

„Antworte mir!“, brüllte er erneut. „Antworte mir, du Hure! Du verdammte Hure.“

Sara sagte immer noch nichts und unterdrückte die Tränen, indem sie ihre Kiefer fest zusammenpresste.

Plötzlich stürmte er aus der Küche. Sie hörte, wie die Tür so heftig hinter ihm zuschlug, dass sie sich nicht verriegelte, sondern wieder aufflog. Sara rappelte sich langsam vom Boden hoch und schlich auf den Flur hinaus, weil sie befürchtete, dass er noch draußen stand. Aber alles war wie ausgestorben. Sie schloss die Tür, verriegelte sie, sank wie ein nasser Lappen auf den Boden und begann zu weinen, sodass ihr ganzer Körper zitterte und ihr Magen sich verkrampfte. Sie weinte, bis sie nicht mehr konnte.

62

„Er hat die Konten nicht angerührt. Ich habe die Bank gebeten, mich sofort zu informieren, wenn irgendwelche Transaktionen stattfinden", sagte Jörgen.

„Seltsamer geht es nicht mehr." Sara schüttelte den Kopf.

„Glaubt ihr, dass er tot ist?", fragte Rita Anker.

„Nein, warum sollte er das sein?" Sara sah Rita überrascht an.

„Warum nicht? Vielleicht sind wir auf dem Holzweg." Rita sah selbst ebenso erstaunt aus. Es war nicht die Art ihrer Chefin, so eingefahren zu reagieren. Dass es andere Möglichkeiten als Evert Karlesson gab, war selbstverständlich. Vielleicht war er auch ein Opfer, dachte sie.

„Du könntest recht haben, aber nichts deutet darauf hin", sagte Sara Vallén. Auf die Idee, dass er ein Opfer sein könnte, war sie nie gekommen. Entweder war er der Täter oder jemand anderes. Wenn es jemand anderes als Karlesson war, erschien es ihr unlogisch, dass er überhaupt beteiligt war.

„Ja, niemand hat ihn gesehen und nach ihm wird schon lange gefahndet. Aber von ihm fehlt jede Spur. Er hat keine

Krone abgehoben und war nicht mehr in seiner Wohnung, seit wir da waren", sagte Jörgen. „Und ob er eine andere Wohnung hat, wissen wir nicht."

„Na ja, das stimmt natürlich." Sara musste sich ein Stück vorbeugen.

Sie starrte auf den Boden und begann, über die Wahl der Schuhe der anderen nachzudenken. Sie selbst trug ein Paar Sandalen, ihre Zehennägel waren rot lackiert. Rita trug Turnschuhe, Jörgen ein Paar furchtbare Sandalen, die aus den sechziger Jahren zu stammen schienen. Saras Vater hatte die Gleichen getragen, als sie ein Kind gewesen war. Warum treffen wir manche Entscheidungen?, fragte sie sich. Selbst die kleinen Details im Leben sind Entscheidungen. Warum tue ich, was ich tue? Und was soll ich mit Peter Matsson machen? Eine schwierige Entscheidung, wenn man seinen Gefühlen ausgeliefert war, aber der Verstand „NEIN!" brüllte. Sie unterdrückte einen Seufzer und blickte in die erwartungsvollen Gesichter ihrer Kollegen, die wahrscheinlich erwarteten, dass sie jetzt etwas Vernünftiges sagte.

„Wir haben noch keine Rückmeldung von der Spurensicherung bekommen. Mal sehen, was die für uns haben", sagte sie. „Jörgen, setz dich mit Ovesson in Verbindung, damit wir uns ein Bild davon machen können, wie weit sie gekommen sind. Melde dich bis um zwei Uhr bei mir."

„Gerne", antwortete Jörgen.

Rita kratzte sich am Kopf.

„Gibt es einen Grund zu der Annahme, dass nicht Karlesson der Täter ist, sondern jemand anderes?", fragte sie.

„Warum sollte es nicht Rodney Ritger sein?", fragte Jonny aus einer plötzlichen Laune heraus.

„Rodney Ritger? Ja, ich habe auch über ihn nachgedacht. Es könnte sogar sein, dass es zwei Täter gibt. Zandor Mårtensson sagte, dass dies möglich sei, auch wenn es ungewöhnlich wäre."

„Warum nicht?", meinte Rita Anker und nickte nachdenklich.

„Okay", sagte Sara. „Ich habe selbst einige Gedanken dazu."

Sie erzählte dem Team von ihren Gesprächen beim Sorgentelefon.

63

Er stülpte sich die Kapuze über den Kopf, streifte durch die Kellergänge, so weit er konnte, und schlüpfte dann auf den Hinterhof hinaus. Er schlich über den Parkplatz und an der Hauswand entlang zur Klostergatan, sah sich um und ging weiter. Niemand war hinter ihm her, da war er sich ganz sicher.

Er bog um die Ecke der Lilla Fiskaregatan und schlich sich zur Bank, schlüpfte durch die großen Glastüren und stellte sich an den Geldautomaten, wo er das Geld in Stapeln abhob, so wie es ihm gesagt worden war. Aber er konnte nicht mehr als zehntausend Kronen abheben, bevor der Automat die Auszahlung verweigerte. Er wusste nicht wirklich, was er jetzt tun sollte. Das Geld brannte in seiner Tasche. Wie Blutzoll.

Er griff zum Handy und drückte eine Kurzwahltaste.

64

„Nach weiteren Befragungen der Lindahl-Eltern setzt sich ein viel klareres Bild von Kajsa zusammen. Sie haben endlich verstanden, dass wir alles wissen müssen, um des Rätsels Lösung zu finden. Wir haben jetzt ein vollständigeres Bild des Mädchens, zusammen mit dem, was wir aus früheren Befragungen von Gleichaltrigen und insbesondere Josefin Elvebrandt wissen."

Sara wandte sich an Torsten und bat ihn, ein Bild von Kajsa Lindahl zu skizzieren.

„Es bestand der Verdacht, dass Kajsa von Evert Karlesson missbraucht wurde, als sie vor zwölf Jahren den Marienkäfer-Kindergarten besuchte. Es wurde jedoch nichts aufgeklärt, weil die Eltern sahen, was mit dem Jungen Rodney Ritger geschah, und sich weigerten, dies auch ihrer Tochter anzutun. Leider, würde ich sagen. Das Mädchen hatte ein viel besseres Netzwerk als Ritger und es wäre wahrscheinlich alles gut gegangen. Das Mädchen wuchs auf und schien von den Ereignissen im Kindergarten – oder dem, was wir nicht kennen – ziemlich unberührt zu bleiben. Sie war gut in der Schule, sportlich, freundlich, fröhlich und offen. Ein schönes Mädchen, wie wir alle gesehen haben. Sie achtete auf ihr Äußeres, war aber frei von der gekünstelten Art vieler Teenager-Mädchen. Bis zum letzten Sommer war sie ein unkompliziertes und zuverlässiges Mädchen. Sie arbeitete einen Monat lang, das heißt von Mitte Juni bis Mitte Juli. Dann ging sie allein auf eine Auslandsreise. Ihren Eltern gefiel das nicht, aber sie war stur, und egal, wie sehr sie versuchten, sie zu beeinflussen, sie wollte allein gehen, sagte sie. Weil sie sich im Allgemeinen immer gut verhielt, gaben die Eltern ihre Erlaubnis.

Nach dieser Reise war Kajsa wie ausgewechselt. Sie war nüchtern und benahm sich sowohl beim Handball als auch in der Schule daneben. Sie rebellierte gegen ihren Vater und stand in ständigem Konflikt mit ihrer Mutter. Die Lindahls verstanden das zwar nicht, waren sich aber einig, dass es vorbeigehen würde. Aber das tat es nicht. Doch trotz ihrer Sorgen suchten sie keine Hilfe. Ihr könnt euch vorstellen, wie sie heute darüber denken."

„Wussten sie etwas darüber, was bei Karlesson passiert ist?" Die Frage kam von Jörgen Berg.

„Ja, natürlich. Das wäre bei der Verhandlung ohnehin herausgekommen, wann immer die stattfindet, denn wir haben Karlesson ja immer noch nicht festgesetzt."

„Haben sie um einen Rechtsbeistand gebeten?", fragte Sara.

„Ja, um einen Anders Magnusson", antwortete Rita.

„Wie?", sagte Sara. „Anders Magnusson, ist er hier?"

„Warum interessiert dich das?" Rita sah Sara überrascht an.

„Bei unserem letzten Treffen war er Anwalt in Stockholm. Er ist ein alter Klassenkamerad von mir", erklärte Sara. „Wenn es dieselbe Person ist. Egal. Sprich weiter."

„Margareta, die Mutter, vermutete, dass Kajsa angefangen hatte, Drogen zu konsumieren. Sie ging von Ecstasy aus, vor allem, weil es eine sogenannte Partydroge ist und Kajsa an den Wochenenden viel unterwegs war. Und Kajsa hatte selbst erzählt, dass sie in Techno-Klubs ging. Als ich Margareta nach den Sonntagen fragte, meinte sie, dass Kajsa einen Spinning-Kurs besucht habe und sie daher nicht genau wisse, was sie sonst noch so trieb. Als ich ihr sagte, dass sie sich wahrscheinlich mindestens einmal im Monat mit Karlesson getroffen hat, war sie überrascht, sagte aber, dass sie den Verdacht hatte, dass Kajsa sich mit einem Mann traf. An Karlesson hatten sie in all den Jahren keinen Gedanken verschwendet."

Rita runzelte die Stirn. Sie bekam plötzlich Kopfschmerzen.

„Gunnar, der Vater, wusste nichts von den Drogen, bis Margareta ihn darauf ansprach. Sie hatten ihre Tochter nur einmal gefragt, und als sie es verneinte, waren die Eltern mit der Antwort zufrieden. Sie wussten nicht, wie sie das Problem angehen sollten."

„Hmm", machte Sara. „Es ist gut, dass sie es trotzdem erfahren haben und dass wir mehr Informationen über Kajsa erhalten haben. Die Stunden, in denen wir nicht wissen, was Kajsa gemacht hat, sind wahrscheinlich auf Evert Karlesson zurückzuführen. Übrigens habe ich ihre Schwester für heute Nachmittag zur Befragung vorgeladen, vielleicht bekommen wir dann noch ein paar Puzzleteile."

„Warum bekommen wir den jungen Ritger nicht zu fassen?“, fragte Rita. „Verrückt, dass er einfach so verschwinden kann.“

„Laut dem Schulleiter, mit dem ich gesprochen habe, ist er auch nicht in die Schule gekommen. Wir müssen ihn nur erwischen, das ist alles. Ihr müsst ausrücken und nachsehen“, sagte Sara an ihre Kollegen gewandt.

Die nickten zustimmend.

„Wir würden gerne wissen, ob du uns etwas zu sagen hast, was du uns noch nicht gesagt hast. Wir wissen, dass deine Eltern besorgt waren, weil Kajsa Drogen nahm.“

Magda brauchte einige Zeit, um zu entscheiden, wie viel sie ihnen sagen sollte. Sie krümmte sich auf ihrem Stuhl, richtete sich aber irgendwann auf und zog Saras Blick auf sich.

„Sie hat Ecstasy genommen. Sie hat das Zeug von einem Mann bekommen, als sie letzten Sommer im Ausland war. Es war das erste Mal, aber dann wollte sie immer mehr. Ich weiß nicht, was sie getan hat, um an die Drogen zu kommen, denn sie hat nicht gearbeitet und hatte nur ihr Stipendium. Aber ich hatte das Gefühl, dass sie oft unter Drogeneinfluss stand.“

Sara wollte schon fragen, warum Magda ihr das nicht früher gesagt hatte, als sie mit ihr gesprochen hatten, aber sie schluckte die Worte hinunter und nickte nur aufmunternd.

„Sie hat sich in der Schule danebenbenommen und ist eigentlich allen gegenüber ziemlich gemein geworden. Vor allem gegenüber Mama und Papa, aber auch mir gegenüber. Ich glaube, der einzige Mensch, zu dem sie nett war, war

Jossan. Ich weiß, dass sie an Weihnachten miese Noten einkassiert hat. Und dass sie an jeweils einem Sonntag im Monat mit einem Mann zusammen war. Er ist dieses ‚E', denke ich." Das Mädchen sah Sara fragend an, die wiederum nickte.

„Tja, kann sein", antwortete Sara.

„Ich habe es in Kajsas Kalender gesehen, aber als ich sie gefragt habe, wollte sie mir nicht antworten. Wer ist er, dieser ‚E'?"

„Wir können auch nur spekulieren", sagte Sara ausweichend.

„Aber er ist der Mörder, nicht wahr?"

Die Frage des Mädchens ließ Sara zusammenzucken.

„Wir wissen es nicht", antwortete sie, als sie sich wieder beruhigt hatte.

„Ich hoffe, Sie fangen ihn und sperren ihn lebenslänglich ein." Die Worte des Mädchens trommelten wie harte Geschosse. „Wenn wir die Todesstrafe hätten, würde ich sie ihm von Herzen gönnen."

„Wir wissen nicht, ob er es ist", antwortete Sara. „Und die Todesstrafe gibt es bei uns nicht. Gott sei Dank."

65

Um Viertel vor vier stand Sara am Stortorget und wartete auf ihren Sohn. Sie wollten Schuhe kaufen, aber Sara musste auch mit ihm sprechen. Es stand etwas zwischen ihnen, das sie in den Griff bekommen musste. Johannes war oft bis spät in die Nacht unterwegs und kam erst in aller Herrgottsfrühe nach Hause. Das beunruhigte sie. Vielleicht war das normal, denn es war Sommer, aber dennoch …

Um zehn vor vier sah sie ihn über den Platz laufen, und ihr wurde ganz warm, so stolz war sie auf ihn.

„Hallo, Mama", sagte Johannes und beugte sich hinunter, um sie zu umarmen.

„Hallo, Schatz", antwortete Sara.

Sie setzten sich ins Café Brunius und waren sich einig, dass man sich mit Kaffee und Brötchen stärken musste, bevor es ans Shoppen ging.

„Ich wollte dir nur etwas sagen", plapperte Johannes hastig los. „Ich bin mit Josefin zusammen."

„Was?"

„Ich wollte es dir schon lange sagen, aber als ich wegen der Sache mit Kajsa im Knast saß, war es vorbei. War ja klar. Aber als ich rauskam, wollte sie mich wiedersehen."

„Aber Johannes, du weißt doch, dass du solche Dinge erzählen musst. Vor allem jetzt." Sara spie die Worte fast aus. Sie war wütend.

„Ich weiß", antwortete Johannes und sah ihr in die Augen. „Aber ich habe keinen guten Moment abpassen können. Und ich hatte Angst."

„Warst du deshalb so lange nachts unterwegs?"

„Ja", antwortete Johannes, ohne zu zögern.

„Verstehe", sagte Sara mit säuerlicher Stimme.

„Es tut mir leid, dass ich es dir nicht gesagt habe." Ihr Sohn senkte den Blick.

„Darum geht es nicht, Johannes. Wir stecken gerade in einer Situation, in der wir keine Überraschungen mehr brauchen."

„Ich weiß, aber etwas ist auch seltsam an ihr. Sie will nicht, dass ich sie berühre."

Der Junge war sichtlich verlegen und Sara legte tröstend ihre Hand auf die seine.

„Ich glaube, ich weiß, warum, aber ich kann jetzt noch nichts sagen. Ich möchte jedoch, dass du Josefin erst einmal nicht triffst. Ist das in Ordnung?"

„Ja."

Er wusste nur zu gut, dass er keine Fragen mehr stellen durfte.

Sara war sich sicher, dass sich zum Schluss alles fügen würde.

66

Der Mann wartete auf den Jungen. Er hatte lange gewartet, mehrere Stunden. Seine Gereiztheit hatte in der Zwischenzeit stark zugenommen. Aber der Junge war nicht aufgetaucht. Er rief ihn auf seinem Handy an, erhielt aber keine Antwort.

Zum Teufel, will der Junge mich jetzt auch noch austricksen? Das wird er bereuen, dachte er.

Er fuhr den Computer hoch, um seine Nerven zu beruhigen. Dann öffnete er seinen Hosenschlitz und zog die Hose ein Stück nach unten.

Der Mann hörte nicht, wie sich die Tür öffnete. Ein heulendes Geräusch und dann verschwand er in der Dunkelheit.

Der ewigen Dunkelheit. Und er würde nie erfahren, dass ein Fliederzweig in seiner Hand steckte.

Der Weg zwischen Himmel und Erde ist ganz schön lang, dachte der Junge. *Aber Schmerz und Trauer sind viel näher.* Und die Dämonen in seinem Inneren auch. Im Moment waren sie still und versteckten sich in der Dunkelheit. Aber er wusste, dass sie da waren. Er spürte sie.

Er wischte alles ab, was es abzuwischen gab. Seine Hände in den Handschuhen waren schweißnass.

Er ließ die Leiche so liegen, wie sie gefallen war, mit offenem Hosenschlitz und heraushängendem Schwanz. Der Junge ging ins Treppenhaus, schloss die Tür ab und trat hinaus in die Nacht. Er fühlte sich gereinigt. Bald war alles vorbei. So fühlte es sich zumindest an, als er durch den Park schlich. Er bog in den Maskinvägen ab, und gegenüber der Kartonfabrik wandte er sich nach rechts in den Tunnel, der zum Klostergården führte. Er wusste, wohin er gehen musste. Seine Beine liefen von selbst in Richtung der südlichen Stadtteile von Lund.

67

Josefins Hände ruhten auf ihren Knien. Ihr Rücken war kerzengerade, aber sie hielt den Kopf gesenkt. Ihr kurzes dunkles Haar war erst kürzlich geschnitten worden, bemerkte Sara. Als sie das Mädchen das letzte Mal getroffen hatte, war ihr Haar länger gewesen. Ihre blauen Augen schauten zu einem Punkt in der Ferne, den niemand sonst sehen konnte. Ihre Mutter saß mit verkrampfter Miene in einiger Entfernung neben ihr. Sara ließ ihren Blick auf dem Gesicht des Mädchens ruhen. Inspektor Torsten Venngren fummelte an seinem iPhone herum, um die Aufnahme zum Laufen zu bringen. Er gab das Datum und die Uhrzeit, den Ort der Befragung und die zu verhörende Person ein.

„Also, Josefin", sagte er freundlich. „Wir sind nicht hier, um dich zu beschuldigen, sondern um herauszufinden, warum Kajsa ermordet wurde. Verstehst du das?"

Josefin nickte, blieb aber stumm. Ihr Gesicht war starr vor Angst. Sie sah aus, als ob sie jeden Moment zusammenbrechen würde. Stattdessen streckte sie sich und richtete ihren Blick auf Torsten, dem es schwerfiel, ihr direkt in die Augen zu sehen. Darin sah er eine Dunkelheit und eine Schuld, die unerträglich sein musste. Er schauderte.

„Es wäre gut, wenn du die Fragen klar beantworten würdest", sagte er. Er sprach leise, um das Mädchen nicht noch nervöser zu machen, als es ohnehin schon war.

„Ja", antwortete sie. Ihre Stimme hatte ihre Elastizität verloren und klang angestrengt.

„Kennst du einen Mann namens Evert Karlesson?" Torsten kam sofort auf den Punkt.

„Ja", flüsterte das Mädchen, als ob ihre Stimme gleich brechen würde.

„Wenn du etwas lauter sprichst, kann man es auf dem Band besser hören." Sara beugte sich über den Tisch und streichelte sanft die Schulter des Mädchens. „Du brauchst keine Angst zu haben."

„Ja", sagte das Mädchen etwas deutlicher.

„Woher kennst du ihn?" Das Mädchen zuckte zusammen, erschrocken über die direkte Frage. Sie antwortete nicht. Torsten Venngren beschloss, mit seinen Fragen ein wenig behutsamer zu sein.

„Wir wissen, dass Kajsa ihn kannte. Woher?"

„Er hat ihr das Ecstasy besorgt."

Die Antwort kam stoßweise, während sich ihr dünner Körper ruhelos und unruhig auf dem Stuhl hin und her bewegte. Sara hatte das Bild des Mädchens aus den Filmsequenzen vor Augen, ein Bild ohne Gesicht. So hatte sie es gesehen. Direkt unter ihrem linken Ohr befand sich ein kleines Muttermal.

„Wie hat sie dafür bezahlt?"

Das Mädchen saß wieder still. Sara sah, wie sie krampfhaft versuchte, eine Antwort zu formulieren.

„Durch sexuelle Gefälligkeiten?“ Torsten wählte wieder den kürzesten Weg.

„Ja“, antwortete Josefin, leise, aber deutlich.

„Hattest du auch Kontakt mit Karlesson?“

„Ja, hatte ich.“

„Aus demselben Grund wie Kajsa?“

Das Mädchen begann zu weinen, und ein Schrei ließ ihren dünnen Körper erzittern. Dann schluchzte sie leise, aber heftig.

„Ja.“

Die Antwort kam klar und direkt, mitten im Schrei. Sara und Torsten tauschten einen triumphierenden Blick aus. Das Mädchen musste sich beruhigen. Die Mutter sah aus, als würde sie in ein tiefes schwarzes Loch fallen. Sie keuchte. Zerstört, war das Wort, das Sara in den Sinn kam, die aufstand, zu Josefins Mutter trat, ihr aufhalf und sie aus dem Zimmer führte. Draußen angekommen, brach die Mutter zusammen.

„Rufen Sie Henrik an“, wisperte sie. „Er muss nach Hause kommen.“

„Ja, natürlich.“ Sara zückte ihr Telefon, suchte die Nummer und klingelte durch. Sie erklärte ganz knapp, was geschehen war, und ließ die Worte wirken. Henrik Elvebrandt versprach, sofort nach Hause zu kommen.

„Ich denke, es ist besser, wenn Sie bei dem Rest des Gesprächs nicht anwesend sind“, sagte Sara nach dem Telefonat.

Die Frau nickte. Sie rollte sich wie ein Kind auf dem Sofa zusammen, klammerte sich fest an ein Kissen und weinte so stark, dass ihr Körper zitterte.

Sara ging zurück zu ihrer Kollegin und Josefin Elvebrandt. Leise schloss sie die Tür hinter sich.

Das Mädchen hatte sich wieder gefasst und wollte das Verhör fortsetzen.

„Wie oft hast du Karlesson getroffen?" Torsten Venngren ergriff erneut die Initiative. Dies war keine einfache Befragung.

„Jeden ersten Sonntag im Monat."

„Wie viel Ecstasy hast du für deine Dienste bekommen?"

„Unterschiedlich. Aber immer nur so viel, dass wir genug für die Wochenenden hatten."

„Hattest du erst dann sexuellen Kontakt mit Karlesson?" Josefin Elvebrandt sah Sara mit müden Augen an.

„Ja", antwortete sie.

„Hat er immer gefilmt?"

„Ja", antwortete das Mädchen mit demselben resignierten Blick.

„Hat noch jemand teilgenommen?"

„Ja, jemand hat gefilmt. Er trug immer eine Maske und einen großen schwarzen Mantel, deshalb weiß ich nicht, wer es war. Aber ich glaube, er hat dafür auch Ecstasy bekommen. Ich weiß es nicht, aber ich denke schon."

„Kannst du uns eine Beschreibung des Mannes geben, der gefilmt hat?", fragte Torsten.

„Er war wirklich groß. Irgendwie kam er mir bekannt vor, aber ich weiß nicht, warum. Ich habe sein Gesicht nie gesehen, aber ich glaube, er war jung."

„Weißt du, ob er auch sexuell missbraucht wurde?" Sara ahnte, dass sie hier auf der richtigen Spur waren.

„Ich weiß nicht, aber ich hatte das Gefühl, dass sie sich schon lange kannten. Fragen Sie mich nicht, warum."

„Okay, wenn dir etwas einfällt, gib mir Bescheid", sagte Sara freundlich.

„Ja."

„Hast du Karlesson in der Nacht des Überfalls auf Kajsa getroffen?"

„Wir waren dort, bevor wir ins Kino gegangen sind."

„War der Typ, der sonst die Filme gedreht hat, auch da?"

„Nein, ausnahmsweise nicht", antwortete Josefin leise.

„Er war also nicht da. Könnte Kajsa ihn getroffen haben, als ihr euch getrennt habt?"

„Ich weiß es nicht", sagte Josefin. „Ich weiß nicht einmal, wer er ist."

„Nein, das stimmt, aber vielleicht hättest du es gewusst, wenn du sein Gesicht gesehen hättest? Vielleicht ist es jemand, den du kennst", sagte Torsten ruhig.

„Der Einzige, den ich kenne, der so groß ist, ist Rodney aus unserer Klasse, aber der ist der netteste Kerl der Welt."

Sara keuchte.

„Glaubst du, dass der Mann, der das gefilmt hat, auch von Karlesson missbraucht worden sein könnte?", fragte sie erneut. Das Mädchen zuckte mit den Schultern.

Aber Sara war sich ziemlich sicher, dass das der Fall war.

„In Ordnung. Wie lange geht das schon so?"

„Etwa anderthalb Jahre. Es hat angefangen, als wir in der ersten Gymnasialklasse waren."

„Hm", machte Sara Vallén. „Wusste sonst noch jemand davon?"

„Nein, aber ich habe es Johannes jetzt gesagt. Weil ich es nicht mehr ertragen habe."

„Verstehe", sagte Sara und lächelte das Mädchen an.

„Glauben Sie, dass Karlesson Kajsa und Lena Johannesson getötet hat?"

Sara überraschte die unverblümte Frage. Sie musste eine Weile nachdenken, bevor sie antwortete. Torsten stieß sie leicht in die Seite. Sie richtete sich auf und wandte sich an das Mädchen.

„Ich weiß es nicht genau, aber es sieht alles etwas verdächtig aus, nicht wahr?", sagte sie, ohne eine Antwort zu erwarten.

„Ja, das tut es", sagte Josefin. „Er ist verrückt. Und ekelhaft." Ihr Mund verzog sich angewidert.

„Ist dir aufgefallen, ob Karlesson eine bestimmte Art von Blumen mag?", fragte Torsten.

„Was?" Das Mädchen schaute fragend. „Das weiß ich nicht."

„Ich denke, wir beenden die Befragung hier", sagte Sara. „Vielleicht können wir auf dich zurückkommen? Wenn uns noch weitere Fragen einfallen." Sara wollte sich nicht weiter mit diesem Thema befassen, jedenfalls nicht im Moment. Das Mädchen wirkte erschöpft. Es musste sich eine Weile ausruhen. Sara würde mit den Eltern sprechen und dem Sozialdienst Bescheid geben, damit Josefin Unterstützung bekam.

„Ich möchte nur eines sagen", sagte Josefin. „Er hat mich ruiniert. Ich bin ruiniert und es ist alles meine Schuld. Wenn ich Nein gesagt hätte, wäre das alles nicht passiert. Ich bin schmutzig und werde es immer sein. Ich fühle mich wie eine Hure. Und das bin ich ja auch, oder?"

„Liebes Kind", sagte Sara und legte ihre Hand auf die des Mädchens. „Du bist keine Hure. Du bist ein junges Mädchen, das in die Fänge eines erwachsenen Mannes geraten ist. Es ist nicht deine Schuld, sondern seine. Jetzt musst du nur noch einen Weg zurück zu dir selbst finden. Und ich werde mit deinen Eltern sprechen, damit du die Hilfe bekommst, die du brauchst."

Sie erinnerte sich an all die Scham, die sie empfunden hatte, an all den Schmutz, den sie jahrelang wegzuwaschen versucht hatte, an all die Qualen, die sie so viele Jahre mit sich herumgetragen hatte und nur mit Louise Malmbergs Hilfe wirklich losgeworden war. Und da war sie schon erwachsen gewesen, weit mehr als erwachsen. All die Jahre der Scham und des Selbsthasses, alles umsonst. Die Scham, die sich in ihr Inneres bohrte und langsam aber sicher ihr Selbstwertgefühl auffraß, verursachte Selbsthass und ständiges Leiden. Das wünschte sie nicht einmal ihrem ärgsten Feind.

Josefins Vater trat durch die Tür, kreideweiß im Gesicht. Verängstigt und wütend, würde ich meinen, dachte Sara. Sie reichte dem Mann sofort die Hand, begrüßte ihn und bat ihn, mit seiner Frau in ein anderes Zimmer zu gehen. Sie wolle mit ihnen reden, erklärte sie bestimmt, um keine Zweifel darüber aufkommen lassen, wer das Sagen hatte, und um eine Auseinandersetzung zwischen dem Vater und dem Mädchen zu vermeiden. Die Spannung zwischen ihnen war förmlich greifbar.

„Ich werde mich an den Sozialdienst wenden. Ihre Tochter braucht Unterstützung. Ich zeige die Sache nicht bei der Polizei an. Josefin hat eine viel zu schwere Zeit hinter sich, als dass ich ihr das zumuten möchte. Mein Kollege Venngren wird Josefin außerdem bitten, das Ecstasy und andere Drogen, die sie möglicherweise besitzt, abzugeben. Ich rate Ihnen, sie im Auge zu behalten. Und lassen Sie die Sozialarbeiter mit ihr arbeiten. Sorgen Sie dafür, dass sie auch psychologische Hilfe bekommt.“

Die Eltern hörten aufmerksam zu. Keiner der beiden sagte etwas, aber der Vater wirkte etwas ruhiger. Seine Wut schien langsam zu verrauchen. Die Mutter wirkte einfach nur müde und verzweifelt.

„Natürlich wird sie alle Unterstützung bekommen, die sie braucht", sagte Frau Elvebrandt schließlich. „Aber wie findet man einen guten Therapeuten?"

„Es gibt viele davon, aber man kann mit einem Sozialarbeiter anfangen", erklärte Sara.

Die Eltern des Mädchens waren blass, brachten aber immerhin die Kraft auf, bei allem, was Sara ihnen erzählte und von ihnen verlangte, zu nicken.

Torsten und Sara ließen die Familie Elvebrandt zurück und gingen zur Byggmästaregatan. Sie hatten ein paar Ecstasy-Tabletten dabei. Das Mädchen hatte unter Tränen gesagt, dass sie nach dem, was Kajsa passiert war, nie wieder zu Karlesson gehen würde. Sie hatte große Angst vor ihm. Armes Kind, dachte Torsten Venngren.

„Was glaubst du, wer der Filmemacher ist?", fragte er plötzlich.

„Jemand, der gerne zuschaut, denke ich."

„Da hast du wahrscheinlich recht. Aber wer ist es?"

„Keinen Schimmer."

Sara tauchte in ihre Gedankenwelt ab und knabberte ihre Nägel dabei kürzer und kürzer.

„Hör auf, an deinen Nägeln zu kauen", sagte Torsten und ergriff eine ihrer Hände. „Das ist scheußlich."

Sara seufzte. Als ob sie das nicht wüsste.

„Ja ja", antwortete sie und biss weiter zu. „Wo ist Karlesson geblieben?"

„Wenn wir das wüssten, wäre der Fall wahrscheinlich schon gelöst und ad acta gelegt." Venngren lächelte grimmig.

68

„Wir haben eine Antwort vom NFC erhalten", sagte Jörgen Berg, als Sara und Torsten den zweiten Stock der Polizeiwache erreichten.

„Ja?" Beide schauten Jörgen neugierig an.

„Das NFC hat eine DNA-Probe aus der Wohnung zuordnen können. Es ist dieselbe DNA, die auch bei Kajsa Lindahl gefunden wurde."

„Karlesson", antworteten Torsten Venngren und Sara Vallén schmunzelnd.

„Bei Lena Johannesson gab es keine Spuren, die zu irgendwelchen Ergebnissen geführt hätten. Andererseits besteht aufgrund der Vorgehensweise die Möglichkeit, dass es sich um denselben Täter handelt. Wie erwartet gab es auch DNA, die mit der von Kajsa übereinstimmt, und DNA, die wahrscheinlich von dem anderen Mädchen stammt, das wir im Film gesehen haben."

„Josefin Elvebrandt", sagten Sara und Torsten wieder im Chor.

„Aha", brummte Jörgen und sah sie mit großen Augen an. „Was wisst ihr, was ich nicht weiß?"

„Wir erzählen es dir später", sagte Sara.

„Und es gibt eine weitere DNA, von der wir nicht wissen, wer sie ist. Eine vierte Person."

„Der Filmemacher", sagten Sara und Torsten wieder wie aus einem Mund.

„Was?!"

„Wir erzählen es dir später", wiederholte Sara. „Wir müssen ein Treffen einberufen. Wir brauchen ein weiteres Briefing, weil wir jetzt viel mehr Material haben. Gibt es übrigens irgendwelche Ergebnisse von dem Provider in den USA, was den Inhaber der IP-Adresse anbelangt, der mit Lena Johannesson gechattet hat?" Sara war ein wenig kribbelig, und es ärgerte sie, dass alles so langsam und bürokratisch ablief.

„Nein, aber ich habe dort angerufen und sie haben mir versprochen, sich morgen zu melden."

„Wie langsam die arbeiten!" Sara zeigte ihre Verärgerung nun ganz offen. Sie hasste es, wenn sie keine Kontrolle über den Fortschritt der Ermittlungen hatte.

„Ja, aber morgen haben wir die Antwort. Ich nehme an, dass das alles von Karlessons Computer ausging. Vielleicht wusste Lena Johannesson auch von ihm. Sie wusste ja zu viel oder hatte zumindest einen Verdacht. Vielleicht hat Kajsa ihr etwas erzählt? Vielleicht hat sie angedroht, es Johannesson zu sagen?"

Auf die Fragen gab es keine Antworten, weshalb Jörgen auch keine bekam.

Sara versammelte ihre Truppe: Rita Anker, Jonny Svensson, Torsten Venngren, Jörgen Berg und Ove Ovesson. Sie erläuterte, was sie im Laufe des Tages erfahren hatten.

„Ich wittere das Ende dieses Falls", sagte sie und stellte fest, dass sie sich ziemlich erheitert fühlte. Aus Indizien waren handfeste Beweise geworden.

69

„Sorgentelefon, Sara am Apparat."

„Hallo, ich bin's." Die Stimme des Jungen war kaum zu hören und Saras Puls schoss in die Höhe. Sie schaute schnell auf die Uhr und notierte sich die Zeit auf ihrem Notizblock.

„Hallo, wie geht es dir?" Sara hörte aufmerksam zu, bereit, sich jedes Wort, jede Nuance zu merken.

„Mein Vater ist weg, jedenfalls vorerst. Es geht mir gut. Aber ich habe etwas Schlimmes getan. Etwas Böses."

„Ich bin sicher, dass es nicht so schlimm ist", sagte Sara.

„Was wissen Sie denn darüber?" Der Junge am anderen Ende der Leitung klang aggressiv.

„Nein, du hast recht. Ich weiß nichts. Was hast du denn getan?"

„Jemanden verletzt", flüsterte er.

„Was?" Sara hielt den Atem an, um den Jungen nicht zu verärgern.

„Ich will nicht darüber sprechen", sagte er leise.

„Nein, schon gut. Du könntest es aber trotzdem."

Saras Herz klopfte hart und schnell. Ihr Instinkt hatte sie nicht getrogen. Sie wartete ab.

„Nö. Ich mache mir nur ein wenig Sorgen."

„Worüber?"

„Dass ich auffliege. Ich habe wirklich nur getan, was richtig war. Menschen, die es nicht wert sind, sollte man loswerden."

Sara musste sich bemühen, ihre Gefühle unter Kontrolle zu halten.

„Wie meinst du das?", fragte sie schließlich. „Was meinst du mit loswerden?"

„Da gibt es viele Möglichkeiten. Auf Wiedersehen, das war jetzt unser letztes Gespräch", sagte der Junge.

„Nein, warte! Du tust dir doch nichts an, oder?", rief Sara.

„Nein", versprach er und legte auf.

70

Sara rief ihre Kollegen trotz der späten Uhrzeit zu einer Sitzung zusammen. Als sie ankamen, wartete Sara bereits im Konferenzraum.

„Der Anruf des Jungen kam von einem Telefon, das einem Wilkinsson im Hårlemans väg 4 hier in Lund gehört. Dort wohnt Ritger nicht."

„Aber sagte Lindahl nicht, dass Karlesson früher einen anderen Namen trug?", warf Jörgen ein und begann, alle Protokolle durchzublättern.

„Ja, das stimmt", pflichtete Torsten ihm bei und kratzte sich an seinem unrasierten Kinn.

Jörgen stand auf, ging hinaus und kam dann mit einem Laptop zurück.

Alle saßen in gespannter Erwartung da. Sara ärgerte es, dass sie das nicht schon viel früher erfahren hatte.

„Das Problem ist, dass es ein Mobiltelefon ist, man kann von überall aus anrufen. Das muss sich nicht dort befinden", sagte Jörgen.

„Was du nicht sagst", sagte Rita verächtlich.

„Wie auch immer, wir müssen dorthin. Wer ist Wilkinsson?“ Sara wandte sich an Jörgen.

„Das ist eine Frau, geboren 1935. Moment …“

Jörgens Finger flogen schnell über die Tasten.

„Sie ist unter einer anderen Adresse registriert, einem Pflegeheim, wie es aussieht. Haus Sonnenschein. Und sie hat einen Sohn namens Evert Karlesson. Bingo“, sagte Jörgen und klatschte in die Hände.

„Dann wohnt Karlesson wahrscheinlich dort. Wie kommt es, dass wir das nicht schon früher herausgefunden haben?“

Saras Stimme klang wie ein Donnerschlag, und sogar Jonny richtete sich auf. Keiner von ihnen wusste eine Antwort auf die gestellte Frage.

Wie auf Kommando sprangen sie auf, die Stuhlbeine schrammten über den Boden. Niemand sagte ein Wort.

71

Sie klingelten bei Wilkinsson im dritten Stock im Hårlemans väg 4. Niemand reagierte. Nichts war zu hören, obwohl Sara das Ohr an die Tür presste.

Sie bückte sich und schaute durch den Briefschlitz. Ein Déjà-vu stellte sich ein. Die Wohnung wirkte leer.

Am Fuß der Treppe wartete schon ein Schlosser auf seinen Einsatz. Sara winkte ihn hoch.

Vom Flur aus blickten sie direkt in das Wohnzimmer. Auf dem Boden lag eine Leiche. Sara eilte voraus. Der Hinterkopf war eingeschlagen worden. Sie drehte den Toten um. Es war Evert Karlesson. Und er war wirklich mausetot.

„Was zum …?“ Sara und Rita sahen sich an, dann wieder die Leiche. Die anderen standen im Flur und staunten nicht schlecht.

„Rodney Ritger“, sagte Rita.

Sara zückte ihr Handy und rief die Leitstelle an, um eine Fahndung nach Rodney Ritger auszulösen.

„Das Foto des Jungen kommt bald“, sagte sie und beschrieb ihn stattdessen.

Der Arzt musterte den zerquetschten Schädel, dann fiel sein Blick auf den geöffneten Hosenstall und das schlaffe herausbaumelnde Geschlechtsteil. Er schüttelte den Kopf.

„Tja", sagte er nur.

Als das Polizeiauto am Tatort eintraf, verfrachteten die beiden Beamten die Leiche in einen Leichensack, verschlossen ihn und trugen ihn hinaus. Die Kollegen von der Spurensicherung streiften vorsichtig durch die Wohnung. Alle trugen weiße Gummihandschuhe. Auf einem Tisch stand eine Vase mit verwelktem Flieder.

Ovesson trat auf Sara zu und schüttelte ebenfalls den Kopf.

„Keine Spuren, alles ist wie weggewischt. Zumindest bis jetzt", sagte er.

„Ja, aber vielleicht findet ihr noch etwas", meinte Sara. „Ich bin zumindest sicher, dass es der Junge ist, der mich beim Sorgentelefon immer anruft. Rodney Ritger."

„Tja, so sieht es wohl aus", sagte Ovesson düster.

72

Der Junge machte sich auf den Weg durch die Nebenstraßen von Lund hinunter nach Nilstorp. Er war schon oft dort gewesen, hatte vor dem Grundstück gestanden und ins Haus gespäht. Die Lichter im Inneren leuchteten immer so warm. Josefin war nicht wie Kajsa Lindahl, kalt und bösartig wie ein Hai, dachte er. Kajsa hatte scharfe Zähne und kalte Augen gehabt. Aber sie hatte dafür gebüßt. Sie hatte ihn abgelehnt, aber den Widerling für ein paar Drogen genommen. Josefins Lächeln hingegen war warm. Sie hatte Augen wie tiefe Brunnen. Immer war sie freundlich zu ihm und fragte ihn oft, ob sie ihm helfen solle. Bei den Hausaufgaben, mit Mathe, beim Lesen. Gleichzeitig hatte sie aber auch etwas Versnobtes an sich. Als ob sie sich für etwas Besseres hielte. Aber so etwas durfte sie nicht glauben. Er hatte ihre Angebote immer abgelehnt. Keine von ihnen war besser als er. Sie waren es, die sich diesem Widerling anboten. Nur für etwas Stoff. Der Mistkerl hatte sie benutzt, und ohne, dass sie es wussten, hatte er selbst alles mit angesehen. Aber der Fiesling hatte seine gerechte Strafe erhalten. Von ihm. Für all die Jahre. Für all das Leid.

73

Jörgen Berg hüpfte wie ein ungeduldiges Kind auf und ab, als Sara und Baum ihn auf dem Flur trafen.

„Wir haben eine Antwort von dem amerikanischen Server. Der Chatter ist Conrad Ritger oder zumindest gehört das Abonnement ihm. Die Adresse liegt in der Lilla Gråbrödersgatan in Lund."

„Rodney Ritger steht jetzt unter dringendem Tatverdacht", sagte Baum. „Herzlichen Glückwunsch zu Ihrer großartigen Arbeit."

„Gute Arbeit. Dann ändern wir den Status der Fahndung in *hinreichender Verdacht*", erklärte Sara an den Staatsanwalt gewandt.

Der nickte.

„Du weißt, was zu tun ist", sagte Sara zu Jörgen.

74

Er erreichte den Plommonvägen und blieb vor dem Grundstück stehen. Er fühlte sich mutiger als sonst und schlich sich leise auf das Grundstück. Wieder einmal zahlte sich die Übung aus, die er durch seinen Vater erlangt hatte. Er pirschte sich an das Haus heran und versuchte, hineinzuschauen. Es war schwierig, wenn man nicht entdeckt werden wollte. Er musste sich nicht auf die Zehenspitzen stellen, um etwas zu sehen, sondern in die Hocke gehen. Er ging zur Seite des Hauses, wo eine Hecke ihn zumindest vor den neugierigen Blicken der Nachbarn verbarg. Eines der Fenster war zur Hälfte von einem Rollo verdeckt. Er spähte hinein und sah Josefin in Slip und T-Shirt herumlaufen. Sie war komplett abgeschminkt und sah aus, als wäre sie drauf und dran, ins Bett zu gehen.

Sie setzte sich an den Computer, der an einer Wand stand. Ich frage mich, warum der nicht am Fenster steht, dachte er, während er sie eingehend betrachtete. Plötzlich zuckte sie zusammen, schrie auf und kurz darauf platzten ihre Eltern ins Zimmer. Sie starrten auf den Bildschirm und fingen an, lebhaft zu diskutieren. Obwohl sie laut sprachen, konnte der Junge nicht hören, was sie sagten. Sie verließen alle gleichzeitig den Raum, und er sah den Bildschirm jetzt deutlich vor sich.

Der Junge lächelte. Sie hatte die Mail erhalten. Er schaute wieder auf den Bildschirm und freute sich über die Nachricht: „Du bist auch bald tot", stand da. Erneut lachte er, ein zurückhaltendes Lachen mit zusammengebissenen Zähnen. Gleichzeitig bedauerte er es. Er wollte, dass sie Angst vor ihm hatte, aber er wollte auch, dass sie ihn mochte. Er wollte sie nicht verletzen, nein, wirklich nicht. Er wollte von ihr gerettet werden.

Der Junge stand noch am Fenster, als er das Licht eines Autos bemerkte, das in die Einfahrt der Villa einbog. Er konnte nicht erkennen, was für ein Auto es war, das Licht der Straßenlaternen blendete ihn. Wenige Augenblicke später sah er zwei uniformierte Polizeibeamte Josefins Zimmer betreten. Sie schauten auf den Bildschirm und notierten sich etwas, während das Mädchen und seine Eltern sich empört unterhielten. Beunruhigt schaute sich Josefin um, aber da das Licht im Zimmer nun an war, konnte sie draußen nichts außer Dunkelheit und ein bisschen Hecke erkennen. Einer der Polizisten trat ans Fenster, wandte gleichzeitig den Kopf zu seinem Kollegen und sagte etwas. Der Kollege legte den Schalter um und das Licht im Raum ging aus. Bevor der Polizist das Fenster erreichte, war der Junge verschwunden und huschte geduckt an der Hauswand entlang. *Das wäre beinahe ins Auge gegangen,* dachte er.

Der Junge wartete, bis das Polizeiauto weggefahren war, und schlich dann zurück zum Fenster des Mädchens. Josefin hatte inzwischen die Jalousie vollständig heruntergezogen, und er konnte nicht einmal eine Bewegung im Inneren ausmachen. Er ließ sich ins kühle Gras sinken und beschloss, dazubleiben. Niemand würde nach ihm suchen, und wenn doch, dann bestimmt nicht hier. Nachdem er eine Weile lang gewacht hatte, schlief er mit dem Kopf an den rauen Ziegeln ein.

75

Es wurde schon wieder hell, als der Junge aufwachte. Sein Nacken war steif und er legte sich wieder hin, wobei er seinen Rucksack, in den er ein paar Habseligkeiten gepackt hatte, als Kopfkissen benutzte. Er schlief wieder ein und wurde durch den Sonnenschein und das laute Zwitschern der Vögel in der Hecke geweckt.

Der Junge erkannte, dass es an der Zeit war, ein anderes Versteck zu finden. Das Risiko, dass das Mädchen und ihre Familie ihn sahen, war zu groß. Er schaute sich um, entdeckte, dass es auf dem Grundstück einen Schuppen gab, und beschloss, sich hineinzuschleichen. Solche Lagerräume wurden meistens mit allem möglichen Gerümpel vollgestopft. Wenn er sich dort versteckte, brauchte er keine Angst haben, gefunden zu werden. Dort würde wahrscheinlich niemand nachsehen. Er schlich an der Seite des Hauses entlang und ging den Rest des Weges zur Hütte, die am Rande des Grundstücks stand.

Glücklicherweise war die Tür nicht verschlossen und er konnte sich hineinschleichen. Wie erwartet stand hier eine

Menge Zeug herum. Ein Grill und Gartenmöbel aus Plastik, Harken und Schaufeln standen im vorderen Bereich. Im hinteren Teil des Raumes lehnten Skier an der Wand und in den Regalen waren Schlittschuhe und andere Wintersachen untergebracht. Er schlich sich hinter die Gartenmöbel und fand eine Decke, die über eine Truhe geworfen war. Die Decke breitete er auf dem Boden hinter der Truhe aus und stellte seinen Rucksack an die Wand. Ihm entnahm er das blutige Eisenrohr und versteckte es unter all dem Plunder. Endlich war er es los. Dann legte er sich hin und schlief wieder ein. Er hatte keine Ahnung, wie spät es war, aber er schätzte, dass es noch zu früh am Morgen war, um wach zu bleiben.

76

Es ging mit Volldampf voran. Rodney Ritger sollte festgenommen werden. Sara brauchte im Moment nicht selbst zu suchen. Es waren genug Kollegen ausgeschwärmt. Wenn sie ihn fanden, würden sie anrufen. Stattdessen trainierte sie Judo. Das letzte Mal war schon lange her.

„Soll ich dich nach Hause fahren?", fragte ihr Trainer nach der Sitzung in Eslöv.

„Ja, das wäre toll", antwortete Sara, froh, nicht fragen zu müssen. Sie fand die Aussicht schön, nicht mit dem Zug fahren zu müssen.

Er redete die ganze Zeit, und Sara hörte mit halbem Ohr zu. Die meiste Zeit saß sie da und versuchte, ihre verworrenen Gefühle zu ordnen. Wut, Enttäuschung und sogar Hass mischten sich mit irrationalen Gefühlen, mit denen sie in ihrem Berufsleben oft konfrontiert wurde: Hoffnung, Liebe und Leidenschaft. Ohnmacht wäre ein gutes Wort für dieses Gefühlschaos, dachte Sara. Machtlosigkeit gegenüber sich selbst.

Sie schüttelte den Kopf und ihr Trainer blickte sie an.

„Warum schüttelst du den Kopf?“, fragte er.

„Oh, ich habe nur gerade über ein paar Sachen nachgedacht“, antwortete sie und registrierte, dass er möglicherweise etwas gesagt hatte, das ihr entgangen war.

„Du verhältst dich, als wärst du verliebt“, meinte ihr Trainer. „Hörst und siehst nichts um dich herum. Oder?“

„Nein, ganz und gar nicht“, antwortete Sara, und das stimmte. Sie war verwirrt. Sie wusste einfach nicht, welches Gefühl in ihr dominierte. Ihr Trainer lächelte nur und zuckte mit den Schultern.

„Ich verstehe, wenn du über deine innersten Gefühle nicht sprechen willst“, sagte er neckend. „Aber ich sehe, was ich sehe.“ Er beendete das Gespräch, indem er vor ihrem Gartentor bremste.

„Danke fürs Mitnehmen“, sagte Sara, und zu ihrer Überraschung sah sie wieder eine männliche Gestalt neben der Haustür stehen. Peter Matsson lehnte am Türpfosten. Er bewegte sich nicht, verzog keine Miene. Sie sprang aus dem Auto und wollte gerade die Tür schließen, als der Trainer breit grinsend sagte:

„*My pleasure.*“ Dann fügte er hinzu: „Was habe ich gesagt?“

„Äh“, sagte Sara nur. „Wiedersehen!“

Ihr Trainer fuhr davon. Sara ging auf ihre Haustür zu. Peter Matsson würdigte sie nur eines kurzen Blickes. Einen Augenblick rang Sara mit sich, schloss dann aber mit einem flauen Gefühl im Magen die Tür auf. Sie betrat das leere, abgedunkelte Haus und Matsson folgte ihr. Drinnen angekommen, verpasste er ihr einen Stoß. Sie war völlig unvorbereitet und fiel nach vorne. Nicht schon wieder, schoss es ihr durch den Kopf. Ebenso überrascht stellte sie fest, dass sie sich zusammenkauerte. Sie stand nicht auf, wehrte sich nicht. Ließ es einfach geschehen. Er fing an, sie zu treten. Die Tritte trafen sie in den Rücken und ein paar an Bauch und Brust. Sie versuchte, sich noch mehr zusammenzurollen, um sich zu schützen. Er sagte kein Wort, trat aber weiter auf sie ein. Plötzlich fing er an, zu schreien – so wie beim letzten Mal –, nannte sie Hure, Schlampe, Flittchen und Luder.

„Du Hure, du triffst dich doch nicht nur mit *einem* anderen!", rief er. „Habe ich es doch gewusst! Wer ist das, wer ist dieser Lustmolch? Den bringe ich um!" Den letzten Satz zischte er förmlich heraus. Dann beugte er sich zu ihr herunter und packte ihre Arme. Er zerrte sie hoch, bis sie zusammengekrümmt vor ihm stand, hörte auf, sie zu treten, und begann, mit geballten Fäusten auf ihren Oberkörper einzuschlagen. Sie spürte den Impuls, sich zu verteidigen, aber ihre Arme und Beine ließen sie im Stich. Wie gelähmt nahm sie erneut alles hin, ohne einen Mucks von sich zu geben.

Er griff in ihr langes Haar und zog ihren Kopf zurück. Es knackte im Nacken. Dann schlug er ihren Kopf gegen die Wand und zog sie wieder an den Haaren zurück. Das tat nun fürchterlich weh. Danach schlug er ihr gezielt mit der Faust mitten ins Gesicht. Sie hörte, wie ihre Nase brach. Erst da schrie sie auf.

Er stieß sie wieder zu Boden und verließ fluchtartig das Haus. Die Tür schlug hinter ihm zu. Sara blieb auf dem Boden liegen. Die Scham war so groß, dass sie nicht mehr aufstehen konnte. Sie war wie gelähmt. Und der Kummer war unerträglich.

Lange Zeit lag sie einfach auf dem Boden. Schließlich stand sie auf und ging auf die Toilette. Ihre Nase war krumm und geschwollen. Sie fasste sich an die Nasenwurzel und drehte. Die Schwellung war enorm und es floss Blut. Sara nahm ein Stück Papier und drückte es gegen ihre Nase, aber sie blutete so stark, dass das Papier durchnässt war, bevor sie ein weiteres abreißen konnte.

Während sie so gebückt im Bad stand, dachte sie nur daran, dass die Kinder Gott sei Dank nicht zu Hause waren. Zum Glück mussten sie das nicht sehen.

Sie griff zum Telefon und rief im Krankenhaus an. Die Krankenschwester trug ihr auf, gleich mit einem Taxi vorbeizukommen.

In der Klinik begutachtete die Ärztin ihre Nase an und stellte fest, dass das Nasenbein gerade geblieben war. Also gaben sie ihr etwas, um den Blutfluss zu stoppen. Außerdem stellten sie Fragen zum Unfallhergang. Die Ärztin diagnostizierte mehrere Schwellungen im Gesicht, und als Sara ihr Hemd anhob, um Herz und Lunge abhören zu lassen, zuckte sie zurück.

„So, jetzt müssen Sie mir wirklich erzählen, was mit Ihnen passiert ist", sagte die Ärztin. „Das sieht nicht wie das Ergebnis eines kleinen Unfalls aus."

„Ich boxe", log Sara. „Diesmal ist es ein bisschen zu heftig ausgefallen."

„Hm", machte die Ärztin und setzte die Untersuchung fort.

Sara schrie auf, als ihre Rippen abgetastet wurden.

„Sie haben eine gebrochene Rippe, aber da kann man nichts machen. Sie müssen stillhalten, das ist das Einzige, was hilft. Ich werde Sie für eine Woche krankschreiben. Dann sollten Sie mit unserer Sozialarbeiterin sprechen."

„Nein", sagte Sara. „Ich will nicht krankgeschrieben werden. Ich stecke mitten in einem großen Fall. Und ich will nicht mit einer Beraterin sprechen. Das regelt sich von selbst. Ich habe nur geboxt."

„Wie Sie wünschen", meinte die Ärztin. „Aber bitte kommen Sie wieder her, wenn Sie mit mir oder einem Sozialarbeiter sprechen wollen. Sie sehen gerade nicht sehr gut aus."

Sara bedankte sich und verließ das Krankenhaus. Dort hielt sie nichts. Sie wollte arbeiten, aber zumindest bis zum nächsten Morgen würde sie es ruhig angehen lassen müssen. Sie hatte Schmerzen am ganzen Körper. Vor allem aber schmerzten ihre Seele und ihr Selbstwertgefühl. *Wie konnte ich zulassen, dass er mir das antut?,* dachte sie anklagend. *Sogar zum zweiten Mal – oder war es das dritte Mal? Was ist nur los mit mir?*

Sie nahm ein Taxi, um sich möglichst wenigen Menschen zeigen zu müssen. Ihr wurde kalt, wenn sie daran dachte, wie andere sie ansehen und denken würden: *„Ach, das arme Ding ist ein Opfer häuslicher Gewalt geworden."* Sie erschauderte.

Sara fuhr nach Hause und legte sich aufs Bett. Ich brauche nur etwas Ruhe, dachte sie und schlief ein.

Mitten in der Nacht wachte sie schweißgebadet auf. Ihr Körper schmerzte so sehr, dass sie meinte, zu zerplatzen. Judotraining ist nichts im Vergleich hierzu, dachte sie schwindlig. Der Schweiß rann ihr über die Wangen und auf das Kissen. Sie drehte es um und legte sich wieder hin. Den Rest der Nacht lag sie da und starrte an die Decke. Sara schaffte es nicht einmal, aufstehen, um eine Schmerztablette zu nehmen. Sie wollte sich nicht im Spiegel betrachten. Wie sie wohl aussah? Selbst zu weinen tat weh. Alles tat weh.

„Du Mistkerl", sagte sie laut. „Ich werde dich umbringen." Innerlich hoffte sie, dass er zurückkommen und es bereuen würde. Dann würde sie ihn zerlegen. Dann würde sie ihn töten.

77

Sara hörte das Klappern des Türschlosses. Zuerst war sie erschrocken, aber dann riss sie sich zusammen. Wollte er bei ihr einbrechen? Sie holte ein Messer aus der Küchenschublade und schaltete das Licht in der Küche aus. Dort stand sie nun neben dem Küchentisch, bereit, sich zu verteidigen.

„Mama?“, hörte sie Bellas Stimme. „Wo bist du?“

Sofort knipste Sara das Licht wieder an. Mein Gott, dachte sie, wie konnte ich nur die Kinder vergessen?

„Ich bin hier“, antwortete sie, und ihr wurde bewusst, dass ihr eine schwierige Szene bevorstand. Wie sollte sie den Kindern ihr übel zugerichtetes Gesicht erklären? Sie versuchte, sich zu beruhigen und eine Lüge zu erfinden. Aber eigentlich war die Wahrheit genauso gut. Es ist eben, wie es ist, dachte sie.

Alle drei Kinder kamen in die Küche. Als sie ihre Mutter sahen, blieben sie wie angewurzelt stehen und starrten sie mit großen Augen an.

Plötzlich wimmerte Klara, während Bella verschüchtert zu Boden blickte. Johannes schnitt eine wütende Grimasse.

Sara trat auf ihre Kinder zu, zusammengekrümmt, damit es nicht allzu sehr schmerzte. Sie versuchte, die Arme auszustrecken, um alle drei zu umarmen, aber ihre Glieder wollten ihr nicht gehorchen. Der Schmerz war zu groß.

„Was hat er dir angetan, Mama?" Bellas Frage traf Sara wie eine Faust in den Magen. Konnte das Mädchen direkt durch sie hindurchsehen? Warum war ihr sofort klar, dass sie das nur einem Mann verdanken konnte?

Klara weinte und vergrub das Gesicht in der Umarmung ihres Bruders. Johannes schaute immer noch verkniffen und wütend drein.

Sara streichelte jedem ihrer Kinder über Haare und Wangen.

„Setzen wir uns kurz hin", sagte sie. „Ich erzähle euch, was passiert ist, und ich verspreche, die Wahrheit zu sagen."

Die Kinder führten sie zurück zum Küchentisch und Sara ließ sich langsam nieder. Die drei wollten dicht bei ihr sitzen, wie um sie zu beschützen. Plötzlich verspürte Sara eine unendliche Dankbarkeit dafür, dass ihre Kinder nach Hause gekommen waren. Auch, wenn sie die Karten jetzt auf den Tisch legen musste.

Eine Stunde lang erzählte sie ihre Geschichte, tröstete alle drei Kinder oder versuchte, Johannes zu beruhigen. So hatte sie ihn noch nie erlebt. Die beiden Mädchen halfen ihr, seine Wut zu besänftigen. Schließlich sah er ein, dass er nichts mehr tun konnte. Dass es die Aufgabe seiner Mutter war, sich um Peter Matsson zu kümmern.

Die Mädchen wollten ihre Mutter gar nicht mehr loslassen. Als sie zu Bett gingen, war die Sonne bereits am wolkenlosen Himmel aufgegangen. Der Morgen war so schön, dass es wehtat. Saras Mädchen lagen neben ihr in ihrem Bett. Johannes schleppte seine Matratze in Saras Schlafzimmer und machte es sich auf dem Boden bequem. Die Angst war zu groß und hatte sie alle im Griff. Irgendwann schliefen die Kinder ein, aber Sara selbst kam nicht zur Ruhe.

78

Sara lag auf dem Rücken, die Mädchen dicht neben ihr. Sie wagte nicht, sich zu bewegen, sowohl wegen der Schmerzen als auch aus Angst, die beiden zu wecken.

Um kurz nach sieben klopfte es zaghaft an der Haustür. *Jetzt,* dachte Sara sofort, *bringe ich dich um, du Teufel.* Im selben Moment wurde ihr klar, dass das so gut wie unmöglich war. Sie konnte sich kaum bewegen, geschweige denn jemanden töten. Langsam stand sie vom Bett auf, ging zur Tür und schaute durch ein Seitenfenster, bevor sie ihrem unerwarteten Gast vorsichtig öffnete. Draußen stand eine Frau in einem schlichten und eleganten Sommerkleid. Sara hielt ihren Kopf gesenkt, damit ihre Verletzungen nicht direkt zu sehen waren.

Die Frau streckte die Hand aus – eine schlanke, lange Hand mit gepflegten Nägeln. Ihr Teint war von einer porzellanartigen Blässe. Sara erwiderte den Händedruck, immer noch mit gesenktem Kopf, den Blick starr auf den Boden gerichtet.

„Mein Name ist Linda Matsson“, sagte die Frau. „Und wie ich sehe, war Peter hier.“

Sara war so verblüfft, dass sie das Gesicht hob und die Frau erschrocken anstarrte.

„Was?“, fragte sie dümmlich.

„Ich bin mit Peter Matsson verheiratet“, erklärte die Frau. „Hauptsächlich bin ich gekommen, um Sie zu warnen, aber wie ich sehe, ist es bereits zu spät – wenn ich Sie nach Ihrem Aussehen beurteilen darf.“ Sie hielt Saras Hand weiterhin in ihrer. Sara zuckte zurück, als hätte sie sich verbrannt. Die plötzliche Bewegung führte zu einem stechenden Schmerz in der Brust.

„Darf ich reinkommen?“

Sara trat zur Seite und die Frau betrat das Haus. „Haben Sie Kaffee da?“

„Ja“, war alles, was Sara herausbrachte. Sie ging voraus in die Küche, wo sich die Frau auf einem der Küchenstühle niederließ. Sara schloss leise die Tür. Bitte lass die Kinder nicht aufwachen, dachte sie mit einer schmerzhaften Erinnerung an die Angst, die sie durchgestanden hatten.

„Ich weiß immer über Peters Affären Bescheid. Weil er es mir normalerweise sagt. Um mich zu quälen. Was er nicht weiß, ist, dass es mich gar nicht mehr quält. Er kann mich schlagen und mir sagen, was er will – ich fühle nichts mehr. Aber Sie wollte ich warnen. Ich hatte gehofft, nicht zu spät dran zu sein. Tja, falsch gehofft.“

„Ja, so sieht es wohl aus“, antwortete Sara lakonisch.

„Wie ich sehe, hat er Sie ziemlich übel zugerichtet. Er hat Sie also schon einmal geschlagen. Es beginnt immer in kleinerem Rahmen und schaukelt sich dann hoch.“ Die Frau tätschelte Saras Hand. „Sie haben Schmerzen. Und Ihre Nase ist gebrochen. Was haben Sie jetzt vor?“

„Ihn umbringen", sagte Sara und grinste schief. Auch ihr Mund war geschwollen, und es fühlte sich an, als wäre ihre Oberlippe mit ihrer Nase verwachsen. Das machte ihr das Atmen schwer und sie keuchte mit offenem Mund. Alles war ein einziger Schmerz.

„Ja ja", sagte die Frau, „das habe ich auch schon oft gedacht. Aber ich fürchte, für so etwas bin ich nicht gemacht. Aber Sie könnten ihn jederzeit anzeigen. Das habe ich auch noch nie getan. Er hat es immer geschafft, dass er mir am Ende leidgetan hat. Er ist Polizist, also würde er die doppelte Strafe bekommen. Aus irgendeinem unerfindlichen Grund hat mir das immer mehr bedeutet als mein eigenes Wohlergehen."

Sara war schockiert, empfand aber gleichzeitig Bewunderung für die Frau, die vor ihr stand. Sie saß ganz still da, mit einer Tasse Kaffee in der Hand und nippte unbekümmert an dem heißen Getränk, als ob sie das alles gar nichts anginge.

„Aber vielleicht können *Sie* ihn töten", sagte die Frau plötzlich. Die Ironie war unverkennbar.

„Nein, ich glaube nicht", antwortete Sara. „Ich wünsche mir das nicht wirklich, es ist mehr so eine Redewendung. Aber irgendetwas werde ich tun."

Linda Matsson schien nicht wirklich Notiz von Sara zu nehmen. Peters Ehefrau schleppte einen langen Monolog mit sich herum, der aus ihr herausplatzen wollte. Sara verstand das, und sie ließ die Frau reden. Linda erzählte, dass sie Peter Matsson vor einer Ewigkeit kennengelernt hatte. Sie war erst neunzehn Jahre alt gewesen, er fünfundzwanzig. Er war wunderbar. Der schönste Mann der Welt, und sie konnte gar nicht genug von ihm bekommen. Er war groß, stark und attraktiv. Außerdem trug er sie auf Händen und schmeichelte ihr mit netten Worten und schönen Geschenken. Irgendwann aber wurde er aggressiv und beobachtete jede ihrer Bewegungen. Über alles, was sie tat, wollte er Bescheid wissen. Ihre erste Ohrfeige kassierte sie, als sie schon sechs Monate zusammen waren. Sie war erschrocken, verzieh ihm aber, weil er getrunken hatte und es hinterher auch sehr bereute. In der folgenden Zeit waren seine Liebkosungen weicher und zärtlicher als je zuvor.

„Es war das erste Mal", sagte die Frau und nickte, um ihre eigenen Worte zu bekräftigen. „Nach nur einem Monat schlug er mich wieder, aber dieses Mal war er nicht betrunken. Er war verärgert, weil ich zu spät von einer Betriebsfeier nach Hause gekommen war." Die Frau arbeitete sich methodisch durch ihre Geschichte. Manchmal war sie still und sah aus, als versuchte sie, ihr inneres Chaos zu ordnen.

Sie war selbst ein wenig betrunken gewesen und wusste nicht, ob sie ihn provoziert hatte. Zumindest hatte er es so hingestellt. Dann ging es weiter. Monat für Monat, Jahr für Jahr. Es wurde einfach immer schlimmer. Außerdem hatte er Unfrieden in ihrer Familie gestiftet, weshalb ihre Verwandten nicht einmal mehr zu Besuch kamen. Linda hatte permanent Kummer und konnte sich nicht davon befreien. Sie zeigte ihn nie an, obwohl er ihr die Nase und bei einer anderen Gelegenheit den linken Arm brach. Im Krankenhaus war man es gewohnt, dass sie regelmäßig vorbeikam. Jedes Mal wollten sie ihr ein Beratergespräch aufdrängen. Und jedes Mal versuchten sie, ihr die Wahrheit zu entlocken. Aber Linda wagte und wollte nicht darüber sprechen. Die Scham war zu groß.

Sara saß da und hörte der Frau über eine Stunde lang zu, ohne selbst ein Wort zu sagen. Irgendwann klingelte das Telefon, aber Sara wagte es nicht, die Frau zu unterbrechen und den Anruf entgegenzunehmen. Trotz ihres Schmerzes und der Traurigkeit, die sie empfand, verstand sie, dass ihr Leiden nichts im Vergleich zu dem dieser Frau war. Sie beschloss, dass es ein Ende haben musste. Sie wollte ihn ausliefern. Sie musste es einfach tun. Sie hatte keine andere Wahl. Sie musste sowohl das Leiden dieser Frau als auch ihr eigenes beenden, bevor es zu spät war.

Dann verstummte Linda Matsson. Ihr Monolog war beendet. Alles, was übrig blieb, war ein großes schwarzes Loch. Ein stummer Blick. Sie bewegte die Lippen, als ob sie etwas sagen wollte, aber es kam kein Wort heraus.

„Ich werde ihn anzeigen", sagte Sara. „Das verspreche ich. Ich hoffe, Sie melden ihn ebenfalls, denn nur so können wir ihn stoppen. Gemeinsam sind wir stark."

„Nichts kann einen Mann wie ihn aufhalten." Die Frau strich mit den Händen sanft über das Tischtuch und glättete es. Sara legte ihre Hände auf die ihrer Besucherin.

„Ja, das stimmt", sagte sie. „Zumindest haben wir keine andere Möglichkeit. Es ist das einzig Richtige."

„Zeigen Sie ihn an. Ich muss jetzt nach Hause." Linda Matsson erhob sich von ihrem Stuhl und schob ihn ordentlich an die Tischkante. So aufrecht wie zuvor ging sie mit Sara im Schlepptau zur Haustür. Dort drehte sie sich noch einmal um.

„Nichts kann einen Mann wie ihn aufhalten." Sie öffnete die Tür und trat hinaus. „Aber jetzt wissen Sie Bescheid", sagte sie. „Jetzt wissen Sie, was Sie erwartet. Wenn Sie es jetzt stoppen, haben Sie eine Chance. Aber nur dann." Damit ging sie fort.

Sara setzte sich wieder in die Küche. Sie fühlte sich verwirrt, traurig und noch wütender als zuvor.

Dann rief sie ihre alte Kollegin Marie Tengerby in Malmö an und bat sie, zu ihr zu kommen und eine Anzeige aufzunehmen. Als Privatperson, betonte sie. Danach würde sie zur Arbeit gehen. „Und ich möchte Rechtsanwalt Anders Magnusson mit meiner Vertretung beauftragen", fügte sie hinzu.

79

Als Sara um zehn Uhr den Konferenzraum betrat, verstummten die anderen. Die sonst so schnelle und wendige Kommissarin bewegte sich langsam und ging gebeugt. Ihr Gesicht war geschwollen und ihre Nase nahm einen Großteil des Gesichts ein. Ihre Lippen waren fast auf die doppelte Größte angeschwollen.

„Was zur Hölle?", fluchte Rita in ihrem breitesten Värmländisch. „Was ist denn mit dir passiert? Wer hat das getan? War er das?"

„Ich erzähle es dir später, nicht jetzt. Jetzt haben wir zu tun. Damit wir diesen Höllenritt endlich beenden können."

„Was ist mit Ihnen passiert?", fragte auch Beatrice Larsson mit weit aufgerissenen Augen, als sie den Raum betrat, und zuckte entsetzt zurück. „Sie haben doch Anzeige erstattet, nicht wahr?"

„Ja, natürlich. Ich denke gerade hauptsächlich darüber nach, wie ich ihn umbringen kann", erklärte Sara mit einem geschwollenen, aber ironischen Lächeln.

„Sie sollten vom Dienst freigestellt werden", sagte Beatrice Larsson.

„Nein", widersprach Sara. „Das kommt nicht infrage. Ich werde diesen Fall beenden, und wenn ich Jahre dafür brauche. Ich werde ihn zu Ende bringen!"

Ihr war nicht klar gewesen, wie laut ihre Stimme geworden war. Ihr Gesicht schmerzte und sie zog eine Grimasse. Die anderen blieben stumm.

„Kann ich jetzt mit meiner Arbeit weitermachen?", fragte Sara grimmig an ihre Vorgesetzte gewandt. Die nickte nur stumm und verschwand aus der Tür. Schnell.

80

„Ich möchte nicht mein ganzes Leben lang wie eine bewachte Gefangene herumlaufen", sagte Josefin Elvebrandt und rang dramatisch die Hände. Sie hatte einen Teil ihres Lebensmutes zurückgewonnen und war erleichtert, endlich die Last loszuwerden, die sie über ein Jahr lang getragen hatte. Die Trauer um Kajsa hatte sich gelegt, so wie junge Menschen sich schnell an Neues gewöhnten und weiterzogen, weil das Leben es von ihnen verlangte. Zumindest empfanden das ihre Eltern so. Gerade sahen sie nur noch den Trotz in den Augen des Mädchens. Sie sahen nicht die Angst, die unter der Oberfläche lauerte und die sie nur mühsam unterdrücken konnte.

„Es ist wahrscheinlich nur kurzfristig", antworteten die Elvebrandts. „Daran solltest du dich gewöhnen. Besser eine Zeit lang gefangen als tot. Bis Kajsas Mörder gefunden ist, der laut Polizei wahrscheinlich derselbe ist, der dir die Drohmails schickt, wirst du damit leben müssen."

Josefins Eltern wagten nicht, den Namen zu erwähnen, als gingen sie davon aus, dass er sich ihnen nur durch die

Nennung des Namens offenbaren würde. Die Besorgnis der Eltern war deutlich zu spüren. Josefin ging in ihr Zimmer und schlug die Tür zu. Sie hatte immer noch Zweifel. Sie glaubte nicht, dass der freundliche und etwas verlorene Junge Kajsas Mörder war. Oder der von Lena Johannesson. Allerdings hatte Lena Rodney genervt. Extrem genervt. Sie hatte ihn immer wie ein Falke beobachtet, ihm unter die Nase gerieben, wie schlecht er performte und wie schlecht es ihm im Leben gehen würde. Sie hatte fast ununterbrochen an ihm herumgenörgelt und war manchmal sehr abweisend gewesen. Vielleicht hat er Lena ja doch getötet, dachte Josefin. Gleichzeitig wurde ihr klar, dass er dann auch Kajsa getötet hätte. Sie konnte sich keinen Reim darauf machen. Warum sollte er sie ermorden? Weil sie so gut aussah, stark, sportlich und beliebt war?

Plötzlich erinnerte Josefin sich, wie Kajsa ihr davon erzählt hatte, dass Rodney den Kontakt zu ihr gesucht hatte und ihr das nicht gefiel. Aber sie hatte nie Angst vor ihm gehabt, nur Unbehagen verspürt. Warum, konnte sie sich nicht erklären. Josefin erinnerte sich daran und kam zu einer schrecklichen Erkenntnis.

Rodney Ritger musste der Kameramann bei Karlesson gewesen sein.

Dieser schleimige Bastard, der sie im Tausch gegen Sex mit Ecstasy gefüttert hatte. Sie selbst hatte ihm nie nahe sein müssen, nie so richtig. Sie hatte vermieden, wozu Kajsa gezwungen worden war. Der Kameramann, dessen Gesicht keine von ihnen je gesehen hatte, seine Größe, sein Gewicht, seine großen Hände – alles passte zusammen. Es war offensichtlich, dass der Kameramann Rodney Ritger war. Obwohl sie so oft darüber gesprochen hatten, war es keiner von ihnen gelungen, etwas in dem Kameramann wiederzuerkennen. So viele Male. Jetzt wusste sie es. Aber warum sollte er sie ermorden wollen? Sie war diejenige, die ihm immer geholfen hatte. Kajsa war eher eine Tyrannin gewesen, vielleicht hatte er sie deshalb ausgewählt. Josefin schwirrte der Kopf, während sie so in ihrem Zimmer saß. Ein Zimmer in Schwarz und Rosa. Ein Raum, der plötzlich nach Angst stank.

Ihren Eltern hatte sie nichts gesagt. Alles, was mit dem Geschehenen zusammenhing, war tabu. Ihr Mädchen, die unschuldige junge Tochter, war zur Prostituierten geworden. Keiner der Elvebrandts konnte sich dazu durchringen, darüber zu sprechen. Josefin biss die Zähne zusammen und wurde wütender denn je. Sie demonstrierte ihre Unschuld, was zugleich die schrecklichste Schuld war, die ein Mensch tragen konnte, indem sie sich ihnen widersetzte. Und der Angst. Denn sie empfand ein Grauen, wie sie es noch nie zuvor erlebt hatte. Er war auch hinter ihr her. Rodney. Das war unbegreiflich. Aber wahr. Sie fühlte sich gefangen, in Angst und in Ohnmacht.

„Könnt ihr den Aufpassern wenigstens sagen, dass sie nicht hinten herumlungern sollen, wenn ich mich sonne? Das ist so unangenehm", sagte sie. Ihre Eltern sahen einander an.

„Gut, tagsüber kann es nicht gefährlich sein", antwortete der Vater. „Ich werde sie bitten, etwas diskreter zu sein." Jedes Mal, wenn er daran dachte, was seine schöne Tochter getan hatte, wich er ihrem Blick aus und war trotzdem von Scham erfüllt. Wenn man ihr in die Augen sah, war es, als blickte man direkt in die Welt hinein, in der sie gelebt hatte. Und das konnte und wollte er sich als Vater nicht antun.

Josefin schnappte sich ihren Liegestuhl und schleppte ihn zu einem sonnigen Plätzchen. Sie schaute irritiert zu den Personenschützern, die sich jetzt an der Seite des Hauses herumdrückten, um sich weniger auffällig zu geben. Diskret, dachte Josefin. Hahaha. Die sind so diskret wie ein Wal in einem Schwimmbad. Sie kicherte, setzte sich hin, nahm ihr Buch zur Hand und begann zu lesen. Nach einer Weile verschwanden die Aufpasser vors Haus und Josefin zog ihr Bikinioberteil aus.

Schön, dachte sie, *endlich allein.* Bei Tageslicht fühlte sie sich sicher. Die Nächte waren viel schlimmer.

81

Im Inneren des Schuppens stand der Junge am kleinen Fenster. Er beobachtete das Mädchen im Liegestuhl und blinzelte, um einen besseren Blick durch das dreckverschmierte Fenster zu bekommen. Ihm war aufgefallen, dass Josefin bewacht wurde, und das passte ihm gar nicht. Die Aufpasser standen an der Seite des Hauses und schauten in die Richtung des Mädchens. Als sie nach vorne gingen, war er zufrieden. Wie lange er schon in dem Lagerraum hockte, wusste er nicht, aber es kam ihm wie eine Ewigkeit vor. Eines Abends hatte er sich davongeschlichen und war zur Tankstelle gegangen, um etwas zu essen zu kaufen. Zwei Tafeln Schokolade und eine Zwei-Liter-Flasche Cola, die er in den Schuppen mitgenommen hatte. Da er ahnte, dass er gesucht wurde, schlich er sich nur vorsichtig in der Dunkelheit heraus. Der Junge war sich nicht sicher, wie viel sie wussten, aber er war besorgt genug, um sich nicht bei Tageslicht zu zeigen. Er wollte seine Zeit absitzen und musste in der Lage sein, sofort zu verschwinden, wenn er seine Aufgabe erfüllt hatte. Angst hatte er nicht. Er machte sich nur ein wenig Sorgen.

Manchmal schlief er ein, egal, ob es Tag oder Nacht war. Dann träumte er von seinem Vater, der mit geballten Fäusten über ihm stand und zuschlagen wollte. Doch plötzlich war er tot. Ein anderer Traum war noch schlimmer. Er spielte russisches Roulette, auch wenn es nicht so aussah. In einem Spalt in der Decke versteckten sich riesige Spinnen und Käfer. Eine Stimme stellte ihm Fragen. Wenn er nicht antworten konnte, öffnete sich die Luke und die Insekten fielen über ihn her. Die Stimme fragte nach seinem Namen. Darauf konnte er nicht antworten, und die Klappe öffnete sich. Die Insekten griffen an, und er erwachte von seinem eigenen Schrei, zitternd vor Angst. So kam es, dass er in dieser Nacht nicht mehr schlief. Als es hell wurde, nickte er ein und schlief, bis er draußen Stimmen hörte. Es war die Mutter des Mädchens, die sich mit einer Nachbarin auf der anderen Seite des Zauns unterhielt.

„Ich habe gestern Abend einen Schrei gehört", sagte die Nachbarin. „Hast du ihn auch gehört?"

„Nein", sagte die Mutter des Mädchens. „Ich habe nichts gehört. Ich habe geschlafen wie ein Murmeltier. Zum ersten Mal, seit Josefin diese Drohmails erhalten hat."

„Vielleicht habe ich es mir auch nur eingebildet", überlegte die Nachbarin. „Aber gestern Abend war ich mir total sicher."

Der Junge im Schuppen erstarrte. Er musste von nun an sehr viel besser auf sich aufpassen. Das hätte in die Hose gehen können, dachte er. Voll in die Binsen.

82

Es wurde Abend. Schon seltsam mit dem Sommer, dachte er und sehnte sich nach draußen. Es wird Abend, aber dunkel wird es erst viel später. Es wird Morgen, ist aber schon viel früher hell.

Wahrscheinlich muss ich heute Abend verschwinden und mir vorerst ein anderes Versteck suchen, dachte er. Wenn alles gesagt und getan war, würde er für immer verschwinden. Vielleicht zu seiner Mutter, vielleicht irgendwo anders hin. Und entweder würde sie freiwillig mit ihm kommen, oder er würde sie zwingen – Josefin mit dem dunklen Haar.

Als es endlich dunkel wurde, schlich er sich hinten vom Grundstück. In der ersten Nacht hatte er ein kleines Loch in der Hecke gefunden. Jetzt quetschte er sich so leise wie möglich hindurch. Auf der anderen Seite saß eine Katze, die ihn anfauchte, den Rücken krümmte und sich angriffslustig gab. Sie wich keinen Schritt zurück. Der Junge blieb stehen und wartete ab. Er wusste nicht, wie er sich verhalten sollte. Mit Katzen hatte er nie viel zu tun gehabt. Sie waren unberechenbar und hinterhältig. Das hatte sein Vater immer gesagt. Kennt man eine, kennt man alle, dieser Spruch fiel ihm jetzt wieder ein. So oder ähnlich. Sein Vater war schon immer unberechenbar, hinterhältig und gemein gewesen. Ein Teufel. Diese Katze hier war schwarz, und der Junge überlegte, ob es sich um den Teufel in Katzengestalt handelte. Er versetzte dem Tier einen Tritt und traf so gut, dass es fauchend davonflog. „Gern geschehen", flüsterte der Junge und verfolgte den Flug der Katze. Sie landete mit den Pfoten auf dem Boden. Alter Katzentrick, dachte der Junge. Dann huschte das Tier wimmernd davon und flüchtete sich unter einen Busch. Es fauchte eine Weile und legte sich dann hin. Der Junge näherte sich der Katze. Sie atmete schwer, aber das hörte nach einer Weile auf. Er beugte sich über die Katze und fühlte ihr warmes Fell. Dann fuhr mit den Fingern über die Brust des Tieres. Es war ein seltsames Gefühl. Das Herz schlug schnell unter dem dichten Fell. Er konnte es spüren. Er griff nach dem Hals der Katze und hielt sie fest. Irgendwann atmete sie nicht mehr und ihr Herz hatte aufgehört zu schlagen.

Der Junge trat noch einmal gegen die Katze und kroch dann weiter durch die Büsche, hin zum nächsten Grundstück und hinunter zum Sankt-Lars-Park.

Sein Herz schlug heftig gegen sein Brustbein. Er war aufgeregt. Ein Stückchen weiter im Park fand er einen Baucontainer. Er brach die Tür auf und ging hinein. Im Innern war alles ordentlich aufgeräumt. Eine kleine Küchenzeile, ein Tisch, ein paar Stühle und ein Bett. Er legte sich oben auf das Bett und schlief ein. Sein Herz hatte sich beruhigt. In seiner Hose pochte es nicht mehr. Die Erregung hatte sich gelegt.

83

Der Junge schreckte schreiend aus dem Schlaf. *Nicht schon wieder,* dachte er, während sein Herz hart gegen seine Brust pochte. Wieder dieser Traum von den Insekten. Das machte ihm Angst. Er wagte es nicht, sich wieder schlafen zu legen, sondern verließ den Baucontainer. Von dort aus ging er zurück zum Plommonvägen, wo er sich wieder unter Menschen begeben musste. Er hatte Angst vor der Dunkelheit im Schuppen. Dort fühlte er sich wie in einem Gefängnis. Er fragte sich, warum er es so empfand – er sollte sich doch nicht anders fühlen, als an den anderen Orten, an denen er gewesen war. Schließlich war er die meiste Zeit seines Lebens gefangen und von Dunkelheit umgeben gewesen. In der Wohnung, in seinem Zimmer und im Keller. Eingesperrt in der eigenen inneren Dunkelheit. In seiner ewigen Sehnsucht.

Er kletterte durch die Hecken und überquerte mehrere Grundstücke, bis er bei seinem früheren Schlafplatz anlangte: dem Schuppen auf dem Grundstück von Josefin Elvebrandt. Er schlich sich in den gut gefüllten Lagerraum, in den niemals jemand kam. Dort fühlte er sich sicherer, und er beschloss, zu bleiben. Er hatte immer noch Schokolade und Cola übrig, die er am Abend zuvor gekauft hatte. Er war mit der Wahl seines Aufenthaltsortes zufrieden, auch wenn er wusste, dass es sich um ein bewachtes Gebiet handelte, vergleichbar mit einem Minenfeld. Aber jetzt konnte er sich erst einmal wieder entspannen, und er hoffte, später am Tag die schöne Josefin im Liegestuhl liegen zu sehen. Vielleicht würde er sich hinauswagen. Er wusste, dass er die Wachen täuschen konnte. Er war so viel klüger als sie. Er schnupperte den Duft des feuchten Holzbodens und schlief auf der Decke sicher ein.

84

Sara war bei der Polizeichefin Beatrice Larsson gewesen und hatte sie über die Ursache ihrer Verletzungen informiert. Beatrice Larsson war ganz ihrer Meinung, dass Peter Matsson kaltgemacht werden sollte. Und so hatten sie gemeinsam ein herzhaftes Lachen angestimmt, das Sara vor Schmerz zusammenzucken ließ. Die Situation war bizarr.

„Aber im Ernst", sagte die Polizeichefin, nachdem sich das Gelächter gelegt hatte, „Sie haben keine andere Wahl, als den Vorfall zu melden. Und selbst wenn seine Frau ihn nicht anzeigen will, wird er es schwer haben, sich aus Ihren Verletzungen herauszureden. Ich schätze, das Gefängnis winkt ihm schon. Und seinen Job wird er auch nicht behalten können. Natürlich werde ich alles tun, was in meiner Macht steht, um ihn dafür bezahlen zu lassen. Und ich stehe Ihnen jederzeit zur Seite, wenn Sie es brauchen."

Saras Lachen war verstummt und stattdessen begannen die Tränen zu fließen. Dieses Mal konnte sie sie nicht aufhalten. Ein wenig Freundlichkeit, und ihre Rüstung fiel ab. Beatrice Larsson stand auf, umarmte sie sanft und streichelte ihr über das Haar.

„Was sagen die Kinder? Haben Sie es ihnen erzählt?"

„Ja, alles. Und es tut mir so leid für sie. Sie trauen sich nicht rauszugehen, wenn ich zu Hause bin, denn sie haben so viel Angst, dass ich wieder Ärger mit ihm bekomme. Sie tun mir so leid." Sara schluchzte.

„Die werden sich schon wieder einkriegen", sagte die Chefin. „Sie werden schon wieder zu sich kommen."

„Ja, ich nehme an, das werden sie", erwiderte Sara und wischte sich mit dem Handrücken die Tränen ab. Auf dem Weg zu ihrem Büro machte sie bei einem frustrierten Jonny Svensson Halt.

„Wie schwer kann es denn sein, einen Kerl zu finden?", fragte er.

Sara hatte das Gefühl, dass sie an diesem Tag absolut nicht mit Jonny Svensson zurechtkommen würde, also ging sie direkt weiter in Torstens Büro.

Torsten brütete über einem Papierstapel, und seine gebeugte Haltung verriet, wie müde er war.

„Na ja, hier läuft es auch nicht besonders gut", sagte er. „Wir haben den Jungen nicht gefunden."

Er hielt einige Papiere hoch.

„Hier sind alle Berichte der Gerichtsmedizin. Alles stimmig soweit. Keine Auffälligkeiten."

Sara nickte mit großer Zurückhaltung. Jede Bewegung, die mehr Muskeln als ein Blinzeln beanspruchte, tat weh. Das Gesicht, die Rippen, der Magen – alles war ein einziger Schmerz.

„Ich glaube, ich weiß, wo er ist", sagte Sara plötzlich. Ein Gedanke hatte sich in ihrem Kopf festgesetzt, und auf einmal wurde ihr alles klar.

85

Lund ist eine schöne, friedliche Stadt, dachte Sara, als sie, Rita, Jonny und Torsten Richtung Süden fuhren. Die wenigen Hochhäuser lagen in den Außenbezirken, während der Stadtkern hauptsächlich aus alten, gut erhaltenen Gebäuden bestand. Die Menschen liefen langsam durch die Fußgängerzonen. Sie gingen in den kleinen Geschäften ein und aus und suchten die vielen Cafés entlang der belebten Straßen oder die Restaurants an den Plätzen Stortorg oder Mårtenstorg auf. *Hier leben die Menschen im Einklang mit ihrer Stadt*, dachte Sara, die es trotzdem schwierig fand, sich einzuleben. Sie war fremd hier, wohingegen Göran sich schnell heimisch gefühlt hatte, was ein ständiger Streitpunkt zwischen ihnen gewesen war. Sie hatte von Anfang an das Gefühl gehabt, nicht akzeptiert zu werden. Dass die Leute ihr skeptisch gegenübertraten, obwohl sie sozial war und Freundschaften schließen wollte. Göran war in der Stadt aufgewachsen und reagierte nicht allzu stark auf die Schrullen seiner Mitmenschen. Sara litt manchmal und schätzte sich glücklich, dass sie nette Nachbarn hatten. Ohne sie wäre sie an der Reserviertheit der Leute zugrunde gegangen. Doch trotz allem empfand sie Zuneigung für die Stadt. Mit der Zeit hatte sie sich Lund zu eigen gemacht. *Alles ist besser, als obdachlos zu sein,* dachte sie und lächelte.

Jonnys Handy klingelte.

„Ein Hinweis", teilte er den anderen mit, als er auflegte. „Rodney wurde heute Morgen in der Nähe des Plommonvägen gesehen."

„Ich wusste es", sagte Sara.

„Er schlich an einer Hecke entlang. Offenbar hat jemand kurz darauf seine Katze tot in einem Gebüsch gefunden. Die Katze hatte Verletzungen im Bauchbereich. Das sah nicht schön aus. Andererseits hätte es sich genauso gut um eine Fahrerflucht handeln können, nach der die Katze sich noch selbst ins Gebüsch schleppen konnte. Der Hinweisgeber war sich aber sicher, dass er Rodney Ritger in der Nähe gesehen hat. Offenbar kennt er den Jungen. Wir haben den Namen doch noch nicht veröffentlicht, nur die Beschreibung. Oder etwa nicht?"

„Ja", antwortete Sara. „Das ist richtig. Aber wie du weißt, ist der Junge recht auffällig."

„Genau", sagte Jonny und zuckte mit den dicken Schultern.

Torsten stieß einen Seufzer der Erkenntnis aus, dass sie immer einen Tick zu spät kamen.

Sara war froh, dass sie Josefin Elvebrandt unter ihren Fittichen hatten. Verdammt, wer wusste schon, was ihr zustoßen konnte? Sie war wirklich besorgt. Wie hatte der Junge es geschafft, sich die ganze Zeit versteckt zu halten? So lange? Intuitiv musste er gemerkt haben, dass die Polizei ihm auf der Spur war. Sonst hätte er genauso gut zu Hause bleiben können. Oder nicht? Sie hatten Rodney schwer unterschätzt, das wurde ihr klar. Nur weil er sozial benachteiligt war, hieß das nicht, dass er nicht clever war. *Was für ein Fehler,* dachte Sara. *Was für eine grobe Fehleinschätzung.*

Sie fühlte sich schwer, und ihr ganzer Körper schien irgendwie mit dem Autositz zu verschmelzen. Kaum schaffte sie es, sich aus dem Wagen hieven, als sie am Plommonvägen hielten.

Jonny stieg als Erster aus dem Auto, ungewöhnlich wachsam. Vielleicht gerade deshalb, weil die anderen drei sich passiv verhielten. Torsten Venngren hob die Beine vom Rücksitz und setzte die Füße auf den Asphalt.

„Kann das wirklich sein?", sagte er zweifelnd. „Warum sollte Rodney Ritger sich hier in der Gegend herumtreiben, wo wir doch Josefin Elvebrandt rund um die Uhr beobachten?"

„Ich weiß es nicht", antwortete Sara. Auch sie war von Zweifeln geplagt.

Nur Jonny schien guter Dinge zu sein. Er hoffte scheinbar, endlich zeigen zu können, was in ihm steckte.

Ein Mistkerl wie Rodney Ritger würde seine Strafe bekommen, so viel stand fest. Und Jonny Svensson würde ihm zeigen, wo der Hammer hing. Die Trägheit seiner Kollegen irritierte ihn. Er zeigte auf das Gebüsch hinter den Villen am Plommonvägen, lief hastig zwischen den Hecken hin und her und entdeckte mehrere Schlupflöcher.

„Die Aufpasser müssen verdammte Amateure sein", fuhr er fort und deutete mit der ganzen Hand auf die Hecken und die Lücken, die leicht zu erkennen waren. „Hier kann jeder durchschlüpfen, vorausgesetzt, es schaut niemand zu."

Sara rief Jörgen an und fragte, um welchen Nachbarn es sich handelte. Er gab ihr eine Telefonnummer und sie rief dort an.

Der Mann erzählte ihr, dass er ein Geräusch gehört hatte, das an das Kratzen einer Katze erinnerte, und da er eine Katze besaß, war der Mann hinausgegangen, um nachzusehen. Ihm war eine verstohlene Gestalt aufgefallen, ein junger Mann, auffallend groß und kräftig. Dann hatte der Nachbar seine tote Katze entdeckt. Ein seltsames Gefühl hatte ihn beschlichen, und dann erinnerte er sich an den Fahndungsaufruf zu dem gesuchten Jugendlichen. Aufgrund der Größe ging er davon aus, dass es sich bei der Gestalt um den Jungen handelte, dem die Polizei auf den Fersen war. Und daher hatte er sich gemeldet. Die Katze war nun einmal tot. „Traurig, aber nicht zu ändern", so der Mann. Sara fragte, wann dies geschehen sei. Der Mann entschuldigte sich sofort und sagte, in der vorletzten Nacht, es sei ihm erst an diesem Morgen eingefallen. Nicht gut, dachte Sara. Sie wandte sich an ihre Kollegen. Allen war klar, dass Rodney sich inzwischen weit vom Tatort hätte entfernen können. Der Hinweis sagte ihnen vor allem, dass sie mit Josefin Elvebrandt richtig gelegen hatten. Sie schwebte offensichtlich in Gefahr.

Der Mann berichtete, der betreffende Junge sei in Richtung Malmövägen gelaufen.

„Nun denn", sagte Torsten Venngren. „Wir können ja mal eine Runde durch den Park drehen. Wer weiß, vielleicht hängt er ja noch dort herum."

Sara erhielt einen weiteren Anruf von Jörgen Berg, der ihr mitteilte, dass vor ein paar Tagen ein großer Junge vom Küster in der Kathedrale gesehen wurde – ein Hinweis, der offenbar nicht pünktlich weitergeleitet worden war. Außerdem war an der Tankstelle am südlichen Ortsrand von Lund ein Junge aufgetaucht, auf den die Beschreibung des Gesuchten passte. Auch dieser Hinweis war erst an diesem Morgen eingetrudelt.

„Die haben sich alle tausendmal entschuldigt, aber ich war schon ein bisschen sauer", sagte Jörgen.

Auf dem Weg zum Sankt-Lars-Park kamen sie an einem Baucontainer vorbei, der offenbar nicht mehr benutzt wurde. Sie parkten das Auto und begannen, eher ziellos als strukturiert durch die Gegend zu laufen. Sara rief die Leitstelle an und bat sie, einen Spürhund vorbeizuschicken, falls sie Hilfe brauchten. Der diensthabende Kollege versprach, sich schnellstmöglich wieder bei ihr zu melden.

Sara ging den Hauptweg des Parks hinauf. Sie sah den Container, an dem sie gerade mit dem Auto vorbeigefahren waren. Die Tür schwenkte in der leichten Brise hin und her. Seltsam, dachte sie. Warum war sie nicht abgeschlossen? Dann fiel der Groschen. Den Geistesblitz konnte sie nicht ignorieren. Sie sprintete los. Die Tür war kaputt, stellte sie schnell fest. Als Nächstes rief sie wieder bei der Leitstelle an.

„Ich brauche hier *sofort* einen Hund", forderte sie. „Es gab einen Einbruch auf einer Baustelle. Möglicherweise war es der gesuchte Mörder." Sara spürte, wie die Aufregung Besitz von ihr ergriff. Ihre Bitte wurde gleich über Funk weitergegeben, und nicht nur die Hundestaffel meldete sich, sondern auch noch andere Einheiten.

Die Streifen waren innerhalb weniger Minuten am Ort des Geschehens. Die Spurensicherung war ebenfalls auf dem Weg. Sara hoffte, dass sich der Kreis endlich schließen würde, bevor noch mehr passierte. Sie hatte schon begriffen, dass der Junge nicht mehr in dem Container saß, aber eigentlich konnte er nicht allzu weit weg sein. Die Streifen suchten sowohl mit dem Auto als auch zu Fuß die Umgebung ab. Einige zogen den Kreis noch etwas weiter.

Der Hund schnüffelte um den Baucontainer herum und nahm sofort eine Fährte auf. „Die Spur kann also nicht zu alt sein", sagte sein Hundeführer. Dann machten er und der Hund sich auf eine kurven- und temporeiche Jagd. Der Hundeführer hielt ohne Probleme Schritt – Macht der Gewohnheit.

Na endlich, dachte Sara.

Sie stand in ständigem Kontakt mit der Leitstelle, hatte aber auch von einem Kollegen ein Funkgerät erhalten. Der Hund folgte der Fährte entlang des Malmövägen in Richtung Nilstorp. Dann hörte sie auf. Das Tier konnte den Spuren nicht mehr folgen, da es durch die Gerüche anderer Hunde und Menschen abgelenkt wurde.

Aber Sara glaubte nun, dass sie Grund zu der Annahme hatten, dass der Junge sich wieder in Richtung Plommonvägen bewegt hatte. Also hatte er es wirklich auf Josefin abgesehen. Das bedeutete wiederum, dass das Mädchen in Gefahr schwebte, aber Sara machte sich keine Sorgen – sie waren ihm auf der Spur. Er würde nichts anrichten können, wenn die Aufpasser vor der Villa am Plommonvägen in Alarmbereitschaft waren.

Sara trommelte ihre eigene Gruppe zusammen, und sie machten sich erneut auf den Weg nach Nilstorp. Sie teilte der Leitstelle mit, was sie vorhatten, wollte aber, dass die anderen Streifen die Suche im Sankt-Lars-Park fortsetzten. „Man weiß ja nie", sagte sie.

86

Der Junge bewegte sich leise durch den Schuppen. Er wollte nach draußen und zu Josefin. *Ich gehe das Risiko ein,* dachte er und schlich zur Tür hinaus. Sie quietschte leise, aber wenn er sie mit dem Griff etwas nach unten drückte, war das Geräusch nicht allzu laut.

Er stahl sich bis hin zu Josefins Fenster. Die Rollläden waren hochgezogen und sie rumorte im Inneren. Es war heiß draußen, und wahrscheinlich wollte sie raus, den Sommer genießen. Sie verließ ihr Zimmer und er sah sie nicht mehr.

Dann hörte er, wie die Terrassentür geöffnet wurde. Er schlich um das Haus herum. Josefin stand mit einer Tasse in der einen und einem Sandwich in der anderen Hand auf der Terrasse.

Der Junge spürte, wie ihn der Hunger überkam. Für ein Sandwich und etwas Schokoladenmilch oder Kaffee hätte er alles getan. Er versuchte, den Duft aus ihrer Tasse aufzuschnappen, um herauszufinden, was darin war. Im Grunde hatte er sich tagelang nur von Schokolade und Cola ernährt. Kein Wunder, dass er halb verhungert war.

Das Mädchen setzte sich in einen großen gepolsterten Korbstuhl. Sie genoss den Augenblick, das war offensichtlich, aber er konnte nicht verstehen, wie jemand, der seinen Körper und seine Seele an einen Perversling wie Evert Karlesson verkauft hatte, überhaupt noch etwas genießen konnte. Sie muss vom Teufel besessen sein, dachte er, wie er so dastand und sie ansah. Hass und Eifersucht ergriffen Besitz von ihm.

Er fühlte sich hin und her gerissen zwischen Bewunderung dieser Offenbarung, die dort ihr Sonnenbad mit so viel Wonne genoss wie eine Katze, und nagender Missgunst.

Josefin trug ein leichtes Sommerkleid und ihre nackten, leicht gebräunten Beine sahen seidig glatt aus. Ihr Gesicht hatte diese frische Sommerfarbe und die Haut erinnerte ihn an Pfirsiche. Er wollte sie gern spüren, sein Gesicht neben ihres legen und ihren Duft aufnehmen. Er wollte sich von ihrem Haar an der Wange kitzeln lassen und ihre Haut mit seinen Lippen berühren. Plötzlich überkam ihn ein Verlangen, das er kaum kontrollieren konnte. Der Junge spürte, wie sehr ihn die Vorstellung erregte, aber er wagte kaum zu atmen aus Angst, sie könnte ihn entdecken. In seinem Inneren tobte ein harter Kampf: Hasste oder liebte er dieses Mädchen?

Sie blickte auf, als hätte sie etwas gehört. Als hätte sie die Anwesenheit von jemandem gespürt. Und da kam durch die Tür ein Typ herein, den er kannte. Wahrscheinlich aus einer der Parallelklassen. Doch dann erinnerte er sich plötzlich. *Verdammt,* dachte er und wich schnell zurück, hielt den Atem an. Er schloss die Augen und zählte: *eins, zwei, drei, vier, fünf, sechs, sieben, acht, neun - zehn.*

Rodney schaute wieder auf, und ja, da stand sie nun mit dem Kerl. Direkt vor ihm. Sie hatten ihn entdeckt, obwohl er sich versteckt hatte. Keiner von ihnen sagte ein Wort. Der Typ sah aus, als würde er gleich in Ohnmacht fallen. Josefin starrte Rodney mit kugelrunden Augen an – ob aus Angst oder vor Überraschung, das konnte er so schnell nicht ausmachen.

Er überreichte ihr einen weißen Fliederzweig. Sie nahm ihn in die Hand und betrachtete ihn, nicht sicher, was das zu bedeuten hatte. Blitzschnell griff er nach ihrem Handgelenk, zog sie an sich und setzte ihr das Messer an den Hals.

Der Typ war wie gelähmt.

„Sind deine Eltern zu Hause?", stotterte Rodney. Josefin schüttelte den Kopf. „Aber die Bullen stehen vorne Wache, was?"

Sie nickte.

„Ruhig jetzt", sagte er und meinte, plötzlich weniger stark zu stottern. Zufrieden sprach er weiter mit ihr, während er sie rückwärts um die Ecke des Hauses und auf die Wiese hinter dem Gebäude zog. Der andere Typ folgte ihnen zuerst, blieb dann aber an der Hausecke stehen.

„Was willst du?", flüsterte sie.

Mit einer Hand hielt der Angreifer das Messer an ihren Hals, mit der anderen streichelte er ihre Wange. Sie bewegte sich nicht. Wie ein Stein, dachte er. Er schnupperte an ihr. Sie roch gut. Ihre Haut war warm, wie im Fieberwahn. Er fuhr fort, ihre Wange zu streicheln, hinauf bis zu ihrem Haar und hinunter zu ihren Schultern. Er konnte nicht damit aufhören, sie zu streicheln. Sein Atem wurde schwerer und er spürte wieder die Erregung, die ihn überkam.

„Du bist nicht wie Kajsa“, sagte er, ganz ohne zu stottern.

Josefin nickte nur.

„Sie dachte, sie könnte mich verarschen. Sie wusste nicht, dass ich alles gesehen hatte. Du weißt es auch nicht, aber ich habe dich bei diesem Mistkerl Karlesson gefilmt. Kajsa hat immer gestöhnt, während er das alles mit ihr gemacht hat. Du hast alles vorgetäuscht, das habe ich gesehen.“

Der Junge wurde von seiner Erregung ebenso überwältigt wie das Mädchen von seiner Angst.

„Ja“, sagte sie. „Ich habe nur so getan, als ob.“

„Und von mir wollte sie nichts wissen. Nie. Obwohl sie eine Hure war. Deshalb musste sie sterben. Und weil sie eine ekelhafte Hure war, musste ich sie reinigen. Deshalb habe ich sie getötet. Aber du bist keine Hure. Du bist rein und schön.“

Wieder strich er mit der Hand über ihre Haut. Für einen Moment hatte er vergessen, dass da noch dieser Typ in der Ecke stand. Er blickte zu ihm, stellte aber erleichtert fest, dass der Kerl immer noch wie gelähmt dastand.

„Johannes“, sagte er. „Du bist Johannes. Deine Mutter ist Polizistin.“

Johannes bewegte sich nicht. Er war wie gelähmt. Das glänzende Messer an Josefins Hals machte ihm Angst. Wie Raketen schossen die Gedanken durch seinen Kopf. Er stand zu weit weg, um etwas unternehmen zu können.

„Und die verdammte Alte wusste zu viel. Die war auch eine Hure. Eine ekelhafte fette Hure. Es war so schön, sie loszuwerden. Und sie können nie wieder etwas sagen. Nie wieder sprechen. Reden ist Silber und Schweigen ist Gold. Ohne Zunge kann niemand sprechen. Und das ewige Schweigen haben sie sich verdient.“

Er kicherte. Josefin biss sich die Lippe blutig. Dann schlug er ihr ins Gesicht. Die Haut über ihren Wangenknochen brannte. Sie hob instinktiv die Hand an ihre Wange und schnappte nach Luft – aber es schien keine da zu sein. Sie konnte nicht atmen. Kein Geräusch, keine Regung.

„Du bist auch eine Hure. Du hast deine Seele auch dem Teufel verkauft", sagte der Junge und grinste sie an, aber sie schaute an ihm vorbei.

„Und ich habe alles über ihr Gesicht geschüttet, das Gesicht des Teufels. Du verstehst das nicht, aber sie konnte nicht einmal mehr schreien. Sie konnte gar nichts tun. Und die alte Schachtel auch nicht. Sie hat es versucht, aber weißt du, ich bin stärker als der Teufel. Und niemand, niemand kann mich kaufen. Sie hatten auch Angst, als ich ihnen die Monster per Mail geschickt habe, genau wie du. Ich habe dich erschreckt, oder? Ich kämpfe gerne gegen die Werkzeuge des Teufels", fuhr er fort. „Es tut mir schrecklich leid, aber ich habe immer gewonnen. Sie haben nie gewonnen. Willst du gewinnen, wunderschöne kleine Josefin?"

Dann hörte Josefin ihn singen, und sie wusste nicht, ob sie wach war oder träumte. Ein Schlaflied. Sie verstand nichts, nur, dass er verrückt war, und sie war überzeugt, dass er sie töten würde. Seine Hände, die ihre Haut streichelten, zitterten. Und seine Hände waren überall.

87

Sara parkte vor dem Haus von Josefin Elvebrandt am Plommonvägen. Sie stiegen aus dem Auto und schlichen leise vorwärts.

„Wir wissen nicht, wozu er imstande ist", flüsterte Sara. „Wahrscheinlich ist er hier. Wo sollte er sonst hin?"

„Machst du dir Sorgen?", wisperte Jonny Svensson ihr zu.

„Nein, nicht wirklich. Aber wir müssen uns nicht lautstark ankündigen. Ich rede kurz mit den Aufpassern."

Sara näherte sich den beiden Beamten vor dem Haus.

„Haben Sie etwas gesehen?"

„Nein, wir wurden aber auch gebeten, uns nicht hinten aufzuhalten. Das Mädchen fühlte sich gestört", sagten die beiden Personenschützer, einer von ihnen hochgewachsen, der andere eher schmächtig.

„Was?" Sara starrte sie an. „Sind Sie wahnsinnig? Es gibt mehrere Möglichkeiten, hinten einzusteigen. Haben Sie den Auftrag nicht verstanden?" Die Wut in ihr schwoll in jeder Sekunde an, die sie an die beiden kuhäugigen Aufpasser verschwendete.

„Was?“, gab der Pummlige zurück. „Wir folgen nur unseren Anweisungen.“

„Die könnt ihr zumindest nicht von mir bekommen haben“, zischte Sara.

Sie kehrte zu ihren Kollegen zurück. Wütend informierte sie die anderen über die sogenannten Anweisungen der beiden Aufpasser.

„Wer zum Teufel hat ihnen diesen Befehl gegeben?“, flüsterte Rita aufgebracht.

„Das finden wir später heraus“, gab Sara ebenso leise zurück. „Jetzt müssen wir hinter das Haus. Hoffen wir auf das Beste.“ Sie schickte ein Stoßgebet gen Himmel.

Langsam und leise bewegten sie sich an der Hauswand entlang zur Rückseite des Hauses. Torsten war zum Auto gegangen und hatte der Leitzentrale mitgeteilt, dass sie jetzt zugriffen und nicht auf Verstärkung warten konnten. Der diensthabende Beamte war alles andere als entzückt, konnte aber nichts machen.

„Da gibt es keine Diskussion“, sagte Torsten Venngren. „Wir haben keine Zeit mehr. Wir wissen nicht, ob er hier ist und wenn ja, ob er etwas plant. Wir können nicht warten. Punkt.“

88

„Bitte, Rodney“, sagte Josefin, die von seinem starken Klammergriff fast erstickt wurde.

Sie fühlte sich schwach. Ich muss ruhig bleiben, dachte sie, ich will nicht sterben. Dieser Gedanke drängte sich aber vehement in den Vordergrund. Sie schaute Johannes, der etwas näher herangekommen war, auffordernd an. Johannes rettet mich schon, dachte sie.

Rodneys Erregung hatte ein Stadium erreicht, das er kaum noch unter Kontrolle hatte. Wie sehr er es auch versuchte, er schaffte es nicht, die Oberhand zu behalten. Seine Hände taten nicht, was er wollte, sein Körper wollte ihr einfach nur nahe sein.

Josefin konnte seine Erregung durch seine Kleidung spüren. Kajsas Gesicht kam ihr in den Sinn. Sie sah, wie ihre Freundin im Krankenhausbett gelegen hatte, an so vielen Maschinen und Schläuchen, die um sie herum baumelten. Josefin versuchte, die Tränen wegzublinzeln, die ihr in die Augen stiegen, aber bald kullerte eine nach der anderen herab. Sie schluchzte unkontrolliert.

„Mach keinen Mucks“, sagte er und stotterte wieder. „Sonst bist du tot.“

Und sie glaubte ihm. Die Panik nahm zu und das Herz schlug ihr bis zum Hals.

„Keinen Mucks“, wiederholte er. „Wenn ich sterbe, musst du auch sterben.“

Das Mädchen zitterte und er war überwältigt, als ihm plötzlich bewusst wurde, wie viel größer er war als sie. Er strich ihr unbeholfen über die Wange.

„Es passiert schon nichts“, sagte er tröstend. „Keiner von uns beiden wird sterben. Aber du kannst mit mir hier rauskommen. Wir hauen ab, du und ich zusammen. Weit weg, irgendwohin, wo uns niemand finden kann.“

Er war sich nicht bewusst, dass sie ihm nicht mehr zuhörte. Sie hing passiv in seinen Armen und hatte sogar aufgehört zu weinen. Ihr Körper zitterte heftig. Ansonsten schien es, als wäre sie sowohl erlahmt als auch verstummt und ertaubt. Kein Wort, keine Träne, kein Anzeichen eines freien Willens. Es roch durchdringend nach Flieder.

89

Johannes bemerkte, dass Rodney so auf Josefin fixiert war, dass er ihn selbst, Johannes, völlig vergessen zu haben schien.

Langsam setzte er sich in Bewegung, bis ihn nur noch wenige Meter von den beiden trennten. Jetzt flüsterte Rodney ihr etwas ins Ohr. Sein Blick klebte förmlich an Josefin.

Aber dann schaute er plötzlich auf.

„Zurück!“, rief er. „Zurück!“

Johannes folgte dieser Anweisung nicht, ging aber auch nicht weiter vorwärts. Er wartete auf eine bessere Gelegenheit.

Plötzlich war die Wiese voll von Menschen, die sie umringten.

Rodney blickte erstaunt in die Läufe der auf ihn gerichteten Waffen. *Sie können mich nicht töten, ich habe den Teufel im Griff,* dachte er verwirrt – *sie sind alle Teufel.*

Sara und Rita erblickten Johannes gleichzeitig. Ganz in der Nähe von Rodney Ritger.

Sara signalisierte Johannes, sich zurückzuziehen. Aber er weigerte sich.

„Ich bin viel näher dran“, formte er still mit den Lippen.

Sara entging das nicht, aber sie winkte weiter, um ihn zum Gehen zu bewegen.

90

„Lass das Mädchen frei und niemandem wird etwas passieren“, erklärte Sara so ruhig sie konnte. Sie schaffte es, mit fester und ruhiger Stimme zu sprechen, obwohl sie spürte, wie ihr die Angst wie eine zischende Schlange über den Rücken kroch.

Die Polizisten um sie herum fingen an, Rodney anzuschreien. Alle hatten ihre Waffen auf ihn gerichtet. Sara drehte sich zu ihren Kollegen um und warf ihnen einen finsteren Blick zu, woraufhin sie sofort verstummten. Da sie keine Zeit hatten, auf Verstärkung oder Vermittler zu warten, versuchte Sara, eine Alternative zu finden, um die heikle Situation zu entspannen. Mit so etwas hatte keiner von ihnen gerechnet. Jetzt mussten sie selbst kreativ werden.

Sie alle standen da und starrten den Jungen an, der dem Mädchen ein Messer an die Kehle hielt. Josefins Augen waren groß und sie stand stocksteif da, wie gelähmt. Rodneys Miene war ausdruckslos. Er schien nicht zu hören, was zu ihm gesagt wurde. Sein Blick schweifte über ihre Köpfe hinweg. Sara bemerkte, dass seine nackten Armen voller Blutergüsse waren und seine Nase leicht gelblich schimmerte, als wäre ein Bluterguss dabei, zu verblassen. Eine seiner Wangen war ebenfalls gelb.

Sara wandte sich wieder mit ruhiger Stimme an ihn.

„Wenn du sie jetzt freilässt, können wir vielleicht darüber reden", sagte sie.

Er antwortete nicht. Alles war still. Vollkommen geräuschlos. Das konnte alles Mögliche bedeuten. Sara stand da mit ihrer verletzten Nase und der gebrochenen Rippe, und sie spürte die Angst des Mädchens, als würde sie sie selbst durchleben.

„Alles wird gut", sagte Sara, jetzt an Josefin gewandt.

Jonny Svensson versuchte, herauszufinden, wie er Rodney ausschalten konnte, ohne das Mädchen zu verletzten. Und ob er einen gut platzierten Schuss direkt auf seine Stirn abfeuern konnte.

Torsten Venngren hielt seine Pistole auf Rodney gerichtet und wusste, dass er sie auf keinen Fall benutzen konnte.

Sara sprach ruhig weiter mit Rodney, der sich plötzlich mit Josefin als Schutzschild vorwärts zu bewegen begann. Er hörte sie nicht, das wurde Sara plötzlich klar. Er bewegte sich wie in Trance, und Sara hatte das Gefühl, die Situation nicht im Griff zu haben. *Aber ich muss sie in den Griff bekommen*, dachte sie. *Ich muss.* Gleichzeitig sah sie, dass Johannes näher heranrückte. Sie wusste nicht, wie sie ihren Sohn zur Umkehr bewegen sollte, ohne dass Rodney Ritger bemerkte, wie nah er ihm gekommen war. Sara bemerkte das trotzige Gesicht ihres Sohnes. Er würde sich nicht beirren lassen. Das machte ihr Angst.

Plötzlich sagte Rodney etwas, aber es klang in erster Linie wie ein knackendes Geräusch. Sara und die anderen schauten ihn fragend an. Er schob Josefin nach vorne und wieder sagte er etwas. Keiner der Anwesenden verstand ein Wort. Sara erinnerte sich daran, dass Rodney stotterte.

Sie hielt konsequent Blickkontakt und war jetzt nur noch wenige Meter von ihnen entfernt.

„Ich merke, dass du etwas sagen willst", sagte sie ruhig. „Aber du musst versuchen, dich so zu artikulieren, dass wir verstehen, was du willst. Sprich ein Wort nach dem anderen, dann geht das schon."

„Ja …", sagte er und stammelte noch etwas heraus.

„Du", begann Sara und versuchte, ihm zu helfen. „Du möchtest etwas?"

Der Junge nickte, aber sein Blick war immer noch in die Ferne gerichtet.

„We… We…We…", fuhr er fort. Sara versuchte herauszufinden, was er sagen wollte. „Weg?", fragte sie. Rodney nickte und ihr wurde klar, was er wollte. Natürlich wollte er hier raus. Als freier Mann. Sie verstand ihn.

„Von hier", fuhr Sara fort und er nickte erneut. Sie waren einander nun so nahegekommen, dass Sara Rodney mit drei Schritten hätte berühren können. Aber Josefin stand im Weg. Rodney sah verwirrt aus, als wüsste er nicht, was er tun sollte. Sara traute sich nicht, sich zu bewegen. Was würde er dann mit dem Mädchen machen? Sie spürte, wie sich ihre eigenen Gliedmaßen anspannten, als wäre sie ein Tier auf der Lauer.

Plötzlich warf sich Johannes mit Gebrüll auf Rodney. Aber er war zu weit weg, um ihn erreichen zu können. Ein Schrei entstieg Rodneys Kehle. Er schnitt Josefin in den Hals und ließ sie fallen. Der Zweig fiel ihr aus der Hand. Mit erhobenem Messer machte Rodney einen großen Schritt auf Johannes zu, der sich zur Seite warf. In diesem Augenblick verlor Sara das Gleichgewicht, weil Jonny Svensson nach vorn stürzte. Ihre Waffe flog ihr aus der Hand und beschrieb einen Salto in der Luft. Die Waffe und Jonny fielen gleichzeitig zu Boden. Sara sah mit Entsetzen, wie die Hand des Jungen sich ausstreckte und die Waffe auffing.

Für einen Moment schien alles still zu stehen. Sara starrte auf die Waffe in Rodneys Hand und ihr Gehirn blockierte. Sie konnte keinen klaren Gedanken fassen.

Mit einer schwungvollen Bewegung setzte Rodney die Pistole an seine Schläfe.

Und drückte ab. Der Knall war unerträglich. Sara hatte das Gefühl, die ganze Szenerie von außen zu beobachten, losgelöst von ihrem Körper, zu keiner Reaktion imstande. Als sie sich wieder regen konnte, stürzte sie nach vorn, um etwas aufzuhalten, das längst geschehen war.

Der Junge fiel mit einem dumpfen Schlag zu Boden. Der Anblick war grauenvoll und die Gesichter der Polizisten waren starr vor Entsetzen.

Und plötzlich wurde alles ganz still.

Sara spürte, wie eine eisige Kälte über sie hinwegfegte. Sie fröstelte.

Alles geriet ins Stocken, und die Stille, die auf den Schuss folgte, war so erbarmungslos wie der Knall selbst. Die Sekunden verstrichen, ohne dass sich auch nur einer von ihnen bewegte. Dann erwachte Torsten Venngren als Erster wieder zum Leben und stürzte auf das Mädchen zu. In der Ferne waren die Sirenen eines Krankenwagens zu hören. Venngren riss sich den Pullover vom Leib und drückte ihn an Josefins Hals.

Sara Vallén setzte sich, nahm Rodney in den Arm und wiegte ihn hin und her, wie ein kleines Kind. Trotz des Blutes, trotz der Kopfverletzung. Er war doch noch ein Kind. Alle anderen standen da wie gelähmt.

In der Hand des Jungen lag der weiße Fliederzweig, den er Josefin überreicht hatte.

91

Diesen Tag würde keiner von ihnen jemals vergessen.

Alle saßen stumm um den Konferenztisch herum. Ausgelaugt. Sara gab ihnen Zeit, sich zu sammeln. Auch in ihrem eigenen Kopf schwirrten die Gedanken umher.

Sie allein trug die Schuld am Tod des Jungen. Es war ihre Waffe gewesen, und sie war es, die die Kontrolle darüber verloren hatte. Der Gedanke, dass sie ihm die Waffe überlassen hatte, nagte an ihr. Ihr Verstand wollte es nicht akzeptieren, aber daran war nichts zu rütteln. Johannes fühlte sich nicht gut, aber er würde sich schon wieder berappeln, dessen war Sara sich sicher. Er bekam jede Hilfe, die er brauchte. Und Josefin hatte überlebt. Das Messer war nicht tief genug in ihren Hals eingedrungen, um die Aorta zu treffen. Das sei vor allem Johannes zu verdanken, hatte Sara ihm gesagt. Er hatte ihre kollektive Lähmung durchbrochen, indem er mutig vorangestürmt war. Die beiden würden sich auch wieder zusammenraufen. Das brauchte eben seine Zeit.

Saras Gedanken wanderten weiter zu Peter Matsson. Sie hatte oft den Drang verspürt, ihn zu töten, aber schlussendlich erkannt, dass sie dieses Verlangen aussitzen musste. Seine Strafe würde er ohnehin bekommen. Mit der Angst der Kinder umzugehen, war eine andere Sache, aber nach und nach hatten sie akzeptiert, dass sie ihre Mutter nicht beschützen mussten. Dass sie stark genug war, es alleine zu schaffen. Irgendwann würde auch diese Sorge verblassen. Matsson selbst hatte sich ins Aus geschossen, obwohl seine Frau noch zu ihm hielt und ihn selbst nicht angezeigt hatte. Sie hatte ihren Mann auch nicht verlassen können. Sara fehlte das Gefühl der Liebe, aber sie hatte erkannt, dass ein Peter Matsson kein Synonym für Liebe war. Sie ahnte, dass es ihr schwerfallen würde, ihn während der Gerichtsverhandlung anzusehen. Bestimmt würde er ihr das Gefühl geben, eine Verräterin zu sein.

Abseits all dieser Albträume war der Sommer herrlich. Saras Nase war immer noch geschwollen, gelb und blau, und auf dem Nasenrücken hatte sich eine Beule gebildet. Der Rest ihres Gesichts leuchtete mittlerweile goldgelb. Gerade trug sie ein weißes Kleid. Sie hatte sich schön machen wollen, um sich besser zu fühlen, aber auch um den Sommer zu begrüßen, und damit Urlaub und Ruhe. Und um zu feiern, dass der Fall gelöst und abgeschlossen war. Egal, ob sie ihn aktiv gelöst hatten oder ob er sich von allein aufgedröselt hatte – ein schönes Sommerkleid war er allemal wert. Sara hatte sich die Lippen knallrot angemalt und sogar den Abend damit verbracht, ihre Nägel so schön wie möglich herauszuputzen. Ein Fußbad mit Salz und eine Nagelfeile hatten ihr Übriges getan. Göran hatte freiwillig bei ihr vorbeigeschaut, nachdem die Kinder ihm erzählt hatten, was mit ihr passiert war. Er hatte in der Tür gestanden, und beim Anblick ihres zerschundenen Gesichts hatte er sie umarmt. Er hatte mit ihr getrauert und war gleichzeitig wütend auf sie gewesen. Sein Kummer und seine Wut hatten sich in ihrem Herzen gut angefühlt. Immerhin war da noch etwas zwischen ihnen. Etwas Gutes. Sie fühlte sich allen Widrigkeiten zum Trotz erleichtert und erlaubte sich, die Dinge etwas lockerer anzugehen. *Das wird ein schöner Sommer,* dachte sie. *Ich werde mich jeden Tag besser fühlen. Ich freue mich darauf, mich auszuruhen und Urlaub zu machen. Und es wird schön sein, mit Anders Magnusson zu Abend zu essen – der muss mich so ertragen, wie ich bin.* Sie lächelte in sich hinein.

Sara kehrte aus ihrer Gedankenwelt zurück, rümpfte ein wenig die schmerzende Nase und begann von einem Blatt Papier zu lesen. Dann legte sie es weg und erwiderte die Blicke ihrer Kollegen.

„Ihr sollt alle wissen, dass ihr ausgezeichnete Arbeit geleistet habt. Niemand ist schuld an Rodney Ritgers Tod – wenn überhaupt, dann wäre ich das. Wir sollten froh sein, dass das Mädchen überlebt hat. Das ist unsere Belohnung."

Sara stand auf. Der Urlaub nahte. Dann der Prozess. Aber das ist dann eine andere Geschichte, dachte sie. Sie wandte sich an ihre Kollegen und wünschte ihnen allen einen schönen Sommer.

„Denkt jetzt nicht mehr über die letzten Wochen nach", sagte sie schließlich und ging zur Tür hinaus, wohl wissend, dass sie selbst sich nicht an ihre eigenen Ratschläge halten würde. Sie schloss die Tür hinter sich. Drehte sich nicht um. Alles andere hatte Zeit.

Endlich, dachte sie, als sie durch das Tor zur Polizeiwache in den schönsten Sommertag hinausschritt.

Dank

„Weißer Flieder“ ist kein Zufallsprodukt. In meinen fast zwanzig Jahren bei der Polizei habe ich das Wissen über die Menschen vertieft und mitbekommen, wie uns das Leben in unerwartete Richtungen lenken kann. In diesem Roman möchte ich Sichtweisen auf das Böse anbieten, die sich von den Versionen in vielen anderen Büchern unterscheiden. Ich möchte vermitteln, was ich selbst in all den Jahren bei der Polizei erfahren durfte: Böse sind nur die Taten, nicht der Mensch, der sie ausübt. Ich bin grundsätzlich davon überzeugt, dass wir alle als gute Menschen zur Welt kommen.

Ich danke meinem geliebten Ehemann Torgny und meinen wunderbaren Kindern Anna und Mika für ihre Geduld. Danke auch an all die lieben Freunde und alten Kollegen, die meine gleichermaßen klugen wie dummen Fragen beantwortet haben. Danke an meine geliebte Mutter Lena und ein posthumes Dankeschön an meinen lieben Stiefvater Hompe für all das Vertrauen, das ihr mir entgegenbringt.

Und eine Bemerkung zum Schluss: Alle Ähnlichkeiten mit echten Menschen sind unbeabsichtigt, obwohl sich meine Figuren natürlich aus Fragmenten all meiner Bekannten zusammensetzen.

Cecilia Sahlström